EL DÍA DEL FIN DEL MUNDO

LA TRAMA

EL DÍA DEL FIN DEL MUNDO

Lawrence Wright

Traducción de Laura Rins Calahorra

Papel certificado por el Forest Stewardship Council®

MIXTO
Papel procedente de
fuentes responsables
FSC® C117695

Penguin
Random House
Grupo Editorial

Título original: *The End of October*
Primera edición: enero de 2021

© 2020, Lawrence Wright
c/o The Wylie Agency, UK
© 2021, Penguin Random House Grupo Editorial, S.A.U.
Travessera de Gràcia, 47-49. 08021 Barcelona
© 2021, Laura Rins Calahorra, por la traducción

Printed in Spain – Impreso en España

ISBN: 978-84-666-6875-0
Depósito legal: B-14.459-2020

Compuesto en Llibresimes, S. L.
Impreso en Unigraf, S. L.
Móstoles (Madrid)

BS 6 8 7 5 0

*Este libro es un tributo al valor y la ingenuidad
de los hombres y las mujeres que han dedicado su
vida al servicio de la sanidad pública*

El contagio desdeñaba cualquier remedio; la muerte hacía estragos en cada rincón; y, si las cosas hubieran continuado así, en pocas semanas la ciudad habría quedado despojada de todo aquello que poseía alma. Por doquier, los seres humanos iban cayendo en la desesperación; el miedo hacía desfallecer sus corazones; la angustia que atenazaba las almas despojaba de toda esperanza a los ciudadanos, y los horrores de la muerte se hacían visibles en los semblantes y las expresiones del pueblo.

Daniel Defoe, *Diario del año de la peste*

Pero ¿qué quiere decir, la peste? Es la vida, nada más.

Albert Camus, *La peste*

PRIMERA PARTE

Kongoli

1

Ginebra

En un gran auditorio de Ginebra, una asamblea de responsables de sanidad celebraba la última sesión vespertina sobre emergencias sanitarias causadas por enfermedades infecciosas. Los asistentes estaban inquietos, agotados tras las reuniones que se prolongaban durante todo el día y preocupados por llegar a tiempo a sus respectivos vuelos. El atentado terrorista ocurrido en Roma tenía a todo el mundo con el alma en vilo.

—Un cúmulo poco habitual de víctimas mortales adolescentes en un campo de refugiados de Indonesia —estaba diciendo el penúltimo ponente del congreso. Hans Nosequé. Holandés, alto, arrogante, de buen año. Una maraña de pelo rubio ceniza le cubría el cuello de la camisa, las puntas que le caían sobre los hombros brillaban bajo la luz que proyectaba el PowerPoint.

En la pantalla apareció un mapa de Indonesia.

—La primera semana de marzo se emitieron cuarenta y siete certificados de defunción en el Campamento Número Dos de Kongoli, en Java Occidental.

Hans señaló el lugar con el puntero láser, y prosiguió con diapositivas de refugiados en la más horrible miseria. El mundo rebosaba de personas desplazadas, hacinadas a millones en campamentos montados a toda prisa, encerradas tras las vallas como prisioneros, con raciones insuficientes de alimentos y sin apenas servicios médicos. A nadie le sorprendía que se propagara una epidemia en lugares así. El cólera, la difteria, el dengue... El trópico era siempre un caldo de cultivo.

—Fiebre alta, secreciones con sangre, transmisión rápida, letalidad extrema. Pero lo que realmente diferencia a este conjunto de casos... —empezó a decir Hans mientras colocaba una gráfica en la pantalla— es la edad media de las víctimas. Las enfermedades infecciosas suelen afectar a todas las generaciones de forma aleatoria, pero en este caso la mortalidad se dispara precisamente en la franja de población que debería ser la más resistente.

En el gran auditorio de Ginebra, los responsables de sanidad estiraron el cuello para examinar la curiosa diapositiva. La mayoría de las enfermedades mortales acaba con la vida de niños pequeños y ancianos, pero en lugar de la habitual gráfica en forma de U, esta se parecía a una tosca W, con una media de edad de las víctimas mortales de veintinueve años.

—Basándonos en los esquemáticos informes del brote inicial, se estima que la letalidad global es de un setenta por ciento —prosiguió Hans.

—¿Infantil o neonatal...? —Maria Savona, directora de epidemiología de la Organización Mundial de la Salud, interrumpió el silencio causado por el desconcierto.

—Se ha tenido muy en cuenta en el estudio de cohorte —repuso Hans.

—¿Podría tratarse de una enfermedad de transmisión sexual? —preguntó una doctora japonesa.

—Es poco probable —respondió Hans. Se estaba divirtiendo. Su cara se solapó con la presentación y proyectó una gran sombra abultada sobre la siguiente diapositiva—. El número de muertes notificadas se mantiene estable a lo largo de las semanas que siguen, pero el total general cae de forma significativa.

—O sea que se trata de algo puntual —concluyó la japonesa.

—¿Con cuarenta y siete cadáveres contabilizados? —saltó Hans—. ¡Es una auténtica orgía!

La doctora japonesa se sonrojó y se cubrió la boca para disimular una risita.

—Muy bien, Hans, ya nos has tenido en ascuas bastante tiempo —dijo Maria con impaciencia.

El holandés paseó la mirada por la sala con aire triunfal.

—*Shigella* —anunció, lo cual provocó lamentos de incredulidad—. Lo habrían deducido de no ser por el vector de mortalidad invertido. A nosotros también nos sorprendió. Es una bacteria común en los países más pobres, la causa de innumerables casos de intoxicación alimentaria. Preguntamos a las autoridades sanitarias de Yakarta y su conclusión fue que, en un contexto de hambruna, las únicas personas lo bastante fuertes para hacerse con los escasos recursos alimentarios son los jóvenes. En este caso, la fortaleza física ha resultado ser su perdición. Nuestro equipo ha deducido que el origen más probable del agente patógeno fue la leche sin pasteurizar. Ofrecemos nuestra experiencia a modo de moraleja sobre cómo los estereotipos demográficos pueden cegarnos ante hechos que de otro modo resultarían obvios.

Hans bajó del podio entre aplausos mecánicos mientras Maria llamaba al último ponente.

—*Campylobacter* en Wisconsin —empezó a decir el hombre.

De pronto, un tono autoritario lo interrumpió.

—¿Una virulenta fiebre hemorrágica mata a cuarenta y siete personas en una semana y desaparece sin dejar rastro?

Doscientas cabezas se volvieron a la vez para localizar de dónde procedía la potente voz de barítono. A juzgar por ella, se diría que Henry Parsons era un hombre corpulento. Pero no. Era bajito y menudo, y estaba encorvado a causa de un episodio de raquitismo infantil que lo había dejado algo deforme. Sus rasgos faciales y su tono de catedrático no encajaban con su modesta figura, pero el hombre se conducía con el aplomo de quien conoce su valía a pesar de su menguada apariencia. Quienes estaban al tanto de la leyenda que lo precedía hablaban de él con una mezcla de reverencia y regocijo y, a sus espaldas, le llamaban *Herr Doktor* o «el pequeño tirano». Era capaz de dejar a los internos hechos un mar de lágrimas si se equivocaban al preparar una muestra o les pasaba desapercibido un síntoma que, en realidad, solo él consideraba importante; pero se trataba de Henry Parsons, la persona que había dirigido un equipo internacional en el brote del virus del Ébola ocurrido en África Occidental en 2014. Localizó al primer paciente documentado de la enfermedad —el llamado caso inicial—, un niño de dieciocho meses procedente de Guinea, infectado por murciélagos frugívoros. Se habló mucho del doctor y se habría hablado mucho más si él hubiera dado pie a que se le reconociera el mérito. En la interminable guerra contra las nuevas enfermedades, Henry Parsons no tenía nada de pequeño; era un auténtico gigante.

Hans Nosequé aguzó la vista y localizó a Henry en la penumbra de las gradas más altas.

—No es tan raro, doctor Parsons, si se tiene en cuenta la causalidad ambiental.

—Ha utilizado la palabra «transmisión».

Hans sonrió, contento de retomar el juego.

—Las autoridades indonesias al principio sospecharon de un agente vírico.

—¿Qué les hizo cambiar de idea? —preguntó Henry.

Maria estaba intrigada:

—¿Estás pensando en el ébola?

—En ese caso observaríamos una probable migración hacia núcleos urbanos —dijo Hans—. No ha sido así. Bastó con eliminar la fuente contaminante y la infección desapareció.

—¿Llegó a estar en el campo de refugiados? —preguntó Henry—. ¿Recogió muestras?

—Las autoridades indonesias han colaborado al máximo —respondió Hans, quitándole importancia al asunto—. Actualmente hay un equipo de Médicos Sin Fronteras en el lugar, y muy pronto recibiremos la confirmación. No esperamos sorpresas.

Hans aguardó un momento, pero Henry se recostó en el asiento dándose golpecitos con el dedo en los labios, con gesto pensativo. El autor de la siguiente ponencia reanudó la presentación.

—Un matadero en Milwaukee —dijo mientras algunos de los asistentes a la asamblea, pendientes de la hora, se escabullían hacia la salida. Era más que probable que extremaran las medidas de seguridad en el aeropuerto.

—Detesto que hagas eso —se quejó Maria cuando llegaron a su despacho.

Era todo de cristal y muy elegante, con una bonita vista del Mont Blanc. Una bandada de cigüeñas que había conseguido salvar la barrera alpina volaba en círculos para aterrizar junto al lago Lemán, su primera parada en la migración primaveral desde el valle del Nilo.

—¿El qué?

Maria se recostó en el asiento y empezó a darse golpecitos con el dedo en los labios, imitando el gesto de Henry.

—¿Eso hago yo? —preguntó él a la vez que apoyaba el bastón en el escritorio.

—Cada vez que te veo hacerlo, sé que tengo motivos para preocuparme. ¿Qué es lo que te hace dudar del estudio de Hans?

—La fiebre hemorrágica aguda. Rara vez la causa un virus. La extraña distribución de la mortalidad, en absoluto propia de una shigelosis. ¿Y por qué de repente...?

—¿Paró sin más? No lo sé, Henry, dímelo tú. ¿Otra vez Indonesia?

—No sería la primera vez que ocultan información.

—Pero no parece otro brote de meningitis.

—Desde luego que no. —El doctor volvió a llevarse el dedo a los labios de forma involuntaria. Maria aguardó—. No tendría que meterme —concluyó—. Tal vez Hans tenga razón.

—¿Pero...?

—La letalidad. Es brutal. Si Hans se equivoca, podría ser un aspecto muy negativo.

Maria se acercó a la ventana. Las nubes empezaban a asentarse y ocultaban la majestuosa cima. Estaba a punto de hablar cuando Henry interrumpió sus pensamientos:

—Tengo que irme.

—Estaba pensando eso mismo.

—Quiero decir que vuelvo a casa.

Maria asintió con gesto comprensivo, aunque la preocupación en sus oscuros ojos de italiana expresaba otra cosa.

—Dame dos días. Sé que te pido mucho. Debería mandar un equipo completo, pero no confío en nadie más. Hans ha dicho que los de Médicos Sin Fronteras están en la zona, o sea que podrían ayudarte. Solo tendrías que conseguir portaobjetos y muestras. Una simple parada técnica en tu viaje de vuelta a Atlanta.

—Maria...

—Por favor, Henry.

Como los amigos que se conocen bien desde hace mucho tiempo, Henry captó el destello de preocupación en la mirada de la joven epidemióloga encargada de estudiar el brote de peste porcina africana en Haití. Maria había formado parte del grupo que recomendó exterminar la especie de cerdo endémico portadora de la enfermedad. Prácticamente todos los hogares haitianos tenían cerdos, ya que además de constituir una importante fuente de alimentación, eran moneda de cambio, la banca del campesinado. En cuestión de un año, gracias al esfuerzo de la comunidad internacional y del dictador Duvalier, Baby Doc, la población porcina del país al completo se había extinguido; un gran éxito sin apenas precedentes. El exterminio había acabado con una enfermedad incurable. Sin embargo, los campesinos, que ya eran pobres de por sí, quedaron sumidos en la hambruna. La élite corrupta se apropió de la mayoría de los cerdos de reposición enviados por Estados Unidos, que de todos modos eran demasiado delicados para aquel ambiente y demasiado caros de alimentar. Sin más recursos, la gente se volcó en la producción de carbón, lo cual provocó la deforestación de los bosques. Haití jamás se recuperó. Si convenía o no sacrificar a los cerdos en primer lugar era algo discutible.

«En aquella época éramos unos idealistas convencidos», pensó Henry.

—Dos días como máximo —dijo—. Le prometí a Jill que estaría en casa para el cumpleaños de Teddy.

—Le pediré a Rinaldo que te reserve una plaza en el vuelo nocturno a Yakarta.

Maria le aseguró que llamaría a los Centros para el Control y la Prevención de Enfermedades (CDC) de Atlanta, donde Henry era el subdirector de enfermedades infecciosas, y les suplicaría que lo excusaran ya que se trataba de una petición urgente por su parte.

—Por cierto —empezó a decir Henry justo cuando se marchaba—, ¿has tenido noticias de Roma? ¿Tu familia está bien?

—No lo sabemos —respondió Maria, desconsolada.

El atentado de Roma se había planeado para el Carnaval, la celebración de ocho días que tiene lugar en toda Italia antes de la Cuaresma. La piazza del Popolo estaba abarrotada a la espera del tradicional desfile de disfraces y la exhibición ecuestre. Las noticias de la mañana emitieron una profusión de imágenes de los cuerpos desmembrados de los bellos animales, desperdigados entre los cadáveres de los asistentes a la celebración y los escombros de las iglesias gemelas.

«Cientos de fallecidos en Roma y sigue creciendo el número de víctimas mortales —anunciaba el presentador del canal Fox—. ¿Cuál será la reacción de Italia?»

El joven primer ministro era un nacionalista con el pelo rapado casi al cero en las sienes y la nuca y largo en la parte superior, el peinado de moda entre los neofascistas que se estaban apoderando de Europa. Como era de esperar, propuso la expulsión masiva de los musulmanes.

Jill Parsons apagó el televisor al oír los gritos de los niños en la planta de abajo: ya estaban discutiendo. El motivo de la riña era si debían permitir a Helen ir a Legoland con Teddy y sus amigos, ya que a ella ni siquiera le interesaban los Lego.

—¿Quién quiere gofres? —preguntó Jill con voz cantarina.

Ninguno de los niños respondió; seguían enfrascados en su discusión estéril. Peepers, un perro mestizo de la protectora con manchas negras alrededor de los ojos como un panda, abandonó su rincón de mala gana y se acercó con parsimonia para arbitrar la pelea.

—Es mi cumpleaños, no el tuyo —señaló Teddy, indignado.

—Cuando sea el mío te dejaré que vengas al parque de atracciones —repuso Helen.

—¡Mamá! ¡Me ha quitado mi gofre! —protestó Teddy.

—Solo le he dado un mordisco.

—¡Pero lo has manoseado!

—Helen, cómete los cereales —ordenó Jill en tono mecánico.

—Están medio deshechos.

Con todo el descaro, Helen dio otro mordisco al gofre de Teddy y el niño chilló indignado. Peepers ladró en señal de apoyo. Jill suspiró. La vida doméstica siempre tendía al caos cuando Henry viajaba por trabajo. Sin embargo, justo en el momento en que estaba poniéndolo verde mentalmente, el iPad de Jill vibró y era él llamándola por FaceTime.

—¿Me has leído el pensamiento? —le preguntó—. Intentaba comunicarme contigo por telepatía.

—Pues no sé por qué —dijo Henry al oír la discusión y los ladridos de fondo.

—Estaba a punto de ponerte de vuelta y media por no estar en casa.

—Déjame hablar con ellos.

Teddy y Helen se convirtieron en unos niños adorables al instante. Era una especie de truco de magia, pensó Jill, un encantamiento que Henry obraba en ellos. Peepers agitaba la cola en señal de adoración.

—Papá, ¿cuándo volverás a casa? —quiso saber Teddy.

—El martes por la noche, muy tarde —contestó Henry.

—Mamá nos ha dicho que mañana estarías aquí.

—Eso creía yo, pero ha habido un cambio de planes inesperado. Aun así, no te preocupes, llegaré a tiempo para tu cumpleaños.

Teddy se animó y Helen empezó a dar palmas. Era impresionante, Jill jamás conseguía apaciguar los ánimos como lo hacía Henry. «A lo mejor es que recurro demasiado a la ironía —pensó—. Henry se los mete en el bolsillo con esa sinceridad total con la que les habla. De algún modo les infunde seguridad.» En Jill tenía el mismo efecto.

—He construido un robot —explicó Teddy mientras levantaba el iPad en el aire para mostrar el batiburrillo de piezas de plástico, circuitos eléctricos y un viejo teléfono móvil que había montado para la feria de ciencias.

La cara de aspecto esquelético tenía dos lentes fotográficas por ojos. Jill pensó que se parecía a una muñeca del Día de Difuntos.

—¿Lo has hecho tú solo? —preguntó Henry.

Teddy asintió, henchido de orgullo.

—¿Qué nombre le has puesto?

Teddy se volvió hacia el robot.

—Robot, ¿cómo te llamas?

El autómata ladeó un poco la cabeza.

—Señor, me llamo Albert —contestó—. Pertenezco a Teddy.

—¡Caray! ¡Es impresionante! —exclamó Henry—. ¿Te llama «señor»?

Teddy soltó una risita y bajó la barbilla, como hacía siempre que se sentía muy feliz.

—¡Ahora me toca a mí! —dijo Helen agarrando el iPad.

—Hola, preciosa —la saludó Henry—. Hoy tienes partido, ¿no?

Helen formaba parte del equipo de fútbol femenino de sexto curso.

—Quieren que juegue de portera —aclaró Helen.

—Pues está muy bien, ¿no te parece?

—Es aburrido. Tienes que quedarte allí plantada todo el rato. Solo me quieren porque soy alta.

—Pero te convertirás en la heroína del equipo cada vez que pares un gol.

—Y me odiarán si no lo hago.

«Típico de Helen», pensó Jill. Teddy era un niño risueño; Helen, en cambio, lo veía todo negro. Rezumaba pesimismo y eso le confería un extraño poder. Jill había observado que sus compañeros de clase temían un poco sus juicios de valor. Esa cualidad, junto con sus bellas facciones, la convertían en objeto de adoración de las demás niñas y en un perturbador foco de atracción para los chicos en plena pubertad.

—He oído lo de que no vas a volver a casa hoy —dijo Jill cuando tuvo la oportunidad de volver a hablar.

Henry parecía cansado. Por el claroscuro del iPad se veía como el retrato de un noble austríaco del siglo XIX, con aquella mirada penetrante tras sus gafas redondas. De fondo, Jill oyó la llamada para embarcar algunos vuelos.

—Seguramente no es nada importante, pero ha surgido una de esas cosas que ya sabes —explicó Henry.

—¿Dónde es esta vez?

—En Indonesia.

—¡Dios mío! —exclamó Jill, dando rienda suelta a la preocupación—. Niños, acabad ya, está a punto de llegar el autobús. —Luego se dirigió de nuevo a Henry—: No has dormido, ¿verdad? Ojalá te tomaras un Ambien y durmieras como un tronco por una noche. ¿Llevas alguno? Deberías tomártelo en cuanto subas al avión.

Le molestaba que Henry, siendo médico, fuera tan reticente a tomar medicamentos.

—Dormiré cuando sepa que estás cerca de mí —dijo él, sirviéndose de una de aquellas exasperantes frases cariñosas que resonarían en la cabeza de Jill una y otra vez hasta que él volviera a casa.

—No te arriesgues —le pidió su mujer, consciente de que era inútil intentar convencerlo.

—Nunca lo hago.

2

La dama azul

Henry veía las llamaradas de Sumatra desde el aire. Estaban quemando los bosques y las turberas autóctonas para ceder espacio a más plantaciones de palmeras, de donde sacaban el aceite utilizado en la mitad de los productos envasados de los supermercados: desde la mantequilla de cacahuete hasta el pintalabios. Todos los años, el esmog resultante de los incendios cubría por completo el Sudeste Asiático, donde algunas temporadas morían hasta cien mil personas por esa causa, y hacía que el calentamiento global estuviera alcanzando un punto crítico. En cuanto Henry salió del aeropuerto de Yakarta y se colocó en la cola de los taxis, el ambiente saturado le abrasó las fosas nasales. Observó el sinnúmero de viajeros que iban y venían. «Asma, cáncer de pulmón, enfermedad pulmonar obstructiva crónica... Cada dolencia ocasiona un tipo particular de muerte cruel», pensó. Por deformación profesional, veía patologías allá donde miraba.

Era el inicio de la temporada del monzón. Había unas nubes negras preñadas de lluvia y las calles todavía estaban inundadas a causa del último aguacero. Yakarta era una ciudad de barrios de chabolas, pero también de rascacielos que iban hundiéndose lentamente en la tierra. La creciente población consumía con avidez el agua del acuífero subterráneo, lo cual provocaba que el terreno sobre el que se asentaba cediera mientras que el nivel del mar que la rodeaba no cesaba de subir. «Es una forma de suicidio cívico», se dijo Henry.

—¿Su primera vez en Yakarta? —le preguntó el conductor.

El doctor tenía la mente muy lejos de allí. Se había puesto a llover de nuevo, y el tráfico estaba parado en mitad de un estrépito de frustración. Un muchacho que conducía un carro tirado por un burro, en el que se apilaban cajas llenas de pollos hasta una altura de tres metros, los adelantó circulando por la acera.

—He estado aquí muchas veces —respondió Henry.

Indonesia era un hervidero de enfermedades, un lugar maravilloso para que los epidemiólogos practicaran su arte. Aunque la política no ayudaba. En ese preciso momento había un brote de sarampión, ocasionado en parte por una fetua contra la vacuna. El VIH estaba extendiéndose más rápidamente que en ninguna otra parte del mundo, y el gobierno lo usaba para justificar la persecución de homosexuales y personas transgénero.

El taxista, corpulento y alegre, llevaba uno de esos casquetes redondos de fieltro tan populares entre los musulmanes de Indonesia. Del espejo retrovisor colgaba una ramita de jazmín y su fragancia invadía el ambiente sofocante de la cabina. Henry se fijó en la imagen reflejada del conductor. Llevaba gafas de sol a pesar de la lluvia que en esos instantes impactaba contra el parabrisas, como si las gotas fueran balas.

—¿Quiere que le dé una vuelta por la vieja Java, jefe?

—Solo estaré aquí durante el día de hoy.

El tráfico fue disminuyendo un poco a medida que se acercaban al Ministerio de Sanidad de Indonesia, pero la lluvia no amainó. Henry tuvo claro que quedaría empapado antes de alcanzar la entrada cubierta por un toldo.

—Espere, jefe, yo le ayudo. —El taxista abrió el maletero, sacó el equipaje de Henry y a continuación abrió un paraguas con el que lo acompañó hasta la puerta—. Viene mucho a Yakarta, pero no trae un paraguas en pleno monzón —lo reprendió.

—Esta vez he aprendido la lección.

—¿Quiere que lo espere?

—No sé cuánto tardaré —respondió Henry—. Puede que una hora.

—Estoy para lo que usted mande, jefe —aseguró el hombre a la vez que le tendía a Henry su tarjeta: Bambang Idris a su servicio.

—*Terima kasih*, Bambang —dijo Henry haciendo uso de todo su vocabulario indonesio.

Tres horas más tarde, Henry seguía sentado en la antesala del ministerio junto a una docena más de solicitantes somnolientos y a la espera. El chico que servía té lo miraba expectante, pero Henry tenía suficiente cafeína en el cuerpo y su paciencia estaba llegando al límite. Lo único que le importaba era regresar a su casa. Volvió a comprobar la reserva en su teléfono. Todavía tenía tiempo de ir al campamento, recoger los portaobjetos con las muestras y marcharse pitando al aeropuerto. Justo, pero le daba tiempo. Quedaban ocho horas para el embarque de su vuelo de medianoche con destino a Tokio. Si lo perdía, se perdería también el cumpleaños de Teddy. Y todo por una demostración inútil de superioridad burocrática.

La última vez que Henry se había muerto de asco esperando en esa sala fue en 2006. En esa época había otra persona al frente del Ministerio de Sanidad, Siti Fadilah Supari, quien se había negado a compartir muestras para el H5N1, un virus de la gripe aviar con un gran potencial de mortalidad. Más de la mitad de los seiscientos humanos infectados por las aves, la mayoría en Indonesia, habían muerto a causa de la enfermedad. Si el H5N1 hubiera adquirido la capacidad de transmisión entre la población humana, en cuestión de semanas se habría extendido por todo el planeta con consecuencias desastrosas. Epidemiólogos del mundo entero estaban en vilo y, a pesar de ello, Indonesia se aferraba celosamente a los microbios con la excusa de que la enfermedad era un recurso nacional, como el oro o el petróleo. La ministra Siti llamaba a su nueva política «soberanía viral». Otros países, como la India, se sumaron a la idea de adueñarse de patentes relacionadas con enfermedades endémicas.

Henry se había implicado mucho en la polémica. Decía que ocultar datos era una locura. La ciencia no entendía de fronteras, ni las enfermedades tampoco, sobre todo si se trataba de una afección capaz de cruzar las fronteras internacionales en las alas de una paloma. Sin muestras, la comunidad mundial estaría indefensa contra un virus de reciente aparición. Los cimientos mismos de la sanidad global podían verse socavados. Indonesia defendía su postura argumentando que otros países se lucrarían con el virus desarrollando vacunas que ellos no podrían costear. Henry consiguió llegar a un acuerdo por el cual Indonesia recibiría un «beneficio compartido» de la explotación científica del virus, aunque el pacto supuso poco menos que doblegarse ante la petición indonesia de acceso ilimitado a las vacunas derivadas de las muestras.

En cuanto cerraron el trato, la polémica se complicó mucho más. Ron Fouchier, del Centro Médico Erasmo, en Rotterdam, modificó el virus en el laboratorio y le confirió nuevas funciones que incluían la capacidad de transmisión a través del aire y de contagio entre los mamíferos. Yoshihiro Kawaoka, de la Universidad de Wisconsin, hizo algo parecido con una cepa vietnamita del mismo virus. Los dos hombres actuaron con la intención de crear una muestra de la vacuna para una posible pandemia futura, pero cuando estaban a punto de publicar sus hallazgos, incluida la metodología, *The New York Times* los reprendió por embarcarse en un experimento «tan catastrófico». Semejante virus «podría matar a decenas o cientos de millones de personas si escapara de la zona de aislamiento o lo robaran los terroristas». El Consejo Científico Nacional de Bioseguridad de Estados Unidos puso fin al experimento sobre el virus de nueva creación, no sin que antes surgieran nuevas preguntas sobre quién era su dueño, por así decirlo. Los gobiernos estadounidense y holandés repetían los mismos argumentos utilizados previamente por los indonesios. Henry había presidido una reunión de responsables de sanidad internacional en la OMS en 2012, en la cual decidieron que los artículos de Fouchier y Kawaoka se publicaran sin enmiendas; y así se hizo. El saber era peligroso, concluyó Henry, pero la ignorancia lo era mucho más. Los indonesios lo acusaron de haberlos engañado. Y, evidentemente, el resentimiento persistía.

De nuevo, la recepcionista se dirigió a Henry, esta vez con una sonrisa forzada y condescendiente.

—La ministra Annisa lamenta no poder recibirle hoy —dijo con un hilo de voz para no avergonzarlo ante quienes esperaban para obtener audiencia—. Le promete que mañana...

—Qué lástima —replicó Henry.

—Sí —respondió la recepcionista, a quien el chorro de voz de Henry pilló de improviso—, se encuentra muy mal.

—Es una lástima que me vea obligado a ejecutar una orden de incumplimiento. O me recibe ahora, o mañana tendrá que vérselas con los observadores internacionales. Solo depende de ella. Tiene hasta las tres de la tarde para decidirlo.

La recepcionista miró el reloj. Solo faltaban cuarenta y cinco segundos para las tres. Vaciló, y a continuación entró corriendo en el despacho de la ministra. Justo en el momento en que el minutero alcanzaba el extremo superior de la esfera del reloj, la puerta volvió a abrirse.

La ministra Annisa Novanto era una funcionaria del aparato con una mirada glacial, cuya sonrisa apenas conseguía ocultar la preocupación que sentía. Henry había tratado por primera vez con ella cuando era delegada de sanidad en Bali, durante una epidemia de rabia. Más que controlar la epidemia, su mayor interés en aquella época era controlar los medios de comunicación, y cumplió tan bien con su labor que cuando a la ministra Siti la metieron en prisión por aceptar sobornos, Annisa fue nombrada para el puesto. Últimamente había optado por llevar el hiyab, lo cual indicaba hasta qué punto el país tendía al conservadurismo religioso. Resultó ser una más de las burócratas de la cuerda wahabita.

—Vaya, Henry, siempre me sorprende —dijo la ministra—. Tendría que haberme avisado con más tiempo. Estamos muy ocupados consiguiendo los certificados de salud de los peregrinos para el *hach*. No hace falta que avise a la policía.

—No le quitaré mucho tiempo, ministra. Solo he venido a informarle de mi presencia aquí, como marca el protocolo, y a recoger muestras del campo de refugiados de Kongoli. Luego me marcharé.

—Henry, en serio, no tiene importancia. Me asombra que una eminencia como usted sienta la necesidad de viajar tan lejos, de gastar tanto...

—Yo no me ocupo de la política, solo recabo datos.

—Ya les hemos pasado muestras a los holandeses, y han sacado sus conclusiones, así que nos extraña que haya venido usted. No tenemos ningún otro problema en Kongoli.

—No me costará nada comprobarlo. Los cultivos nos lo dirán.

—¿Cultivos? Ah, no son necesarios.

La ministra cogió un mando a distancia y encendió el televisor. Estaban proyectando una serie mexicana doblada al malayo, pero no le prestó atención. Subió el volumen hasta que Henry apenas podía oírle la voz. Entonces señaló los aparatos de escucha colocados en distintos lugares de la sala.

—Me pone en una situación difícil —confesó—. Debo decirle algo en secreto, y entenderá por qué no debe seguir con esto.

—No pienso regresar a mi país sin las muestras.

La ministra rio en silencio.

—Me resulta gracioso, ya ve. En realidad, no estaban enfermos.

—Pero han muerto.

—¡Porque los acorralamos y les disparamos! —exclamó—. Son revolucionarios, insurrectos, indeseables. Llenan los campamentos. Ustedes los occidentales no comprenden con qué tenemos que vérnoslas en este lugar. Por supuesto que no damos parte de lo que ocurre en realidad. Damos otras explicaciones. Puede que el forense se lo haya inventado. Lamento que haya tenido que venir desde tan lejos para enterarse de nuestro secretito. Y hágame el favor de guardar silencio, de lo contrario me pondría en un grave peligro.

Estuviera o no diciendo la verdad sobre el motivo de la muerte de los detenidos, no cabía duda de que la ministra corría sus riesgos al confiárselo a Henry. Los traidores recibían un severo castigo. Aun así...

—De todos modos, tengo que visitar el campamento —resolvió Henry.

La ministra Annisa se puso en pie de golpe, con la mirada encendida.

—¡Ni hablar! Es un riesgo para su seguridad. El campamento está dirigido por grupos armados que se ganan la vida secuestrando a gente. No puede entrar allí. ¡Ni hablar!

—Estoy dispuesto a correr el riesgo.

—¡La decisión no es cosa suya! —exclamó. Su voz denotaba un punto de histeria . Mire, suponiendo que el lugar fuera un foco de infección, ¿qué podríamos hacer con los escasos recursos de los que disponemos? Nos convertirán ustedes en unos marginados. Los turistas dejarán de venir. ¿Por qué tenemos que pasarlo mal por una cosa así?

—Gracias, ministra, le pasaré mi informe.

—¡Se lo prohíbo! —gritó mientras Henry se marchaba.

Bambang respondió al móvil de inmediato.

—Sí, jefe, estoy aquí, todavía espero. Llego dentro de nada.

Henry aguardó bajo el toldo. La lluvia había amainado hasta convertirse en una suave llovizna. Pasado un rato, se acercó un tuk-tuk de tres ruedas. Bambang se apeó con el paraguas en la mano y una sonrisa tímida. El minúsculo vehículo estaba pintado de vivos colores que Henry habría descrito como alegres de no ser por lo poco grata que le resultaba la situación.

—¿Qué ha pasado con el Toyota?

—Mi cuñado..., quiere que se lo devuelva. —Bambang colocó el equipaje de Henry en la diminuta cabina del mototaxi—. Esto es mucho más rápido con tráfico —arguyó, pero resultaba un razonamiento muy pobre.

Henry notó que le rechinaban los dientes. Aquello iba a ser muy desagradable. Tenía la esperanza de que los médicos franceses fueran rápidos y eficientes, y de que tuvieran los cultivos preparados de antemano. Había conseguido las coordenadas del campamento de Kongoli gracias a una imagen de satélite, aunque Bambang ya conocía la ubicación.

—Es para gais —dijo.

—¿Qué quieres decir?

—Los gais, los meten allí. Es por su bien, dicen las autoridades. Si no, los azotarían o los ahorcarían; a algunos los tiran desde edificios. Son los extremistas. Por eso el gobierno los esconde en esos campamentos.

—Pero ¿todo el mundo sabe que están allí?

—Claro —dijo en tono jovial.

Pasaron junto a arrozales inundados. El monzón y el creciente nivel del mar estaban anegando el país, el agua superficial se juntaba con la subterránea, como una cisterna vaciada por la que desaparecían las tierras. Al cabo de cinco años, diez o veinte como mucho, las zonas costeras quedarían sumergidas. A esas alturas se consideraba algo normal. Todo el mundo aceptaba el desastre inevitable.

Socavones. Aves carroñeras apostadas sobre las vallas. Una manada de búfalos cortaba la carretera, y Bambang tocó el claxon hasta que los animales se apartaron sin rechistar. Un camino sin señalizar; una verja; un cuartel. El conductor enfiló el camino, y un soldado salió a toda prisa y lo ahuyentó de malas maneras.

—Dicen que no —le explicó Bambang a Henry.

El médico hizo acopio de toda la autoridad que puede destilar un hombre que se apea de un tuk-tuk pintado de rosa y verde con dibujos de Hello Kitty en los laterales. Agitó en el aire sus credenciales y una carta oficial de Maria.

—¡Delegado de sanidad! —anunció en su tono más autoritario—. ¿Lo ve? De la Organización Mundial de la Salud. ¡Las Naciones Unidas! ¡Las Naciones Unidas!

El guardia se retiró a su garita e hizo una llamada. Henry oyó los gritos de desconcierto y, al cabo de un momento, el guardia salió y abrió la verja.

El mototaxi pasó junto a tanques, camiones militares y un pequeño acantonamiento dispuesto alrededor de una torre de agua. En ese momento se acercaba a una valla alta rematada con alambre de espino. Dentro, Henry vio a cientos de personas. Enfrente del depósito de agua había una plaza de armas cubierta de maleza. En el porche de una casita de campo, un esbelto oficial se apostaba con los brazos en jarras. El hombre al mando.

—Señor, dé media vuelta —dijo el oficial—. Está prohibido el acceso.

—No lo comprende —repuso Henry, intentando razonar—. Estoy autorizado a entrar en cualquier sitio donde haya una situación sanitaria...

—Esto no le incumbe. Dé media vuelta.

Henry intentó entregar sus credenciales al oficial, junto con la carta de Maria, en vista de lo efectivo que había resultado en el puesto de vigilancia anterior, pero el oficial dio media vuelta con elegancia y regresó a la casa.

Henry se quedó allí plantado, preguntándose qué debía hacer a continuación. A pocos metros de distancia, los detenidos lo miraban con caras de desesperación y perplejidad mientras aguardaban su decisión. Había empezado a llover de nuevo, pero nadie se movió. El doctor echó a andar en dirección al campamento, pero en ese momento captó el sonido de una bala al ser alojada en la recámara. El guardia de un jeep cercano le hizo señales con el arma para que regresara al tuk-tuk.

Se oyó el grito de un muecín que llamaba a la oración y, de inmediato, los guardias se retiraron y los detenidos regresaron al caótico conjunto de tiendas de campaña, chozas y cobertizos en busca de un lugar donde cobijarse para rezar. Bambang sacó su alfombra de oración de debajo del asiento, y estaba a punto de extenderla sobre el suelo enfangado de la plaza de armas cuando el esbelto oficial volvió a salir al porche de la casa y le hizo señas para que entrara.

Henry permaneció sentado en el mototaxi, confuso. No podía hacer nada, había fracasado. A excepción de él, todo el mundo estaba rezando. «Tal vez sea su último recurso», pensó.

En ese momento las oraciones concluyeron y Bambang regresó corriendo bajo la lluvia.

—Llévame al aeropuerto —le ordenó Henry—. Aquí no pinto nada.

—No, jefe, todo bien. Hemos hecho un trato —anunció Bambang, señalando al oficial que aguardaba en el porche.

—¿Lo has sobornado?

—Yo no, usted.

Henry se maldijo a sí mismo en silencio. Jamás se le habría ocurrido pensar que pudiera resolver el problema tan solo con dinero. Bambang corrió hacia el oficial con un fajo de dólares y este entró en la casa, los contó, y al salir dirigió un gesto afirmativo al soldado del jeep.

Bambang insistió en acompañarlo y sujetarle el paraguas, puesto que, según él, era parte del trato.

—Es demasiado peligroso —dijo Henry.

—¡Usted es responsabilidad mía! —repuso orgulloso el hombre.

Henry solo tenía una bata protectora, pero le dio a Bambang dos pares de guantes de látex (insistió en que debía usar los dos, uno encima del otro) y una mascarilla desechable para cubrirse la boca y la nariz, además de advertirle que no tocara a nadie. La verja se cerró tras de sí con un ruido metálico.

El peligro siempre está presente durante la investigación de un patógeno desconocido. Las enfermedades pueden surgir de distintas fuentes que incluyen virus, parásitos, bacterias, hongos, amebas, toxinas, protozoos y priones, y cada una tiene una estrategia de supervivencia distinta. Además de las múltiples vías por las que puede extenderse una infección, hay enfermedades graves que pasan por afecciones comunes y relativamente inocuas. El dolor de cabeza puede ser un síntoma de sinusitis o el aviso de un derrame cerebral inminente. La fiebre, la fatiga y el dolor muscular pueden indicar que se padece un resfriado o ser el inicio de una meningitis. Entrar en aquel campamento solo, con un entorno extraño y los mínimos recursos, era la misión más peligrosa en la que un investigador de enfermedades como Henry podía embarcarse. Por otra parte, el peligro de que irrumpiera una enfermedad virulenta era lo bastante grave para que Henry estuviera dispuesto a correr el riesgo. Hacía mucho tiempo que había reconocido que la suerte era una compañera poco fiable, pero imprescindible, en ese tipo de aventuras.

Henry y su taxista fueron recibidos por un grupo de jóvenes, la mayoría de entre veinte y treinta años, aunque también había varios adolescentes. Se les veía demacrados sin llegar a estar desnutridos, y se notaba que se habían acicalado con esmero a pesar de ir vestidos con harapos. Henry captó cierta solidaridad entre los miembros del grupo. Tal vez por haber pasado la mayor parte de sus vidas en la sombra, habían creado, instintivamente, su propia comunidad clandestina.

Un hombre se acercó a Henry. Llevaba un machete a la manera de un cetro, lucía un aro de oro en la nariz y el pelo le llegaba por los hombros. Se lo había teñido de rubio, pero la raíz que le crecía era morena. Henry hizo un cálculo rápido: siete centímetros y medio de pelo equivalían aproximadamente a seis meses de cautiverio.

—Quiere saber si es usted de derechos humanos —anunció Bambang a modo de traducción de las indicaciones del hombre—. Dice que han pedido que vengan, pero las autoridades se niegan a aceptar su petición.

—No, dile que lo siento mucho. Yo solo soy médico y...

Pero la palabra corrió como la pólvora nada más salir de su boca.

—¡Un médico! ¡Un médico! —gritaban los hombres.

Algunos rompieron a llorar y se arrodillaron. A juzgar por sus rostros sudorosos y sus pupilas dilatadas, era evidente que muchos tenían fiebre.

—Es la primera persona que llega del exterior desde hace mucho tiempo —le explicó Bambang.

—¿No reciben asistencia médica?

El taxista le preguntó al joven del machete.

—Unos franceses, dice. Estaban aquí, pero ahora están todos muertos.

—¿Cuántos muertos hay en el campamento?

—Muchos. Ya nadie los entierra. Todo el mundo tiene demasiado miedo.

Uno de los jóvenes le susurró algo a Bambang con aire urgente.

—Dice que han rezado para que viniera usted, jefe. Lo ven en la puerta y rezan a Alá para que sea un médico que viene a salvarlos. Dicen que es la respuesta a sus plegarias.

Henry era consciente de lo poco que podía hacer por ellos en ese momento. Se encontraban en una zona de alto riesgo y todos estaban contagiados. Vio una retroexcavadora al final del campamento, al parecer la única concesión por parte de las autoridades ante la epidemia: una forma rápida de cavar zanjas para las fosas comunes. El doctor se preguntó dónde andaría el enterrador.

El hombre del machete lo guio por caminos embarrados, y Henry se sirvió del bastón para asegurar el paso y mantener el equilibrio. Bambang caminaba tras él y sostenía el paraguas aunque sirviera de poco. El sórdido campamento se había construido de cualquier manera, sirviéndose de cartón, bolsas de plástico y tiras de lona como materiales de construcción. Algunos tejados se habían cubierto con latas de refresco aplastadas. Un pato con una cuerda al cuello flotaba en un charco contiguo a una choza. A cierta distancia de las chabolas había una tienda de campaña de color azul perteneciente a Médicos Sin Fronteras, con su logotipo estampado en uno de los costados.

Henry retiró con cautela la solapa del protector de lluvia. El hedor a muerte era nauseabundo.

—Vete ya —ordenó Henry.

La mirada de Bambang reflejaba el horror de lo que había visto, pero, con un ligero tartamudeo, dijo animosamente:

—Yo le protejo.

—No, no hace falta. Pero escúchame: no toques nada. Lávate bien, ¿me oyes? Tardaré un rato en hacer mi trabajo. Espérame fuera. —Y le preguntó de nuevo—: ¿Me entiendes? ¡No toques nada!

Bambang se quedó paralizado unos instantes. Henry notó lo asustado que estaba, y, sin embargo, seguía ofreciéndole el paraguas.

—Llévatelo tú —le ordenó Henry—. Ahora vete.

El doctor miró con severidad a los hombres que rodeaban la tienda, y estos, en señal de respeto, retrocedieron y desaparecieron bajo la cortina de lluvia.

Hacía tiempo que Henry se había acostumbrado al olor de la putrefacción. La mayor parte de la docena de camas de la enfermería estaban ocupadas por cadáveres. Un paciente lo siguió con la mirada; su extrema debilidad no le permitía hacer otra cosa. El doctor miró la gráfica situada a los pies de la cama y, a continuación, colocó una nueva bolsa de glucosa en el gotero intravenoso, ya que era lo único útil que podía hacer. El estertor del paciente indicaba que pronto se sumiría en el silencio.

En la pequeña clínica yacían tres médicos muertos, en posturas crispadas y antinaturales. Se parecían a muchos de los miembros de Médicos Sin Fronteras que Henry había conocido por el mundo: jóvenes, con una corta trayectoria tras el período de residencia. Comprendió cuánto coraje hacía falta para enfrentarse a un enemigo invisible. Hombres y mujeres valientes, que no dudaban en correr hacia una zona en guerra, huían ante la aparición de una enfermedad. Esta era más poderosa que un ejército; más arbitraria que el terrorismo. Más retorcida que la imaginación humana. Y, sin embargo, había jóvenes como esos médicos que se mostraban dispuestos a interponerse en el camino de la fuerza más letal con que la naturaleza contaba en su repertorio.

No obstante, también ellos habían muerto.

Henry encendió una lámpara de queroseno e iluminó el rostro de una doctora cuya cabeza reposaba sobre un charco de sangre seca en la mesa de exploración. Dedujo que procedía de África o Haití; muchas doctoras de raza negra se alistaban en el cuerpo médico. Pero entonces reparó en que su cara no era negra. Era azul.

No era la primera vez que Henry observaba la cianosis. Normalmente la causaba una insuficiente oxigenación de la sangre. Solía manifestarse en los labios y en la lengua, o bien en los dedos de las manos y de los pies. Jamás había visto a nadie tan azul en conjunto. «Será cólera —pensó—, la peste azul.» Tenía sentido. Con las deficientes condiciones de salubridad del campamento, a saber de dónde sacaban el agua. Sin embargo, todo el mundo allí sabía cómo tratar el cólera, y no cabía duda de que los médicos estaban vacunados. Echó un vistazo a un botiquín que contenía unos cuantos instrumentos básicos de diagnóstico: un estetoscopio, termómetros digitales, vendas, un esfigmomanómetro, un espéculo, un conjunto de otoscopio... El instrumental portátil para un pequeño equipo no especializado en cirugía encargado de tratar un contagio localizado durante una semana aproximadamente. Los medicamentos estaban guardados bajo llave en una pesada taquilla con una gruesa puerta de plexiglás. Insulina, heparina, Lasix, albuterol, Cipro, Zitromax... Pero la mayoría de los fármacos que Henry vio eran antirretrovirales.

Obviamente eran médicos, no personal de laboratorio. No disponían de ningún medio a modo de instrumental de análisis. En vez de eso, tenían pósteres y folletos sobre prácticas sexuales seguras. Al parecer, el equipo médico pretendía efectuar un examen rápido del brote, utilizar los antirretrovirales para tratar al máximo número de pacientes con VIH y educar a los detenidos. Seguro que no iban preparados para una estancia larga. Había una pequeña despensa con cereales y un cruasán seco. Miró en la basura, donde encontró unas cuantas ampollas de tetraciclina desechadas. Los médicos debían de compartir su misma opinión; pensaban que era cólera.

En un ordenador portátil, sobre un banco situado tras él, encontró una carpeta con historias clínicas de la doctora Françoise Champey, probablemente la joven que yacía muerta justo enfrente. Henry vio que guardaba registros detallados de los pacientes. También había un largo e-mail sin enviar dirigido a un tal Luc Barré, el responsable de Médicos Sin Fronteras en París. Henry sabía suficiente francés para comprenderlo.

> ¡Luc, Luc! ¡Necesitamos tu ayuda!
>
> ¡Estamos en una zona de alto riesgo como jamás has visto! En una sola semana hemos tenido decenas de contagios en este foco de infección. Te he enviado muestras a través de la gente de aquí. ¿Las has recibido? No sabemos a qué nos enfrentamos. ¡No tenemos ni idea!
>
> La letalidad es extrema. ¡Necesitamos material! ¡Necesitamos patólogos! No podemos luchar contra esto, solo somos tres. Luc, tengo miedo.

Más abajo había escrito:

> ¡MIERDA! ¿Por qué no puedo enviar esto? No hay internet, ni teléfono, y creo que nos tienen prisioneros.

Debía de haber dejado el mensaje abierto a modo de testamento vivo, a punto para ser enviado a la primera oportunidad. Henry bajó hasta la última entrada:

> 19 de marzo, empezamos la tercera semana. Pablo murió ayer. Se me parte el corazón al pensar en su familia, y ¿cuándo sabrán que lo han perdido? Madre mía. Tanto Antoine como yo estamos enfermos. Estamos aquí tumbados junto a nuestro compañero muerto. Me siento muy cerca de ellos. Nunca había

sentido tanto cariño por alguien como el que siento por estos hombres moribundos y por los que ya han muerto. Doy gracias por este sentimiento, por esta cercanía. Pero también estoy furiosa. Hemos caído ante este monstruo, que es como yo lo veo. Sí, un monstruo. Una criatura a la que no vemos porque no tenemos las herramientas para penetrar en las células, de modo que se esconde y se ríe de nosotros, y ahora nos está matando. ¿Por qué?

El e-mail concluía así, con la pregunta inacabada, no enviada, ni respondida.

3

Fernbank

Todas las primaveras, cuando enseñaba el tema de los dinosaurios, Jill llevaba a sus alumnos de la guardería de excursión a Fernbank, el museo de historia natural de Atlanta. Los niños siempre bajaban del autobús escolar agitadísimos, pero al ver al *Argentinosaurus*, el mayor dinosaurio clasificado de todos los tiempos, se sosegaban de inmediato. En comparación, los pequeños de cinco años parecían ratoncillos.

—Pesaba más de cien toneladas y medía más de treinta y seis metros de altura —les explicó Jill—. ¿Puede decirme alguien a cuántos autobuses escolares equivale?

—¡Cien! —gritó un niño.

—¡Setenta y seis! —exclamó otro.

—Tres —susurró K'Neisha, apenas con un hilillo de voz.

Jill lanzó una mirada divertida a Vicky, la madre de K'Neisha, que los había acompañado para ayudar durante la excursión; era de los pocos progenitores con quien Jill podía contar cuando necesitaba que le echaran una mano.

—¿Cómo lo has adivinado?

—He pensado que un autobús mide doce metros más o menos —respondió K'Neisha.

La niña vestía una falda azul, una camiseta de Frozen y calzaba unos mocasines. Todos los alumnos de Jill pertenecían a familias con pocos recursos, pero resultaba fácil deducir cuáles, como K'Neisha, contaban con apoyo familiar. Jill no solía tener favoritismos, pero le encantaban la sonrisa de K'Neisha y aquella mezcla de inteligencia y timidez. Era uno de los casos en que sentía el deseo de mantener el contacto con el alumno durante toda su vida, para ver cómo le iban las cosas.

—¡Mirad, un T-Rex! —exclamó un niño llamado Roberto a la vez que señalaba al esqueleto de dinosaurio situado justo detrás del *Argentinosaurus*—. ¡Se va a comer al otro!

—En realidad es un *Giganotosaurus* —le explicó Jill—. Es más grande incluso que un tiranosaurio.

—¡*Giganotosaurus*! —exclamaron los niños, encantados con aquel nombre.

Algunos se pusieron a dar saltitos de emoción mientras levantaban la cabeza para mirar a aquella criatura misteriosa toda huesos. Las cuencas oculares vacías les resultaban amenazadoras y graciosas a la vez, como calabazas de Halloween.

—Todo el mundo piensa que solo se extinguieron los dinosaurios, pero a lo largo de la historia ha habido cinco veces en que desaparecieron la mayoría de los seres vivos de la Tierra —explicó Jill—. Darren, no toques.

Jill había guiado aquella visita muchas veces, pero seguía encantándole ver a los niños embelesados, observar sus miradas de asombro. De vuelta en el aula, construirían figuritas de barro en forma de dinosaurio y las pondrían a cocer en el horno. El tema de los dinosaurios nunca fallaba; era su favorito.

Entraron en otra sala donde podía visitarse una exposición titulada «Mamuts: gigantes de la Edad de Hielo». En el centro había una réplica del gran animal cuyos colmillos sobresalían más de un metro por delante del tronco y se curvaban hacia arriba como cimitarras.

—Este es el aspecto que tenía un mamut lanudo adulto —explicó Jill—. ¿Alguien puede decirme qué animal de los que existen hoy en día está emparentado con él?

—¡El elefante! —gritaron los niños.

—Correcto. Tiene aproximadamente el tamaño de los elefantes africanos. ¿Sabéis por qué tiene tanto pelo?

—¿Porque hacía mucho frío? —dijo una niña llamada Teresa.

—Exacto. Vivieron durante la última glaciación, que empezó hace cuatrocientos mil años, y sobrevivieron hasta hace relativamente poco, según los estándares geológicos. Los últimos murieron en una isla cerca de Siberia hace unos cuatro mil años.

—¿Por qué se murieron? —preguntó K'Neisha.

—Es una buena pregunta, y la respuesta es que en realidad no se sabe. En aquella época había humanos que cazaban mamuts, así que en parte fue por eso. Pero no pasa como con los dinosaurios, no hubo un fenómeno suficientemente importante como en el caso del meteorito que se estrelló contra la Tierra. Probablemente, el cambio climático tuvo mucho que ver. El planeta se calentaba más rápido de lo que ellos podían adaptarse.

En el centro de la sala había una cría de mamut.

—¡Oh! —exclamó K'Neisha—. ¡Es monísimo!

—Este es de verdad, no es una reproducción —explicó Jill—. En el cartel pone que lo han traído temporalmente desde Rusia. Se llama Liuba.

—Hola, Liuba —saludó K'Neisha.

La cría de mamut era demasiado pequeña para tener pelo, de modo que se apreciaba claramente cada pliegue de su piel, por lo cual aún se parecía más a un bebé elefante. Conservaba incluso las pestañas.

—Dice que Liuba nació hace cuarenta y dos mil años en Siberia y vivió unos treinta y cinco días —explicó Jill—. También dice que se cayó en una charca de lodo. Debió de congelarse muy deprisa para estar tan perfectamente conservada. Gracias a ella y a los restos de otros mamuts, los científicos están planteándose clonar un ejemplar y dotarlo de vida. ¿Os imagináis cómo sería tener mamuts otra vez corriendo por el mundo?

Los niños asintieron con entusiasmo ante aquella idea tan emocionante, y a continuación regresaron a la exposición de dinosaurios.

—Maria, ¿ves el cadáver? —preguntó Henry.

Había usado cinta adhesiva para atar el portátil de la doctora Champey a un soporte de suero intravenoso, y lo había conectado a su teléfono móvil. El cuerpo desnudo de la joven doctora yacía en la camilla, con un brazo levantado por encima de la cabeza y el otro estirado como si quisiera darle la mano a alguien. Tenía las rodillas alzadas en el aire, con el torso ligeramente inclinado hacia delante gracias a un libro de medicina que Henry le había colocado entre los omoplatos. Sus ojos inmóviles estaban fijos en la bombilla situada justo encima. La dama azul.

Henry se permitió a sí mismo unos instantes de compasión por ese último acto vejatorio, pero la medicina era así, y sabía que la joven doctora habría estado dispuesta a sacrificarse. Le habría gustado conocerla en vida, haber sentido la calidez de aquella mano que tendía. Nunca dejaba de sorprenderle la frialdad de los muertos.

—Sí, Henry, tenemos buena conexión.

En Ginebra, la transmisión de Henry se proyectaba en una pantalla del mismo auditorio donde tan solo un día antes se hallaba en persona.

—Por desgracia, no tenemos ni siquiera el instrumental básico para realizar una autopsia en condiciones —explicó Henry—. Pero necesitamos tejido de los órganos, así que haré lo que pueda.

Se apartó un momento del cadáver y lo observó con una mirada ecuánime y analítica.

—Aparenta unos treinta años. Tiene la musculatura bien definida, tal vez practicaba atletismo o *running*. Como podéis ver, la cianosis le afecta de forma global, lo que indica una falta de oxígeno con una acusada predominancia en la parte superior del tronco. Mide aproximadamente un metro sesenta y cinco, aunque cuesta decirlo con exactitud debido a la contractura del *ri-gor mortis*. La mesa de exploración no tiene báscula, pero calculo un peso aproximado de cincuenta y cuatro kilos.

Henry observó la costra formada por la sangre seca en los ojos y la nariz de la doctora, y la flema espumosa alrededor de la boca.

—Epistaxis —dijo—. Es probable que tenga una hemorragia interna importante.

El cólera no provocaba hemorragias.

Henry le levantó el labio. Tenía los dientes blancos, bien cuidados. No se observaban señales de ictericia.

—Doctor Parsons, ¿hay alguna lesión superficial? —preguntó uno de los médicos del auditorio.

Henry detectó una pequeña cicatriz en la barbilla de la joven y la marca de la vacuna antivariólica en el hombro izquierdo. Aparte de eso, tenía la piel impecable, pensó con tristeza. Apenas se adivinaba un tatuaje en la muñeca; parecía una herradura.

No contaba con instrumentos para practicar la autopsia, de modo que tuvo que improvisar y utilizar los únicos utensilios de que disponía. En lugar de bisturí, encontró una navaja en un cajón. Aquello iba a ser un drama, pensó mientras probaba el filo. Quería actuar del modo más respetuoso posible.

—Procedo a seccionarle el tórax —dijo.

Efectuó la incisión inicial, trazando un arco desde el hombro derecho hasta debajo del pecho, y a continuación hizo un corte paralelo en el lado opuesto. El cuchillo arañaba la carne y ofrecía resistencia a la tarea que Henry lo obligaba a realizar. De la incisión brotó un hilo de sangre con densidad de hielo a medio fundir. Luego abrió el vientre hasta la pelvis, retrajo la capa de tejido del pecho y cubrió con ella el rostro de la joven.

Recogió una muestra de la sangre coagulada y la guardó en una bolsa para bocadillos que encontró en la despensa.

Había una fina capa de grasa amarillenta que Henry rascó para dejar al descubierto el esternón.

—Ahora viene cuando os pido disculpas —dijo Henry—. No dispongo de ninguna sierra, tendré que improvisar. —Los patólogos normalmente usaban tijeras de podar para abrirse paso a través de las costillas. Henry, en cambio, solo encontró unas tijeras para cortar vendas cuyas hojas arañaban el hueso sin apenas resultado—. Voy a intentar partir el esternón —dijo—, a menos que alguien tenga una idea mejor.

En Ginebra todos guardaron silencio.

Henry levantó las tijeras por encima de su cabeza y a continuación las hundió en el hueso con todas sus fuerzas.

En ese momento sucedió algo. Los médicos del auditorio ahogaron un grito. Al principio Henry no sabía muy bien qué había ocurrido, pero enseguida vio que tenía la bata cubierta de un líquido espumoso de color rosa.

El esternón tenía tan solo una pequeña fractura. Henry lo golpeó una y otra vez. El líquido le goteaba de la bata y le cubría el pelo y las orejas. Tenía las gafas tan manchadas que apenas veía. Volvió a golpear el hueso. No oyó los gritos de Maria, lo único que le preocupaba era romper las costillas y descubrir el misterio que escondían. Cuando por fin consiguió separarlas, el desastre se hizo evidente. Donde deberían haber estado los pulmones había una especie de charco espumoso.

—Hay una espuma viscosa con sangre —observó Henry casi sin voz—, un proceso hemorrágico y edematoso muy extendido. Al parecer, es la causa de la muerte... —Henry, de repente, se quedó sin voz y tuvo que hacer un esfuerzo por serenarse—. La causa de la muerte de esta valiente doctora es evidente —dijo—. Se ahogó con sus propios fluidos.

En Ginebra siguió reinando el silencio hasta que habló Maria:

—Henry, voy a ordenar una cuarentena total. Por la mañana tendrás ahí a un equipo, pero, por Dios, deja lo que estás haciendo. Ve a lavarte de inmediato. Continuaremos desde donde has acabado hoy.

Henry tenía una última misión. Envió el e-mail de la doctora Champey a Luc Barré gracias a su teléfono por satélite. A continuación salió de la tienda y cruzó con penas y esfuerzos el cenagoso campamento. Estaba oscuro y el monzón exhibía toda su fuerza. A través de las estrechas aberturas de sus tiendas, los detenidos lo observaban con pánico en sus ojos. Era un espectro, el fantasma del futuro que los esperaba a todos. Cuando llegó a la verja, esta se abrió y se cerró tras de sí. Henry reparó en su maleta abandonada en el porche de la casa del oficial. No había rastro de Bambang ni de su tuk-tuk.

Estaba prácticamente seguro de que la enfermedad de Kongoli no era bacteriana. Se trataba de algo nuevo. Tal vez fuera un coronavirus como el SARS o el MERS, o un paramixovirus como el Nipah, pero Henry no podía dejar de pensar en la curva de mortalidad en forma de W, famosa por definir la epidemia de gripe española de 1918. En eso estaba pensando mientras, de pie bajo la lluvia, se despojó de la ropa y se lavó el pelo y el cuerpo a la vista de los detenidos y del oficial al mando. Estaba tan desnudo como la joven doctora en cuyo cuerpo había irrumpido con esa violencia.

Durante toda su vida profesional, Henry había imaginado que en algún momento se vería cara a cara con una enfermedad más astuta que él, más implacable, más despiadada. Era como un juego, un combate. Todas las enfermedades tenían sus puntos débiles, y Henry había forjado su carrera a fuerza de ser el mejor en comprender la estrategia que empleaba una enfermedad infecciosa, en deducir su siguiente movimiento, en imaginar el brillante contraataque. Terminaría alzándose con la victoria si contaba con tiempo suficiente. Algunas infecciones no conceden tiempo, y entonces debes confiar en la suerte. Por el momento, la suerte siempre le había sonreído.

En el caso que le ocupaba, sin embargo, tenía la sensación de que ni la buena fortuna ni el tiempo estaban de su parte.

Jill había regresado al aula y estaba sacando los dinosaurios de arcilla del horno cuando, a través de megafonía, la llamaron para que se personara en el despacho del director. Jamás hasta entonces la habían convocado de esa forma, por eso supo enseguida que algo iba mal. Lo primero que le vino a la cabeza fueron sus hijos, pero intentó apartar ese pensamiento mientras, tras dejar a Vicky al cargo de la clase, fue pasando frente a las otras aulas, donde todo seguía su curso sin alteraciones. El corazón le latía al doble de la velocidad habitual.

—Te llaman por teléfono —anunció la administrativa—. Me han dicho que era urgente.

—Se trata de Henry —dijo Maria Savona cuando Jill se puso al aparato.

Jill llevaba años esperando una llamada como esa.

—Se encuentra bien, pero corre el riesgo de haberse contagiado de algo que no conocemos. En estos momentos un equipo ya está volando a su encuentro.

—¿Dónde está?

—Sigue en Indonesia, en aislamiento. Queremos que se quede allí unos días para ver si aparecen síntomas. Trata de no preocuparte en exceso. No sabemos por qué vía se transmite la enfermedad, ni siquiera si es contagiosa. Podría deberse a una intoxicación, o a un parásito. Aun en el caso de que se transmita por el aire, lo más probable es que Henry esté a salvo, porque llevaba mascarilla. Pronto tendremos más noticias.

Jill sabía por Henry que una mascarilla no era una gran medida de protección. Debería haber usado un respirador facial completo y un traje de protección Tyvek para trabajar en una zona de alto riesgo. ¿Por qué no había pensado en ello?

—Quiero ser sincera contigo, Jill. Es culpa mía. Soy yo quien lo envió allí, ha ido para hacerme un favor. Si le pasa algo malo, nunca me lo perdonaré.

Pero no era culpa de Maria. Henry habría ido de todos modos.

De camino a casa, Jill se detuvo en la pastelería de Little Five Points a recoger la tarta para el cumpleaños de Teddy, que se celebraría al día siguiente. Estaba decidida a comportarse como si no pasara nada. Henry sabía cuidar de sí mismo. Les diría a los niños que... Ya se le ocurriría algo.

—¡Teddy, el cumpleañero! —exclamó la mujer de pelo cano con un delantal a rayas de colores.

El mostrador estaba lleno de galletas, *cupcakes* y tiernas rebanadas de pan de miel, un millón de tentadoras calorías que pedían a gritos un lugar donde instalarse. Solamente el olor ya engordaba, pensó Jill. Pero la tradición era la tradición, y había que cumplirla.

En el interior de la caja había un pastel *red velvet* con cobertura blanca y tres figuritas de los Minions. Teddy sonrió, y al hacerlo mostró el hueco de un diente incisivo. Le encantaban los Minions.

—Edna, has vuelto a dar en el clavo —admitió Jill.

—Ah, es que conozco bien a mis clientes —respondió la pastelera—. ¿Y tú qué, Helen? ¿No coges una galleta? Las de avena con pasas acaban de salir del horno.

Jill enfiló el camino de entrada de su casa. Vivían en Ralph McGill Boulevard, cerca de la Biblioteca Presidencial Jimmy Carter, en una casa de dos plantas construida con ladrillo rojo en la década de 1920 y que habían comprado durante la crisis. La levantaron los propios dueños del almacén de venta de ladrillos, de modo que era consistente, «de aquellas que el lobo jamás podría derrumbar de un soplido», según palabras de Henry. En esa época aún no tenían a los niños, ni tampoco dinero, por eso la habían decorado ellos mismos. Henry era un manitas. Se montó un taller en el sótano donde construyó las molduras para los techos de tres metros de altura, mientras Jill pintaba la sala de estar y el comedor. Un día Henry agarró un mazo y derribó las paredes de madera traslapada del lavadero situado detrás de la cocina, tras lo cual convirtió el espacio en un porche acristalado. Era allí donde comían y cenaban habitualmente. Por la noche, Jill y Henry se sentaban con una copa de vino y contemplaban las cinias y las tomateras del jardín. Hablaban de todo un poco. Era la felicidad cotidiana, algo que los dos habían construido juntos.

La casa tenía una buena estructura. Una amplia sala de estar con mucha luz daba a una galería revestida con grandes baldosas que recorría la casa en toda su amplitud. A los niños les encantaba jugar allí. Había un columpio amish que habían comprado en internet y, detrás, una celosía que servía de soporte a un granado cultivado en espaldera por Henry.

La planta superior se la habían alquilado a la señora Hernández, una anciana solitaria que decía tener solo un gato, pero que siempre convivía con más. Cuando el olor de los excrementos se volvía insoportable, Jill subía a decirle cuatro cosas. En realidad, habría querido echarla de allí y quedarse con la casa entera, puesto que en la actualidad podían permitírselo. De esa forma, los niños dispondrían de mucho más espacio y Jill y Henry podrían ocupar el dormitorio principal situado arriba. El tema era motivo de disputas conyugales continuas. Henry era un hombre ahorrador. En la planta baja había tres dormitorios y, según decía, eran más que suficientes para acoger a toda la familia. Además, el dinero del alquiler les permitía cubrir la mayor parte de la hipoteca. Jill, sin embargo, sospechaba que su bondad le impedía pedir a la señora Hernández que se marchara de allí.

Depositó la caja con el pastel sobre la encimera de madera maciza de la isla de la cocina.

Teddy había invitado a tres amigos a comer tarta. Nunca le habían gustado demasiado las fiestas, a diferencia de Helen. Los dos niños eran muy distintos. Después de todos los problemas que tuvo Jill para quedarse embarazada, a Helen la llamó su «bebé milagro». No imaginaba que tendría otro hijo, Teddy —Theodore Roosevelt Parsons—, a quien pusieron el nombre del presidente que había realizado una expedición con consecuencias casi funestas en la remota cabecera del río Amazonas. Henry había visitado esa misma región del oeste de Brasil, una selva tropical cerca de la frontera con Bolivia, en uno de sus viajes por motivos epidemiológicos. Los indios de la tribu cinta larga, que explotaban una mina de diamantes, estaban muriendo de forma misteriosa. Cuando llegó Henry, solo unos pocos miembros de la tribu seguían con vida. Investigó la causa de la enfermedad; Jill creía recordar que la provisión de azúcar había sido contaminada por narcoterroristas en un intento de hacerse con la mina, o algo por el estilo. Una de las mujeres moribundas estaba a punto de dar a luz, y Henry le practicó una cesárea y descubrió que el niño estaba vivo. Se lo llevó a casa y lo llamó «bebé milagro 2».

Desde un buen principio, Teddy se mostró serio y retraído. A Jill le preocupaba y temía que aquella personalidad tuviera que ver con los efectos del veneno. Incluso de recién nacido, a Jill le parecía un niño extrañamente circunspecto, como un príncipe de cuento al que hubieran secuestrado y que un día reivindicaría su reino. Teddy era menudo pero de constitución fuerte, y muy pero que muy curioso. Sus ojos oscuros tenían un brillo de ónice pulido. Jamás perseguía la popularidad, pero los otros niños se sentían atraídos por su halo de autosuficiencia. En eso se parecía a Henry; era cordial pero no necesitaba impresionar a nadie, irradiaba una especie de seguridad en sí mismo poco habitual para su edad.

El problema era Helen. Nunca había llegado a acostumbrarse a que la familia contara con un nuevo miembro, cuatro años menor que ella, y con quien rivalizaba en muchos aspectos. Helen era una pelirroja larguirucha con la cara salpicada de atractivas pecas. La vida la favorecía de forma natural: los profesores la adoraban, las otras niñas la envidiaban, los chicos la pretendían y era muy solicitada por equipos y clubes deportivos. Estaba destinada a desplegar su potencial de modos que Jill tan solo lograba intuir. A veces se descubría observando a su hija en traje de baño, o mientras se preparaba para acostarse, y se maravillaba de haber engendrado un miembro de la especie humana tan encantador.

Con todo, a Jill le preocupaba Helen. Era como el cristal, perfecta pero frágil. Era caprichosa y exigente. En su mundo, tan solo Teddy le hacía verdadera sombra a la hora de conseguir afecto y elogios, y como él no buscaba ninguna de esas cosas, su modestia se veía recompensada por aquellos que admiraban su inteligencia y su aplomo.

Antes de que llegaran los invitados a la fiesta de Teddy, Jill puso las noticias. En la Fox, Bret Baier hablaba sobre el atentado terrorista en Roma. Cambió a la CNN. Wolf Blitzer se dirigía a un periodista delante de la sede de la OMS, frente a una avenida cubierta con banderas de las distintas naciones. «Indonesia está de acuerdo en permitir que las cámaras internacionales controlen los puertos y los medios de transporte —anunciaba el periodista—. Mientras tanto, el campamento de Kongoli ha sido acordonado, y las autoridades aseguran que tienen la situación bajo absoluto control.»

«Oh, Henry —pensó Jill—, ¿cuándo volverás a casa?»

4

El Ala Oeste

De algún modo, todo el mundo conseguía salvar la ventisca primaveral. El tráfico de Washington era horrible cualquier día de la semana, pero, bajo la nieve, la ciudad se volvía casi impracticable. En esos momentos, un sol cegador rebotaba en el blanco manto que cubría la Rosaleda y derretía los carámbanos de la columnata, pero en la Sala de Crisis, situada en el sótano del Ala Oeste, siempre era de noche; se trataba de una mazmorra dotada de alta tecnología. Allí era donde el presidente y sus consejeros ejercían el mando, controlaban las fuerzas estadounidenses repartidas por el mundo y se ocupaban de las crisis domésticas. Las paredes de caoba estaban cubiertas de monitores de pantalla plana para videoconferencias de alta seguridad, una hilera de sillas de cuero negro dispuestas con orden militar rodeaba la larga mesa ovalada, y el techo estaba tachonado de sensores para detectar aparatos de escucha y señales de teléfonos móviles no autorizadas.

Los miembros del Comité de Delegados del Consejo de Seguridad Nacional —que, además de la CIA, incluía el Departamento de Estado, la Oficina de Administración y Presupuesto, el Departamento del Tesoro, Justicia, el Estado Mayor Conjunto y el Departamento de Seguridad Nacional— hojeaban el grueso de documentos de la mañana en busca de algo nuevo o útil. Su trabajo consistía en reducir al máximo la carga de los asuntos de sus ocupados jefes y presentarlos de forma inteligible. Por lo general, el comité estaba presidido por el número dos del Consejo de Seguridad Nacional, pero la mujer que ocupaba el puesto se había roto la pierna en un accidente de esquí en Jackson Hole, así que le tocó a Matilda Nichinsky hacerse cargo de la agenda.

Cual pompa de jabón, Tildy había pasado flotando sin llamar la atención por entre los estratos de la burocracia de Washington y había ascendido hasta la subsecretaría de Seguridad Nacional sin que nadie terminara de percatarse. Era una discreta conocedora de secretos que gozaba de la confianza de todos para facilitar las decisiones tomadas por sus superiores, tal como llevaba haciendo durante los últimos veintisiete años. Su vida era solitaria pero acomodada y contaba con excelentes beneficios. En el hermético mundo que habitaba, Tildy era importante, aunque no tanto como merecía. Nadie acababa de ser consciente de las batallas clandestinas que había librado, de las victorias silenciosas, de los enemigos a los que había dejado atrás, tirados en la cuneta. Tenía un talento peculiar para conseguir que la subestimaran.

—¿Quién es ese grupo que se atribuye el atentado de Roma? —preguntó Tildy.

—Se hacen llamar la Brigada 313 —respondió el hombre de la Agencia—. Son los mismos que planearon los atentados de Bombay en 2008. Se llaman así por los trescientos trece combatientes que se unieron al profeta Mahoma en su primera campaña militar. Liquidamos a su líder en 2011, justo un mes después de que cayera Bin Laden. Como en todos los grupos de Al Qaeda, su único objetivo es matar al máximo número de personas posible. Creemos que son peligrosísimos.

Defensa preguntó si había información sobre futuros atentados, pero no se sabía nada.

Los otros miembros asintieron sin indicios de sorpresa. Se

trataba de un parte típico de la Agencia. Muchas veces las alarmas no se correspondían con información que mereciera la pena tener en cuenta. No sabían que iba a producirse el atentado, no sabían dónde estaba planeado; todo cuanto sabían era que el grupo era peligrosísimo. La Agencia era como un camión de bomberos sin conductor y sin un destino concreto, que circulaba con la sirena a todo meter y sin agua para las mangueras.

—Una cosa más sobre el atentado de Roma —empezó a decir el miembro de la Agencia—: había un grupo de turistas alemanes en un café cerca de la *piazza*. Sobrevivieron a las bombas, pero dos días más tarde, cuando regresaron a Stuttgart, cuatro de ellos se sintieron enfermos y uno murió. Es posible que los otros también mueran. En su país creen que los envenenaron.

—¿Con qué? —preguntó Tildy.

—Botulina. Los del laboratorio nos han dicho que es la toxina más potente que existe. Un solo gramo es capaz de matar a un millón de personas. Por suerte para nosotros, el calor de la explosión habrá destruido la mayor parte de las bacterias.

El Departamento de Estado habló de las nuevas tensiones entre Irán y Arabia Saudí provocadas por un grupo separatista árabe de Ahvaz, en el sudoeste de Irán, junto a la frontera con Irak.

—Rebeldes huties de Yemen han adquirido misiles más precisos de Teherán, y tienen Riad fácilmente al alcance —informaron—. Un lanzamiento certero podría hacer estallar una guerra abierta con Irán.

Tildy se dirigió a los de Defensa:

—¿Tenemos suficientes recursos en el Golfo?

—¿Para qué? —preguntaron—. Si hablamos de evitar que un conflicto de bajo nivel aumente, es probable. Hasta ahora, en la guerra civil islámica solo han participado peones, pero las piezas importantes están sobre el tablero. Tendremos que decidir cuánto queremos arriesgar en una región que parece empeñada en la destrucción mutua.

Estado metió baza:

—Los saudíes quieren dominar todo el Golfo, y luego la Región Islámica al completo. La única forma de hacerlo es destruir Irán.

Tildy pidió al Departamento de Energía una estimación del tiempo necesario para que Irán retomara la producción masiva de combustible nuclear.

—Han construido una planta nueva con capacidad para activar sesenta centrifugadoras avanzadas al día. Según nuestra valoración, pueden producir suficiente uranio altamente enriquecido para fabricar una bomba cada seis semanas, si así lo deciden. Y es probable que ya lo hayan decidido.

Pensamos. Creemos. Sospechamos. Tal vez esto, probablemente lo otro.

Tildy llevaba en el gobierno el tiempo suficiente para saber que los servicios de inteligencia casi siempre carecían de fundamento y precisión, por ese motivo resultaba tan fácil manipularlos. Todo el mundo contaba con una pieza del rompecabezas geopolítico, o eso creía, pero nadie tenía una idea clara de lo que ocurría realmente. ¿Estaban los saudíes detrás de la insurgencia de Irán? ¿Había apoyo por parte de Estados Unidos? ¿Tenían los saudíes y los iraníes intención de armarse para una auténtica catástrofe o se trataba tan solo de rumores? ¿Estaban marcándose un farol? Reunían hechos parciales de aquí y de allá para apoyar acciones irreflexivas en partes del mundo donde Estados Unidos tenía pocos amigos y ningún interés nacional decisivo. «Así es como nos metimos en lo de Vietnam —pensó Tildy—. Y en lo de Irak. Y en lo de Libia. Y así sucesivamente.» La información chapucera casaba con la fanfarronería ideológica. Billones de dólares malgastados. Entretanto, el propio gobierno estaba en el punto de mira. Todas las personas de aquella sala, a excepción del Departamento de Defensa, representaban a un organismo que estaba perdiendo fuelle, y todo por infortunios resultantes de conjeturas basadas en datos incompletos. Estados Unidos no disponía de dinero para seguir siendo el país de siempre. Ni de agallas.

Una vez más, según percibió Tildy, el orden del día no incluía a Rusia. Hacía tiempo que la vieja influencia de Rusia en los servicios de inteligencia y el Departamento de Estado se había eliminado, en línea con lo que parecía un vaciado de memoria institucional. «Todo el mundo sabe lo que está ocurriendo —pensó—, pero nadie sabe adónde nos conducirá.» Y pronto nadie recordaría cuál era el objetivo.

De joven, Tildy había pasado tres años en el Servicio de Exteriores, destinada en San Petersburgo como funcionaria política. Era un momento histórico embriagador, justo después de la caída del Muro de Berlín. Gorbachov ganó el Premio Nobel de la Paz. La Unión Soviética, el monstruoso instrumento de opresión, por fin sucumbió —¡zas!— a sus contradicciones internas. Era posible creer que la historia había llegado a un verdadero desenlace, que el capitalismo democrático era el destino inevitable de la humanidad. La paz y la armonía eran valores cotidianos. Estados Unidos dominaba el mundo sin ningún rival a la vista.

En aquella época, Vladímir Putin era un joven funcionario que trabajaba en el gabinete de la alcaldía de San Petersburgo, de modo que Tildy lo veía con regularidad. Por su condición de antiguo espía, era lógico que el hombre la mirara como si ella también lo fuera. Putin no ocultaba en absoluto su pasado —¿para qué molestarse?— y la trataba como a una especie de aprendiza a quien dar pequeños consejos. «Le beneficia venir a estos sitios», le decía en la feria de maquinaria agrícola o durante un cóctel en el precioso consulado sueco en Malaia Koniushennaia Ulitsa. Señalaba a su nueva «homóloga», tal como él la llamaba, recién llegada de París o de Bonn. Una vez le agarró el brazo con picardía y la guio hasta el otro extremo del salón para presentarle a una imponente mujer ataviada con un blazer de seda negra. «MI6», susurró. Y cuando Tildy aseguraba que no era más que una humilde delegada política, Putin sonreía y miraba hacia otro lado con aire cómplice.

Nadie lo diría, pero en aquella época Tildy tenía una bella figura que todavía no había sido arruinada por el consuelo de los canapés, los bombones y quizá cierto exceso de vino durante la cena. No estaba segura de las intenciones de Putin, pero daba parte de cada uno de sus encuentros para mantener limpia su reputación. Aquel hombre era un especulador, por decirlo sutilmente. Rusia estaba arruinada y quebrantada, y tenía que vender recursos naturales —ya fuera madera, petróleo o metales preciosos— a cambio de alimentos importados. En San Petersburgo, todos los tratos pasaban por Putin, que estaba al mando de la Oficina de Comercio Internacional e Inversiones. Gran parte de la comida jamás llegaba a su destino; acababa convertida en sobornos de dinero contante y sonante. Tildy culpaba a Putin de que la gente se muriera de hambre mientras por sus sucias manos pasaban decenas de millones de dólares. Lo investigaron, pero jamás se llegó a nada concluyente. Por aquel entonces ya era intocable.

Pocas veces descuidaba su expresión, pero había momentos en que su rostro perdía aquel aire tan cautelosamente circunspecto, y Tildy captaba en sus ojos un atisbo de mirada depredadora y el rictus serio y cruel de su boca. Entonces reaccionaba como si acabara de despertarse de la siesta y sacudía la cabeza. Esbozaba una sonrisa y volvía a desplegar sus encantos. Manifestaba entusiasmo por la cultura estadounidense. En una ocasión memorable, en un crucero por los canales durante el Festival de las Noches Blancas, interpretó una melodía de Fats Domino en el teclado de la orquesta. Los estadounidenses que había a bordo se mostraron encantados. Pero Tildy lo había visto sin la máscara y reconocía al asesino oculto tras ella. En el caos de la depravación que siguió a la caída del imperio, ese individuo singular contaba con la ventaja de saber lo que quería. Quería venganza.

Había fijado su objetivo en el corazón mismo de Estados Unidos —la democracia— y tiraba a matar. Mientras Tildy permanecía sentada en la Sala de Crisis con algunos de los líderes más poderosos del gobierno, ninguno sospechaba que Putin había apretado el gatillo, y por nada del mundo estaba dispuesto a fallar.

El último punto de la agenda era la irrupción de una misteriosa enfermedad en Indonesia.

—Imagino que me toca ocuparme a mí, ya que entre nosotros no hay ningún responsable de sanidad —dijo Tildy, y en ese momento el hombre de la Agencia se levantó para marcharse.

—Tengo una reunión al otro lado del río —masculló.

—Un momento —lo detuvo Tildy en un tono de vieja mosqueada por el que sería mejor no llevarle la contraria—. Tengo algunas preguntas sobre este tema.

El hombre volvió a sentarse de mala gana.

—Parece una enfermedad completamente nueva —empezó a decir Tildy—. ¿Podría tratarse de un arma biológica?

—Puede ser —admitió el miembro de la Agencia sin mostrar una gran disposición.

—¿O se ha escapado de algún laboratorio? —siguió preguntando Tildy.

—No disponemos de información —respondió el hombre.

A Tildy no le sorprendió.

—Es todo por hoy —concluyó, y dejó que los asesores volvieran a ocupar sus respectivos lugares en un mundo cada vez más frío.

5

Cuarentena

—Estoy bien —fueron las primeras palabras que pronunció Henry. Jill rompió a llorar nada más oírle la voz, a pesar de que en Atlanta eran las cinco de la madrugada—. Me acaban de devolver el móvil, si no te habría llamado antes.

—¿Dónde estás?

—Tengo una tienda para mí solo. Están llegando equipos de médicos de todas partes. En cuestión de horas se habrán puesto manos a la obra.

—¿Cuánto tiempo tendrás que estar en cuarentena?

—Catorce días, siempre que no aparezcan síntomas.

—¿Y tienes alguno?

—No. No te preocupes, anda.

—Debes de estar subiéndote por las paredes.

—Estoy que trino. Tendría que ser yo quien dirigiera el equipo, pero en vez de eso me toca quedarme en esta tienducha donde solo hay un plegatín y una silla de camping.

Jill se echó a reír al imaginarse la estampa, puesto que se sentía muy aliviada, aunque la mera idea de saber que Henry estaba confinado y solo en mitad de una grave crisis sanitaria le resultaba desgarradora.

—Si no fuera por ti, no estarían donde están —le recordó.

—Diles a los niños que los quiero mucho —la atajó él—. Y que volveré a casa en cuanto pueda.

A continuación, telefoneó a Maria y le dictó los nombres de los miembros del equipo al que quería que reuniera.

—Necesito que Marco esté al frente —decidió.

Se refería a Marco Perella, un compañero con quien había compartido muchas campañas sanitarias. Era inteligente, irónico y fiable. Inició su carrera como funcionario en el Servicio de Inteligencia Epidemiológica, en el laboratorio de los CDC dirigido por Henry, y se había convertido en su número dos.

—Está volando hacia allí —anunció Maria.

—Y nos hará falta algo más que un laboratorio de campo básico.

—Ya lo he tenido en cuenta —dijo ella.

—No pierdes el tiempo —comentó Henry en tono aprobatorio.

—He hecho una lista de todas las cosas que sabía que ibas a pedirme y las voy tachando.

—Me conoces demasiado bien —dijo él—. Escucha, Maria: las autoridades indonesias tienen que saber lo grave que es este asunto. Es poco probable que consigamos contener el brote para que el contagio no se extienda fuera del campamento. Necesitamos localizar a todo aquel que haya entrado o salido de aquí durante el último mes: servicios de alimentos, personal militar, médico... Todas y cada una de las personas.

—¡Henry, ya estoy en ello! —protestó Maria.

—Perdona, lo sé. Nadie lo haría mejor que tú. Es que me cuesta aceptar que tengo que mantenerme al margen.

—No estás al margen. De ti dependemos todos. Nos pondremos en contacto contigo a diario.

Antes de colgar, Henry expresó sus sentidas condolencias a Maria por la amiga que había perdido en el atentado de Roma.

—Ah, sí, gracias, Henry. Nos criamos juntas. Era mi mejor amiga desde la infancia. Su familia lo está pasando muy mal.

—Para ti también es duro, lo sé.

—¿Sabes qué es lo más duro? —siguió diciendo Maria, y se le quebró la voz—. El odio que siento hacia los que han provocado tal atrocidad. No les importa el valor de las vidas que se han llevado por delante. Su único objetivo es matar y atraer la atención hacia aquello por lo que se sienten agraviados. Puede que inconscientemente quieran que nos sintamos igual que ellos; y yo ahora sé bien lo que eso implica. He trabajado toda la vida en pro de la salud y la paz, pero ahora la ira se ha apoderado de mí. No soporto lo que le han hecho a mi amiga, y desprecio profundamente a la persona en quien me han convertido.

Henry no tardó mucho en recibir una llamada de Marco desde el avión. Lo acompañaba una docena de los mejores investigadores de Atlanta. Se reunirían con el equipo de la OMS y con otros profesionales que también iban de camino. Marco y Henry se enfrascaron en un procedimiento ya familiar para eliminar posibles patógenos y concentrarse en las causas más probables de la enfermedad, sin embargo, al mismo tiempo querían asegurarse de que no estaban pasando por alto supuestos menos evidentes.

—Cianosis —dijo Marco, señalando el síntoma más característico—. ¿Crees que se trata de una intoxicación?

Henry sopesó la posibilidad. Había casos de mujeres que morían tras ingerir nitrobenceno para provocar el aborto, y se ponían azules. También era conocido que antiguamente los impresores se suicidaban bebiendo tinta china. Por otra parte, algunos metales pesados como el cadmio causaban la cianosis, pero el nivel de exposición tenía que ser elevadísimo.

—¿Y el veneno para ratas? —preguntó Marco—. Eso podría explicar la hemorragia.

El campamento estaba infestado de ellas. La mayoría de los raticidas que se utilizaban para combatirlas eran anticoagulantes, pero la muestra de sangre que Henry había extraído del cadáver de la doctora estaba hipercoagulada. Si las ratas fueran las portadoras de la enfermedad, esta se propagaría a través de las garrapatas o las pulgas, como la peste bubónica. En ese caso, una vez que la bacteria causante de la enfermedad, *Yersinia pestis*, llegaba a los pulmones, pasaba a transmitirse entre los seres humanos, era altamente contagiosa y prácticamente imposible de tratar. La letalidad casi alcanzaba el cien por cien.

A Henry siempre le asaltaba el temor de que reapareciera alguna variante de la peste. Había hecho un curso en la Johns Hopkins sobre historia de la medicina y quedó fascinado por la bacteria que la provocaba. Su profesor había dibujado en la pizarra una gráfica que mostraba una estimación de la población humana a lo largo de los tiempos. Se observaba un crecimiento estable hasta el siglo VI, momento en que, durante el reinado del emperador romano Justiniano, murieron cincuenta millones de personas —aproximadamente una cuarta parte de la población mundial—. La siguiente epidemia de peste fue el brote más letal de toda la historia de la humanidad. Conocida como «peste negra» por la gangrena que aparecía en las extremidades de la persona infectada, empezó en China en 1334 y se propagó por las rutas comerciales hasta Asia Central y Europa, aniquilando nada más y nada menos que a doscientos millones de personas antes de remitir en 1353. La última epidemia de la enfermedad también se había originado en China a mediados del siglo XIX, y, gracias a los barcos de vapor, se había extendido rápidamente por todo el mundo. Solo la India había perdido a veinte millones de habitantes, y casi el ochenta por ciento de los que contraían la enfermedad moría por su causa. Aún no existía una vacuna efectiva para la peste neumónica.

Henry había recibido varias picaduras de pulgas en la tienda donde estaba pasando la cuarentena. Con todo, en los cadáveres de Kongoli no había observado las lesiones inflamadas características de la peste.

—Es posible que las transmisoras sean las ratas —concluyó Henry—, aunque, según las notas de la doctora Champey, al principio el contagio fue lento y luego el brote se propagó rápidamente por todo el campamento, siguiendo el patrón de una enfermedad infecciosa.

—¿Conoces la media de edad de las víctimas mortales? —preguntó Marco.

—Están realizando el último recuento —explicó Henry—. La mortalidad se da sobre todo en hombres jóvenes, pero es que toda la población del campamento es masculina y más bien joven. Otro aspecto que debe tomarse en consideración es que el motivo por el que inicialmente Médicos Sin Fronteras acudió al lugar fue para tratar la infección por VIH, de modo que puede deducirse que un porcentaje significativo de los detenidos tiene un sistema inmunitario debilitado. Eso en cierto modo haría que la enfermedad fuera menos temible si llegara a propagarse entre la población general.

—Pero es de suponer que los médicos no tenían el VIH y, sin embargo, también han muerto —observó Marco.

—Sí, y de un modo bastante fulminante —convino Henry—. Podríamos estar frente a una enfermedad que no suele afectar a las personas, pero debido a la baja respuesta inmunitaria se ha adaptado y se ha hospedado en el cuerpo humano.

—¿Y cuál es la vía de transmisión? —preguntó Marco—. ¿Los mosquitos, tal vez? ¿Alguna bacteria del agua?

—La enfermedad se propaga demasiado rápido para que sea cosa de los mosquitos —respondió Henry—. Por lo demás, veremos si la transmisión se frena cuando tu equipo se encargue de controlar la procedencia de los alimentos y del agua; aun así, no he observado las características de ninguna bacteria de las que yo conozco. Apostaría a que se trata de un virus.

—¿El ébola?

—La repentina aparición de los síntomas indica que sí. Letalidad elevada, transmisión rápida, fiebre hemorrágica... Sí, podría ser el ébola. Pero la única cepa del virus que se conoce en Asia es el Ébola-Reston, y no se considera un patógeno en los humanos.

—¿Qué hay de la fiebre de Lassa o el virus de Marburgo?

—Los portadores de esas enfermedades son los ratones africanos y los murciélagos frugívoros egipcios, y ninguna de esas especies se encuentra en Indonesia.

—O sea que estamos frente a un enigma —concluyó Marco.

—Un enigma considerable —admitió Henry.

—Cuídate, Henry —dijo Marco antes de interrumpir la conexión—. Vamos a necesitarte.

Henry había llegado a la virología en un momento avanzado de su carrera. Sus primeros trabajos guardaban relación con las bacterias altamente patógenas, fuente de muchas enfermedades terribles: la neumonía, una de las más mortíferas de la historia; la peste, palabra que en sí misma provocaba terror; la tuberculosis, que seguía siendo la principal causa de muerte por enfermedad infecciosa. Sí, Henry les tenía respeto a las bacterias. Había llegado un momento en que creía comprender los hábiles mecanismos mediante los que se producía el contagio. Y entonces, frente al ébola, había vuelto a encontrarse en pañales. Entre las muchas enfermedades que existían, el ébola era una diva: dramática, imprevisible y fiera. El síntoma más evidente era la hemorragia, la sangre que salía por todos y cada uno de los poros, por los ojos, los oídos, la nariz, el ano e incluso los pezones. El líquido era la vía que el virus utilizaba para escapar del cuerpo y buscar nuevas víctimas. Al principio, los médicos confundieron el ébola con la fiebre de Lassa, pero uno de los síntomas que definían el ébola era el hipo. Nadie sabía por qué. Igual que ocurría con la gripe y el resfriado común, el material genético del ébola estaba compuesto por ácido ribonucleico o ARN. Otros virus, como el de la viruela o el del herpes, estaban formados ácido desoxirribonucleico, ADN. El carácter singular de los virus ARN era que estaban constantemente reinventándose y formaban lo que recibe el nombre de «nube de mutantes».

El ébola no era más que un filamento de ARN cubierto de proteínas y con una envoltura lipídica. A veces desarrollaba ramificaciones o se enrollaban sobre sí mismos formando un nudo holgado parecido al signo «&» o a una clave de sol. Podía transmitirse a los humanos a partir de ciertos animales en estado salvaje, sobre todo los murciélagos y los monos. Pasaba nada menos que tres semanas en el organismo antes de que aparecieran los primeros síntomas, de modo que una epidemia total podía pasar inadvertida hasta que, de pronto, caía sobre la población como una losa. Si el virus no se trataba, la tasa de mortalidad se aproximaba al noventa por ciento, aunque los cuidados intensivos paliativos reducían esa cifra a la mitad. A diferencia de la gripe o el sarampión, el ébola no se transmitía por el aire. Solo se propagaba mediante el contacto con los fluidos corporales: el sexo, los besos, el contacto físico y, en especial, la atención a enfermos y fallecidos. Era un mal que tenía en el punto de mira el amor y la compasión.

La singular eminencia que modeló el enfoque de Henry con respecto a la epidemiología fue su primer jefe en los CDC, el doctor Pierre Rollin, un francés de mirada alegre que dirigía la subdivisión de Patógenos Virales Especiales. Henry observó cómo explicaba lo que Pierre llamó «Guía básica del ébola» en una mezquita de Guinea durante el brote de 2014. Acudieron imanes de todo el país. El ébola era un fenómeno nuevo y aterrador, pero la claridad y la sencillez de Pierre supusieron una gran ventaja a la hora de calmar el pánico, que puede llegar a propagarse con mayor rapidez que la propia enfermedad. Una vez, en un lejano hospital de campaña, Pierre y su equipo estaban tratando de ayudar a una comunidad profundamente recelosa a contener el brote. Los familiares se sentían obligados a lavar el cuerpo de sus seres queridos, a pesar de que los cadáveres seguían secretando el virus. Los padres de un niño recién muerto reclamaron sus restos, lo cual muy probablemente acabaría con sus vidas y con las de muchas personas más. Las tensiones se hallaban en un punto crítico cuando Pierre, quien entonces ya era un sesentón, se hizo con una pala y cavó él mismo la tumba. Aquella muestra de humanidad y compasión era el modelo que Henry aspiraba a seguir.

En cuanto hubo decidido dedicar su carrera al estudio de los virus, se sintió abrumado por el volumen y la diversidad de esos microorganismos y, al mismo tiempo, le impactó la ausencia de conocimiento científico al respecto. Veinte años atrás, nadie creía que hubiera virus en los océanos, pero investigaciones posteriores habían demostrado que un solo litro de agua de mar contenía unos cien mil millones. Curtis Suttle, un virólogo ambiental de la Universidad de British Columbia, recogió agua de los océanos de todo el mundo y descubrió que el noventa por ciento de los virus que había examinado era completamente desconocido para el hombre. Sin embargo, la totalidad contenía el código genético de las proteínas, lo que significaba que cada cual tenía una misión. De qué misión se trataba continuaba siendo un misterio.

En 2018, Suttle y otros científicos investigaron en cimas de montañas para hallar indicios de virus en la troposfera libre, la franja habitual de circulación de los reactores situada justo debajo de la estratosfera. Buscaban la respuesta a un enigma sobre la existencia de virus casi idénticos en partes del planeta muy alejadas y con enormes diferencias ambientales. ¿Era posible que los virus, tal vez a través del polvo del suelo o de la bruma marina, fueran arrastrados hasta la atmósfera y viajaran de un continente a otro? Los científicos colocaron cubos en las cimas de Sierra Nevada, en España, a dos mil setecientos metros de altura, y esperaron para comprobar si les caía una lluvia de virus. Lo que descubrieron los dejó atónitos. Según sus cálculos, cada día se depositaban más de ochocientos millones de virus en cada metro de la superficie terrestre. Con todo, la mayoría resultó ser bacteriófagos: infectaban bacterias y no células humanas. Se estimaba que la cantidad total de virus que habitaban el planeta era cien millones de veces mayor que el número de estrellas del universo.

Cuando un virus infectaba una célula, insertaba en ella sus propios genes y luego se servía de la energía de la anfitriona para reproducirse. De hecho, utilizaba la célula que había sido objeto de su ataque para convertirla en una fábrica de virus. Una vez que la célula seguía las instrucciones genéticas del virus, este podía ordenarle que produjera nuevos virus hasta que reventaba y moría, lo cual algunas veces llegaba a liberar miles o decenas de miles de nuevas partículas virales dentro del organismo que lo hospedaba y que, a su vez, invadían otras células. Otra opción era que el virus y la célula aprendieran a convivir, como en el caso del herpes, y entonces la infección tenía una duración indefinida.

Para Henry, la característica más sorprendente de los virus era que constituían un motor oculto que impulsaba la evolución. Si el organismo infectado sobrevivía, a veces retenía una pequeña parte del material vírico en su propio genoma. La herencia de antiguos contagios podía encontrarse en el ocho por ciento del genoma humano, incluidos los genes que controlaban la formación de la memoria, el sistema inmunitario y el desarrollo cognitivo. Sin ellos no seríamos quienes somos.

6

Henry toma el mando

Catorce días después de haber estado expuesto a la enfermedad, Henry retiró la solapa de su tienda y volvió a pisar el terreno enfangado del campamento. La cuarentena había tocado a su fin. El sol hizo una breve aparición y convirtió el aire en un calducho tibio. Llevaba puestos unos pantalones a rayas de color azul y una camisa de vestir blanca, las mismas prendas que había usado en el cóctel de la velada de inauguración en Ginebra dieciocho días atrás. Optaron por quemar su bastón y todas sus prendas de repuesto, y ahora avanzaba descalzo por el suelo mojado, ya que también había sacrificado el único par de zapatos que incluyó en el equipaje para lo que se suponía que era un viaje de tres días a Ginebra.

Todo el perímetro del campamento contaba con luces colocadas sobre postes para que los equipos pudieran trabajar las veinticuatro horas. Se habían provisto dos nuevas tiendas de Médicos Sin Fronteras, ocupadas por compañeros de los doctores muertos. La ONG Mercy Corps estaba presente en el lugar, y también había un camión con una autocaravana perteneciente a la Media Luna Roja. Los funcionarios del Servicio de Inteligencia Epidemiológica, ataviados con batas amarillas, atendían a los pacientes en una enfermería montada en una gran tienda de campaña. Una torre de comunicaciones se elevaba por encima del campamento, y las cubiertas de los tráileres de la OMS estaban revestidas de placas solares. Cada organismo o entidad capaz de reunir a un equipo se hallaba en el lugar o estaba en camino. Bastaba tan solo una pequeña epidemia con cierto atractivo para que salieran a la superficie. Posiblemente la burocracia daría lugar a otra pelea de gallos como en el caso del ébola, vaticinó Henry.

Dentro del tráiler de la OMS había un laboratorio clínico de campo que, aunque era austero, disponía de lo esencial. Contaba con un precario dispositivo de aislamiento que consistía, básicamente, en una caja de plexiglás con portillas provistas de gruesos guantes de látex de color negro, los cuales permitían que los técnicos de laboratorio manipularan las muestras de virus sin miedo a contagiarse. El virus vivo se depositaba en las placas microtituladoras —unas bandejas con pequeños pocillos equidistantes— que contenían células humanas en un medio líquido. Las células, al infectarse, permitían la reproducción del virus. Otros técnicos intentaban amplificar las secuencias utilizando una reacción en cadena de la polimerasa. Si el origen de la infección era un virus desconocido, podría ser que requiriera de una secuenciación en profundidad que debería realizarse en Atlanta.

—Has vuelto —dijo Marco, lacónico.

Marco era un empleado ideal para el Servicio de Inteligencia Epidemiológica: valiente, intuitivo y soltero. En el brazo izquierdo llevaba tatuada una bailarina en recuerdo de la epidemia de rabia de Bali que había combatido junto con Henry. Marco hablaba incluso un poco de malayo, lo cual podía resultar de utilidad.

—¿Quién está al frente de esto? —quiso saber Henry.

—Todos —contestó Marco.

Eso era exactamente lo que Henry se temía.

—¿Hay alguien encargado de comprobar los hospitales? —preguntó—. ¿Y los consultorios?

—Terry. De momento no ha encontrado nada.

—¿Los depósitos de cadáveres?

—Alguien se estaba ocupando de eso. La Media Luna Roja, creo.

—Necesitamos que nos informen a diario —aseguró Henry—. Cualquier muerte sospechosa tiene que investigarse.

—Eso ya se está haciendo —aclaró Marco—. ¿No quieres que te ponga al corriente de lo que hemos descubierto?

—Es un virus —se adelantó Henry—. Y es nuevo. Probablemente aviar.

—Madre mía, Henry. ¿Cómo sabes todo eso?

—Quiero una reunión con cada una de las delegaciones dentro de media hora. No disponemos de tiempo para permitir que se líen a bofetadas entre ellas. Tenemos mucho que hacer, y rápido.

—Lo comunicaré —dijo Marco.

—Y déjame ver los informes del laboratorio.

—Claro, pero antes ¿puedo hacerte una sugerencia? Necesitas urgentemente una ducha. —No cabía duda de que tenía razón. Marco señaló una maleta grande situada en una esquina, y Henry la reconoció con un pequeño sobresalto de placer—. Jill te ha mandado ropa limpia —le indicó.

Después de lavarse y refrescarse, Henry se personó en el porche de la casa del oficial. Más allá del cercado, tanto ese como los otros vigilantes del campo de detención permanecían aislados en cuarentena junto con los miembros del personal que habían estado expuestos a la enfermedad.

Los representantes de una docena de organizaciones internacionales dedicadas a la sanidad se hallaban reunidos frente a Henry. Alrededor de los tráileres y las tiendas de campaña había unos cincuenta sanitarios más procedentes de diversos países. Henry reconoció algunas de las caras presentes en anteriores crisis epidemiológicas o congresos. Eran sobre todo jóvenes, casi todos en la treintena, la misma franja de población que representaba el pico de la gráfica de mortalidad causada por la enfermedad. Con los años, Henry había observado que en las crisis de ese tipo había una fuerte tendencia al aumento de representación femenina. En épocas pasadas, casi todos los funcionarios del Servicio de Inteligencia Epidemiológica eran hombres. Sin embargo, ahora estaban en minoría, incluso en la Media Luna Roja. Algunos de los sanitarios llevaban trajes Tyvek y otros se cubrían con bolsas de plástico selladas con cinta americana. Una vez más, Henry se sintió conmovido por la nobleza pura de esos jóvenes con talento que se exponían a un peligro desconocido.

Entre la multitud Henry reconoció a la ministra de Sanidad, Annisa Novanto. Se la veía preocupada, presa del pánico, incluso. Vivía en un país que no perdonaba.

Los reunidos en la fangosa plaza de armas que no conocían a Henry debían de verlo como un personaje peculiar, menudo y un poco encorvado. ¿Quién era él para hacerse con el mando de aquel impresionante despliegue de talento médico internacional? Algunos de los más jóvenes repararon en la deferencia con que lo trataban los más mayores, pero todos sentían la misma curiosidad por ver cómo se las arreglaría aquel hombre con tan poco carisma para hacer de moderador para un grupo de agencias tan dispares y confrontadas, empeñadas, por encima de todo, en alcanzar la gloria en materia de sanidad.

De pronto, algo captó la atención de Henry desde el cielo: un graznido peculiar y lejano. Miró hacia arriba y aguardó en silencio, con paciencia, hasta que todos los presentes en el campamento volvieron también la mirada hacia ese mismo punto.

—Gansos —anunció—. ¿Saben adónde se dirigen? Imagino que hacia el norte. Hacia China. Hacia Rusia. Es una curiosa característica de las aves migratorias —musitó como si hablara consigo mismo pero con una voz que llegó hasta el último rincón del campamento—. Vuelan en formación de V. Es mucho más eficaz, según afirman quienes se dedican a su estudio. Llegan a su destino con mucha más rapidez. No gastan tanta energía. Y cada una de las aves cumple con una función específica dentro del conjunto. —Su voz se endureció de repente—. Tal como vamos a hacer nosotros.

Todos los ojos volvieron a posarse en él.

—En primer lugar, el mundo entero mostrará su preocupación por lo que está ocurriendo aquí. Tenemos que ser sinceros, pero necesitamos transmitir un único mensaje. Eso significa que cualquier dato, por insignificante que sea, que vaya a salir de aquí lo hará a través de la ministra Annisa, si da su conformidad.

La sorpresa y la gratitud eran evidentes en el rostro de Annisa. Con un simple movimiento, Henry había conseguido convertir a su mayor rival en una aliada. Al darle lo que más deseaba, la ponía bajo su supervisión, lo mismo que al gobierno indonesio. Sin embargo, lo que se concedía también podía arrebatarse, y acababa de otorgarse a sí mismo potestad para ello.

Henry pidió informes sobre la evolución de la enfermedad. El equipo evaluó que nada más y nada menos que la mitad de los detenidos presentaba síntomas, y de ese grupo, la letalidad superaba el sesenta por ciento. Sin conocimientos sobre la causa de la enfermedad, los médicos tenían poco que ofrecer a los enfermos más que Tylenol para la fiebre y líquidos para evitar que se deshidrataran. Por lo demás, únicamente contaban con palabras de consuelo y conjeturas. La OMS y los CDC llevaban distintos recuentos de los casos probables, sospechosos y confirmados, pero estaban de acuerdo en que el número de víctimas mortales había descendido ligeramente gracias a los cuidados paliativos. No se conocían casos fuera del campamento. Por el momento, la cuarentena parecía estar dando buenos resultados.

Tal vez el brote estuviera yendo a menos, pensó Henry. Muchas enfermedades nuevas terminaban tan súbitamente como habían aparecido. La naturaleza llevaba millones de años lanzando montones de amenazas en nuestra dirección, como los meteoritos que se consumían en la atmósfera antes de ocasionar ningún daño real. Claro que en un momento dado llegó el gran asteroide, aquel que acabó con los dinosaurios y la mayor parte de la vida en la Tierra. No existía la seguridad total.

Marco se quejó de que estaban intentando enviar muestras de suero a la instalación de bioseguridad de nivel 4 más cercana, en Australia, pero costaba conseguir hielo seco para congelar las muestras de tejido, y las aerolíneas comerciales se negaban a transportarlas. La ministra Annisa prometió de inmediato que el ejército indonesio enviaría un avión especial para trasladar las muestras adonde fuera necesario. Un problema resuelto.

El Servicio de Inteligencia Epidemiológica había estado intentando localizar al paciente cero, es decir, la primera persona que había introducido la infección en una comunidad. De las entrevistas no se derivaban datos concluyentes, pues muchos de los primeros enfermos habían muerto. A partir de ese paciente debería obtenerse una pista acerca del lugar donde había surgido la enfermedad. ¿Se había observado con anterioridad? ¿Se transmitía entre humanos antes de llegar al campamento? ¿O acaso el paciente cero la había contraído al entrar en contacto con un animal —muchas veces se trataba de un cerdo, ya que tenía una gran parte de genes en común con el hombre— y luego entró en juego el laboratorio donde, de forma inadvertida, el germen se había transformado en una enfermedad que afectaba a los humanos? Henry pensó que, en el caso que los ocupaba, era poco probable que el origen fuera porcino, ya que la mayoría de los internos eran musulmanes y no comían ese tipo de carne.

También reconoció que la identificación de las primeras víctimas —musulmanes gais con VIH— podría fácilmente originar otra epidemia: una crisis de histeria colectiva.

Las enfermedades tenían fama de fomentar las conspiraciones. A los judíos se les consideró los responsables de la peste negra en el siglo XIV y montones de ellos fueron masacrados en varias ciudades europeas, incluidos los dos mil a los que quemaron vivos en Estrasburgo el día de San Valentín de 1349. Cuando apareció por primera vez el síndrome respiratorio agudo grave (SARS), Sergéi Kolésnikov, un miembro de la Academia Rusa de

Ciencias Médicas, aseguró que la nueva enfermedad la provocaba un virus sintético creado por el hombre, una combinación del sarampión y las paperas, aunque estos dos eran paramixovirus y no podían dar origen a un coronavirus. Esa falsa teoría arraigó en China, que detestaba tener que asumir la responsabilidad de ser el punto de origen de la enfermedad. Corrió como la pólvora el rumor de que tan solo Estados Unidos era capaz de diseñar genéticamente una enfermedad así, y que se había sembrado en China para retardar su crecimiento como superpotencia mundial.

Henry consideraba que la batalla contra el SARS era una de las grandes victorias de la sanidad pública, pero se había pagado un precio muy alto por ella. Uno de sus mejores amigos era el doctor Carlo Urbani, un especialista en enfermedades parasitarias. Al igual que Henry, Carlo deseaba quedarse en primera línea en lugar de ocupar un puesto en alguna oficina destacada de la burocracia médica a escala mundial. En el pasado habían coincidido en algunos congresos, pero una noche se sorprendieron al toparse por casualidad en un concierto de Bach en Milán. En aquella época, Carlo presidía la sección italiana de Médicos Sin Fronteras. Aquella noche iniciaron una amistad más allá del ámbito profesional. Carlo era un adorable contrasentido: un *bon vivant* que adoraba la buena comida y los vinos excelentes, piloto de aviones ultraligeros, experto en fotografía e intérprete de órgano clásico; al mismo tiempo, era un hombre comprometido con las misiones humanitarias y dedicaba su vida a la singular función de combatir los efectos de los gusanos platelmintos parásitos en niños vietnamitas en edad escolar. En 1999 fue elegido para recoger el Premio Nobel de la Paz en representación de Médicos Sin Fronteras. A Henry le recordaba a uno de sus héroes, Albert Schweitzer, también gran organista y ganador del Nobel, además de médico por vocación.

En febrero de 2003, Carlo ocupaba un lejano puesto en Hanói trabajando para la OMS cuando recibió una petición urgente por parte del Hospital Francés. Un paciente recién llegado de Hong Kong había enfermado gravemente de lo que parecía una neumonía bacteriana aguda. Los antibióticos no surtían efecto. Los médicos creían que podría tratarse de una gripe especialmente agresiva. En cuestión de pocos días se habían contagiado nada menos que veinte sanitarios, y empezaron a morir uno tras otro. Hanói fue presa del pánico. Los responsables de sanidad pidieron a Carlo que se hiciera cargo del hospital.

La esposa del médico le suplicó que no lo hiciera. Tenían tres hijos. Le dijo que era una irresponsabilidad por su parte. «Si no me ocupo de esto ahora, ¿para qué estoy aquí? —respondió él—. ¿Para contestar e-mails y asistir a cócteles? Soy médico. Tengo que ayudar.»

El caso inicial era un empresario chino-estadounidense, Johnny Chen. Cuando Carlo lo examinó, enseguida se dio cuenta de que su enfermedad no era una neumonía ni una gripe, era algo nuevo. No existía ningún tratamiento. Comunicó a la OMS que «una enfermedad contagiosa desconocida» había invadido el hospital y amenazaba con propagarse fuera de este. Se encargó de supervisar la cuarentena y los esfuerzos por contener el contagio dentro del hospital. Pese a su resistencia, convenció a las autoridades sanitarias locales de que tomaran medidas estrictas para contener el brote, y se ocupó personalmente de transportar en su ciclomotor muestras de sangre a un laboratorio de la otra punta de Hanói. Cuando llegó, la plantilla en pleno había huido, a excepción de una técnica, una madre joven que se había aislado en el laboratorio para ayudar a Carlo a resolver el enigma del nuevo germen invasor.

Fue en esa época, a principios de marzo, cuando Carlo llamó a Henry. «Estamos perdiendo el control del hospital», dijo. Henry había oído historias similares del Hospital Príncipe de Gales de Hong Kong, y de Toronto, donde la mitad de los infectados por el SARS eran sanitarios. El mundo estaba a punto de sufrir una pandemia con un índice de letalidad tremendo. Henry y otros hicieron presión para que la OMS emitiera una recomendación de restricción de viajes, una de las medidas más draconianas que dependían de la organización. Hacía una década de la última recomendación en relación con un brote de peste en la India. No cabía duda de que una declaración así desataría el pánico mundial.

Mientras los delegados de la OMS deliberaban, un joven médico de Singapur subió a un 747 en Nueva York con destino a su tierra natal. A bordo había cuatrocientas personas de quince países diferentes. Justo antes de despegar, el médico se sintió enfermo. Llamó a sus colegas de Singapur para informarlos de los síntomas que presentaba, parecidos a los del SARS. La noticia sacudió Ginebra. Tenían que actuar deprisa, pero ¿cómo? El vuelo hizo escala en Frankfurt para repostar. Cuando aterrizó, la decisión estaba tomada: los cuatrocientos pasajeros fueron puestos en cuarentena.

En ese momento no cupo ninguna duda: se emitió una recomendación de restricción de viaje. Los delegados de la OMS se enfrentaron a China, que el año anterior había ocultado una epidemia de SARS en el sur del país y había mentido sobre la importancia de un nuevo brote en Pekín. Existían informes sobre pacientes con SARS a quienes trasladaban en taxi de un lado a otro para evitar su detección por parte de responsables de la OMS llegados al país para inspeccionar los hospitales. Afectadas por la gravedad de la epidemia y el escándalo mundial derivado de la falta de transparencia, las autoridades chinas cambiaron de rumbo e impusieron una cuarentena estricta en las plantas de hospitalización, bajo la vigilancia de guardias armados y la amenaza de ejecutar a cualquier persona que violara el procedimiento legal. Si China hubiera mostrado más apertura en relación con la enfermedad cuando esta apareció por primera vez, se habrían salvado muchas vidas.

Fue el amigo de Henry, Carlo Urbani, el médico italiano que tanto amaba la vida, quien estableció el estricto protocolo que evitó que el SARS se esparciera más. Vietnam fue uno de los primeros países en declararse libre de la enfermedad. Pero para entonces también Carlo había muerto, un mes y un día después de ser el primero en identificar el virus que tan rápidamente acabó con él. Gracias a su advertencia, y a pesar de la ausencia de vacuna, la pandemia de SARS consiguió frenarse en cien días y se salvaron millones de vidas. Los responsables de la sanidad pública lo consideraron la respuesta más efectiva a una pandemia a lo largo de la historia. En opinión de Henry, Carlo era un mártir.

Henry revisó con más detalle las notas de la doctora Françoise Champey. Tenían fecha de la llegada de Médicos Sin Fronteras al campamento durante la última semana de enero. En aquel momento se hallaban ya en plena epidemia de VIH, el alcance de la cual escapaba a aquello para lo que los médicos habían ido preparados, de modo que los primeros casos del nuevo virus se dejaron de lado al considerarlos una gripe común. Los doce pacientes que presentaron síntomas durante los primeros diez días fueron tratados con Tylenol y Tamiflu. Todos se recuperaron. Entonces las cosas cambiaron completamente.

«El paciente Luhut Indrawati tiene fiebre alta: 40,5 °C. Dificultad respiratoria. No presentó síntomas de VIH-1 hasta el 31 de enero, y luego la evolución fue rápida con fiebre aguda y letargo severo. Podría tratarse de la fase 3 del VIH. El rápido inicio es difícil de explicar. Hemorragia abundante en nariz y oídos.»

Describía al paciente como un arrocero de Sumatra. Dos días después, la doctora Champey proseguía de forma lacónica:

«El paciente Luhut ha muerto a las 8.19. Cianosis. Causa desconocida. Cinco casos más.»

Trabajaba sin material de laboratorio, ni tan siquiera medios diagnósticos rudimentarios, pero aunque hubiera dispuesto de ellos, habría actuado tan a ciegas como Henry. Mientras los médicos franceses trataban el VIH, se habían expuesto a algo nuevo, algo que estaba fraguándose y se hallaba en pleno desarrollo. ¿Y qué mejor escenario experimental para la evolución de una enfermedad de transmisión humana de reciente aparición que un campamento lleno de individuos inmunodeprimidos que no podían defenderse contra una infección nueva?

«¿Qué hemos hecho mal?», se preguntaba la doctora Champey un día antes de morir. Sospechaba que podía tratarse de una nueva cepa del VIH, lo cual tenía sentido, ya que había muchos subtipos y el virus tenía una destacada capacidad para recombinarse. Pero ¿cómo se infectaron ella y sus compañeros? Habían seguido el protocolo escrupulosamente. El VIH se transmitía mediante las relaciones sexuales o por compartir jeringuillas, no por lavar o tocar a la persona infectada ni comer con ella. Tampoco lo propagaban los mosquitos. El contagio se había producido demasiado deprisa para tratarse de algo distinto a una enfermedad de transmisión aérea, concluyó Henry, lo cual descartaba el VIH y cualquiera de sus probables variantes por recombinación.

Henry recibió una llamada del jefe de la doctora Champey en París, Luc Barré, quien le ofrecía enviar más material y profesionales. En esos momentos, sin embargo, el campamento disponía de más personal del que Henry podía manejar.

—El problema lo tendremos si se produce una fuga, por supuesto —dijo Henry, y le sugirió a Barré que preparara medidas de emergencia ante el primer indicio de que la enfermedad hubiera burlado la cuarentena.

Antes de colgar, Henry le pidió a Barré que le hablara de la doctora Champey.

—Sus historias clínicas han sido de gran ayuda —le explicó Henry—. Meticulosas, reveladoras. No cabe duda de que era una gran profesional.

Barré se dispuso a responder, pero se le quebró la voz e hizo una breve pausa.

—Ah, Françoise, sí..., era una de las mejores —dijo con un nudo en la garganta.

—Me ha dado la impresión de que era una persona deportista —prosiguió Henry.

—Sí, ya lo creo. Le encantaba la equitación, sobre todo los saltos, ¿sabe? Es un deporte peligroso. Cualquier médico ha visto lesiones de personas que montan a caballo. Ella también, pero le gustaba demasiado para dejarlo. Era una mujer segura de sí misma. Siempre pedía que se le asignaran las misiones más peligrosas. Para serle franco, no me imaginaba que corriera tanto peligro ahí. Estamos acostumbrados a tener contacto con el VIH, así que no creía que fuera una condena a muerte. Íbamos a casarnos, ¿sabe?

El esbelto oficial que había aceptado el soborno de Henry temblaba a causa de la fiebre. Tenía el cuerpo cubierto de cardenales, lo que indicaba que sufría alguna hemorragia interna. Sin embargo, no se inmutó cuando Henry lo interrogó acerca de la naturaleza de la enfermedad.

—Chahaya —dijo Henry al leer su nombre en la gráfica.

El oficial esbozó una débil sonrisa.

—Ese soy yo. Bueno, lo que queda de mí.

—¿Qué siente? —le preguntó Henry.

—Dificultad para respirar —dijo el oficial—. Como si tuviera encima una montaña.

Tosió y un esputo espumoso le resbaló por la barbilla. Henry se lo enjugó con un pañuelo de papel al que después prenderían fuego.

Le preguntó por los soldados que estaban bajo su mando. Había siete mujeres confinadas en un recinto separado, pero ninguna de ellas presentaba síntomas. El oficial Chahaya dijo que las habían destinado fuera del perímetro del campamento. Muchos de los hombres habían muerto. Algunos parecían estar sobreviviendo al contagio, pero Henry no creía que Chahaya tuviera la misma suerte.

Cuando salió de la enfermería, se topó con un policía indonesio que aguardaba para redactar un parte. El doctor había dado instrucciones a las autoridades del país para que retuvieran a cualquier persona que hubiera estado en contacto con los internos del campo de refugiados tras declararse el brote. Se había contratado un servicio de catering para que llevara comida al campamento. Los conductores e incluso el personal de cocina se hallaban en observación en un hospital local. La ministra Annisa no quiso que cundiera el pánico, aunque ya habían corrido rumores sobre una enfermedad que estaba afectando a la población gay de Yakarta. Los hospitales empezaban a saturarse por el aluvión de personas alarmadas que acudían a urgencias quejándose de síntomas imaginarios o que pedían una vacuna para una enfermedad que ni siquiera había podido definirse.

—¿Qué hay del enterrador? —preguntó Henry.

—Murió, señor.

La noticia lo dejó de piedra.

—¿Cuánto hace de eso? —preguntó.

—Cinco días, señor.

Llevaba muerto cinco días y posiblemente había enfermado hacía unos diez. A saber a cuántas personas habría contagiado durante ese tiempo. Era necesario que un equipo especializado en enfermedades infecciosas a pleno rendimiento se pusiera manos a la obra de inmediato, entrevistara a los miembros de la familia del enterrador y a cualquier persona de fuera del campamento con la que cualquiera de ellos hubiera estado en contacto. Podrían ser miles. Pronto se sabría si en Yakarta había estallado una epidemia.

—¿Y el taxista que me trajo aquí? ¿El señor Bambang Idris?

—Se ha ido, señor.

—¿Adónde?

—A la peregrinación del *hach*.

7

El peregrino

Antes de marcharse de Yakarta, Bambang Idris pagó sus deudas, que era el primer paso para iniciar la peregrinación e implicaba saldar cuentas con su cuñado por el Toyota. Las esposas de Bambang lo ayudaron a preparar el *ihram* —la indumentaria blanca que deben llevar los peregrinos— y a elaborar cestas de ofrenda para el Ramadán. Les suplicó que lo perdonaran por todas las ofensas de que habían sido objeto. Pidió a sus hijos que lo disculparan por las veces en que les había impuesto una disciplina demasiado severa o se había mostrado negligente. Dejó de fumar los cigarrillos de clavo de olor, adicción que había mantenido durante décadas. Uno debía acercarse a Dios con el alma limpia y nada más que sus buenas acciones.

La extrañeza que le provocó su primer viaje en avión, ascender en el aire y ver allí abajo el archipiélago de Indonesia —su tierra natal, unas manchitas correspondientes a diecisiete islas de color verde que desaparecieron rápidamente en el gris del vasto océano— contribuyó a la sensación de profunda reverencia que se había apoderado de él. Después de comer durante el vuelo, Bambang se dirigió al servicio y se atavió con el atuendo de peregrino: dos prendas de tela blanca sin costuras, confeccionadas con tejido de rizo, de las cuales una le pasaba por encima del hombro y le cubría el tronco y la otra iba enrollada en la cintura. El objetivo era imitar una mortaja. Bambang sentía su desnudez bajo la tela. Se quitó los zapatos y los calcetines y se calzó unas sencillas sandalias. Con esa indumentaria, los ricos no se distinguían de los pobres, tal como debía ser a los ojos de Dios. Por fin, aunque con reticencia, Bambang se despojó del sombrero que no se quitaba en ninguna otra ocasión y dejó su reluciente calva a la vista de todos.

Se sentía culpable por haber abandonado al médico occidental de constitución menuda, ¡un hombre tan valiente que se había aventurado en aquel nido de muerte! Le inquietaba la sensación de haber traicionado a un extraño, lo cual contravenía gravemente el islam. ¿De veras era digno de realizar una peregrinación? Ojalá no hubiera tenido tanto miedo. Ojalá no hubiera huido aterrorizado. Pero estaba a salvo, ¿y acaso no debía estar agradecido? ¿No se sentiría Dios orgulloso de su devoción?

Bambang había recogido plegarias de su familia y sus amigos para el día en que subiera al monte Arafat, el lugar donde había más probabilidades de que el Todopoderoso los bendijera con su gracia. Pedían, sobre todo, salud y prosperidad. Rezaría por un esposo para la mayor de sus hermanas, que seguía soltera. Rezaría para que su sobrino saliera de la cárcel. Rezaría para ser mejor persona durante el breve tiempo que le quedaba en este mundo.

Tuvo que aprenderse algunas oraciones. Una era la oración de los muertos. De entre la multitud de devotos que realizaban el *hach*, muchos de los cuales eran ancianos, algunos tenían que morir. Era lo normal e incluso lo deseable. Sin embargo, todos los años ocurrían catástrofes. Había estampidas repentinas a causa de algún pánico inexplicable que azotaba la multitud y que a veces provocaba miles de muertos de golpe. Bambang había oído hablar de peregrinos engullidos por la arena mientras dormían. Y, por supuesto, llegaban enfermedades de todos los puntos del globo terráqueo, lo cual creaba una especie de gran bazar internacional del contagio. Le sugirieron que comprara unos cuantos limones verdes que le garantizarían la inmunidad.

La llegada a Yeda fue emocionante. Confluían aviones de muchísimos países, donde viajaban musulmanes ataviados con idéntica indumentaria de color blanco. Bambang ya sentía que formaba parte de una gran procesión, despojado de raza, clase, nacionalidad, etnia y cualquier indicio de individualidad. Como un copo de nieve en mitad de una ventisca, tal vez; algo que jamás había visto, pero cuya imagen le evocaba aquel torbellino de vestidos blancos. Tenía el corazón henchido de alegría. Eran sus hermanos y hermanas en la fe, todos igual que él, pensó, almas puras dispuestas para encontrarse con Alá. Sus rostros —como el de él, sin duda— rebosaban entusiasmo y expectación, incluso cuando los guiaron cual rebaño hacia un cercado enorme donde les dijeron que debían esperar los autobuses que los llevarían hasta La Meca.

Bambang aguardó. Se hizo de noche. No tenían comida a excepción de la ofrecida por los comerciantes que vendían dátiles, chocolatinas y agua embotellada a precios desorbitados. Se tumbó sobre el suelo de cemento, exhausto, pero a la vez molesto por tener que ensuciar sus prendas impecables. Lo invadía una sensación de confusión, como de trance: sentía júbilo, decepción y enfado al mismo tiempo, y se aferraba a la esperanza de que pronto completaría su transformación espiritual.

Un joven de cuerpo fibroso se hallaba sentado junto a él; el propio estado de nervios lo llenaba de energía. Bambang lo saludó con su árabe precario.

—Yo no hablo eso —respondió el joven—. O en inglés o nada.

—¿Eres británico? —le preguntó Bambang.

—Exacto —dijo—. De Manchester.

Se llamaba Tariq. Hablaron durante un rato sobre fútbol, porque Bambang era seguidor del Manchester United.

Tariq metió la mano en la maleta, sacó un paquete de cigarrillos y le ofreció uno.

—Está prohibido —protestó el taxista, aunque deseaba con toda su alma aceptarlo.

—Oye, tío, que todavía no estamos en La Meca. Oficialmente, aún no hemos empezado el viaje, ¿verdad? De momento no nos hemos movido de aquí. Dejaré el tabaco cuando lleguemos a la mezquita.

Bambang agradeció tanto el tono desenfadado como el cigarrillo. Sintió que volvía a tener los pies en el suelo. La falta de respeto lo escandalizó un poco, pero también le hizo gracia y le sentó bien.

—¿Qué piensas de lo que han hecho nuestros hermanos en Roma? —le preguntó Tariq.

Bambang no había oído las noticias.

—¿No te has enterado? Se han cargado a seiscientos infieles —explicó Tariq—. ¡En Roma!

Por el tono del joven, Bambang dedujo que Roma era un lugar especial, especialmente contrario al islam. El terrorismo lo confundía. Consideraba que el islamismo era la religión de la paz, pero conocía a jóvenes indonesios que habían sido reclutados por el Estado Islámico. A su sobrino lo habían pillado en una operación contra sospechosos de formar parte de una célula que planeaba cometer un atentado durante un mitin electoral. En muchas otras familias se vivían historias similares. A Bambang le chocó el tono desenfadado con que Tariq avalaba lo sucedido en Roma, fuera lo que fuese. Seiscientas personas... ¿Cómo se mataba a seiscientas personas? ¿Y por qué?

—¡Por la prensa se diría que solo han matado a los putos caballos! Esos que hacen cabriolas en el desfile —se apresuró a explicar el joven al recordar que Bambang no sabía de qué le estaba hablando—. Va todo el mundo disfrazado, como en una ceremonia cristiana, porque es en Roma.

Bambang guardaba silencio. Se le ocurrió que tal vez aquel joven no fuera quien decía ser. Tal vez fuera un agente secreto enviado para pillarlo cuando hiciera algún comentario por descuido. Tal vez sabía lo de su sobrino, el radical. Pisaba un terreno peligroso.

—Ha sido un milagro —prosiguió Tariq—. Y esto es solo el principio. Vendrán muchos milagros más, tantos que no podrás creerlo. Alabado sea Alá.

Tariq apagó la colilla en el suelo, se tumbó y se quedó dormido al instante.

Bambang también dormía cuando llegaron los autobuses justo antes de que despuntara el sol. Se despertó tenso, dolorido y con frío por el contacto con el pavimento. Se quedó un tanto rezagado hasta que Tariq hubo subido a un vehículo, y eligió otro autobús.

La autopista hasta La Meca estaba llena de peregrinos que viajaban en autobús, coches particulares y algunas limusinas, sin prácticamente tráfico en sentido contrario. Bambang jamás había visto el desierto con anterioridad. Era de color naranja oscuro, con pliegues y sin árboles, pero, al alba, iban apareciendo montañas azulosas que proyectaban sombras alargadas sobre la arena, y en el cielo, despojado de nubes, todavía quedaban unas cuantas estrellas.

Pasaron bajo la Puerta de La Meca, el arco monumental que señala la entrada a la región sagrada donde solo se permite el acceso a los musulmanes. Encima de la puerta había una recreación de un Corán abierto que se presentaba ante el cielo. Los peregrinos se abrazaron unos a otros. Bambang ni siquiera notó las lágrimas que le resbalaban por las mejillas. Había iniciado el *hach*.

8

Salvador

—Arabia Saudí —estaba diciendo Henry por teléfono.

Su chófer lo había acompañado al campamento y ahora se encontraba en plena peregrinación. No deberían haberle permitido que saliera de Indonesia. Henry se sentía responsable de ello.

—Pero ¿cómo puedes pensar eso? —le preguntó Jill—. Ya le advertiste de lo grave que era la situación. Le dijiste que se lavara bien y que quemara la ropa.

—Sí, pero ¿lo hizo?

—¿No dices que le pediste a la policía que lo buscara? No puedes controlarlo todo tú solo. —Para el caso, era como si estuviera delante del armario hablándoles a los trajes colgados de su marido—. En serio, Henry, te vas a volver loco dándole vueltas a algo que es muy posible que no represente ningún problema.

—Allí hay casi tres millones de personas de todo el mundo —dijo él—. Es lo peor que podía pasar.

—En el caso de que esté enfermo.

Pero Henry no dejaba de mortificarse. Estaba en el aeropuerto. La llamaría cuando tuviera ocasión.

La llamada inquietó a Jill. Por su forma de ser, Henry evitaba ciertas emociones como la autocompasión. Tenía un carácter férreo, una característica casi imprescindible dedicándose a lo que se dedicaba. El dolor, el sufrimiento, la muerte... eran el pan de cada día en su trabajo, pero los mantenía cerrados bajo llave. Jill era incapaz de hacer eso. Era demasiado emocional. A veces admiraba la actitud reservada de Henry; otras, lamentaba que se mostrara tan hermético en las situaciones dolorosas.

Tal vez a causa de su deformidad, durante mucho tiempo alimentó la creencia de que ninguna mujer se interesaría por él jamás. Cuando se casó no era virgen, pero con treinta y seis años Henry no tenía mucha experiencia en materia de sexo y se sentía intimidado por el entusiasmo de Jill. No se consideraba en absoluto un compañero sexualmente atractivo, pero se convirtió en un amante de lo más atento. Hacía cualquier cosa con tal de complacerla, y su esposa se alegraba de ser su guía en la intimidad de pareja. Mantenían todavía un pacto tácito por el cual el placer que compartían en la cama era un gran secreto. Lo suyo era una aventura amorosa que no cesaba de prolongarse en el tiempo.

Jill sentía que no terminaba de comprender del todo a Henry. Él era demasiado contenido. Rara vez hablaba de su infancia, aunque ella, que era maestra, imaginaba cómo lo habían tratado en la escuela. Tenía muchos alumnos de origen humilde, que vivían sin sus padres y que padecían algún trastorno físico o mental. Para ellos la vida representaba todo un reto, y aquellos que salían adelante con éxito ganaban en dignidad por el esfuerzo realizado. Sin embargo, pocos lo lograban.

Henry le había explicado que sus padres eran misioneros en Sudamérica y que habían muerto en un accidente de avión cuando él tenía cuatro años. Jill imaginaba que ese era el motivo por el cual Henry tenía una opinión tan rotunda sobre los peligros de la religión. Ella, al haberse criado en Wilmington, Carolina del Norte, sentía la Iglesia como algo que la reconfortaba sin llegar a despertarle entusiasmo, mientras que, en el caso de Henry, la religión era una de las pocas cosas que de verdad temía. La ciencia era su forma de protegerse de la trampa del credo.

—No te sinceras conmigo —le había dicho Jill en su primer aniversario.

Se suponía que era una cita romántica, pero Henry tenía la cabeza en algún lugar al que ella no podía acceder.

—Lo siento. ¿Qué quieres saber? —preguntó, sinceramente desconcertado.

El restaurante estaba ubicado en una antigua iglesia de la avenida Ponce de León, con vitrales exquisitos y los camareros con divertidos hábitos de monjas y monjes.

—Algo te preocupa.

—No pasa nada —dijo Henry—. Estoy disfrutando de tu compañía.

—Explícame lo que has hecho hoy.

—He estado en el laboratorio, como siempre.

—¿Eso es todo?

—También he ido al Hospital Emory para ayudar con un paciente.

Jill había tomado demasiado vino y se mostró agresiva. Se sentía con derecho a saber por qué Henry no estaba del todo presente en su aniversario, y uno de sus mayores dones era la intuición.

—¿Quién es ese paciente?

—Un niño de nueve años.

—¿Cómo se llama?

—¿Para qué quieres saberlo?

—¿Sabes de verdad a quién estás tratando? ¿Son solo pacientes o son personas?

—Se llamaba Salvador —respondió Henry—. Salvador Sánchez.

—¿Cómo que «se llamaba»?

—No hemos podido salvarlo.

—Por Dios, Henry, no me extraña que tengas la cabeza en otra parte. ¿Qué le ha pasado al niño?

—No tendríamos que estar hablando de esto, y menos en

una noche como hoy —repuso Henry al tiempo que la tomaba de la mano, pero ella no pensaba dejarlo correr. Quería saber exactamente qué le estaba pasando por dentro.

—Explícamelo —insistió.

—Tenía una enfermedad rara llamada fascitis necrosante.

—¿Qué es?

—También la llaman bacteria carnívora. Es muy rara en los niños. El hospital me pidió que fuera a ayudar.

Jill reculó, aunque deseaba conocer los entresijos de su mente. Creía que, si lograba ver el mundo con los mismos ojos que él, aunque fuera por una sola noche, conocería de veras al hombre al que amaba.

—¿Qué aspecto tenía?

—No hagas eso, Jill.

—Quiero todos los detalles.

Henry se recostó en la silla. Hablaba en un tono parecido al que había empleado al redactar sus observaciones en el informe tras la muerte del muchacho. Describió a un niño al que literalmente se lo habían comido vivo. Tenía el cuerpo hinchado, lleno de abscesos sanguinolentos y zonas negras gangrenadas. El equipo médico le había extirpado trozos de tejido y le había amputado una pierna, pero no albergaban muchas esperanzas de salvarlo. Unos doce miembros de su familia aguardaban en la sala de espera: abuelos, hermanos, primos y los ojerosos padres. Henry había hablado con ellos. Les preguntó cómo contrajo la enfermedad el niño —al parecer, a causa de una mordedura de perro— y los familiares le explicaron cosas sobre lo especial que era Salvador y la pérdida que su muerte significaba para el mundo. Vieron que también Henry estaba desolado, y trataron de consolarlo, como hicieron con los niños, afirmando una y otra vez que Salvador ya estaba en el cielo, que era un ángel, una estrella en el firmamento.

Cuando Henry terminó de relatar lo sucedido aquella tarde, Jill estaba llorando a lágrima viva, hasta el punto de que una de las camareras vestida de monja se acercó para ver si podía ayudarla de algún modo.

—¿Quiere que avise a un médico? —le preguntó, y Jill, entre sollozos, se echó a reír.

Esa noche comenzó a comprender realmente a Henry.

Jill debía dar alguna explicación a los chicos sobre el paradero de Henry. Se los llevó a Rosario's, un restaurante mexicano del barrio de Little Five Points. Helen enseguida se imaginó lo peor.

—Papá está enfermo —dijo.

—No, no, está bien —la tranquilizó Jill—. Han tenido que aislarlo durante una semana solo para asegurarse, pero está perfectamente. Ya conoces a tu padre, nunca se pone enfermo. —Lo cual no era cierto. El sistema inmunitario de Henry no era nada del otro mundo, pero Jill usó ese argumento para acallar su propia preocupación—. De todos modos, va a marcharse a Arabia Saudí porque tiene miedo de que la enfermedad se extienda.

—¿Por qué tiene que ir papá? —quiso saber Teddy.

—Teddy, yo me he hecho esa misma pregunta millones de veces —dijo Jill—. Ojalá otra persona pudiera hacer lo que hace tu padre, pero me parece que él tiene un talento especial. Imagínate que fuera policía. Hay momentos en que debe protegerse a las personas del peligro, y eso es lo que hace tu padre, protegernos de las enfermedades. Nos protege a todos.

Helen no dijo nada, pero en ese momento decidió que ella también sería médico.

9

Comet Ping Pong

Entre todas las quejas de Tildy Nichinsky estaba el hecho de que en Washington no existía ningún lugar seguro para hablar y, sin embargo, la gente seguía filtrando información confidencial en cualquier parte. ¿Cómo se las arreglaban para conseguirlo? Y ¿dónde lo hacían? Estaba el famoso bar en el sótano del hotel Hay-Adams, con el descarado nombre de Off the Record, donde tenían lugar muchas de esas ilícitas conversaciones extraoficiales. El comedor del Mandarin. Un banco del parque junto a la Cuenca Tidal. Pensándolo bien, eran todos lugares bastante predecibles.

Ni siquiera desde su posición privilegiada en el Departamento de Seguridad Nacional, Tildy lograba tener una visión completa de la Comunidad de Inteligencia. Nadie lo lograba. No se trataba tan solo de las dieciséis agencias oficiales que formaban la Comunidad, todas bajo la supervisión tan formal como inútil de otro ejemplo del despliegue burocrático, la Oficina del Director de Inteligencia Nacional. Se trataba también de las filiales, las empresas privadas, repartidas por toda la ciudad y la periferia, algunas situadas en la autopista de peaje que conducía al aeropuerto de Dulles o en imponentes edificios acristalados de McLean, adonde se dirigían los antiguos capos de la CIA o del Pentágono para recoger sus trofeos dorados. Los puestos externos supersecretos se ocultaban en lugares bien visibles, como un centro comercial de Crystal City o la cima de un monte boscoso del norte de Virginia, llamada Liberty Crossing, donde estaba ubicado el Centro Nacional de Contraterrorismo. El mundo del espionaje. Todos los días sacaban informes que contribuían a saturar la información ya de por sí excesiva de la Comunidad de Inteligencia, de la cual muy poca cosa era útil o susceptible de enjuiciamiento. El miedo era la hormona de crecimiento que había transformado al país en un Estado de seguridad tras el 11-S. Ahora se mantenía por inercia y codicia, y Washington era la capital de todo ello.

Sí, Tildy había pensado mucho en cuál sería el lugar de reunión ideal en aquella ciudad infestada de espías. Era muy consciente de la existencia de un grupo de linchamiento en la administración, pendiente de echar el guante a cualquiera que hablara con la prensa. En el pasado, ella misma actuaba así. Sentía un oscuro regocijo al recordar lo puritana que era en los viejos tiempos, cuando los secretos gubernamentales le parecían lo más sagrado y no simples cromos para intercambiar. Esa desconfianza se vio reforzada por la lacra que recaía sobre los judíos de origen ruso como ella, que se remontaba a Julius y Ethel Rosenberg, el matrimonio que había traicionado a Estados Unidos al transferir el diseño de armas nucleares a los soviéticos. Y no se trataba tan solo de la bomba. También habían filtrado los secretos del sónar, el radar y los motores de propulsión a chorro, la información militar clasificada más importante cuyo monopolio seguía estando en manos de Estados Unidos. Por ello los enviaron a la silla eléctrica. Ethel, menos culpable que Julius, tuvo que recibir cinco descargas. Le salía humo de la cabeza. La imagen había quedado grabada en la memoria de Tildy; eso era lo que les ocurría a los traidores. «Sobre todo a los judíos.» No obstante, desde una edad muy temprana, supo que ella también era capaz de pasarse de la raya. Lo que la diferenciaba de Ethel Rosenberg era que esta quería hacer daño a Estados Unidos, mientras que ella, Tildy, quería salvar el país.

Su secreto mejor guardado era la ambición. No era la típica personalidad de Washington. En su ciudad nadie se volvía a mirar a la subsecretaria de Seguridad Nacional. A veces la habían invitado a participar en la C-SPAN o en el programa informativo *NewsHour* de la PBS, e incluso unas cuantas veces en la Fox. Los detalles menos atractivos de la política. Necesidades de infraestructura. Los nuevos requisitos de la Administración de Seguridad en el Transporte. Soporífero. Sospechaba que a veces la sacaban a escena solo porque el departamento deseaba que su respuesta pasara desapercibida. Por lo menos tenía una función. Les habría costado mucho encontrar a otra persona con tanta autoridad y tan poco carisma. Era la burócrata empollona a quien la gente evitaba en las cenas de gala, pero también aquella cuyo consejo, en un momento de presión, era el más tranquilo y argumentado. En esas situaciones sus superiores la apreciaban por sus razonamientos asépticos y su implacable sentido del deber, unas cualidades que, en otras ocasiones, resultaban sus rasgos más fastidiosos.

Nadie sospecharía de ella jamás.

Cogió un taxi y pagó en metálico. Se quitó las gafas y se cubrió la cabeza con una bufanda, algo muy normal dada la temperatura gélida a última hora del día. Se puso los guantes. Enterró la cara en un informe de Brookings sobre desarrollo sostenible. Podría tratarse de cualquier persona en aquel batiburrillo de analistas políticos, la más anodina que uno hubiera visto jamás. Le bastaba con ser ella misma para ir de incógnito.

Entró en Politics and Prose y fingió estar echando una ojeada, que sería su coartada en el caso remoto de que alguien la descubriera en aquel barrio. Compró un libro sobre jardinería —a pesar de vivir en un bloque de pisos—, a continuación se envolvió de nuevo la cabeza con la bufanda y se dirigió al final de la manzana, a una pizzería con la fachada pintada de verde y adornada con luces de Navidad: Comet Ping Pong. Un lugar para familias. Niños que jugaban al futbolín en la sala del fondo.

Manteles de cuadros blancos y rojos. La clase media estadounidense, inocencia por doquier; la ridícula antítesis de los locales de ocio frecuentados por James Bond.

Sin embargo, Comet Ping Pong era uno de los campos de batalla donde se libraba la guerra sobre el futuro del país. En diciembre de 2016, Edgar Maddison Welch, un joven padre de familia de Carolina del Norte, había entrado en ese local. Bien podría haber llevado a sus dos hijas consigo de haber tenido vacaciones escolares. Pero Welch había acudido allí con una misión. Igual que Tildy, tenía como objetivo salvar Estados Unidos. «No puedo dejaros crecer en un mundo tan corrompido por la maldad sin, al menos, dar la cara por vosotras», les explicó a sus hijas en una videollamada durante el trayecto desde Salisbury.

Welch se había tragado un bulo. Poco antes de las elecciones presidenciales de ese año, el mundo de Twitter quedó consternado por una noticia según la cual Hillary Clinton, la candidata demócrata, formaba parte de una perversa camarilla de pedófilos que abusaban de los niños en el sótano de la pizzería. Welch dio crédito a las palabras de Alex Jones y otros conspiranoicos que habían propagado aquella estrambótica calumnia, y se tomó como algo personal descubrir la verdad a cualquier precio. Para proteger a sus hijas. Para salvar Estados Unidos.

Tildy sospechó desde el principio que se trataba de una jugada de Putin. Llevaba su sello distintivo. Una idea absurda toma forma en la oscura telaraña donde los sociópatas generan sus memes y recogen el testigo los punkis moscovitas de cresta puntiaguda. Los Fancy Bear, se llamaban, aunque estaban asociados con la inteligencia militar. Fueron los pioneros del *hacktivismo* ruso, que incluiría a Cozy Bear, Turla, Sandworm y la organización criminal conocida como Russian Business Network, todas patrocinadas o apoyadas por el Estado y con poder no solo para inmiscuirse en asuntos ajenos, sino para librar un nuevo tipo de guerra. Alteraron el desarrollo de las elecciones presidenciales de Ucrania en 2014, el preludio de lo que sería un ataque mucho más sofisticado a la política estadounidense que empezaría al año siguiente. Al ganar confianza, siguieron causando problemas en las elecciones francesas y en los parlamentos de Alemania y Turquía. Tenían una meta muy sencilla: acabar con la confianza. Era un concepto muy moderno, similar a acabar con una amistad, pensó Tildy. ¿Era eso posible? La verdad era que resultaba sorprendentemente fácil. Todas las virtudes —la lealtad, el patriotismo, la valentía, la honestidad, la fe, la compasión y cualquier otra— son tan solo constructos sociales, parches para ocultar la auténtica barbarie que habita en nuestro interior. Mientras tanto, Sandworm se dedicó a destruir la infraestructura ucraniana, atacando las redes que servían al gobierno, los ferrocarriles, los medios de comunicación, los hospitales, los bancos y las compañías eléctricas. En 2017 infiltraron un malware llamado NotPetya en los ordenadores de una pequeña empresa de Ucrania, Linkos Group, que gestionaba el software de contabilidad fiscal más popular del país. NotPetya se creó parcialmente a partir de malware robado a la propia Agencia de Seguridad Nacional de Estados Unidos. El lanzamiento de NotPetya demostró ser el ciberataque más destructivo de la historia, pronto se extendió por todo el mundo y se estima que causó unas pérdidas de diez mil millones de dólares.

Sí, Tildy los odiaba. Y le partía el alma que los de Fancy Bear fueran tan buenos en su trabajo. Lo estaban pasando en grande destruyendo el mundo. Fancy Bear hackeó los e-mails de la campaña de Clinton y secuestró el archivo completo de John Podesta, el jefe de la campaña, y luego entregó los mensajes a Wikileaks y dejó que los troles de Reddit y 4chan sacaran a la luz los trapos sucios. Era un juego consistente en propagar la idea más absurda y conseguir que la gente se la tragara. Se dijo que «*cheese pizza*», pizza de queso, era una expresión en clave para referirse a «*child pornography*», pornografía infantil. John Podesta era un cliente habitual del Comet Ping Pong. Todo partía de ahí. El consejero de Seguridad de Trump tuiteó que John Podesta bebía sangre humana en rituales satánicos y que Hillary Clinton practicaba la pedofilia. Todo eso en el sótano del Comet Ping Pong.

Pobre Edgar Welch, una verdadera víctima de los tiempos modernos. Tildy lo imaginó entrando por aquella misma puerta, pasando junto a los compartimentos ocupados por fiestas de cumpleaños infantiles y el equipo de voleibol femenino de la Universidad George Washington, junto a los hombres que desde la barra veían jugar a los Clippers contra los Cavaliers. ¿Qué debieron de pensar al ver a Edgar, un sujeto menudo y con barba, vaqueros y camiseta, agitando en el aire su fusil AR-15, el arma preferida para los tiroteos en centros escolares, y con un revólver del 38 en el cinturón?

Edgar disparó tres veces. No hirió a nadie. Un disparo reventó la cerradura de la puerta de un compartimento que él creía que daba a una cámara secreta en el sótano. Buscaba la verdad, y la verdad era que no había cámaras secretas ni sótano. La verdad era que la había pifiado. Pobre hombre. Había arruinado su vida por querer ser un héroe. Nadie le explicó que la época de los héroes épicos ya había pasado. Lo detuvieron al instante y lo metieron entre rejas. Sus hijas se quedaron sin padre, y Edgar, el supuesto redentor, se quedó sin libertad.

Tildy podría correr la misma suerte. «Yo también podría pifiarla.»

Ese día, sin embargo, quien cruzó la puerta del local no fue Edgar Welch, sino Tony García, del *Washington Post*. Esbozaba una ligera sonrisa, como si estuviera a punto de pasarlo en grande. Tenía cuarenta y pocos años, según dedujo Tildy. Era más joven de lo que había imaginado. Vestía una chaqueta azul de sport y pantalones de lana gris, al estilo clásico. Seguro que llevaba el cuaderno de notas en el bolsillo superior de la chaqueta. Tendría que pedirle el teléfono.

García echó un vistazo a los rostros de los desconocidos en los compartimentos. Tildy levantó el libro de jardinería. Él, al instante, se deslizó en el asiento de enfrente y se presentó.

—¿Sabe quién soy? —le preguntó Tildy.

—Puedo responder que no si lo prefiere —contestó García.

La tenía calada. Burócrata de toda la vida, una de esas solteronas excéntricas rodeadas de gatos, de aspecto desaliñado pero muy pagada de su intelecto, siempre quejándose de su jefe inepto.

Todo cierto, menos lo referente a los gatos.

—No está autorizado a revelar nada sobre mí. Ni mi nombre, ni mi ocupación, ni mi edad. Ni siquiera si soy hombre o mujer.

García lo aceptó. Ya lo renegociarían si la información era lo bastante suculenta.

—Vine aquí con mi mujer una vez antes de casarnos —dijo a modo de comentario para romper el hielo, algo neutro aunque revelador. Y, además, con una pregunta implícita: ¿por qué aquí?

Tildy hizo caso omiso.

—Estuvo usted en Rusia —soltó con voz monótona que sonó a acusación.

—Cuatro años, como jefe de redacción en Moscú.

—Ahora está en la sección de cultura, cine, libros y eventos populares.

—Tal como lo dice, parece un descenso de categoría.

—Le dieron la patada en pleno ascenso, ¿verdad? —apostilló Tildy con su tono fiscalizador—. Estaba ascendiendo, de artículos generales a la política. Le asignaron la campaña de Romney. Obtuvo un codiciado puesto de corresponsal en el extranjero, iba en camino de convertirse en uno de los peces gordos. Entonces apareció un fantasma del pasado, una muchacha a la que seguramente usted había olvidado. Pero ella no le había olvidado a usted, ¿a que no?

El semblante de García se tornó hierático.

—Se supone que lo ocurrido es absolutamente confidencial. Si ella va contándolo por ahí, habrá consecuencias. —Parecía entre inseguro y asustado. Justo lo que pretendía Tildy—. Pero eso a usted ¿qué más le da? —preguntó de repente García, esta vez con arrogancia—. Joder, ¿para eso me ha hecho venir hasta esta pizzería cutre de Chevy Chase?

—Creía que era un secreto, ¿verdad? —insistió Tildy—. Pero no es fácil guardar secretos en esta ciudad. Usted tampoco supo mantener la boca cerrada del todo. Sandra... Se llama así,

¿no? Sandra no violó el acuerdo de confidencialidad que firmó. Usted consiguió conservar el trabajo. Y un trabajo es un trabajo. Reseñas de películas, restaurantes... Le pagó algo de dinero y se la quitó de encima. Pero los fantasmas nunca lo dejan a uno tranquilo del todo, ¿verdad? Siempre nos persiguen; y terminas yéndote de la lengua de vez en cuando; quizá en el vestuario con los compañeros, con un abogado, con el terapeuta... Entonces apareció el FBI para verificar su posible implicación en una designación gubernamental, y les contó la verdad. Bien hecho. Pero resulta que su asunto privado ha terminado siendo un secreto a voces. No se le da muy bien ocultar información, ¿me equivoco?

El sudor nervioso perlaba el rostro de García.

—¿Qué quiere de mí? —preguntó.

—Quiero que preste un servicio a su país. Incluso puede que se resitúe profesionalmente si lo hace bien. Pero, si la caga, podría ser el fin para los dos.

En ese preciso momento se acercó el camarero, muy alegre, vestido con una camisa a rayas de colores.

—Una Yalie para compartir —dijo Tildy refiriéndose a la pizza de almejas, y al mismo tiempo reveló otro detalle de la vida de Tony García—: Y el señor tomará una Brau Pils.

García guardó silencio, perplejo: ella conocía incluso su cerveza preferida.

—Quiero proporcionarle cierta información —dijo Tildy—. No puedo explicárselo directamente, así que tendrá que deducirlo. —Debía comunicárselo así para que, llegado el caso, García superara la prueba del polígrafo—. Seguiremos hablando con naturalidad.

—¿De qué quiere que hablemos?

—De Rusia.

García asintió, obediente.

—Fueron cuatro años muy raros.

Tildy empezó a hablarle en ruso.

—Dicen que las mujeres de San Petersburgo son las más bellas del mundo. ¿Usted qué opina?

—Bueno, eso creen las mujeres de San Petersburgo, sí —respondió García con la fluidez suficiente para que Tildy se sintiera satisfecha.

—Debió de resultarle difícil resistirse a sus insinuaciones... ¿O acabó cediendo?

—Di por hecho que todas las mujeres que se acercaban a mí eran un cebo. Y me conoce bastante para saber que no siempre salí airoso, pero nunca traicioné la confianza depositada en mí. Nunca revelé ninguna fuente. Puse a buen recaudo las notas y las grabaciones. Tuve cuidado, mucho cuidado.

—Escribió sobre los hackers. Sobre Fancy Bear. Fue uno de los primeros en dar la noticia. Me dejó impresionada.

—¿Yo la impresioné?

—A veces en el mundo de la información secreta se busca a buenos periodistas para hacer llegar al público contenidos que nosotros no podemos compartir. Fancy Bear era tremendamente peligroso.

—Aún lo es —respondió García.

—Estaría bien saber a qué se dedican últimamente.

—Yo solo escribo sobre películas, ¿recuerda? Y libros. ¿Por qué no habla con Jarrell Curtis? Él sí que se dedica a los servicios de inteligencia, yo no.

—A él no puedo manipularlo —respondió Tildy sin inmutarse.

García se echó hacia atrás con una mueca que denotaba su humillación.

—Ah, no deje que eso le hiera —prosiguió Tildy—. Así son las cosas. Yo necesito estar protegida. Usted podría traerme complicaciones, pero ya sabe a lo que se expone. Si yo salgo mal parada, usted también. Estamos en igualdad de condiciones.

—¿Por qué le importa tanto este asunto? —quiso saber él.

—¿Recuerda el ciberataque a la planta petroquímica saudí en 2017?

—Ese año hubo varios.

—Hubo uno que fue especial. Todos los ataques estaban diseñados para fastidiar a los saudíes, ralentizar la producción, tal vez interceptar el plan de privatización de Saudi Aramco. Eso esperábamos. Empezaron en enero con el ataque a Tasnee, la empresa de industrialización de Arabia Saudí, de propiedad privada. Se interrumpió toda la actividad, los discos duros quedaron destruidos. Una acción propia de un universitario iraní. Continuaron con ataques a otras plantas. Usaron un gusano, el virus Shamoon. Pero en agosto se produjo otro tipo de ataque. No se trataba tan solo de provocar un apagón, sino la muerte. La intención era volar la planta sirviéndose de un malware introducido en el sistema de control de seguridad.

—Creía que esos sistemas eran invulnerables, son el triple de seguros que los demás.

—Lo son. Por eso la cosa resulta tan preocupante —dijo Tildy—. Los controladores Triconex utilizan un sistema de cerradura con llave. No se puede acceder a ellos de forma remota, hace falta estar físicamente allí.

—De manera que el trabajo se hizo desde dentro.

—Ese es el problema, que no fue así. Alguien infectó el sistema desde el exterior, no sabemos de qué forma, como por arte de magia. Querían que la planta volara por los aires, pero algo falló, un ligero error a la hora de ejecutar el plan, algo que probablemente ya han subsanado.

—No sabía que los iraníes fueran tan hábiles.

—No lo son. Fue Rusia.

García parecía perplejo.

—¿Por qué? Quiero decir: entiendo que Rusia viera a los saudíes como sus rivales en relación con el petróleo, pero eso es llevar las cosas demasiado lejos.

—Al principio creíamos que solo lo hacían como favor a los iraníes o tal vez por el dinero. Hoy en día creemos que se trataba de una prueba. Pero la cuestión es que hay controladores similares en decenas de miles de sistemas de todo el mundo, sobre todo en Estados Unidos. Los tenemos en centrales nucleares y eléctricas, en refinerías y en estaciones de tratamiento de agua. Imagine lo que eso significa: mareas negras, fugas de gas, explosiones, equipos vitales que se autodestruyen; e imagine lo que ocurriría si se produjera una fisión nuclear por accidente en una central. Sabíamos que se proponían atacar nuestras infraestructuras, pero nos parecía que les llevábamos ventaja, o por lo menos que estábamos igualados, aunque hemos cometido un error de cálculo. Un terrible error.

—Es una idea diabólica pero brillante —dijo García—. Dar con un sistema que se considera imposible de manipular, justo lo que se supone que está hecho para evitar una catástrofe, y convertirlo en una bomba.

Tildy asintió. García lo había comprendido.

—¿Hay más?

—Eso tendrá que descubrirlo usted.

—Por el simple hecho de citarme aquí, me está diciendo que sí lo hay.

—Le estoy sugiriendo que se plantee cuáles son las posibilidades en tales circunstancias.

Llegó la pizza. García dio un sorbo de la cerveza que Tildy había pedido para él y esperó hasta que el camarero se hubo marchado.

—Si pueden acceder a un sistema, sobre todo a uno tan sofisticado y que se considera imposible de manipular, ¿quién dice que no hayan puesto en peligro otros? Seguro que lo ha pensado.

Tildy se lo quedó mirando.

—Me lo tomaré como un sí —dijo García—. Me refiero a que resulta evidente. Además... ¡Joder! No necesitan más que apretar un botón para dejar paralizado a todo el país, ¿verdad? Y no se trata simplemente de causar problemas, sino de asestar un golpe mortal. Costaría años sobreponerse.

Tildy no respondió. Había llegado al límite de su zona de seguridad. Se levantó y dejó la pizza y la cuenta para García.

10

La lapidación del diablo

Henry se aferró a la barandilla mientras el pequeño helicóptero Boeing se acercaba dando trompicones a la cima de una montaña. Nunca le habían gustado los helicópteros, y tampoco era fan de las alturas.

Desde el aire, vio cómo el sol descendía sobre el mar Rojo y proyectaba oscuridad en la tierra. En ese momento La Meca apareció frente a sus ojos: una radiante isla de luz. Varios rascacielos rodeaban la Gran Mezquita, que estaba tan iluminada como el estadio de los Yankees. En el centro, dentro de un ruedo de lo que claramente parecía la arena blanca de alguna playa, había un gran cubo de color negro: la Kaaba, el centro de las oraciones musulmanas de todo el mundo. De pronto, la arena se desplazó como una gran ola cuando los tres millones de fieles se levantaron para abandonar la plegaria vespertina.

—¿Podemos acercarnos más? —preguntó Henry.

—¿Acaso te has convertido al islam? Los no creyentes tienen prohibido el acceso.

Henry se fijó en la expresión del príncipe Majid, quien pilotaba el aparato. Estaba sonriendo.

—No me cuesta nada aceptar tu conversión, es muy fácil.

Su voz le llegó con una determinación sorprendente a través de los auriculares.

—Ya conoces mi postura con respecto a la religión.

—Si insistes en seguir siendo un infiel, tendremos que aterrizar en el puesto de avanzada de la policía, tal como tenía previsto. Allí —prosiguió, señalando un recinto cubierto por una carpa sobre una colina que se elevaba sobre la ciudad—. Hay muy buenas vistas.

Henry y Majid se conocían desde 2013, momento en que el príncipe había viajado a Ginebra para informar sobre una epidemia en Arabia Saudí ocurrida el año anterior. Ron Fouchier, el gran virólogo del Centro Médico Erasmo de Rotterdam, fue el primero en describir la enfermedad, un coronavirus llamado Síndrome Respiratorio de Oriente Medio, conocido como MERS por sus siglas en inglés. Cuarenta y cuatro personas cayeron enfermas en el brote inicial y la mitad había muerto. Después la enfermedad irrumpió en Corea del Sur, donde afectó a unas ciento ochenta personas. Los investigadores descubrieron que el MERS era una enfermedad endémica relacionada con los camellos, aunque no quedaba claro si los animales la habían contraído de las personas o viceversa. Llamaba la atención el hecho de que el ochenta por ciento de las víctimas humanas fueran hombres. ¿Cuál era el motivo? Fue Majid quien descubrió que el virus lo transportaba la arena y que las mujeres, al llevar velo, contaban con cierta protección; una deducción brillante que llamó la atención de Henry.

Y fue durante la primera estancia del príncipe en Ginebra para elaborar el informe cuando despidieron a su tío, y Majid se vio impulsado de forma repentina a asumir la dirección del Ministerio de Sanidad. De inmediato tuvo que hacer frente a la decisión más difícil para una persona de su posición: suspender o no el *hach* de ese año. Todo musulmán está llamado a realizar la peregrinación una vez en la vida si cumple las condiciones físicas para hacerlo, y cerrar esa puerta a los fieles acarrearía consecuencias espirituales. Eso sin tener en cuenta el déficit económico. Después del petróleo, el *hach* era el único negocio con el que

Arabia Saudí contaba realmente. Puesto que los casos de MERS estaban disminuyendo, Majid anunció por fin que solo los ancianos y enfermos crónicos debían evitar la peregrinación. Resultó ser la decisión correcta, aunque a una mujer española le diagnosticaron la enfermedad tras su regreso a casa. El resultado podría haber sido muy distinto, y Majid lo sabía. Tuvo suerte.

Aunque habían mantenido cierta amistad a lo largo de los años, Henry jamás había visitado antes aquel reino y tan solo podía evocar imágenes estereotipadas del lugar: arena, mujeres vestidas de negro y palacios de ensueño. Cuando aterrizó en Yeda, fue escoltado hasta la lujosa terminal para la realeza. En la sala de embarque vio a mujeres con velo —princesas, según dedujo— que fumaban en narguile y parecían aburridas. Le dirigieron miradas curiosas. Era un intruso; no formaba parte de la comunidad árabe ni de la realeza, y saltaba a la vista que no era famoso.

Entró un grupo de hombres vestidos con túnicas blancas estilo *thawb*, como una pequeña manada de cisnes. Eran fornidos, atléticos, guapos; formaban un conjunto perfecto y todos lucían una barba negra de corte idéntico y el tradicional pañuelo de cuadros rojos sobre la cabeza. Estaban alineados rodeando a otro hombre vestido de forma similar, pero que llevaba una capa negra con ribetes bordados en oro. Henry tardó unos instantes en reconocer a su amigo, al cual jamás había visto ataviado con la indumentaria de su país natal. No cabía duda de que Majid tenía así aspecto de príncipe. Por primera vez, Henry pensó que algún día su amigo podría llegar a convertirse en rey.

No obstante, en esos momentos permanecían sobre la colina subidos al helicóptero mientras uno de los policías ahuyentaba a una cabra de la pista de aterrizaje. Majid encajó con destreza la nave en el espacio improvisado entre los Land Cruiser de los agentes y el campamento. Henry necesitó esperar unos momentos para que las piernas le respondieran.

—¿Qué le ha pasado a tu bastón? —preguntó Majid.

—Lo quemaron —respondió Henry.

Majid lo miró con extrañeza, pero no insistió.

Henry reparó en que había una torre de telefonía y una antena parabólica. Por suerte, la comunicación no supondría un problema. Divisó un centro de operaciones en una de las tiendas, con un circuito de videovigilancia conectado a las cámaras situadas dentro del recinto sagrado. Siguió a Majid hasta la tienda de campaña de mayor tamaño. En el centro colgaba una lámpara de araña que iluminaba las alfombras orientales y las paredes decoradas con tapices de vivos colores. No había sillas, tan solo bancos pegados a los laterales de la tienda que dejaban un gran espacio libre en el centro y que Henry imaginó que representaba el desierto. Dentro hacía frío, y se dio cuenta de que había aire acondicionado.

Majid se sentó en el suelo alfombrado, junto al banco. Sus movimientos eran ágiles y naturales. El príncipe le indicó a Henry mediante señas que lo imitara, y a continuación le ofreció una mano al ver su torpeza a la hora de sentarse: primero apoyó una rodilla y luego se dejó caer sobre el trasero. Echaba de menos el bastón que le ayudaba a mantener el equilibrio. Iba a pasarlo mal al tener que vivir sin sillas.

Apareció un criado con un aguamanil metálico de boca alargada y vertió un chorrito de un líquido caliente dentro de una taza pequeña.

—Café árabe —explicó Majid—. ¿Notas el aroma?

Henry aspiró su taza humeante.

—¿Qué especias contiene? —quiso saber.

—Cardamomo, clavo y azafrán —respondió Majid—. Somos adictos a este brebaje.

Se dirigió al criado en árabe y el hombre salió corriendo de la tienda. Al cabo de un momento, regresó acompañado de una autoridad. Majid lo presentó como el coronel Hasán al Shehri, un hombre de piel oscura, espaldas anchas y rasgos angulosos que le otorgaban cierto aire de ave rapaz. Era el responsable del sistema de alerta precoz, mediante el cual se efectuaba un seguimiento de los síntomas que podían desembocar en un brote infeccioso. Más de treinta mil sanitarios se hallaban en sus puestos para cubrir el trabajo derivado de la enorme cantidad de peregrinos.

—A su servicio —dijo el coronel cuando el príncipe lo informó de la eminente posición de su invitado.

Henry le preguntó si había detectado alguna epidemia entre los peregrinos.

—Nada a excepción de la gripe habitual durante el *hach* —respondió el coronel—. Este año hay menos pacientes en la enfermería. La mayoría padece neumonía.

—¿Y muertos?

—De momento llevamos unos dos mil.

—Acuden aquí para morir —explicó Majid—. Lo consideran una bendición. Intentamos mantener alejados a los enfermos contagiosos, pero muchos acuden en una fase avanzada de alguna dolencia crónica. Tenemos la obligación de enterrarlos y encargarnos de todo el papeleo, por supuesto, y es un quebradero de cabeza.

—Necesito localizar a este indonesio, Bambang Idris —dijo Henry.

—¿Cuándo necesita verlo? —preguntó Al Shehri.

—Lo antes posible.

—No supondrá ningún problema —lo tranquilizó el coronel—. Pero ahora mismo es imposible. Esta noche los peregrinos están desperdigados por todas partes, durmiendo al raso. Se despertarán temprano, antes del amanecer, y volverán a sus tiendas tras la plegaria. Entonces se lo traeremos.

—Todo arreglado —concluyó Majid mientras otro criado desenrollaba una tira de algún material plástico—. Ahora cenaremos y mañana localizaremos a tu hombre.

Otros dos criados depositaron en el suelo un cordero asado y un gran cuenco de arroz con azafrán, junto con pan, humus, dátiles y algunas especialidades que Henry no reconoció. Majid y el coronel se sentaron en el suelo con las piernas cruzadas, pero cuando Henry se disponía torpemente a unirse a ellos, alguien le acercó una vieja silla de escuela con un brazo plegable que servía de mesa. El criado le llenó en exceso el plato, y él siguió el ejemplo de los demás y comió usando tan solo los dedos de la mano derecha.

Tomaron té en una mesa de camping sobre un promontorio rocoso con vistas a la ciudad. A esas horas, la noche había invadido el cielo por completo y este lucía tachonado de estrellas que parecían hallarse a tan solo unos metros de distancia.

—Ahora comprendo por qué las religiones nacieron en el desierto —comentó Henry.

—Sí, ese es nuestro problema —dijo Majid—. Siempre tenemos a Dios encima.

El cansancio se apoderó de Henry de repente. No había parado desde que salió de Yakarta. Reparó con gratitud en que esa noche no podía hacer nada más mientras un criado lo guiaba hasta su tienda, la cual albergaba una cama de verdad en la que se derrumbó nada más cerrarse la puerta de lona. Pensó en Jill, la echaba de menos y anhelaba tenerla a su lado. Extrañas imágenes cruzaron su mente a medida que sus neuronas fueron descargando la tensión que últimamente lo acompañaba a todas partes. Tuvo unos sueños muy agitados.

Bambang no podía dormir. Había pasado el día entero rezando sobre una roca del monte Arafat. Los peregrinos estaban repartidos por los peñascos como si fueran una bandada de palomas, y Bambang había tenido suerte de dar con un espacio donde permanecer a solas con sus pensamientos. Pronunció las plegarias que sus familiares y amigos le habían pedido encarecidamente que rezara por ellos. Cada una equivalía a cien mil oraciones fuera de La Meca. A veces, la mente de Bambang divagaba, y se preocupó al pensar en la posibilidad de que allí, en el lugar más sagrado de toda la Tierra, también estuviera hecho un mar de dudas.

Esa tarde hacía un sol atroz. Tenía la piel llena de ampollas y el suelo estaba duro, pero aceptaba el dolor y el picor incesante como un sacrificio, y dejó de pensar en la incómoda sensación para concentrarse en sus rezos. En el contador de oraciones que llevaba encima aparecían 476 plegarias correspondientes a ese día. Imaginó la cifra que resultaría al multiplicarla por cien mil.

Más que el total de oraciones rezadas en toda su vida, o en muchas vidas. No cabía duda de que había recibido una bendición.

Había meditado sobre la experiencia de entrar en la Gran Mezquita el día anterior. Al cruzar sus altísimos arcos hasta el patio octogonal se sintió tan insignificante como una simple gota de conciencia en el gran mar de la humanidad. Allí estaba: la Kaaba, que se alzaba imponente sobre los peregrinos; un gran cubo de roca recubierto de tela negra con inscripciones en oro. Los peregrinos la rodeaban en sentido contrario a las agujas del reloj, siete veces, y en cada vuelta Bambang se iba acercando con la esperanza de poder besar la Piedra Negra, la misteriosa reliquia incrustada en una esquina de la Kaaba, dentro de un marco de plata. Los peregrinos señalaban la piedra con anhelo y reverencia. Se decía que procedía de los tiempos de Adán y Eva, y que el mismísimo Profeta la había colocado en la Kaaba. Durante la última vuelta, los hombres se empujaban peleándose por obtener su premio, y, sorprendentemente, Bambang lo consiguió: había añadido su beso al más sagrado de los objetos. Después rezó desde uno de los palcos más altos de la mezquita. Veía a millones de creyentes frente a sí, apretujados hombro con hombro, tan juntos como los hilos del tejido de una prenda de vestir. Bambang se sintió transportado y redimido, lo más parecido al estado de pureza del alma al que podía aspirar.

En esos momentos se hallaba tumbado sobre la llanura de Muzdalifah, contemplando la creación cara a cara. Las estrellas rotaban con lentitud en su trayectoria por el universo. ¡Qué majestuosidad! Bambang se sentía insignificante pero también henchido de gozo. Entonces se puso de lado y vomitó.

Nadie pareció darse cuenta. Los otros peregrinos estaban durmiendo. Bambang cubrió con arena aquel desaguisado. Sintió vergüenza, pero enseguida se preguntó si sería una buena señal. Había rezado para expulsar al diablo de su interior, y tal vez esa era la forma en que ocurría. Súbitamente. Con una fuerza espantosa. Había arrojado fuera la carga de las faltas cometidas que alojaba en su interior. Seguro que estaba limpio.

No obstante, lo habían abandonado las fuerzas. Se sentía

mareado. Intentó incorporarse, pero solo consiguió ponerse de rodillas y decidió volver a tumbarse y dejar que las estrellas dieran vueltas sobre él. Pasaron varias horas. Bambang no sabía cómo interpretar su condición. ¿Estaba siendo transportado a un estado superior, se hallaba en el tránsito hacia aquello que lo estaba aguardando? No cabía duda de que sus oraciones lo elevarían a un nuevo nivel, y esa sensación debía de ser una prueba.

La voz del muecín despertó a los demás peregrinos. Desenrollaron sus alfombras y recitaron la plegaria del alba. Todo el mundo estaba entumecido después de haber dormido en el suelo, de modo que Bambang no tuvo la impresión de destacar. Había recuperado las fuerzas suficientes para ponerse en pie, pero no le apetecía desayunar. En vez de eso, se incorporó al primer grupo con destino al Jamarat puesto que el amanecer era el mejor momento para realizar la marcha. Los peregrinos llenaban la carretera a millares y avanzaban con andar pesado. Bambang no podía ver ni el principio ni el final de la masa humana. El sol se elevó en el cielo. A veces pasaban por debajo de aspersores para refrescarse. Había gente tumbada sobre las rocas, exhausta y deshidratada, incluso muerta, tal vez; resultaba difícil distinguirlo. Los más afortunados se cubrían con parasoles que lucían propaganda de EgyptAir. Los helicópteros de la prensa los sobrevolaban en círculos.

La procesión atravesó largos túneles bajo las montañas azuladas. Los peregrinos habían recibido la advertencia de que aquella era la etapa más peligrosa del *hach* porque es cuando el pánico se apodera de la multitud. Alguien se desmaya y algunas personas se detienen para asistirlo. Quienes se encuentran detrás, impacientes, empiezan a ejercer presión para avanzar. Estalla la confusión, acompañada de ira. Y de repente, casi con la misma rapidez con que explota una bomba, se desata un arrebato que convierte a la muchedumbre en una horda. Algunas personas son arrolladas. Cientos, miles incluso, mueren al instante. Entonces todo termina tan súbitamente como ha empezado, y nadie comprende el motivo ni qué ha ocurrido con exactitud.

Bambang disponía de un tarro de plástico con cuarenta y

nueve guijarros cuidadosamente seleccionados en el monte Arafat. Eran para la lapidación del diablo, representado por tres grandes columnas, cada una de las cuales se elevaba dentro de un cerco rodeado por un muro, en el Jamarat. Los peregrinos debían recrear las acciones de Abraham, quien resistió a la tentación de Satanás arrojándole piedras en ese mismo lugar. La carretera se dividía en varios ramales, y todos derivaban en una estructura enorme, similar a un aparcamiento de muchas plantas. A Bambang le daba vueltas la cabeza y sentía cómo la muchedumbre, entre cantos monótonos, lo apretujaba por ambos lados y agotaba el oxígeno que todos respiraban a la vez. El clamor procedente del interior de la estructura hizo eco en el hormigón y se convirtió en un rugido. Un impulso repentino y peligroso sacudió al gentío.

Esperaba alcanzar la cima del edificio destinado a la lapidación, pero lo metieron en uno de los niveles intermedios. En el centro de la estructura había un fragmento de la columna del Jamarat, un imponente muro de granito que se elevaba desde una especie de pila de hormigón. Cuando apareció ante sus ojos, los peregrinos empujaron con mayor insistencia, intentando llegar al borde de la pila, desde donde podrían arrojar sus guijarros. Al maldecir a Satán, algunos lanzaban también sandalias o paraguas.

Bambang tenía la primera piedra en la mano, pero ya no ejercía control alguno sobre sus movimientos. La presión de la multitud lo empujó sin miramientos contra la mujer que había delante. Una sacudida de miedo y éxtasis recorrió su ser como una descarga eléctrica. En mitad del alboroto, trató de rezar: «Aquí me tienes, Alá. ¡Aquí me tienes! Yo soy tu siervo. Tú eres el único dios verdadero. Aquí me tienes». Algunos guijarros arrojados con poca puntería empezaban a impactar contra él.

Y entonces lo aplastaron contra el mismo borde de la pila y la columna de granito se impuso frente a él como si se tratara del diablo en persona. Los peregrinos le chillaban al oído. Levantó la mano para arrojar la primera piedra, pero esta cayó a poca distancia de la columna, y se asustó. ¿Cómo había llegado a ese estado de debilidad? Buscó otra piedra en el tarro, pero este le resbaló de la mano. Notó que le golpeaba el pie; no obstante, era imposible agacharse para recogerlo. Sintió que le flaqueaban las rodillas, pero no pudo caerse; estaba atrapado allí de pie.

Detectó el movimiento circular de la multitud que lo empujaba junto al borde de la pila, entre la lluvia de guijarros. Creyó estar gritando, pero el fragor era excesivo para que pudiera oír su propia voz. Los pies no le tocaban el suelo. La aglomeración lo había arrancado de sus sandalias. Rezó por salvarse. Rezó por que lo dejaran solo y no lo manosearan. No quedaba nada de aire, y rezó por poder respirar. En ese momento, frente a él se abrió un hueco cuando la muchedumbre rebasó el borde de la pila, y Bambang cayó al suelo. Agradeció a Dios por haberlo liberado mientras los fieles arrollaban su cuerpo sin remedio.

11

¿Qué tenemos aquí?

Mientras Henry esperaba en la tienda de campaña con vistas a La Meca a que Majid y el coronel Al Shehri regresaran de la ciudad santa, participó en una videoconferencia con Maria Savona desde Ginebra, Catherine Lord, la responsable sanitaria de los CDC en Atlanta, y Marco Perella, quien permanecía en Indonesia, en el campamento de Kongoli. Marco tenía buenas noticias: por extraño que pareciera, aparte del enterrador muerto, en Yakarta no se había informado de más casos.

A partir de ahí, Catherine Lord tomó el relevo:

—Es algún virus de la familia de los *Orthomyxoviridae*, seguramente el de la gripe, pero lo hemos comparado con miles de secuencias víricas de la base de datos y de momento no hemos encontrado ninguna idéntica.

Lo mismo que otros tantos peligros de la naturaleza, los virus de la gripe eran bellos y estaban recubiertos por espigas de unas proteínas llamadas hemaglutinina (H) y neuraminidasa (N), las cuales funcionaban como un equipo de abordaje pirata. La hemaglutinina se aferraba a una célula como un ancla y la atacaba introduciendo en ella partículas virales. Una vez dentro, el virus se servía de la energía de la célula para replicarse miles de veces. En cuanto los virus recién engendrados brotaban en la célula, la proteína neuraminidasa los soltaba. Al cabo de unas pocas horas de exposición, la víctima se volvía contagiosa y liberaba medio millón de partículas virales cada vez que tosía y estornudaba. Esas partículas flotaban hasta introducirse en los pulmones de las personas que se hallaban cerca, o aterrizaban sobre alguna superficie donde podían sobrevivir durante horas. La gripe contaba con muchas estrategias para propagarse, pero la más insidiosa era su capacidad para mutar, para reinventarse de forma constante y burlar los intentos del organismo por crear inmunidad y los esfuerzos de la ciencia por inventar vacunas efectivas.

Los virus de la gripe se clasificaban en cuatro grupos distintos. Con mucho, los más comunes y peligrosos para los humanos eran los de tipo A y B. En los casos de Kongoli, la gripe A era la categoría sobre la que recaían más posibilidades, puesto que solía ser más activa y violenta que la gripe B. En los virus de la gripe A descubiertos recientemente se habían hallado dieciocho subtipos de hemaglutinina y once de neuraminidasa, pero solo la H1, la H2, la H3 y la N1 y la N2 provocaban la gripe estacional humana. La gripe altamente contagiosa que tuvo lugar en 1968 en Hong Kong, por ejemplo, fue un virus H3N2. Los virus de la gripe B se hallaban solo en humanos, y aunque podían causar casos graves, no provocaban epidemias como los de tipo A. Había otros dos tipos de gripe, la C y la D, que diferían de la A y la B en que carecían de la proteína neuraminidasa. La gripe C era común entre los humanos, sobre todo en los niños, pero rara vez representaba una amenaza para la vida. La gripe D solía encontrarse en el ganado, con algún caso aislado en humanos y cerdos domésticos.

—Por otra parte, al parecer no somos capaces de hacer crecer esa mierda de Kongoli —prosiguió Catherine—. Hemos utilizado fibroblastos de embriones de pollo, células MDCK, células Vero de monos verdes africanos, murciélagos y riñones de crías de hámster, pero no funciona en ninguno de los linajes celulares estándar.

—¿En qué punto está la cosa? —preguntó Henry.

—Estamos empezando a probar con hurones y gallinas —respondió Catherine—. Ese bicho es un misterio.

—Maria, ¿se ha observado algún otro brote parecido al de Kongoli? —quiso saber Henry.

—Hay varias gripes estacionales en circulación, tanto de tipo A como B, pero son cepas conocidas desde hace tiempo, nada nuevo. Por esa parte, estamos teniendo un año tranquilo.

La conversación estaba teñida de tensión y apremio, pero también de perplejidad y frustración. Todos eran conscientes de lo que había en juego. Se hallaban frente a lo que podría convertirse en la pandemia más catastrófica de toda su vida. Tenían que frenarla, y por suerte, dejando aparte el caso del enterrador, parecía que lo estaban consiguiendo. A diferencia del brote de la enfermedad del Ébola ocurrido en 2018 en la República Democrática del Congo —durante el cual sanitarios de organismos internacionales resultaron asesinados por milicias armadas—, en Indonesia los profesionales de la salud contaban con la protección de las fuerzas gubernamentales. Las autoridades indonesias estaban haciendo su trabajo. Si podían contener la enfermedad en el campamento de Kongoli mientras los investigadores descubrían de qué se trataba exactamente, los Institutos Nacionales de Salud (NIH) y las compañías farmacéuticas se esforzarían por desarrollar una vacuna. Con suerte, la humanidad se libraría de aquella amenaza mortal. Resultaba preocupante la filtración en el peregrinaje a La Meca, pero solo se trataba de un caso aislado. No podían hacer nada excepto tratar de encontrar a aquel hombre y ponerlo de inmediato en cuarentena.

—¿Habéis obtenido una imagen TEM? —le preguntó Henry a Catherine.

—Sí, y tenemos una muestra teñida con resultado negativo que revela partículas típicas de la gripe, pero resulta extraño.

—¿En qué sentido?

—No hay proteínas neuraminidasa.

Henry ahogó un gruñido. Eso significaba que no había presencia de gripe A y que el único tratamiento de uso generalizado

— 113 —

—los inhibidores de la neuraminidasa como el Tamiflu— no serviría de nada. Hasta el momento, la gripe pandémica siempre había sido de tipo A. Ahora se hallaban frente a un nuevo aspirante con cualidades de las que jamás había existido una combinación. Era un virus totalmente nuevo.

—¿Se os ha ocurrido pensar en la gripe C? —preguntó Marco.

—Sí, claro, pero al someter el virus a la electroforesis hemos visto que tiene ocho segmentos genómicos. —La electroforesis era un proceso que permitía separar las moléculas con carga existentes en una célula a partir de su tamaño—. Esa es una característica de la gripe A, no de la C ni la D, que tienen siete segmentos de ARN. Nunca habíamos visto nada igual —concluyó Catherine.

Antes de finalizar la videoconferencia, la doctora se dirigió a Henry:

—Te necesitamos de vuelta aquí. Llevas fuera dos semanas. Tanto Marco como tú estáis dedicados al brote del campamento y nos falta personal con mando en plaza.

—Regresaré lo antes posible —se comprometió Henry—. Solo quiero asegurarme de que el contagio no se ha extendido en el país. Dame una semana más.

—¡Una semana! —exclamó Catherine, consternada.

Maria tomó parte ofreciéndose a enviar a otro equipo de la OMS para supervisar las medidas adoptadas en el *hach*.

—¿Cuánto tiempo tardará? —quiso saber Catherine.

—Podrían estar en Yeda dentro de tres días —dijo Maria.

En cuanto se interrumpió la videollamada, Henry llamó a Jill.

—El viernes estaré en casa —dijo, exultante.

12

Jürgen

En la mente de Henry emergió el fantasma de la gripe de 1918, que había infectado a quinientos millones de personas y matado al veinte por ciento de ellas. Entre las víctimas hubo una gran proporción de adultos jóvenes y vigorosos. Nadie sabía con exactitud dónde se originó, pero recibió el nombre de «gripe española» porque durante la Primera Guerra Mundial España se mantuvo neutral y los medios de comunicación tenían libertad para informar sobre el brote. Investigaciones posteriores sugirieron que los primeros casos podrían haber tenido lugar en el condado de Haskell, Kansas, o en la planta de la compañía Ford Motor en Detroit, o en China o en Austria... En realidad nadie lo sabía. Pero una vez que se abrió paso en los hacinados cuarteles de los campamentos militares y en los medios de transporte de las tropas, se transformó en una bestia feroz que sorteaba todos los esfuerzos por contenerla, se extendió por las ciudades e incluso por las poblaciones más pequeñas del planeta y provocó más muertos que la propia guerra. La enfermedad —que se diagnosticó erróneamente como cólera, dengue, meningitis y fiebre tifoidea— resultó ser un adversario mucho más temible que ninguno de aquellos a los que el sistema sanitario de la época había tenido que hacer frente jamás. Existían infecciones que tardaban semanas en dar la cara; sin embargo, en ese caso, algunas de las víctimas se encontraban bien a la hora de comer y a la de cenar habían muerto. Igual que ocurría con el virus de Kongoli, la gripe española era hemorrágica. Resultaban muy frecuentes los sangrados repentinos de nariz, y los pulmones quedaban reducidos a una espuma sanguinolenta.

La idea de que el brote de Kongoli se redujera sin más era, con toda probabilidad, una mera ilusión. No obstante, había precedentes. En febrero de 1976, en Fort Dix, New Jersey, un joven recluta llamado David Lewis se desplomó y murió tras una marcha de ocho kilómetros. Cuando más de doscientos soldados cayeron enfermos en esas mismas fechas, los médicos detectaron dos cepas de gripe A en la base militar. Una de ellas, la H3N2 —una variante de la anterior gripe de Hong Kong— fue designada como A/Victoria. Era muy contagiosa, pero presentaba una virulencia dentro de lo normal. La otra cepa, que había acabado con la vida del soldado Lewis y posiblemente hubiera infectado a otra persona, no se conocía, de forma que los médicos de la base militar la enviaron a los CDC.

Resultó ser la H1N1, con la misma estructura genética que la gripe española. En esa ocasión recibió el nombre de «gripe porcina», porque los cerdos constituían la especie que había dado origen a la enfermedad (en el caso de 1918, probablemente la transmisión se había dado en el otro sentido, de los humanos a los cerdos). Se solía culpar a estos animales de ser una fábrica de virus porque constituían un puente casi perfecto entre las gripes aviares y las enfermedades humanas. Una vez dentro del cerdo, el virus se adaptaba a los mamíferos y, tras franquear la barrera de la especie, estaba preparado para conquistar el mundo.

En 1976, alarmado por la situación de Fort Dix, el presidente Ford hizo un llamamiento para que tuviera lugar un esfuerzo supremo con vistas a inmunizar a la población contra la gripe porcina lo más rápido posible. La industria farmacéutica fue dispensada de responsabilidad para que agilizara el desarrollo de la vacuna. Meses después, en agosto, tuvo lugar otro misterioso brote en una convención de la Legión Estadounidense en Filadelfia, con el resultado de veintinueve personas fallecidas. El diagnóstico inicial, gripe porcina, resultó falso —fue una neumonía atípica que más tarde recibiría el nombre de «enfermedad de los legionarios»—, pero la prensa y la clase política dominante fomentaron hasta tal punto la alarma social que cualquier duda acerca de la vacunación en masa quedó soslayada. En septiembre empezaron las primeras aplicaciones de la vacuna contra la gripe porcina y, al cabo de un mes, la gente empezó a caer enferma, no a causa de la gripe, sino de la propia vacuna, que guardaba relación con una enfermedad paralizante llamada síndrome de Guillain-Barré. En diciembre se interrumpió el programa de vacunación, y durante ese tiempo nadie más se infectó de la gripe porcina. Fue un desastre político para Ford y una advertencia para los gobernantes que lo sucederían. En 1918, la gripe H1N1 había matado entre cincuenta y cien millones de personas. En 1976, solo mató a una.

Para Henry y sus colegas, desesperados por obtener respuestas, una característica exasperante de la pandemia de 1918 era la poca información que existía al respecto. Quedó extrañamente olvidada durante décadas, enterrada en la memoria humana junto con sus secretos. ¿Por qué motivo había sido tan virulenta? ¿Por qué se había cebado en particular con los más jóvenes y vigorosos, justo aquellos que deberían haber sido los últimos en sucumbir a su poder devastador? En 1951, el patólogo sueco Johan Hultin viajó hasta una apartada población de Alaska llamada Brevig Mission, donde, en 1918, la gripe había matado a setenta y dos de los ochenta residentes. Fueron enterrados bajo el permafrost, y Hultin obtuvo permiso para exhumar y examinar varios de los cadáveres. No logró aislar el virus, y quedó abrumado por el fracaso. Casi cincuenta años después, en 1997, llegó a sus oídos el trabajo del doctor Jeffery Taubenberger, del Instituto de Patología de las Fuerzas Armadas cercano a Washington D.C. El doctor Taubenberger había intentado reconstruir la gripe de 1918 sirviéndose de especímenes conservados en cera de soldados que habían muerto durante la pandemia. El entonces anciano Hultin se ofreció a regresar a Brevig Mission y probar de nuevo. Lo único que llevó consigo a modo de herramienta fueron las tijeras de podar del jardín de su esposa. Esa vez desenterró los restos de una mujer que tenía aproximadamente treinta años cuando murió y a quien llamó Lucy. La extrema obesidad que padecía había evitado que sus pulmones quedaran destruidos del todo. Hultin se los extirpó con las tijeras de podar y se los llevó a casa, a San Francisco. Era como si llevara una bomba de hidrógeno.

Hultin le envió por correo los pulmones al doctor Taubenberger, y este los inoculó con material vírico suficiente para obtener un clon del virus que mató a Lucy. Lo utilizó para infectar macacos y, al cabo de pocos días, tenían los pulmones hechos papilla. Tal como le ocurrió a Lucy, y lo mismo que a los médicos franceses de Kongoli, los monos se ahogaron en sus propios fluidos como resultado de una reacción inmunitaria exagerada.

Muchas personas cuestionaron que fuera prudente hacer que el virus de la gripe española cobrara vida de nuevo. Por mucho cuidado que se tuviera, a veces los virus escapaban de la zona de aislamiento del laboratorio. Incluso en los CDC, uno de los laboratorios con mayor control del mundo, ochenta y cuatro científicos —entre los que se contaba Henry— se habían visto expuestos por accidente a una cepa viva de ántrax cuando se suponía que ya había quedado inactiva. La viruela había salido varias veces de laboratorios de Inglaterra y había matado a ochenta personas en total. Con frecuencia se subestimaba la amenaza que un descuido suponía para la civilización.

Antes de recalar en los CDC, Henry había trabajado con las enfermedades desde otra vertiente: las había creado. A ochenta kilómetros al noroeste de Washington, todavía existía una vieja granja situada entre famosos campos de batalla de la guerra de Secesión. Los territorios del anterior estado habían sido cercados con las mayores medidas de seguridad disponibles. Fort

Detrick, que era el nombre con el que se conocía la instalación, contenía varias delegaciones médicas, incluido el Instituto Nacional contra el Cáncer de Frederick, la Confederación Nacional Interagencias para la Investigación Biomédica y el Instituto Médico de Investigación de Enfermedades Infecciosas del Ejército. Fue allí, en plena Segunda Guerra Mundial, donde Estados Unidos empezó su investigación secreta sobre armas biológicas.

En el arte de la guerra, la multitud de episodios en que, a lo largo de la historia, se ha utilizado la peste como arma se remontan al siglo xiv, cuando los mongoles catapultaban los cadáveres de las víctimas de la enfermedad por encima de las murallas de la ciudad de Cafa, en la península de Crimea. El programa estadounidense probó el ántrax y otros patógenos peligrosos con voluntarios humanos; sobre todo, objetores de conciencia. Tras la Segunda Guerra Mundial, científicos nazis que habían experimentado con prisioneros de guerra y víctimas de los campos de concentración se incorporaron a los esfuerzos de investigación estadounidenses. Exploraron el uso de insectos y parásitos, como piojos, garrapatas y mosquitos, para difundir la fiebre amarilla y otras enfermedades. Estudiaron el ejemplo de los japoneses en la guerra, que arrojaron pulgas infectadas de peste en China y contaminaron más de mil pozos con cólera y tifus, lo cual provocó epidemias que duraron mucho más que la misma guerra. En 1969, el presidente Nixon prohibió el desarrollo de armas biológicas ofensivas. La experimentación con enfermedades nuevas siguió, solo que pasó a denominarse «medidas defensivas».

Henry no desestimaba la necesidad de ese tipo de investigaciones. Eran imprescindibles para la defensa del país y una gran motivación intelectual. Se había unido a un mundo oscuro y clandestino en que sus homólogos —de Rusia, Irán, China o Corea del Norte— se conocían tan solo por la reputación y los rumores. Jugaban a un juego en que uno no solía mostrar sus cartas. Los terroristas también andaban ocupados creando enfermedades. Al Qaeda hizo un intento de cultivar ántrax. La secta apocalíptica japonesa Verdad Suprema, propia de una pelí-

cula de ciencia ficción pero de la cual formaban parte microbiólogos, también experimentó con el ántrax y la botulina. Por lo
menos ninguna de las dos toxinas provocaba enfermedades contagiosas; sin embargo, no había motivos para pensar que los terroristas iban a detenerse ahí.

Henry era bueno en su trabajo —más que bueno, de hecho—, pero también era lo bastante modesto para reconocer
que el verdadero genio de ese oscuro afán era Jürgen Stark, su
carismático jefe. Mientras sus homólogos en el campo de la física nuclear creaban bombas capaces de arrasar la vida del planeta,
Henry y los otros jóvenes científicos del laboratorio de Jürgen
se ocupaban de algo muy parecido que consistía en juguetear
con la naturaleza para aprender a destruir la humanidad.

El equipo de Jürgen se había formado en el Centro Nacional
de Análisis y Contramedidas de Biodefensa. El edificio entero
estaba bajo secreto; nadie más en todo Fort Detrick conocía lo
que tenía lugar en su interior. El objetivo era idear agentes patógenos biológicos que pudieran ser creados por terroristas o estados malvados. En 1972, Estados Unidos se unió a más de ciento ochenta y un países en la firma de la Convención sobre las
Armas Biológicas, la cual prohibía el desarrollo, producción y
almacenamiento de toxinas y armas biológicas. Los soviéticos
también lo firmaron, pero vieron el tratado como una oportunidad para ampliar su producción y monopolizar la guerra bacteriológica. Incluso en la actualidad, por lo que Henry sabía, la
unidad de guerra bacteriológica rusa seguía en expansión. Putin
había declarado abiertamente que Rusia estaba desarrollando
«armas genéticas» que eran «comparables a armas nucleares».
Pese al obstáculo de las restricciones legales, Henry y los demás
trabajaban afanosamente en secreto para mantenerse al mismo
nivel que los rusos con respecto a sus osados avances en el terreno más oscuro de la ciencia.

Jürgen era un hombre alto y delgado con unos ojos azules
nórdicos encargados de comunicar la seguridad en sí mismo y la
genialidad, que constituían sus mejores cualidades. Era muy
cuidadoso con su aspecto, sobre todo con el pelo, de un rubio

platino tan claro que se asemejaba al blanco de la bata de científico, cuyo bajo ondeaba tras de sí cuando andaba de un lado a otro de la oficina. Además, lo llevaba bastante largo, de manera que a veces se le enredaba un mechón con las cejas, y él lo echaba hacia atrás como una colegiala orgullosa cada vez que quería resaltar algo. En aquel laboratorio, todos los momentos resultaban inquietantes, emocionantes y cargados de sentido, reflejo de las cualidades que encerraba el fascinante atractivo de Jürgen. Era uno de los científicos más grandes que Henry había conocido jamás: imaginativo, profesionalmente brillante y dispuesto a llegar hasta el límite.

Jürgen no tenía relaciones sentimentales, que Henry supiera. Su orientación sexual era tema de innumerables especulaciones entre los investigadores. Rara vez buscaba a un compañero para salir a tomar algo o a cenar, a menos que tuviera algún objetivo laboral a la vista, y en esas ocasiones podía ser irresistible. Henry sabía que el encanto personal era una máscara social de la que Jürgen se servía, pero aun así le maravillaba su capacidad de transformación.

Estaba obsesionado con el orden. Henry jamás había visto un laboratorio tan limpio y bien cuidado. Los científicos solían gastarle una broma pesada que consistía en ladear las incubadoras y los contadores de colonias de tal modo que, cada vez que su jefe pasaba por allí, los enderezaba de forma sistemática. No parecía darse cuenta. Una vez Henry encontró cerrado el lavabo de hombres porque Jürgen había pedido que lo repararan. «Las esquinas no estaban alineadas», alegó. Tras las obras, Henry no apreció diferencia alguna.

Un día, a la hora de marcharse, Jürgen le preguntó a Henry qué planes tenía para esa noche. La pregunta lo pilló por sorpresa.

—Voy al cine —contestó.

—¿Qué vas a ver?

—*Adaptation*.

—¿De qué va?

—Es una comedia sobre un tío que intenta escribir el guion de una película. Dicen que es divertida.

—¿Has quedado con alguien?

—No, ¿quieres venir?

Henry pensó que por eso se lo había preguntado.

Jürgen se sorprendió, como si no se le hubiera pasado por la cabeza.

—Ah, no. No me gusta mucho el cine.

La respuesta molestó un poco a Henry, pero decidió que de él dependía convencer a su colega para que hiciera lo que a todas luces deseaba: disfrutar de un rato de compañía. Acabaron yendo a cenar después de ver la película. Era la primera vez que Henry oía reír a Jürgen: emitió un «ja, ja, ja» mecánico que sonaba a risa experimental.

Rara vez entraba en un laboratorio cuando había animales sobre la mesa. A veces se producían escenas horribles, sobre todo con los monos, con ese aire infantil y de indefensión, pero que a la vez tenían conciencia de lo que ocurría a su alrededor y eran vengativos. Existía una norma por la que ningún animal debía someterse a cualquier tipo de procedimiento delante de sus semejantes. Si los gritos de alguno de los animales con los que experimentaban llegaban a oídos de los que aguardaban su turno en las jaulas, estos empezaban a proferir chillidos de terror.

Jürgen no lo soportaba. En más de una ocasión, Henry lo había visto llorando. La culpa que sentía quedaba patente en su calzado de lona, su veganismo y el ligero temblor de su voz cuando expresaba la necesidad de realizar más experimentos con los animales. Era la figura más destacada de un campo que detestaba, como un gran guerrero que no soporta matar pero que conoce el precio del fracaso. Creía —y Henry acabó por creerlo también— que el futuro de la civilización, y tal vez de la humanidad entera, estaba en manos de la investigación de alto nivel que él y su equipo llevaban a cabo en la vieja granja de Maryland convertida en Fort Detrick. El futuro también exigía el sacrificio de miles y miles de animales.

Henry apenas era capaz de reflexionar sobre esos años sin obsesionarse con la debilidad de carácter que lo había conducido a entrar en lo que ahora le parecía una secta. Era, sin lugar a dudas, una secta científica y no una pseudorreligión; sin embargo, llevaba el sello característico de cualquiera de las sectas más poderosas: se presentaba a sí misma como la antítesis de cualquier prisión ideológica. La libertad era lo que Jürgen Stark vendía: la libertad para imaginar, para experimentar y para crear cualquier cosa, sin importar cuán atroz o peligrosa fuera. «En lugar de amenazar el futuro de la humanidad —se decían—, la estamos salvando. Si nosotros le damos la espalda, ¿quién se ocupará? ¿Quién, si no, tendrá la destreza, el buen criterio, la perspicacia y el valor moral para aventurarse en los rincones más oscuros de la mente humana? ¿Quién, si no, entrará en esta funesta cámara secreta con el único propósito de cerrar el paso a los canallas que quieren hacernos daño? ¿Quién, si no, puede quebrantar la mentalidad de las fuerzas malvadas del mundo, de modo que cuando descubran los mismos agresores virulentos que estamos trayendo a la vida (porque no cabe duda de que los descubrirán) tengamos listo el antídoto?» «Solo podemos hacerlo nosotros», era la cantinela que obsesionaba a Henry. Era algo en lo que todos creían, y ese convencimiento generalizado reforzaba la creencia.

13

Algo fuerte

El príncipe Majid y el coronel Al Shehri cruzaron a toda prisa la ciudad campamento de Mina, guiados por un niño llamado Mamdouh que esquivaba a los lentos peregrinos y recorría los caminos polvorientos trotando como un cabritillo. Majid estaba sin aliento, pero disfrutaba observando la agilidad y el comportamiento irreflexivo del chico.

En aquella masa humana se había impuesto cierto orden. Cien mil tiendas de campaña idénticas, de color blanco, fabricadas con fibra de vidrio ignífuga, formaban barrios que se correspondían con los países de origen de los ocupantes. Los caminos respondían a un código de colores y las tiendas estaban numeradas. Cada uno de los peregrinos tenía la obligación de llevar una placa del color de su país con el número de su tienda. En teoría, nadie podía perderse, pero cerca había miles de chiquillos como Mamdouh dispuestos a servir de guías a quienes, a pesar de todo ello, llegaban a desorientarse.

Mamdouh torció para enfilar el camino amarillo que los condujo al enorme campamento indonesio: un cuarto de millón de personas, la parcela apropiada para el país con más población musulmana del mundo. El guía consultó el GPS en su iPad y localizó el número de la tienda a la que pertenecía alguien llamado Bambang Idris. Dentro había unos cincuenta hombres con el torso desnudo, sentados con las piernas cruzadas y hablando en voz baja o compartiendo fotografías en sus teléfonos móviles.

—¿Bambang Idris? —preguntó el coronel Al Shehri con un chorro de voz que despertó a quienes dormitaban en las esteras del suelo.

Uno de los hombres respondió que el señor Bambang se había separado del grupo durante la marcha hacia el Jamarat. Otro sugirió que tal vez había llevado a su animal al matadero para sacrificarlo, o había ido a que le raparan la cabeza. Eran los rituales que se celebraban tras la lapidación del diablo. Los peregrinos reunidos en la tienda estaban aguardando a que disminuyera la aglomeración para hacer lo mismo.

Todo cuanto Majid tenía era la foto del visado de Bambang, con la cual iba a resultarle muy difícil distinguirlo entre la multitud de seres humanos con idéntica indumentaria, y todavía más si el peluquero había cumplido su labor. El príncipe dispuso que un hombre que hablaba inglés y conocía a Bambang se uniera a ellos, «¡ahora mismo!».

Primero recorrieron el enorme matadero, donde había diez mil matarifes. Se oían los balidos de las ovejas que aguardaban para ser pasadas a cuchillo. La oficina contenía un registro de los números de teléfono de los peregrinos que habían comprado un animal para el ritual y a quienes notificarían mediante un mensaje de texto que el sacrificio había tenido lugar. El nombre de Bambang no constaba en la lista. Los peregrinos también podían optar por matar a su animal ellos mismos, de modo que Majid y los demás recorrieron los largos pasillos suspendidos sobre las salas del matadero en busca de un indonesio algo rechoncho de unos sesenta años de edad. Entre los matarifes había pocos peregrinos, y ninguno se parecía al hombre al que andaban buscando.

Un millar de peluqueros se alineaban en las calles y en los puestos ambulantes de La Meca, y había una multitud de clientes esperando. El coronel Al Shehri requisó un megáfono de un policía del *hach* y se paseó por la ciudad repitiendo el nombre de Bambang. Algunos jóvenes se unieron a la marcha del príncipe y sus acompañantes, atraídos por aquella agitación inexplicable. Mamdouh, el guía, adoptó un aire de autoridad entre los niños y empezó también a gritar el nombre de Bambang, y muy pronto todos lo imitaron y decenas de ellos voceaban «¡Bambang Idris! ¡Bambang Idris!». Pero nadie respondió.

Majid recibió una llamada en el móvil del viceministro de Sanidad. La plantilla había examinado los registros de los veinticinco hospitales y los doscientos centros de salud dispuestos para el *hach*.

—Excelencia, ese hombre no está, se lo aseguro.

Majid intentó reprimir la creciente ansiedad que sentía y que resultaba obvia también en los rostros de los otros hombres. Todos estaban sudando la gota gorda a causa del calor y el esfuerzo de su rápida marcha.

Por fin el príncipe le preguntó a Mamdouh si sabía cómo llegar a la morgue. El joven guía asintió y se encaminó hacia Al Muaisem, el barrio que se hallaba nada más salir de la región sagrada. Cuando llegaron, Majid envió a Mamdouh de regreso para que siguiera cumpliendo con su cometido; no quería que el chico viera lo que les aguardaba.

Eran unas instalaciones relativamente pequeñas en comparación con todo lo relacionado con el *hach*. Cuando el príncipe y su séquito entraron, la recepción estaba desierta. El príncipe Majid se descubrió contemplando el retrato oficial de sí mismo que se hallaba detrás del mostrador. El coronel Al Shehri enfiló un pasillo y regresó acompañado por un azorado trabajador al que había encontrado fumando en otra sala y que se cuadró al instante al ver al príncipe.

Majid le mostró la foto de Bambang, pero el empleado se encogió de hombros. No era él quien se ocupaba de las admisiones, dijo, y el director se había ausentado para ir al cementerio.

—¿No disponen de un registro de entrada? —quiso saber Majid.

—Por supuesto.

—En tal caso, ¿dónde está?

—En el ordenador del director, excelencia.

—Pues busque a este hombre.

—No puedo —respondió el empleado, abatido—. No conozco la contraseña. Y su ayudante está con él.

Majid quiso ver la sala donde conservaban los cadáveres. El empleado los acompañó por un oscuro pasillo con el suelo de piedra encerada. Pasaron junto a varias camillas, y por fin el empleado empujó una puerta de doble hoja que daba a una sala refrigerada totalmente vacía.

—¿Dónde están los cadáveres? —preguntó Majid.

—Tal como le he dicho, excelencia, los han enterrado.

—¿Ni siquiera ponen el nombre en las tumbas? —preguntó Henry con desesperación.

—Tenemos por costumbre enterrar los cadáveres enseguida —explicó Majid—. Creemos en la igualdad de todos los muertos; incluso la tumba del rey es anónima.

—¿Sabéis cómo murió?

—Cuando por fin hemos conseguido hablar con el forense, nos ha explicado que murió arrollado por la multitud.

Henry se hundió en su silla escolar, completamente frustrado.

—Una cosa más —empezó a decir Majid—. No sé si hago bien en explicarlo. Tenemos un informe de tres hospitales que hablan de una fiebre hemorrágica entre los peregrinos.

La noticia fue como un jarro de agua fría que sacó a Henry de su abatimiento.

—Tengo que examinarlos. Ahora mismo.

—Henry —dijo Majid—, es un asunto muy delicado. Comprendo las prisas, pero solo se permite el acceso de musulmanes a las zonas santas, y me temo que los pacientes están demasiado enfermos para que se los traslade.

—Seguro que vuestro Dios preferirá que los devotos sigan vivos, y no que acaben siendo víctimas de un polémico protocolo wahabita.

—Contamos con unos médicos excelentes que ya se están ocupando de la situación —explicó Majid, haciendo caso omiso de la pulla—. Ellos te proporcionarán toda la información que precises: resultados de pruebas, analíticas... Incluso podemos usar Skype para que participes.

—Sí, estaría bien echar un vistazo a las muestras de sangre, y analizar las pruebas, pero necesitamos un diagnóstico de inmediato. ¿De cuánto tiempo disponemos?

—La peregrinación termina mañana.

—Soy el único que se las ha visto cara a cara con la enfermedad. Debo ser yo quien examine a los pacientes.

—¡Henry! —exclamó Majid—. El hecho de tenerte en el país sin ser creyente ya implica una grave transgresión para muchos, pero permitirte la entrada en la región sagrada no es posible.

—De acuerdo. Pues diles que soy musulmán —lo atajó Henry.

Majid se volvió hacia el coronel Al Shehri y le pidió que saliera de la tienda. Cuando estuvieron a solas, el príncipe habló en tono sereno, pero vehemente:

—Henry, mi querido amigo, no te estoy pidiendo que te conviertas en un hipócrita. Para nosotros eso es aún peor que ser infiel. Hemos afrontado problemas parecidos en otras ocasiones. En 1979, cuando los radicales tomaron la Gran Mezquita y retuvieron a cientos de rehenes, pedimos ayuda a nuestros amigos franceses. No eran musulmanes, pero fingieron serlo. En aquel caso fue necesario que personas que no practicaban nuestra religión se ocuparan de darles escarmiento porque la violencia de cualquier clase está prohibida en las zonas santas. Ni siquiera se puede cortar una brizna de hierba. Pero a los rebeldes había que eliminarlos, y las fuerzas especiales francesas lo hicieron por nosotros.

»Lo de ahora es distinto, ¡totalmente distinto! Hay médicos musulmanes muy competentes en nuestros hospitales. No causan ningún daño, sino que intentan salvar vidas. Reconozco que tú tienes un don especial, no se me ocurre nadie mejor que Henry Parsons para ocuparse de esta tragedia. Pero si deseas entrar en nuestra ciudad más sagrada, debes hacerlo con el alma limpia. No sé por qué motivo acumulaste tanto rechazo hacia la religión, pero te pido que respetes el hecho de que el islam es nuestra identidad. Si lo desprestigias, es como si nos escupieras en el alma.

Henry se sintió conmovido por la sinceridad de su amigo, pero no por su discurso. Cualquier religión le despertaba unos fuertes sentimientos difíciles de clasificar. Sentía desprecio. Sentía miedo. Sentía curiosidad. Sentía otras emociones arremolinándose, pero consideraba que el miedo y la curiosidad se parecían a su aversión a las alturas. No quería acercarse al borde, pero se sentía atraído hacia él, y ese impulso interno lo asustaba. De ahí su propensión a arremeter contra ello.

—Siento un profundo respeto por ti, Majid, estoy seguro de que lo sabes —dijo Henry—. Tampoco me merece menos consideración el islam que cualquier otro sistema de creencias. Para mí son todos iguales. Pero, dime, ¿cuántas personas murieron en 1979, cuando permitisteis la entrada de los soldados franceses?

Cientos, tal vez miles —confesó Majid—. No nos atrevemos a decirlo en voz alta. Es posible que no exista, ni siquiera hoy en día, nadie que conozca la verdad.

—Tú eres médico. Tienes la responsabilidad de cuidar de la salud de tu gente —prosiguió Henry—. Dime, doctor, ¿cuántas personas morirán si una epidemia nueva se apodera del *hach*?

Majid guardó silencio.

—He visto lo que le ocurre a la gente —siguió diciendo Henry con su implacable tono reprobatorio—. La letalidad es extrema; las muertes son horribles. También ellos eran musulmanes, pero no había más que unos pocos cientos. Aquí los hay a millones. Si de verdad te importa tu religión, debes actuar.

Majid cerró los ojos, y Henry reparó en que estaba rezando. Otra de las emociones que solía empañarle el pensamiento cuando se trataba de la religión era la envidia. Qué agradable debía de ser creer que una fuerza externa a uno mismo se ocupaba de las cuestiones de los humanos, una fuerza capaz de influir en el resultado de un dilema como aquel; tan solo era necesaria una persona que rezara con el convencimiento y la intensidad suficientes para captar la atención divina. El concepto de santidad no significaba nada para Henry, pero reconocía que Majid, en parte, vivía en el mundo sobrenatural, donde lo imaginario gozaba de tanto poder como la realidad; y aquello que para Henry no tenía ningún peso moral, a su amigo le suponía un tremendo cargo de conciencia.

Majid abrió los ojos y, de repente, llamó al coronel Al Shehri, que estaba de pie en la puerta. Hablaron en inglés, una ventaja para Henry.

—He escuchado a Dios, y me ha dicho que Henry es un verdadero musulmán —explicó Majid.

Al Shehri miró unos instantes al médico con expresión desdeñosa, y enseguida se volvió hacia su príncipe. Cualquier duda o animadversión que Al Shehri pudiera albergar quedó relegada de inmediato. En Arabia Saudí solo había dos fuerzas con verdadero poder, Dios y la familia que poseía y gobernaba el país, y no debía cuestionarse a ninguna de las dos. El coronel avisó a un Land Cruiser y los tres hombres descendieron por la carretera de la colina, atravesaron la ronda de circunvalación y cruzaron una puerta que señalaba la entrada del barrio sagrado.

—Hazme un favor, Henry —dijo Majid con un hilo de voz—. Estás bajo mi protección, de manera que no provoques a nadie. Y, puesto que no tengo tiempo de enseñarte a rezar, deberemos salir de la ciudad antes de que se ponga el sol.

Henry mantuvo la mirada baja cuando entraron en La Meca, como si el hecho de no ver fuera una forma de no estar allí realmente. Aun así, notaba la sensación de hallarse en un lugar antiguo extrañamente equipado para los tiempos modernos: rascacielos alzados en calles estrechas, una ciudad con una parte pintoresca y una parte lujosa. También sentía la repulsa del coronel Al Shehri procedente del asiento delantero, una especie de sirena de alarma tan solo audible para los verdaderos creyentes.

Una vez que estuvieron dentro del Hospital Universitario Rey Adbullah, Henry tuvo menos la sensación de ser un intruso. El doctor Iftikar Ahmed, un paquistaní de cabello blanco, los saludó y los guio de inmediato hacia la zona de higiene y desinfección, donde les proporcionaron batas, guantes y mascarillas. El doctor Ahmed se hallaba en un estado de gran ansiedad, las cejas casi le rozaban el nacimiento del pelo. Tenía la frente ligeramente perlada de sudor, y hablaba deprisa y en voz alta, con el típico tono cantarín paquistaní.

—Esta mañana teníamos cuatro pacientes, pero ahora son diez —explicó—. ¡Diez! ¡Diez! Y uno de ellos es una enfermera.

Henry reparó en el aspecto higiénico de los pasillos y en que el personal lucía la bata de rigor. Tomaron un ascensor hasta la unidad de aislamiento de la quinta planta, situada tras una doble puerta de esclusa de aire. Había un tranquilizador aroma a formaldehído, y Henry se permitió sentir un ligero alivio.

En la sala vio a seis pacientes, dos de ellos intubados. Henry le preguntó al doctor Ahmed cuándo había aparecido el primer caso.

—Hace tan solo dos días recibimos a un paciente de Indonesia, y ayer llegaron tres más. Hoy son seis, incluyendo a este.

Señaló a un joven escuálido oculto bajo una carpa de oxígeno.

—¿De dónde es?

—De Manchester, Inglaterra —respondió el doctor Ahmed.

Henry observó la gráfica. El paciente se llamaba Tariq Ismail. Tenía una temperatura de 40,2 °C. Un monitor cardíaco registraba una mínima actividad eléctrica. Estaba intubado por el pecho para drenar el líquido de los pulmones.

—Cuando llegó se quejaba de dolor de oídos, de manera que no le dimos mucha importancia —prosiguió el doctor Ahmed—. Al examinarlo, descubrimos que tenía el tímpano perforado. Le practicamos una paracentesis para reducir la inflamación, pero entonces el foco del dolor se trasladó detrás de la órbita ocular. A estas alturas ha perdido la visión por completo, y el daño pulmonar es irreparable, mucho me temo. Como puede comprobar usted mismo, también presenta un principio de cianosis.

Los labios del joven tenían un azul llamativo, igual que sus dedos.

—¿Qué se sabe de la sangre?

—La concentración de interferones es extremadamente elevada.

—Una tormenta de citocinas —afirmó Henry.

Una respuesta inmunitaria descontrolada. La fiebre y el dolor atroz de las articulaciones eran la prueba de que los leucocitos liberaban citocinas, los soldados de infantería del cuerpo en la batalla contra la infección. La tormenta de citocinas se disparaba cuando el organismo sentía que debía hacer frente a un ataque mortal y utilizaba todas las armas disponibles. Era una auténtica guerra. Henry había observado los resultados en el cuerpo de la joven doctora a quien había practicado la autopsia en Indonesia. Tenía los pulmones licuados a causa de su propia reacción inmunitaria irrefrenable.

—Otra cosa curiosa —siguió diciendo el doctor Ahmed—. Observe los nódulos de la piel. —Señaló lo que parecían unas pequeñas colmenas en el cuello y en el pecho—. Enfisema subcutáneo. Son como pelotitas, al parecer producidas por una eliminación forzada del aire de los pulmones.

—¿Está consciente? —preguntó Henry.

—Antes lo estaba —respondió el doctor Ahmed.

Henry se inclinó sobre el joven. Los separaban la carpa de oxígeno y el respirador, de modo que había pocas posibilidades de contagio. Con todo, Henry sabía que el ambiente de la habitación estaba cargado de partículas infecciosas de una enfermedad desconocida que nadie alcanzaba todavía a comprender.

—Tariq —dijo Henry—. ¿Puede oírme?

Tariq pestañeó de forma repetida.

—¿Siente dolor? —preguntó Henry.

—Dolor, no —musitó el joven—. Otra cosa. Algo fuerte. Muy fuerte.

Henry sabía a qué sensación se refería. Se trataba de la muerte.

—Tariq, ¿se acuerda de haber conocido a un hombre indonesio? Tal vez cuando llegó.

Pasaron unos instantes. Tariq por fin consiguió articular las palabras:

—No puedo.

—¿No puede, qué?

—Pensar.

—Esto es importante —lo apremió Henry—. Por favor, trate de recordarlo. Se llamaba Bambang Idris. ¿Me oye? Bambang Idris. De unos sesenta años. ¿Ha conocido a alguien que encaje con esa descripción?

Sin embargo, Tariq quedó sumido en el silencio. El monitor emitió un pitido que sonó como un grito. El doctor Ahmed miró a Henry, a continuación desconectó el monitor. Tanto el príncipe Majid como el doctor Ahmed pronunciaron una breve plegaria.

—¡Mierda! —exclamó Henry sin recordar dónde estaba.

El doctor Ahmed y una enfermera lo miraron con curiosidad.

—El doctor Parsons se ha convertido hace poco a nuestra religión —explicó Majid—. Le estoy haciendo de guía.

El resto de los presentes en la habitación esbozó amplias sonrisas.

—*Mashallah* —dijo el doctor Ahmed—. Alabado sea Alá.

—El propósito de nuestra oración es preparar al creyente para el tránsito hacia la muerte —dijo Majid, como si quisiera instruir a Henry—. Le pedimos a Dios que lo libere de toda carga y lo acoja en un lugar mejor que el mundo que deja. Te la enseñaré cuando tengamos un momento.

Henry asintió cual alumno aplicado, pero tenía el rostro encendido por la vergüenza. Él, que tanto detestaba cualquier tipo de engaño, estaba mintiendo. Le preocupaba Majid y el hecho de haberlo puesto en un compromiso, incluso en peligro, tal vez. Se retrajo ante las acogedoras sonrisas de los musulmanes de aquella sala, que sentían una gran alegría al pensar que Henry se había ganado la salvación. Pero él sabía que la salvación era algo que jamás alcanzaría.

El doctor Ahmed lo miró con expectación, sin duda impaciente por obtener alguna muestra de su conversión. Sin embargo, en vez de eso, Henry habló con voz cortante:

—Me ha dicho que había diez pacientes. Aquí solo veo a seis.

La expresión del doctor Ahmed se demudó de inmediato.

—No tenemos espacio para aislar a nadie más —dijo en tono de disculpa—. Siempre tenemos mucha actividad durante el *hach*, y este año estamos hasta los topes. Incluso hemos sobrepasado el límite.

—¿Y dónde están los demás?

El doctor Ahmed habló con la enfermera, y a continuación se dirigió a Henry:

—Hay tres en una sala de la segunda planta, y una mujer... —en ese momento se interrumpió y quiso que la enfermera le confirmara la información— se ha marchado del hospital. Creemos que ha regresado con su grupo.

En mitad del silencio lleno de horror que siguió a sus palabras, el doctor Ahmed se apresuró a dar explicaciones:

—No sabíamos lo que teníamos delante. ¡Aún no lo sabemos! Dígame, ¿qué es? ¿Una especie de peste?

—Es gripe, pero de una clase que desconocemos —explicó Henry—. Tres laboratorios están experimentando con los anticuerpos de los supervivientes de Indonesia para ver si se ajustan a alguna de las cepas conocidas.

—A este paciente lo hemos tratado con antivirales —dijo el médico paquistaní, señalando al hombre que acababa de morir—. ¿Se prefiere algún otro tratamiento?

—Poco más podemos ofrecer, aparte de líquidos y Tylenol —respondió Henry—. Algunos se recuperan. En Indonesia, a pesar de los cuidados paliativos, la letalidad es de un cuarenta y cinco por ciento.

—Pero es como si estuviéramos en la Edad Media —se quejó el doctor Ahmed—. ¿No tenemos nada más?

En ese preciso momento, el doctor recibió una llamada. Henry dirigió una mirada de disculpa a Majid. Mentalmente estaba sopesando otra petición, la más seria que había contemplado jamás.

—Malas noticias —anunció el médico en cuanto colgó el teléfono—. Muy malas. Tenemos más pacientes con síntomas de fiebre hemorrágica.

—¿Cuántos? —quiso saber Majid.

—Diecisiete en la última hora —dijo el doctor Ahmed—. La llamada tenía que ver con una petición del Hospital Nacional de La Meca. Están sobrepasados por la cantidad de peregrinos con síntomas similares. Quieren enviarlos aquí, ¡pero nosotros también hemos excedido el límite! No tenemos sitio para colocarlos. Plantearse aislar a tanta gente es imposible. Y ha muerto una persona más, la enfermera de la que le hablé. —Respiró hondo—. Se llamaba Nour. Era una de nuestras mejores profesionales.

Henry se armó de valor para hablar, pero Majid pronunció las palabras antes de que brotaran de su boca:

—Hay que imponer una cuarentena. Tendremos que cerrar el hospital. No puede salir nadie. Y me temo que todos los hospitales tendrán que tomar las mismas medidas.

Henry captó el miedo en los ojos del doctor Ahmed. Resultaba aterrador verse encerrado allí dentro con una enfermedad que hacía estragos, incluso para el personal médico. Las condiciones de salubridad ya se habían visto comprometidas. Sin duda los virus pululaban por los pasillos a causa de la afluencia de nuevos pacientes. La enfermera era tan solo la primera víctima entre el personal sanitario; seguro que otros correrían su misma suerte.

—Se les hará entrega de todas las medicinas y alimentos necesarios —dijo Majid con espíritu alentador—. Y también se les proporcionará más personal médico. Nos encontramos ante una emergencia nacional, y haremos todo lo necesario para ayudar a los hospitales. Además, como es lógico, recibirán ustedes el reconocimiento a su valentía y su perseverancia. A veces los médicos nos vemos obligados a ocupar un lugar en el que nadie desearía verse jamás. Pero eso es lo que nos honra.

—No son solo los hospitales —observó Henry.

—¿De verdad, Henry? Pues necesitaremos una lista de los lugares susceptibles de vigilancia. Es una suerte contar con tu presencia y tus consejos.

—La Meca —dijo Henry—. Debe cerrarse la ciudad entera, y no permitir el acceso ni la salida.

Majid lo miró como si se hubiera vuelto loco.

—¿Sabes lo que estás diciendo? ¡Hay tres millones de personas! No podemos pedirles que se queden allí encerrados. ¿Para qué? ¿Para que se mueran? ¡Eso es inhumano, Henry! Además de imposible.

—Tres millones de personas —repitió Henry—. Mañana se dispondrán a regresar a sus hogares: Marruecos, China, Canadá, Sudamérica... Incluso algunas de las islas más pequeñas del Pacífico y aldeas de África Central. Pero no viajarán solos. La enfermedad irá con ellos. Y el mundo entero quedará infectado al instante, sin previo aviso, sin tiempo para prepararse. La experiencia que estamos viviendo hoy en este hospital se repetirá una y otra vez. Una semana o diez días más supondrían una gran diferencia para los científicos del mundo que buscan a contrarreloj una vacuna, un medicamento o cualquier cosa que sirva para disminuir los potentes efectos de la enfermedad. Tenemos que ganar tiempo, es todo cuanto podemos hacer.

Mientras hablaba, Henry veía claramente la catástrofe a gran escala que se extendía ante él.

—No hablo solo de contener una pandemia —dijo en voz baja y serena—. Hablo de salvar la civilización.

Saltó otro pitido que destruyó el silencio debido a la estupefacción. El doctor Ahmed se alejó unos metros y apagó el monitor del último paciente fallecido.

14

Me cago en Dios

Los miembros del Comité de Delegados estaban de mal humor por haber tenido que madrugar tanto un sábado. Faltaba una hora para que amaneciera. Una joven funcionaria de sanidad vestida con su uniforme terminaba de preparar el PowerPoint cuando entraron y se sirvieron café del termo eléctrico que la cantina de la Casa Blanca había dispuesto a toda prisa. Las limusinas se alineaban en West Executive Alley y los gases del tubo de escape formaban volutas en el ambiente frío de la noche.

—Tenemos una crisis —explicó Tildy mientras los delegados ocupaban sus sillas—. De hecho, son dos. Una posible epidemia de gripe en Arabia Saudí y un acuerdo de defensa que Rusia ha firmado con Irán.

Defensa tomó la palabra:

—Rusia ha trasladado su último sistema de defensa aérea a Bandar Abbas, en apoyo a la base naval iraní en el estrecho de Ormuz. Es un cuello de botella del golfo Pérsico, uno de los lugares geográficos más críticos de la Tierra.

—¿Por qué? —preguntó Tildy—. ¿Y por qué ahora?

—Están consolidando su dominio del Levante al ofrecerles el control de las rutas del petróleo del Golfo y del Mediterráneo

—explicaron los de Estado—. Y lo hacen ahora porque han observado cómo los saudíes crecían gracias a nuestras armas y han visto la oportunidad de cerrar una gran venta con Irán.

Incluso en la Sala de Crisis, Tildy debía tener cuidado a la hora de hablar de Rusia. Algunas personas eran despedidas por tratar el asunto con excesiva franqueza, pero el hombre de Defensa dejó de lado toda precaución.

—Es un gran problema para nuestros estrategas —dijo—. El nuevo sistema de defensa aérea de Rusia es el S-500. Lo llaman «el Triunfador» y está diseñado para neutralizar el F-35, nuestro avión furtivo más sofisticado.

—Así que nuestra seguridad en la zona está comprometida —observó Tildy.

El hombre de Defensa asintió con desánimo.

—Seguro que tienen algún plan para esa eventualidad —preguntó Tildy al Estado Mayor Conjunto.

—Hemos evaluado la situación desde todos los ángulos posibles. En líneas generales, hemos dado con dos respuestas: una implica derramar sangre y la otra no.

—Oigamos la que implica derramar sangre.

—Eliminamos de inmediato las defensas aéreas iraníes, antes de que estén operativas. Les hundimos los buques de los puertos. Colocamos minas en el Estrecho. Bombardeamos las instalaciones nucleares. Exigimos un cambio de régimen o tendrán que atenerse a las consecuencias.

—Suena al preludio de una guerra contra Rusia —repuso Tildy. La idea no la alteró. En su opinión, Rusia era la principal fuente de maldad en el mundo. Había visto los planes de guerra. Conocía los peligros. Pero no había otra forma de enfrentarse a Putin. Era preciso obrar con decisión, incluso con cierta dosis de locura.

—Pues entonces tenemos la otra opción —prosiguió el del Estado Mayor Conjunto—: aprender a vivir con ello. Tampoco se trata de una crisis como la de los misiles de Cuba.

—Los israelíes no se quedarán de brazos cruzados —opinó Defensa.

—¿Quiere decir que se encargarán ellos de bombardear Irán? —preguntó Tildy—. Eso no se lo cree nadie.

—No podemos meternos en todas las guerras por ellos —opinó Estado—. Solo tenemos una opción factible: la diplomacia.

—¿De forma que propone que convenzamos a Putin para que retire sus activos? —preguntó Defensa—. Me encantará oír con qué argumento.

—Todos ustedes piensan que Putin controla Rusia —dijo el hombre de la Agencia, quitándole importancia al asunto—. En realidad, el país lo gobiernan un millón de burócratas, y le prestan muy poca atención al gran líder. Es un país tercermundista disfrazado de superpotencia con una economía del tamaño de Corea del Sur. Le damos mucho más peso del que en realidad tiene. En relación con este tema, estoy de acuerdo con los de Estado.

Eso insufló ánimos al hombre de Estado, que prosiguió:

—Por otra parte, tenemos al loco del príncipe saudí y a Irán tirando de la cuerda para meterse en una guerra. Todo el mundo sabe que los saudíes se enfrentan a un contrincante superior. El único as que tienen en la manga es la poderosa América. Están totalmente convencidos de que si el príncipe loco golpea primero, papaíto estará ahí para acabar la pelea.

—¿Puedo decir una cosa?

Todos los ojos se volvieron hacia la joven sentada al fondo de la sala.

—Recuérdeme su nombre —le pidió Tildy.

—Capitana de corbeta Bartlett, señora, del Servicio de Sanidad Pública.

Asistía en nombre del Departamento de Salud y Servicios Humanos.

—Ha venido para hablar de la gripe, creo.

—Sí, señora. El cirujano general me ha pedido que informe a los delegados. Se disculpa por no haber podido venir, está...

—No hemos terminado de hablar de la guerra contra Rusia —la interrumpió Tildy de malos modos.

Bartlett debía de rondar los treinta años; haría dos o tres que había terminado los estudios de medicina. Llevaba uno de esos uniformes unisex de color azul de la marina acompañado de una blusa blanca y corbata, y el pelo, rubio ceniza, recogido en el moño reglamentario. «Se parece un poco a mí a su edad —pensó Tildy—. Del Sur profundo, a juzgar por su acento.»

—Siento mucho interrumpir, sé que es contrario al protocolo. Pero se trata de la situación en Arabia Saudí... y en realidad tiene que ver con todo lo demás —dijo la capitana de corbeta Bartlett. Ahora hablaba deprisa, como si temiera que la expulsaran de la sala—. No es que quiera quitarle importancia al asunto de la guerra, pero les aseguro que en estos momentos no nos conviene nada estar en el golfo Pérsico.

—¿Es una opinión personal? —preguntó Tildy; empezaba a perder la paciencia con la joven.

—Sí, señora, imagino que podría llamarlo así. Pero me baso en cosas que sé. Si pudieran escucharme un momento...

Tildy asintió, y en la pantalla apareció la inevitable presentación de PowerPoint. La primera diapositiva era una bola con pinchos pintada de rojo y verde que parecía un adorno de Navidad.

—Cuando se habla de la gripe, en realidad hablamos de esto —explicó Bartlett.

—No nos hacen falta lecciones sobre la gripe —la atajó Tildy.

—Lo sé, señora. La cuestión es que esta gripe es nueva. Nunca la habíamos visto, y no se corresponde con ninguna de las cepas tradicionales. Ese es el auténtico problema, porque la población general no ha desarrollado inmunidad.

—De manera que vamos a contagiarnos de la gripe —terció el hombre de la Agencia.

—Es muy probable.

—¿Tienen la vacuna?

—No existe ninguna vacuna. Estamos trabajando en ello, pero todavía no hemos descubierto qué tenemos delante.

—¿Cuánto se tardará en crear la vacuna? —quiso saber Tildy.

—Con suerte, podríamos tener una vacuna experimental para probarla a pequeña escala dentro de seis meses. Ya hemos aislado las secuencias iniciales y estamos analizando el virus para encontrar otra forma de atacar sus defensas, aunque debo decir que impresionan bastante. Será necesario probarla en animales mientras preparamos las primeras remesas para la población humana. Cada cosa lleva su tiempo, sobre todo disponer de millones de dosis, pero precisamente lo que no tenemos es tiempo.

—¿Qué quiere decir? —preguntó Tildy—. ¿De cuánto tiempo disponemos?

—Creo que hasta el lunes —respondió Bartlett.

—¿Qué narices está diciendo?

Bartlett explicó lo sucedido en La Meca. Los últimos informes hablaban de catorce muertos en los hospitales de la ciudad santa, todo en las últimas horas.

—No tenemos ningún medio de saber con certeza cuánta gente está infectada —dijo—. Pero la OMS está llevando a cabo un estudio del brote de Indonesia. Han calculado que la tasa de ataque es del setenta por ciento, lo cual quiere decir que siete de cada diez personas expuestas al contagio en el campamento de Kongoli han contraído la enfermedad. Es fácil determinarlo porque todo el mundo ha estado expuesto. Y la mayoría ha muerto. Ahora hay una situación similar en La Meca, pero a una escala mucho mayor. Pongamos por caso que hay mil personas expuestas. Al final del día es probable que cada una de ellas haya contagiado a dos o tres personas más, y que esas dos o tres infecten a dos o tres más. Ya ven lo rápido que se extiende, y les aseguro que esas cifras son bastante prudentes. De manera que mañana tendremos por lo menos dos mil portadores, y ellos también propagarán la enfermedad. Les explico todo esto porque mañana por la noche esas personas se subirán a un avión y regresarán a casa. Tres millones de personas en total volverán a sus casas. Creo que la cifra de estadounidenses es de veintisiete mil. Y mientras estén en el avión, seguirán contagiando a otras personas.

Cambió de diapositiva.

—Esto lo he calculado muy rápido, basándome en estadísticas de Arabia Saudí, de manera que no es exacto, pero puede servir para que se hagan una idea de lo que ocurrirá el lunes.

La diapositiva mostraba los destinos probables de los veintisiete mil musulmanes estadounidenses. Prácticamente todas las ciudades del país estaban señaladas con puntos verdes. En algunas se agrupaban con mayor densidad: Nueva York, Los Ángeles, Dearborn y Houston.

—Y aquí tienen el resto del mundo —prosiguió Bartlett mientras presentaba otra diapositiva en la que aparecía el globo terráqueo señalado con pegotes de un verde vivo—. Una pandemia mundial casi instantánea de la gripe más letal que hemos visto jamás.

—¡Me cago en Dios! —exclamó el hombre de la Agencia.

A Tildy le costaba respirar. De inmediato pensó en lo poco preparado que estaba el país. ¿Y qué debían hacer con todos aquellos estadounidenses que regresaban a sus casas? ¿Por qué tenían que ser musulmanes? No le costaba nada imaginar las probables consecuencias políticas y sociales, pero apartó de sí esos pensamientos. Había muchas otras cosas a tener en cuenta.

—¿Cuánto tiempo se espera que dure la pandemia? —preguntó por fin.

—La temporada de la gripe suele empezar a finales de octubre y culmina en febrero, aunque a veces se alarga hasta mayo. Esto nos ha llegado en un momento en que la gripe debería empezar a remitir, pero, como les digo, no sabemos nada de ese bicho. Puede que dure más o puede que dure menos. Asimismo, ya saben que el virus de la gripe muta muchísimo, o sea que podría volverse menos virulento, o quizá más.

—Van a hacer que la gente se cague de miedo cuando den la noticia —observó el hombre de la Agencia.

—Eso también es un problema para la sanidad pública —dijo Bartlett—. Se agotarán los productos de las tiendas. En farmacia, alimentación..., los generadores eléctricos, la gasolina, las armas... Todo lo imaginable. Los hospitales se saturarán, no solo por los enfermos sino por el aluvión de hipocondríacos. El curso de la enfermedad varía de un paciente a otro, pero dado el rápido avance en algunos de los más afectados, se espera que haya varios muertos por el camino.

—Gente muriéndose en los aviones... —apostilló el representante de Comercio.

—Y en los aeropuertos, las estaciones de tren... Sí.

—¡Estamos hablando de la paralización de todo el sistema de transportes! —exclamó el hombre en tono acusatorio.

—Exacto —repuso Bartlett sin prestar atención a su tono, como si ese delegado acabara de proponer algo genial—. Deberíamos hacer lo posible por apremiar a la gente a que se encierre en casa. Será mejor anunciarlo esta misma mañana de manera que puedan iniciarse los preparativos: llamar a filas a la Guardia Nacional, reforzar las fuerzas policiales, cerrar las fronteras, interrumpir la actividad deportiva y de ocio, vaciar los hospitales de todos los casos que no requieran un tratamiento urgente, cerrar las escuelas, retrasar todas las reuniones públicas y suspender la agenda del gobierno. Además, todo aquel que esté de viaje deberá regresar a casa de inmediato, antes de que la pandemia se abra paso en Estados Unidos.

Los delegados se limitaron a mirarla fijamente.

15

En la corte real

El príncipe Majid pilotaba el helicóptero sobre las montañas de Asir. Por debajo serpenteaba la carretera que conducía desde La Meca hasta lo alto de la escarpa, aquella que había mandado construir Mohammed bin Laden, el padre de Osama, la que terminó de unificar el reino, consolidó la figura del padre como un héroe e impulsó al hijo a su destino funesto. En lo alto de la pendiente se hallaba la ciudad de Taif, un destino vacacional, y más allá, el interminable desierto, como un mar llano y en calma, tan solo interrumpido por las largas ondulaciones de arena de color sepia.

La sombra del helicóptero se deslizaba sobre el desierto como una araña.

—Desde aquí arriba no puedes hacerte a la idea —dijo Majid—. Algunos lugares son preciosos y están llenos de misterio. Pero también es lo que parece: la nada, un vacío. Esa es el alma de Arabia. Tienes que entender eso para comprender quiénes somos realmente. Siempre vivimos con la idea de que el desierto está aguardando nuestro regreso. Durante siglos hemos sobrevivido con escasez de medios: un camello, una tienda, dátiles... ¡Incluso hemos comido insectos! Igual que una tribu primitiva que no sabe nada de coches, ni de fogones, ni de mercados, ni siquiera de agua corriente. Esa fue la vida que llevó mi abuelo durante la mayor parte de los años que estuvo en el mundo. ¡Y era rey!

»Y entonces llegó el petróleo, y abandonamos el desierto; pero el desierto no nos ha abandonado a nosotros. Ese vacío es algo que llevamos dentro. Nos está esperando mientras ocupamos nuestro lugar en los palacios de las ciudades. El desierto sabe que algún día los árabes regresaremos a él. Es un padre paciente, pero también una especie de monstruo. Nos lo arrebatará todo. Cuando uno regresa al desierto, no tiene nada.»

Majid se desvió hacia una autopista que dividía el desierto en dos y cuyos márgenes se desdibujaban a causa de la constante invasión de la arena. Los dos amigos sintieron que compartían un espacio reservado tan solo a ellos, no tanto por hallarse dentro de la cabina del helicóptero, sino porque ambos participaban de una especie de conocimiento prohibido. El mundo, fuera del espacio que ellos habitaban, apenas tenía conciencia del peligro que acechaba, pero el temor que los dos hombres albergaban en su interior sería comunicado y propagado, y pronto todos sabrían el serio reto al que la humanidad estaba enfrentándose.

—Las enfermedades están siempre presentes durante el *hach* —explicó Majid—. Los peregrinos las traen de todos los puntos del planeta. Meningitis, fiebre tifoidea, cólera... Hemos visto casos de todos los colores. El año pasado tuvimos que felicitarnos, fue una peregrinación sin epidemias de ninguna clase. De todos modos, siempre he pensado que nos aguardaba algún desastre. Ese era mi mayor temor. Lo vivo como si fuera una maldición que recae sobre el islam. La enfermedad ha partido de los musulmanes y ahora está infestando nuestro rincón más sagrado. Nosotros somos las víctimas, pero el mundo nos culpará por ello.

Otras carreteras se hicieron visibles en el desierto, y a continuación en el horizonte apareció Riad, la capital, una ciudad de edificios bajos con algunos rascacielos. Majid se alejó de la zona principal y se dirigió a un complejo que albergaba el palacio real y el Consejo de la Shura, rodeados por un muro alto de forma octogonal. Henry divisó la cúpula de la mezquita real y una serie de edificios y rutas interiores, todo ello dispuesto con una simetría perfecta que reflejaba la devoción islámica por la geometría.

Majid señaló un gran agujero oscuro en mitad de la arena, a menos de cien metros del palacio.

—Ahí fue donde impactó el misil hutí hace una semana. Habrá que daros las gracias por los misiles Patriot que nos vendisteis.

La pista de aterrizaje se encontraba dentro del perímetro del complejo. Mientras descendían, Henry reparó en los puestos de artillería, y también en lo que debía de ser la batería de misiles Patriot a los que Majid se había referido. El conflicto entre los saudíes y los teócratas de Irán estaba en plena ebullición, aguijoneado por el continuo suministro persa de armas modernas a los rebeldes hutíes, incluido el misil que por poco no había hecho blanco en el palacio real.

Un Rolls-Royce de color plata los trasladó hasta el inmenso palacio, cuyo tamaño dejaba en ridículo los edificios de la realeza que Henry había visto en Francia y en Rusia. El brillo de los azulejos ornamentales del gran vestíbulo resultaba cegador. Henry se sintió abrumado por la grandeza del lugar. Al llegar a un cruce de pasillos, la vista le alcanzó cincuenta metros en todas las direcciones. El eco de sus pasos resonaba como si llevaran un batallón a la zaga. En su opinión, la realeza era una forma de tiranía que se justificaba a sí misma en nombre de Dios o de la gloria nacional, y sin embargo, a su pesar, se sentía un poco impresionado por la majestuosidad con la cual el príncipe Majid pasaba junto a los guardias sin sentirse cuestionado en absoluto. Verlo en aquel contexto familiar hizo que Henry tomara conciencia del alcance del poder que su amigo ostentaba.

Un miembro de la guardia real lo saludó y abrió una puerta enorme que daba al salón privado del rey, adornado con oro, como un manuscrito medieval. Majid le hizo señas a Henry para que lo siguiera hasta uno de los sillones colocados junto a la pared. Los ministros y otros funcionarios se alineaban a ambos lados del anciano monarca, que deslizaba las cuentas de rezar entre sus dedos con la vista fija en el diseño de la alfombra. Su hijo, el príncipe heredero, estaba sentado a su lado, y de vez en cuando susurraba algo al oído del rey: probablemente, las decisiones que acababa de tomar en nombre de su padre.

Henry examinó el rostro del príncipe. Era joven, guapo e implacable, un hombre que tenía por costumbre encarcelar o matar a sus enemigos y desafiar la repulsa del mundo y de su propia familia, intimidada por su sed de venganza.

—Están hablando de Irán —le explicó Majid a media voz.

Henry esperó, aun sabiendo que no había tiempo para esperar.

Aunque los ministros reunidos en aquella sala estuvieran tramando declarar la guerra a su enemigo, destilaban una pasividad extraña. La conversación prosiguió de una forma un tanto lúgubre, mientras el príncipe heredero iba saludando a uno y a otro a la vez que respondía a cada una de las opiniones expresadas con un ceremonioso movimiento de cabeza que traslucía lo poco que le importaban sus puntos de vista. En la sala también había militares cuyos uniformes estaban engalanados con medallas y un clérigo ciego con una larga barba blanca, así como otra docena de miembros del Consejo de la Shura. Aunque Henry no hablaba su idioma, percibió que acababa de tomarse una decisión, y en la cámara todo el mundo lo sabía. También observó la inquietud de sus semblantes. Se avecinaba una guerra.

El príncipe heredero se dirigió por fin a Majid, quien respondió de forma respetuosa pero con apremio. Estaba claro que sus observaciones habían puesto furioso al heredero. Henry oyó que mencionaban su nombre y vio que los cortesanos de palacio lo condenaban unánimemente con la mirada. De nuevo reparó en lo transgresora que resultaba su presencia; primero, en el santuario de su religión, y ahora, en la cámara que ejercía el poder interior.

—Podemos hablar en inglés —le indicó Majid a Henry—. La mayoría lo entiende. Les he explicado quién eres y por qué has venido.

El príncipe heredero habló en primer lugar:

—Mi primo dice que le preocupa un brote de una enfermedad en la ciudad santa. Todos los años tenemos el mismo problema, y siempre lo hemos arreglado sin necesidad de recibir orientaciones de un extraño. Apreciamos su interés, pero no deseamos impedir que los peregrinos regresen junto a sus familiares. No hay más que hablar al respecto.

Sonrió y dio el asunto por zanjado.

—Alteza, ¿me permite que lo ponga al corriente de la situación antes de que tome una decisión definitiva? —preguntó Henry—. Me doy cuenta de que le harán a usted responsable de las consecuencias que se deriven, y no me gustaría que aquellos que no pueden comprender su dilema lo consideren testarudo y negligente. Por lo menos podrá responder con la ventaja que le concede disponer de mayor información.

La sonrisa del príncipe heredero se heló en una mueca. El insulto que encerraba la observación de Henry era más que evidente para todos, igual que la amenaza subyacente. El hecho de que procediera de un hombrecito sin riquezas ni parentesco con la realeza, cuya incomodidad en aquella sala era palpable, todavía resultaba más mortificante. De pronto, el rey despertó de su estado de trance y miró fijamente a Henry. Era obvio que su expresión denotaba cólera.

—El mundo tendrá que enfrentarse a una importante pandemia —prosiguió Henry—. No podemos evitarlo. De momento, en Indonesia hemos conseguido contenerla. Pero en La Meca es distinto. Sin duda muchos saudíes han viajado a La Meca para atender sus actividades cotidianas, y es muy posible que hayan propagado la enfermedad por el resto del país. Pronto lo sabremos. Podemos estar seguros de que gran parte de los tres millones de peregrinos están infectados, y que llevarán la enfermedad a sus países de origen. Nadie puede frenar el avance. Lo único que le estoy pidiendo es tiempo. Si pone en cuarentena a los peregrinos, podrá retrasar la evolución de la epidemia y tal vez conceder algo de ventaja a los científicos para que encuentren la vacuna, o incluso un tratamiento. Por lo menos, los gobiernos tendrían un poco más de tiempo para prepararse ante lo que se nos viene encima.

—¿De cuánto tiempo habla?

—Un mes.

El príncipe heredero se echó a reír.

—¡Pero si es una gripe! —exclamó—. ¡Todos los años tenemos la gripe! ¡Y nos contagiamos todos, incluso la familia real!

—Esta gripe es más bien como una peste de los tiempos modernos. Su reino será el primero en sufrir el poder devastador de la enfermedad en el momento en que permitan que los peregrinos salgan de la ciudad sagrada. Y, como usted bien dice, ni siquiera la familia real es inmune.

Por primera vez, el príncipe heredero miró a sus consejeros con cara de no saber cómo reaccionar.

Entonces habló el clérigo ciego, y enfocó sus ojos lechosos en el rey. Pronunció unas palabras que Majid tuvo que traducir:

—El gran muftí dice que Irán nos ha hecho esto.

—Si esto es obra de alguien, no pretende atacar a Arabia Saudí. Está atacando a la humanidad entera —repuso Henry.

—Eso es lo que usted dice —apostilló uno de los consejeros de la Shura—. Pero ¿cómo podemos estar seguros de que no es una conspiración de Irán para atacar el reino? Quieren despojarnos de lo que nos es legítimo. Nos acusan de no saber custodiar los lugares sagrados. Es lo que tienen en su orden del día los autócratas chiitas de Teherán. Están dispuestos a destruir el islam con tal de alcanzar su objetivo maligno. Por eso cuando usted nos dice que entre los peregrinos hay una epidemia, nosotros nos preguntamos: «¿Quién se beneficia de ello?». Y conocemos la respuesta.

—Occidente también quiere destruirnos —terció otro consejero.

El muftí volvió a intervenir:

—Dice que la prueba será que la enfermedad también esté afectando a los chiitas —explicó Majid—. Le he prometido que lo comprobaremos. —Al ver la mirada de Henry, masculló—: Lo siento, pero tendremos que atenernos a lo que nos piden.

Uno de los militares, que Majid identificó como el jefe de la Guardia Nacional, el general Al Homayed, le preguntó a Henry cómo creía que podían hacer cumplir la cuarentena.

—Hay muchos más peregrinos que policías o soldados —aclaró—. Y la ciudad no está amurallada. La gente puede salir en cualquier dirección. ¿Debemos rodear la ciudad santa con tanques y tropas y disparar a cualquier musulmán que intente escapar?

—Yo no soy militar, salta a la vista —respondió Henry—. Imaginen que cada persona que hay en esa ciudad es un terrorista suicida. No saben que llevan una bomba pegada al cuerpo. Sin duda están aterrorizados. Yo no los culparía por querer escapar, pero aquel que salga lleva consigo la muerte. Su trabajo consiste en proteger a las personas que están fuera de La Meca y evitar que se expongan al contagio.

—¿Y dejar que todos los que hay dentro enfermen? ¿En tierra extraña, sin sus familias? ¿Cuánta gente morirá si imponemos esa cuarentena?

—Cientos de miles —respondió Henry—. Tal vez un millón.

Los príncipes, los cortesanos y el rey miraron a Henry como si se hubiera vuelto loco.

—¡Un millón! ¡Un millón de musulmanes! —soltó en inglés el muftí, impaciente, como si aquello acabara de confirmar sus sospechas.

—Es una cifra pequeña comparada con los que morirán si la enfermedad sigue propagándose con la misma virulencia que hasta ahora —dijo Henry—. No soy capaz de explicar hasta qué punto puede ser peligroso. No tenemos medicamentos que alivien los síntomas, ni vacuna para frenar la evolución. Es posible que dispongamos de ambas cosas si tenemos tiempo, pero la única forma de ganarlo, aunque sea un poco, es impedir que los peregrinos regresen a sus hogares y extiendan el virus por todas partes a la vez. Podrían morir miles de millones.

—Eso está en las manos de Dios, no en las nuestras —repuso el muftí.

—¿Podemos cubrir las necesidades de todos esos peregrinos

hasta que haya pasado el brote? —preguntó el príncipe heredero a uno de los miembros del consejo.

—Podemos intentarlo, alteza —respondió el hombre—. Pero nuestros recursos no dan mucho más de sí.

—No podemos malgastar nuestras tropas en eso —advirtió el general—. De otro modo, quedaríamos expuestos a un ataque.

—Estamos ante un enemigo mayor —dijo Majid en tono apremiante—. Ya lo tenemos aquí. Ha invadido nuestro santuario y está matando a los musulmanes, ¡en este mismo momento!

—Necesitamos tiempo para pensarlo —respondió el príncipe heredero.

—No tenemos tiempo, ¡debemos actuar de inmediato! —aseguró Majid.

—Habéis interrumpido nuestro debate sobre la guerra —se quejó el heredero—. Nos habéis dicho que no tenemos elección. Nos habéis atemorizado con las consecuencias teóricas y nos exigís que os creamos. Pero tenemos muchas más responsabilidades importantes. No podemos ocuparnos de todo a la vez. Tendremos que investigar todo eso que afirmáis.

—Si no nos decidimos ya, fracasaremos —aseguró Majid—. Todo lo que hagamos a partir de hoy no servirá de nada. Debemos decidirlo ahora.

La mirada del príncipe heredero se tornó gélida cuando la clavó en Majid. Henry temió por su seguridad. En ese momento habló el rey, y lo hizo en tono brusco y decidido. Súbitamente, el príncipe heredero y sus consejeros, junto con el muftí, se levantaron y salieron del salón, donde solo quedaron los militares. El rey hizo señas a Majid para que tomara asiento a su lado, y poniendo una mano sobre la suya, dijo:

—Haz lo posible para acabar con esto.

Cuando salían del palacio, a Henry se le ocurrió pensar que a veces era mejor que una única persona llevara la voz cantante.

16

La cuestión de los mártires

Washington por fin estaba calentando motores, y Tony García decidió recorrer a pie las manzanas que separaban las oficinas del *Washington Post* del majestuoso hotel Jefferson, en la calle Dieciséis con la M. Incluso con la luz mortecina de la tarde, notaba la subida de la temperatura con un rubor en las mejillas cada vez que cruzaba de la sombra al sol. Los árboles de Franklin Square tenían nuevos brotes. Ver a las mujeres jóvenes con vestidos sin mangas mejoró su estado de ánimo.

Se había recuperado de la humillación infligida por aquella mujer, Tildy Nichinsky, cuyo nombre se suponía que él desconocía. Ella lo había elegido, había hecho sus averiguaciones y sabía de lo que era capaz. Por eso le había ofrecido una primicia, una noticia importante que podría valerle... Bueno, era demasiado pronto para empezar a pensar en los trofeos. Pero no cabía duda de que volvía a estar en activo.

La coctelería Quill del hotel Jefferson era un punto de encuentro importante para los traficantes de influencias de la capital, con sus lámparas de bronce, los lujosos sillones de cuero y las paredes forradas de caoba donde colgaban retratos de los presidentes. El lugar tenía impregnado el olor de la riqueza, la historia y el poder. Uno se sentía relevante e importante por el simple hecho de estar allí. Incluso los cócteles eran flamantes y llamativos, como si en lugar de simples bebidas se tratara de pociones mágicas. García se dejó guiar por el sonido de la coctelera con que el barman preparaba una de sus mezclas.

—Estoy buscando a Richard Clarke —dijo.

El barman señaló una sala privada situada detrás de la barra. García jamás había reparado en ella. Rebosaba de libros y litografías del siglo XIX que representaban a indios americanos. Clarke estaba hablando por teléfono y ofrecía respuestas breves. Tenía el pelo blanco, con entradas, y pecas, lo cual revelaba que había sido pelirrojo. Llevaba gafas, un traje azul y lucía una sonrisa amenazadora. Le indicó una silla, donde García, con gesto obediente, tomó asiento. A continuación, depositó su grabadora en la mesita auxiliar que separaba a ambos hombres. Clarke le hizo una advertencia con el dedo y el periodista retiró la grabadora.

Nunca había visto a Dick Clarke en persona, pero conocía su reputación. Había servido en la Casa Blanca, en tres administraciones diferentes, y había destacado como coordinador de la política antiterrorista relacionada con el 11-S bajo el mandato de George W. Bush. Ahora dirigía una consultoría de gestión de riesgos empresariales e información estratégica. Con todo, aquello que lo hacía más interesante —y peligroso, a ojos de sus detractores— era la lista interminable de sus protegidos, colocados estratégicamente en distintas oficinas gubernamentales. Clarke tenía las manos metidas en las propias entrañas de la burocracia. Pocas personas de aquella ciudad de codiciosos habían cuidado con tanto esmero a los que manejaban los hilos del gobierno. Y estas lo recompensaban pasándole información.

Tras unos cuantos síes y noes, Clarke dejó el teléfono.

—¿De qué va esto?

—Empieza con el ciberataque de 2017 en Arabia Saudí —dijo García.

—¿Me lo dice o me lo pregunta?

—¿Está de acuerdo en que fue cosa de los rusos?

—Eso dicen.

—¿Y cómo lo saben?

Clarke se encogió de hombros. García reparó en que era una de esas personas que iban destilando los componentes de la información en unidades lo más pequeñas posible hasta que les ofrecías algo a cambio.

—Antes cubría las noticias relacionadas con Fancy Bear —dijo García para espolearlo.

—Y ahora informa sobre películas.

O sea que así iba a ir la cosa.

Entró una camarera y Clarke le pidió un Tito's Gibson. García pidió lo mismo.

—Mire, tengo un indicio y quiero seguirle la pista. Viene del gobierno, de bastante arriba —empezó a decir García, esperanzado—. Es sobre una infiltración de los rusos en los servicios públicos estadounidenses.

—Ah, eso es cosa de Tildy —soltó Clarke—. Intenta venderle esa historia a cualquier periodista dispuesto a escucharla.

—Bueno, pues imagino que yo soy el que la ha escuchado —respondió García, poco convencido.

—Me cae bien Tildy —dijo Clarke—. Es lista. Un poco obsesiva, pero es necesario para su trabajo. ¿Y qué quiere saber?

—Puede empezar por cómo se supo que habían sido los rusos los que atacaron la planta saudí.

Clarke le dedicó una de sus sonrisas desprovistas de emoción.

—No es una pregunta cualquiera —dijo como quien hace un cumplido—. Cuando pasó, yo creí que había sido cosa de Irán, como todo el mundo. Ya habían atacado Saudi Aramco eliminando sus datos, como represalia por lo de Stuxnet. Les borraron todo el software. Treinta mil terminales. Los saudíes tuvieron que recurrir al mundo entero para comprar discos duros. Pero nadie resultó herido. Con el nuevo ataque dio la impresión de que los iraníes habían mejorado su táctica y teñían el escenario con un poco de sangre. Eso fue antes de que supiéramos que había sido cosa de los rusos. Ahora sabemos que el código que se utilizó en el ataque saudí fue escrito por el venerable Instituto Central de Investigación Científica de Química y Mecánica, un antiguo departamento soviético.

—¿Cuál fue el motivo?

—Podría tratarse de una forma de probar si funcionaba. Los rusos lo hacían mucho en Ucrania, como con el malware Sandworm; probaban y probaban hasta que se pusieron en serio y se cargaron la red eléctrica. Y los de Fancy Bear hicieron lo mismo. Antes de ponerse a manipular la política estadounidense filtraron unas cuantas noticias falsas para perfeccionar su técnica. Y luego accionaron la trampa.

—Aún no comprendo por qué los rusos querían atacar a Arabia Saudí, aunque lo hicieran enarbolando una falsa bandera haciéndose pasar por Irán.

—Mírelo de la siguiente forma —empezó a decir Clarke—: ¿En qué podría beneficiar a Rusia una guerra entre Arabia Saudí e Irán?

—Se dispararía el precio del petróleo y rescataría la economía rusa.

—Piense un poco más.

—Eso haría estallar la guerra entre Rusia y Estados Unidos.

—Lo dudo —dijo Clarke—. A Putin se le da muy bien caminar en la cuerda floja. Quiere implicar más a Estados Unidos en la cuestión de Oriente Próximo sin llegar a declarar la guerra.

—¿Y los iraníes no se cargarán los yacimientos de petróleo de Arabia Saudí sin más?

—No es su objetivo predilecto —explicó Clarke—. Gran parte del petróleo de Arabia está en la provincia Oriental, donde hay una mayoría chiita. Irán quiere anexionársela y controlar los recursos saudíes. Tienen montones de misiles y las coordenadas de todas las plantas de desalinización y las centrales eléctricas del reino. Sin agua ni electricidad, no quedará gran cosa de Arabia Saudí.

García tomó nota mentalmente de todo lo que Clarke le iba diciendo, pero lo soltaba muy deprisa.

—¿Y eso en qué afecta a Estados Unidos? —preguntó.

—Nos veremos arrastrados a otro de esos conflictos que duran décadas y nos desangraremos. Mientras tanto, Rusia nos cerrará el grifo de las redes eléctricas, tal como dice Tildy.

—¿O sea que nos quedaremos sin electricidad durante un tiempo?

—Es más serio que eso. ¿Se acuerda de las explosiones de gas en el norte de Boston de hace unos años? Volaron muchas casas. Los bomberos tuvieron que extinguir ochenta incendios a la vez. Y todo porque un técnico, que probablemente había empinado el codo, saturó las tuberías del gas multiplicando la presión por tres y provocó una fuga. En cuanto se encendió una chispa... ¡bum! Imagínese por un momento el daño que podría hacer si tuviera el control de las válvulas y los contadores de los servicios públicos de todo el país. Las plantas de tratamiento de agua, las centrales nucleares... Muchos están controlados por sistemas del tipo Triconex, los mismos que fueron diseñados para garantizar la seguridad de las instalaciones saudíes. Harán estallar transformadores y generadores, cortarán la corriente por completo durante meses o tal vez años. Los submarinos rusos andan husmeando alrededor de los cables sumergidos. Podrían dejarnos sin internet o poner en riesgo la red hasta el punto de inutilizarla. Casi todas las conexiones del país quedarían interrumpidas.

—¿Y eso no le pasaría también a Rusia?

—Ellos tienen mucho más control sobre sus infraestructuras. Hay un reglamento muy estricto. Seguramente tienen algún programa que aísla sus sistemas de control de la red de comunicaciones, de modo que están considerablemente mejor preparados para un ciberataque que tuviera como objetivo la infraestructura mundial.

—¿Puedo sacar a la luz su nombre en relación con todo esto?

—Aún no lo he decidido —respondió Clarke—. Se lo diré cuando falte poco tiempo para que publique algún artículo.

Al final, Clarke permitió que su nombre se hiciera público,

pero eso no marcó ninguna diferencia. El artículo apareció en la primera plana del *Washington Post*, fue muy aplaudido y luego cayó en el olvido.

Marco Perella había regresado a los CDC de Atlanta cuando Henry estableció conexión a través de Skype.

—Te estás dejando crecer la barba —observó Marco.

Henry lo había decidido a modo de protección adicional.

—Tengo tan poco tiempo que he pensado que podía ahorrarme el afeitado —dijo—. ¿Te parece que a Jill le gustará?

—No te sienta nada mal —opinó Marco—. Creo que debes dejártela.

Henry sonrió.

—Me lo pensaré.

—Por cierto, tengo a la capitana de corbeta Bartlett al teléfono.

Henry la reconoció de inmediato.

—¡Jane! —exclamó—. Qué alivio contar contigo para esto.

Bartlett se sonrojó. Henry Parsons era uno de sus héroes. Igual que Marco y muchos otros epidemiólogos jóvenes, había hecho las prácticas con él y luego se había dedicado a la sanidad pública.

—¿Sigues en Arabia Saudí? —preguntó Marco.

—Tengo que quedarme aquí hasta que se haya impuesto la cuarentena —explicó Henry—. ¿Qué habéis descubierto?

—Algunas cosas sorprendentes —respondió Marco—. ¿Te atreves a adivinarlo?

—Brotes anteriores —dijo Henry.

—Mierda, no tiene ninguna gracia jugar contigo. ¿Cómo has dado con la respuesta?

—Es lo mismo que encontraron en 1918, como bien sabes. Había precursores. Más leves, desde luego. Y las personas ancianas presentaban cierta inmunidad, lo que sugería que probablemente hubo un virus muy similar en circulación durante el siglo XIX. Pero entonces mutó y se volvió letal.

—En este caso, ha sido en China —dijo Marco—. Se conocen dos brotes, uno fue en Zhalong en octubre del año pasado y el otro en el lago Poyang un mes después. Creemos que ha habido siete muertos, pero los chinos todavía no han publicado nada. La OMS envió a veterinarios para investigar las aves acuáticas y, en efecto, descubrieron que las grullas tenían el virus de Kongoli. Se rumorea que en Corea del Norte hay un brote importante. Algo se cuece en las zonas tribales de Pakistán, y es posible que haya una muerte masiva de aves en el norte de Irán. ¿Y qué tiene todo eso en común, además de la exasperación de no contar con datos confirmados?

—Las rutas migratorias —respondió Henry.

—Exacto. O sea que parece que las aves pillaron algo en Siberia y luego emigraron al lago Poyang, que es la masa de agua dulce más grande de China y el lugar de encuentro de millones de pájaros salvajes de todas las especies. Pasaron el invierno allí, se intercambiaron los virus, puede que una se infectara de dos variantes distintas de la gripe al mismo tiempo y que estas se recombinaran tras compartir segmentos genómicos. *Et voilà*, ya tenemos el virus de Kongoli, una de las creaciones más mortíferas de la naturaleza.

—Pero ¿por qué no lo hemos visto hasta ahora? —preguntó Bartlett—. Es una clase de gripe completamente nueva. La proteína hemaglutinina es única y no encaja con ninguno de los subtipos conocidos de las gripes A y B. Sin la neuraminidasa, será muy difícil que podamos atacarlo. Además, el gen *PB1* es idéntico al de 1918. —Se refería a la proteína que provocó que el virus de la gripe española fuera tan patógeno—. Es muy virulento, se defiende bien y avanza deprisa. Uno no puede por menos que admirar su perfección.

—Como si estuviera diseñado para provocar la máxima mortandad —observó Henry.

—Oye, Henry, ¿de verdad crees que lo ha creado el hombre? —preguntó Bartlett.

—La guerra biológica siempre ha formado parte del arsenal de las grandes potencias. No debería sorprendernos que acabe por descubrirse que esto se creó en un laboratorio. Sabemos que los rusos han estado experimentando con el virus de la gripe, y son buenos científicos. A lo mejor querían ver qué eran capaces de hacer, si había alguna forma de colaborar con la naturaleza para construir la mejor arma de guerra, una capaz de destruir al enemigo sin tocarlo.

—Eso solo tendría sentido si también hubieran desarrollado la vacuna —opinó Bartlett.

—O si les da igual morir —apostilló Henry—. Si creen que se convertirán en mártires.

—Me parece demasiado sofisticado para ser obra de Al Qaeda —observó Marco.

—Sabemos que Al Qaeda intentó comprar armas biológicas —dijo Henry—. Y mira a los de Verdad Suprema. Tenían a microbiólogos trabajando para ellos, científicos que habrían podido modificar genes si hubieran contado con la tecnología que tenemos hoy en día. No deberíamos subestimar la capacidad de ningún grupo terrorista para obtener virus de nueva creación.

—No me imagino a un científico de verdad dedicándose a eso —repuso Marco.

Henry no dijo nada. No tenía ningún interés en compartir esa parte de su pasado.

Una hora antes del amanecer, el último día del *hach*, los somnolientos peregrinos se despertaron con el rugido de cientos de helicópteros que llenaban el cielo. La mayoría había hecho el equipaje y estaba a punto para marcharse durante la mañana. Los autobuses que cubrían la ruta del *hach* estaban esperando para llevar a los viajeros hasta el aeropuerto, pero cuando el muecín convocó a los fieles a la oración, La Meca se hallaba rodeada de tanques y jeeps. Había soldados emplazados en puestos que cerraban la carretera; disponían bloques de hormigón y desenrollaban metros de alambre de espino. Los peregrinos se habían convertido en prisioneros.

Mientras Majid y el coronel Al Shehri rezaban sobre el promontorio con vistas a la ciudad, Henry, desde el campamento de las colinas de La Meca, observó cómo la cercaban. En lugar de orar, estaba reflexionando sobre todo aquello que había hecho mal. Había hecho mal en ir al campamento de Kongoli con tan pocos medios, con la mínima protección y con la única idea de regresar a casa lo antes posible. Había hecho mal en permitir que el pobre Bambang Idris, el taxista, lo acompañara hasta allí sin saber lo que les aguardaba. Había hecho mal en perderlo de vista sin haberse asegurado de que el hombre no estaba contagiado. Había hecho mal en no exigir que lo pusieran en cuarentena y le prohibieran salir del país. Todo ello pesaba sobre su conciencia. No podía permitirse malgastar energía mental fustigándose de esa forma, pero tampoco lograba perdonarse, y sabía que jamás lo lograría.

Y ahora, ante su insistencia, estaban sitiando a tres millones de personas que acababan de convertirse en prisioneras. Muchas de ellas morirían. Finalmente, la enfermedad hallaría un modo de escapar de la ciudad. Fuera como fuese, ya había arraigado en la población aviar y pronto se manifestaría en todos aquellos lugares adonde llegaran los pájaros. Como mucho, Henry habría retrasado una pandemia inevitable que marcaría un hito en la historia. Los gobiernos caerían. Las economías se desplomarían. Estallarían guerras. ¿Por qué creíamos que nuestra era gozaba de inmunidad ante el ataque del enemigo más astuto e implacable del género humano, los microbios?

Cuando hubo terminado de rezar, Majid entró en la tienda donde estaban instalados los sistemas de comunicación. Se apreciaba físicamente lo mucho que le pesaba aquello que estaba a punto de anunciar.

—Hermanos y hermanas, somos los elegidos para hacer un gran sacrificio —dijo ante el micrófono. A la vez que hablaba, sus palabras eran traducidas a decenas de idiomas, y el mensaje que emitieron los altavoces se difundió por toda la región sagrada. Explicó lo del contagio que se había extendido por La Meca—. Es nuestro deber evitar que esto, esta enfermedad terrible, se propague. Mantened la calma. Nos ocuparemos de vuestras necesidades. Se os suministrarán alimentos. Habrá médicos y personal sanitario para atender a los enfermos. Os protegeremos. Pero no debéis intentar salir.

Henry observó cómo los peregrinos se apiñaban en un extremo de la ciudad al tiempo que miraban de hito en hito a las tropas en sus vehículos y los puestos de artillería. Mientras Majid hablaba, un joven empezó a avanzar, dirigiéndose con actitud desafiante hacia un espacio que todavía no había sido vallado. Los soldados lo vieron acercarse, nerviosos.

—Repito —dijo Majid—: no tratéis de salir.

De súbito, el joven peregrino echó a correr. Tras él, otros se precipitaron en tropel. Y entonces Henry fue testigo de cómo las ráfagas de las ametralladoras destrozaban el cuerpo del joven. El grupo que lo seguía frenó en seco. Sus aullidos se propagaron hasta el interior de las montañas.

—Que Dios nos perdone —dijo el príncipe Majid—. Que acepte nuestro doloroso sacrificio.

SEGUNDA PARTE

Pandemia

17

El pueblo no nos lo perdonará

Hacía cuarenta y ocho horas que Jill no tenía noticias de Henry, lo cual era muy poco habitual. Casi siempre se ponía en contacto con ella a diario, sobre todo si sabía que estaba preocupada por él. A esas alturas ella estaba fuera de sí, pero el teléfono seguía sin sonar. Ni siquiera le había mandado un e-mail.

Por fin se decidió a enviarle un mensaje de texto:

¿Todo bien?

Y al cabo de un rato obtuvo respuesta:

Sí. Lo siento. Más tarde.

Esa noche, cuando los niños ya estaban en la cama, Jill encontró un reportaje en el canal MSNBC sobre el joven al que habían matado a tiros en La Meca. Resultó ser el sobrino de un ayatolá de Qom. Las ultrajadas autoridades iraníes no paraban de proferir amenazas y exigir justicia, aunque no quedaba claro qué significaba la justicia en ese caso. En la CNN, una corresponsal en La Meca llamada Nadia al Nabawi decía que los hospitales no facilitaban información alguna sobre la enfermedad ni el número de pacientes, ni siquiera sobre las víctimas mortales. «Nos han dicho extraoficialmente que no quieren que cunda el pánico, pero la ausencia de información fiable hace que la gente se pregunte qué está ocurriendo y no sepa a quién creer.»

Henry la llamó pasadas las diez.

—Santo Dios, ¿qué hora es allí? —le preguntó Jill.

—Muy tarde —respondió él—. Hasta ahora no he tenido oportunidad de hablar.

—Ya sé que no me harías esto si no es porque andas muy ocupado, pero para serte sincera, Henry, me estaba poniendo enferma. Se te ve cansadísimo. Y, oye, ¿qué es eso que tienes en la cara?

—Me estoy dejando la barba —dijo él con timidez—. Me ayuda a pasar desapercibido entre la multitud. Si no te gusta, ya me afeitaré.

Jill contempló la imagen granulosa de la pantalla.

—Ya lo decidiremos cuando vuelvas a casa. ¿Cuándo será, por cierto?

—A decir verdad, Jill, no lo sé. Aquí me necesitan, pero también me reclaman desde Atlanta. Lo más importante es que de momento la cuarentena funciona y, por raro que parezca, no han informado de ningún caso de gripe en el país, dejando aparte La Meca.

—He estado escuchando las noticias —explicó Jill—. Mucha gente opina que las medidas son excesivas.

—¿Quién dice eso?

—El embajador iraní en las Naciones Unidas asegura que no es más que una gripe corriente y que en su delegación no hay nadie enfermo, y que lo que todos quieren es volver a casa. Exigen que se les libere y se les permita regresar a sus países de inmediato.

—Es mentira —repuso Henry—. Los peregrinos iraníes están afectados como todo el mundo. Es un asunto político, no tiene nada que ver con la salud de sus ciudadanos.

—Yo lo único que quiero es que salgas de ahí.

—Y yo lo estoy deseando, y saldré en cuanto pueda. Pero escucha, Jill, esta enfermedad no terminará en La Meca. Aunque logremos tener encerrados a los peregrinos hasta que pase el brote, la propagarán los pájaros. No sé cuánto tiempo falta para que llegue a Estados Unidos, puede que una semana, puede que un mes. Quiero que cojas a los niños y te marches a la granja de tu hermana. Llévate comida para un par de meses. No quedes con nadie, ni siquiera abras el correo. Tú solo ponte a buen recaudo y espera a que yo llegue.

—Entiendo que te preocupes por nosotros, pero en serio, Henry, las cosas se tienen que pensar bien. No puedo dejarlo todo y plantarme en casa de Maggie a saber por cuánto tiempo.

—Por favor, Jill, ya sé que de momento no parece que haya peligro. Pero la enfermedad se extiende muy deprisa. Te lo ruego: márchate. Aléjate, aléjate de la gente cuanto puedas. Refúgiate en algún sitio con los niños hasta que pase el riesgo de contagio.

Jill jamás había oído a Henry tan asustado.

Henry observó a Majid solo, de pie, contemplando las luces de la ciudad convertida en prisión. El hecho de ver a su amigo allí, torturándose por la decisión fatídica que se había visto obligado a tomar, reavivó la culpabilidad que Henry abrigaba por su propio fracaso a la hora de detener la enfermedad. Los hombres permanecieron juntos, uno al lado del otro, en silencio durante un rato.

—Lo que hemos hecho nos destruirá —dijo Majid—. Esto —señaló la ciudad—, el pueblo no nos lo perdonará, da igual cuál sea el resultado. —Tomó aire para aclararse las ideas—. Dime, Henry, ¿qué perspectivas hay de obtener una vacuna?

—He hablado con el doctor Ahmed —explicó Henry—. Ha facilitado un cultivo de una víctima reciente. Los CDC lo han comparado con la muestra que tomé yo en Kongoli. Ha habido cambios.

—Eso podría ser una buena noticia.

—Sí, es posible. O tal vez el virus se esté volviendo más contagioso, más letal. El problema es que podríamos desarrollar una vacuna para el virus que conocemos ahora, pero sobre el futuro solo podemos hacer conjeturas.

—Tenemos que darles alguna esperanza —opinó Majid—. Algún motivo para que acepten su sufrimiento.

—Mi equipo de los CDC ha conseguido aislar lo que creen que es el germen patógeno. Si están en lo cierto, podríamos tener una vacuna para la evaluación inicial de seguridad dentro de dos meses.

—Demasiado tarde —dijo Majid. Se volvió hacia La Meca. La mezquita brillaba como un gran barco en mitad de un mar profundo—. En serio, no sé si puedo fiarme de mis propias tropas. Muchos viven como una conspiración contra el islam el hecho de tener encerrados a sus hermanos y hermanas en la ciudad sagrada y ofrecerlos como un sacrificio ante esta enfermedad terrible.

Había algo en la voz de Majid que impulsó a Henry a formularle una pregunta:

—¿Y tú? ¿Qué piensas?

—Todavía no lo sé —respondió el príncipe.

—La cosa es compleja e incierta —le explicó Marco a Henry durante una videollamada por Skype a la mañana siguiente—. Estamos extrayendo sangre completa de supervivientes siete días después del contagio. En ese preciso momento hay un único tipo de células, seguro que sabes...

—Los plasmocitos —saltó Henry mientras se preguntaba cómo era posible que no se le hubiera ocurrido a él.

—Correcto. Fabrican los anticuerpos que reaccionan al patógeno causante de la infección.

—Y entonces pueden clonarse esos genes para producir anticuerpos sintéticos.

—Exacto. Los utilizaremos para simular una respuesta inmunitaria natural.

—¿Cuánto tiempo tardaréis? —preguntó Henry.

—Por lo menos unas cuantas semanas hasta que encontremos los mejores anticuerpos para bloquear el virus, y otras tantas para crear una estirpe celular, y luego un mes más hasta iniciar la producción a gran escala. No es una vacuna real, claro, pero podría ofrecer cierta inmunidad pasiva. Solo estará disponible para un número de personas bastante limitado, por supuesto, pero si no hacemos algo para frenar el avance de la enfermedad, estamos listos.

Henry empezó a darse golpecitos con el dedo en los labios mientras se sumía por completo en sus pensamientos buscando algo que nadie hubiera ideado.

—Había un estudio —dijo por fin—, algo sobre transfusiones en 1918.

—¿Recuerdas los autores? ¿La publicación? —se interesó Marco.

—Todo cuanto recuerdo es que hace cien años había médicos que tenían el mismo problema que nosotros ahora. Y probaron algo que diría que posiblemente funcionó.

—Daré con ello —se propuso Marco.

Majid entró en la tienda y aguardó con paciencia a que Henry hubiera terminado.

—¿Podemos hablar? —le preguntó—. Ha ocurrido una cosa.

El príncipe se dejó caer sobre la alfombra sin su porte habitual. Era evidente que las circunstancias de los últimos días lo habían dejado agotado. Ni Henry ni él habían dormido gran cosa durante ese tiempo.

—No tiene que ver con la gripe. Es sobre la conversación del príncipe heredero y los consejeros el día que nos reunimos con ellos —explicó Majid—. Acabo de enterarme de que han asesinado a una de nuestras primas, Amira. Estaba de vacaciones en Sicilia. Era muy guapa, joven, un espíritu libre, al menos para ser saudí. Una revista vuestra, *Vogue*, le hizo algunas fotos que despertaron bastante polémica. Mucha gente la criticó. Sobre todo en Irán la consideraban una libertina y un ejemplo de la decadencia de nuestra familia, así que es posible que algún musulmán, sintiéndose ofendido, decidiera matarla. Pero los servicios secretos del país me han notificado que un grupo de asesinos de la Guardia Revolucionaria iraní la siguió y la acorraló en la playa privada donde estaba nadando, y luego la hundieron en el agua hasta que se ahogó.

—¿Crees que es un acto de venganza por el joven al que mataron cuando intentaba escapar de la cuarentena?

—Me parece probable. En cualquier caso, el príncipe heredero y sus consejeros quieren declarar la guerra a Irán. Piden más presencia naval estadounidense en el Golfo.

De pronto, el coronel Al Shehri interrumpió la conversación. Henry notó que tenía un tic en el ojo derecho y le temblaban las manos. El hombre estaba al borde de un ataque de nervios.

—¿Qué ocurre, Hasán? —preguntó Majid, dejándose de formalidades.

—Nos tememos que va a haber una fuga —anunció—. Los drones de vigilancia han captado a cuatro grupos numerosos formándose en puntos distintos. No pertenecen a ninguna delegación en particular. Parece que hay agitadores que se están haciendo con el control de la mezquita. La policía del interior no sirve de ayuda, podrían incluso estar de parte de los rebeldes.

Majid reaccionó a la noticia con actitud pensativa y un hondo suspiro.

—No hay que llamarlos rebeldes —corrigió al coronel—. Son prisioneros a los que se ha detenido sin cargos y probablemente estemos condenando a muerte. Dime, Hasán, ¿qué harías tú en su lugar?

—Majestad, yo siempre le seré fiel, pero creo que mi tío está entre ellos. Es un buen hombre, el hermano de mi padre. Estuvo muchos años en la Guardia Nacional, y ahora sus propias tropas han cerrado la ciudad. No es raro que pase esto. Muchos de nuestros hombres tienen amigos y parientes dentro.

Majid asintió.

—Hasán, esto no te lo había dicho, pero mi hermana también está allí. Es su primera peregrinación y yo he dado una orden que podría acabar con su vida. Sus hijos no paran de llamarme. ¿Qué puedo decirles? Esto nos afecta a todos de forma personal. Como hermano me siento ultrajado, ¡claro que sí! Pero como ministro de Sanidad he ordenado que los encierren. No puedo apelar a mi conciencia porque no encuentro una respuesta clara.

Mientras hablaban, oyeron un crujido procedente de un micrófono de la mezquita cuando alguien lo accionó con poca pericia para emitir un mensaje desde los minaretes. Sin embargo, no era el momento de la oración.

—¡Hermanos musulmanes! —exclamó la voz aflautada de un joven—. ¿Tenemos que morir como animales enjaulados? Somos varios millones, no pueden matarnos a todos. Pero si nos quedamos, ¡todo el mundo morirá!

Majid y el coronel se dirigieron al promontorio para observar lo que ocurría. Henry los siguió con actitud respetuosa. «De lo que pase ahora dependen muchas cosas», pensó. Todas las personas confinadas en la ciudad anhelaban vivir, pero algunos llevaban la muerte en su interior. Aunque consiguieran huir, no tenían escapatoria. Dondequiera que fuesen, llevarían consigo la enfermedad, y la transmitirían a sus seres más queridos: hijos, esposas, profesores, amigos, compañeros de trabajo. Un beso, un acceso de tos o un apretón de manos ocasional podían provocar la muerte. Algunos sobrevivirían al tormento. Otros, por motivos que los científicos todavía no comprendían, permanecerían inmunes, sin sufrir el más mínimo daño. Sin embargo, a la mayoría de los contagiados les esperaba un final distinto.

—¡Es una conspiración para acabar con el islam! —La voz del joven hizo eco en las montañas—. Y quienes nos tienen aquí encerrados son siervos de nuestros enemigos. ¡Están matando a nuestros hermanos y a nuestras hermanas! Yo les digo: ¡os espera el infierno!

Incluso en la distancia, los hombres que observaban desde lo alto de la colina pudieron oír un ruido sordo, como si se avecinara una gran tormenta, cuando los peregrinos hicieron acopio de valor y dieron respuesta a su determinación.

—Tenemos que detenerlos —le dijo Majid al coronel—. Diles a los comandantes que no debe pasar nadie. Que disparen a discreción para frenar la oleada. Y que maten primero a los cabecillas.

El coronel entró corriendo en la tienda donde estaban los sistemas de comunicación.

Henry se preguntaba qué estarían pensando los soldados, con sus armas a punto. ¿Verían a la multitud como a sus iguales, musulmanes asediados e indefensos, retenidos por la fuerza, amigos y familiares en su mayor parte, suspirando por la seguridad de un hogar? ¿O verían la muerte en sus rostros, la muerte que aguardaría a muchos más si los aquejados conseguían escapar y repartirse por el mundo?

—¡Levantaos, oh, musulmanes! —gritó el joven.

Una enorme ovación estalló, y unos instantes después decenas de miles de peregrinos se reunían en la zona perimetral mientras coreaban: «¡Alá es grande!». Pronto pasaron a ser cientos de miles, y los cánticos se convirtieron en un rugido cuando la numerosa horda se precipitó hacia las vallas. Los más rápidos llegaron primero y comenzaron a trepar, pero entonces sonaron las ráfagas de las armas automáticas y empezaron a caer cuerpos al suelo. Las personas que integraban la multitud aminoraron la marcha al unísono, como si fueran una sola, pero no lograron detenerse. La presión de los de atrás obligó a la masa a seguir adelante, pasando por encima de los cadáveres de los que habían ido en cabeza, mientras las armas continuaban disparando, aunque ahora en menor medida. El impulso de la muchedumbre aplastó a los de delante contra las vallas de contención, y luego estas cayeron y los peregrinos liberados corrieron hacia el desierto, dejando atrás a los soldados, que ya habían parado de disparar.

18

Los pavos

Jill oyó la noticia mientras se preparaba para irse a la cama. En Arabia Saudí habían impuesto una cuarentena internacional. Las aerolíneas habían interrumpido el servicio y las fronteras estaban cerradas. Los petroleros habían dado media vuelta y habían abandonado los puertos saudíes. Millones de peregrinos se encontraban bloqueados en el país.

Henry no podía moverse de allí.

—Es una medida necesaria —le dijo a Jill cuando por fin la llamó.

—Pero, Henry, ¡te necesitamos aquí! Y no me refiero solo a la familia. ¡El país te necesita! No paro de recibir llamadas de Catherine y Marco pidiéndome que haga algo, lo que sea, para que vuelvas a casa. No es solo que tu mujer esté desesperada, ¡es que tus compañeros te necesitan! ¡Y yo te necesito! ¡Y tus hijos!

—Jill, yo también quiero volver a casa. ¡Me muero de ganas! Incluso ya he hablado con una persona de la embajada estadounidense. Imaginaba que debía de haber vuelos diplomáticos, o por lo menos militares.

—¿Y?

—No los hay. Está todo completamente paralizado. No es

solo la gripe en sí, es por los musulmanes. Utilizan esa excusa para no dejar que vuelvan, pero al mismo tiempo puede ser útil para retrasar el progreso de la enfermedad.

—Henry, no estarás de acuerdo con eso, ¿no?

—Digamos que hacen lo correcto aunque el motivo esté mal. No disponemos de muchos recursos para luchar contra la enfermedad. Cada vez que intentamos cortarle el paso con una cuarentena, encuentra la forma de burlar los límites. Pero hemos ganado algo de tiempo, y puede que consigamos ganar un poco más. Claro que eso no va a ayudarme a volver a casa.

Jill solo podía pensar en que Henry estaba preso en un país donde habían descubierto la enfermedad más devastadora que habían conocido en toda su vida.

En la pantalla apareció la cara de Marco. Al principio, Henry pensó que estaba enfermo. La luz fluorescente ponía de relieve el agotamiento que traslucían sus ojos llorosos y su cara demacrada.

—¿Te encuentras bien? —le preguntó Henry, tratando de ocultar la preocupación que sentía.

—De maravilla —respondió Marco a la vez que esbozaba una sonrisa. El Marco de siempre—. Por cierto, he desenterrado el estudio que mencionaste —dijo—. No sé cómo puedes tener tantas cosas en la cabeza.

El artículo, publicado en *Annals of International Medicine* en 2006, era un metaanálisis de un nuevo tratamiento para la gripe de 1918. Los autores habían examinado ocho estudios llevados a cabo durante la pandemia cuando no se había hallado ningún tratamiento efectivo; igual que ocurría ahora. Desesperados, unos cuantos médicos recurrieron a la idea de hacer una transfusión de suero sanguíneo de los supervivientes a los pacientes con síntomas.

—Son unos estudios terribles —opinó Marco—. Sin ensayos aleatorizados, sin indicaciones sobre las dosis; no hay nada estandarizado. Los hicieron en tiempos de guerra, sometidos a la censura, lo cual posiblemente impidió que se publicaran las consecuencias negativas. Lo único que hay son resultados.

Marco estaba sentado a su escritorio del laboratorio de virología de los CDC, rodeado por sus compañeros, y allí era donde Henry deseaba estar. Las caras de todos ellos, igual que la de Marco, parecían una serie de composiciones sobre el insomnio, pero también había un brillo de esperanza en sus ojos.

—¿Pero...? —preguntó Henry.

—Pero hubo una reducción considerable de la letalidad.

Las transfusiones conllevaban sus riesgos, como todo el mundo sabía, incluyendo lesiones pulmonares que podían resultar mortales. Para las transfusiones ordinarias, tanto el donante como el receptor debían ser sometidos a pruebas, y en la sangre del donante tenía que controlarse la presencia de agentes infecciosos. Todo el proceso debía tener lugar en condiciones sanitarias extremas. Si la cosa tenía éxito, habría muchos más receptores potenciales que donantes, lo cual disparaba la batalla por la selección.

—He encontrado otra cosa, más reciente —prosiguió Marco.

Era un artículo del *New England Journal of Medicine*. En junio de 2006, un camionero chino dio positivo de la gripe A H5N1, que derivó en una epidemia entre las aves de corral altamente mortal en los pocos casos humanos de que se informó. El hombre se sintió mal durante unos días y se dirigió a una clínica de Shenzhen. Allí lo trataron con antivirales que no sirvieron para contener el avance de la enfermedad. Desesperados, los médicos obtuvieron plasma de un enfermo convaleciente que se había recuperado de la misma infección varios meses antes. Al camionero le realizaron tres transfusiones de doscientos mililitros en dos días.

—Al cabo de treinta y dos horas, la carga viral era indetectable —explicó Marco.

—Que se ponga Jane Bartlett —le pidió Henry.

Al cabo de unos instantes, la cara de la capitana de corbeta Bartlett se hizo visible.

Marco le explicó el dilema, que ella captó enseguida. Las transfusiones eran distintas de los anticuerpos monoclonales;

estos podían purificarse, someterse a pruebas y producirse de forma masiva. Por otra parte, una transfusión de un solo individuo convaleciente podía proporcionar suficiente plasma para tratar a varios pacientes a la vez.

—Estáis hablando de un paciente confirmado en los últimos cien años —observó Bartlett en relación con los estudios mencionados—. No sé qué procedimiento podemos elaborar basándonos en eso. ¿Los CDC están dispuestos a recomendar el tratamiento?

Marco esperó a que fuese Henry quien contestara.

—No sin pruebas en humanos —reconoció este.

—De manera que tendrán que pasar seis meses más —observó Bartlett—. Si no se implican Medicare y otras aseguradoras privadas, ¿quién pagará el tratamiento?

—¿No puedes pedirle al Departamento de Salud y Servicios Humanos que lo autorice por causa de una emergencia sanitaria pública?

—Claro que sí, Henry, pero eso no va a resolver la cuestión del seguro. No se ha realizado ninguna prueba del tratamiento. Los estudios son poco fiables y no aportan suficiente información. Y los problemas de responsabilidad para los médicos son enormes, puede que imposibles de solventar.

—Pero si estuvieras tratando a un paciente de Kongoli, con un pico de fiebre y la carga viral en aumento que no respondiera a ningún remedio conocido, ¿qué aconsejarías hacer? —preguntó Henry—. ¿Qué harías tú?

—Nada —respondió Bartlett con la voz quebrada.

Todos reconocieron al instante la clase de emoción que la había invadido. Todos habían perdido a alguien. Sabían lo que se avecinaba.

A pesar del pánico, en Estados Unidos apenas había rastro del virus de Kongoli. En Minneapolis se produjo un brote que fue leve y se contuvo enseguida. El caso inicial fue un viajero procedente de Oriente Próximo que sirvió para alimentar las teorías conspiratorias sobre la enfermedad de los musulmanes. Al final el paciente resultó ser un cristiano evangélico que había visitado Tierra Santa. La forma en que había contraído el virus seguía siendo un misterio.

Al mismo tiempo, en Minneapolis se diagnosticaron más de mil doscientos casos de gripe estacional, casi todas del tipo A H1N1, entre los biznietos de la epidemia de 1918. Seguía considerándose una cepa muy virulenta que en 2017 acabó con la vida de ochenta mil estadounidenses y casi medio millón de personas en todo el mundo. Sin embargo, solo cuatro pacientes dieron positivo del virus de Kongoli, incluyendo al viajero, y sobrevivieron todos, lo cual arrojó luz a la teoría que consideraba que una cepa de gripe que compitiera con la nueva pandemia podía aportar cierta inmunidad contra esta.

Hubo, en comparación, pocos casos de gripe A en Little Rock, donde tuvo lugar el segundo brote, y allí el virus de Kongoli resultó ser mucho más contagioso. Con todo, la virulencia seguía estando dentro de los parámetros de lo que la gente consideraba una temporada de gripe ordinaria. Al cabo de una semana, las tiendas de comestibles volvieron a abrir y enseguida lo hicieron otros negocios. La presión política empezaba a animar a que se abrieran las fronteras y así permitir un respiro a la economía. En lugares donde aún no se había informado de casos de gripe, la gente se dijo que, por el momento, estaban a salvo.

Y entonces ocurrió lo de Filadelfia.

De todas las ciudades que sufrieron el duro golpe del contagio, Filadelfia fue la que, según datos históricos, mejor resistió. En 1918, la ciudad, de unos dos millones de habitantes y perjudicada por la gestión de funcionarios incompetentes y corruptos, quedó asolada por la gripe española. Los ciudadanos morían a centenares, y luego a miles (4.597 perdieron la vida en una sola semana en octubre de 1918); multiplicaban por diez los fallecimientos por cualquier causa antes del brote. Médicos y enfermeras trabajaban de forma heroica, pero sufrieron la tasa más elevada de defunciones. Los enterradores morían o abandonaban el trabajo. La acumulación de cadáveres suponía un problema de salud en sí mismo, pero más que nada quebrantaba la moral de los ciudadanos. Los cuerpos permanecían durante días en las casas donde habían muerto, los cementerios subieron los precios de los entierros y obligaban a las familias a cavar las tumbas. En la ciudad acabaron por abrir fosas comunes con palas mecánicas de vapor, y los sacerdotes pronunciaban las plegarias fúnebres mientras los cadáveres eran arrojados dentro de las zanjas.

Más de un siglo después, el virus de Kongoli se colaba en Filadelfia y se extendía sigilosamente. El Domingo de Pascua, cientos de miles de fieles asistieron a misa, y muchos quedaron expuestos a otros feligreses recién contagiados. Al cabo de unos días, la ciudad se postraba ante la enfermedad.

El Centro Médico Presbiteriano de Pennsylvania estaba tan equipado como uno de los mejores de una gran ciudad para hacer frente a la epidemia, pero ni por asomo podía hacer frente a los miles de ciudadanos enfermos sumidos en la desesperación. Lo mismo ocurría en todos los hospitales de los condados cercanos de Pennsylvania y New Jersey.

La alcaldesa de Filadelfia, Shirley Jackson, había estudiado la historia de las pandemias. Su madre era enfermera, de modo que se había criado en torno a la profesión médica. Había participado en un ejercicio de simulación en la Johns Hopkins relativo a un hipotético brote de una enfermedad mortal. Conocía el protocolo. Y, por naturaleza, era una persona decidida. En cuanto se detectó la enfermedad fuera de Arabia Saudí, puso en marcha el Sistema de Comando de Incidentes que imponía la coordinación entre las autoridades sanitarias locales, los hospitales, los intervinientes en emergencias y las agencias federales. Se puso en contacto con la capitana de corbeta Bartlett del Servicio de Sanidad Pública, quien, además de sus deberes de enlace de la Casa Blanca, coordinaba las respuestas sanitarias urbanas. La alcaldesa Jackson pidió suministros médicos adicionales a la reserva nacional de emergencia. Avisó a los directores de las tres escuelas de medicina del área metropolitana y les ordenó que formaran a sus alumnos de inmediato en cuidados de emergencia. Los primeros profesionales que actuaron en el área metropolitana recibieron cámaras termográficas para acoplarlas a sus móviles, de modo que pudieran detectar la fiebre de inmediato. En el Wells Fargo Center, el pabellón donde jugaban los 76ers, se creó espacio hospitalario adicional. Ningún alcalde de una gran ciudad hizo un trabajo mejor en la preparación para el brote. La primera plana del *New York Times* aplaudió su capacidad de liderazgo.

Para lo que la alcaldesa Jackson no estaba preparada era el pánico. Hubo un aumento sorprendente de suicidios y homicidios, y también de delitos de odio, sobre todo contra la gran comunidad musulmana del norte de la ciudad. A esas alturas se conocía bien de dónde procedía la enfermedad —un centro de detención de Indonesia para homosexuales musulmanes—, y los conspiradores enardecían el temor de quienes creían que lo de Kongoli era una maquinación. Según una teoría, los musulmanes habían creado la enfermedad para destruir la civilización cristiana. Otra defendía que los musulmanes eran el objetivo que los científicos neonazis se proponían eliminar. Una tercera teoría postulaba una guerra mundial contra los homosexuales. Esos bulos se publicaban en las redes sociales, obra de los bots rusos, y eran propagados por los usuarios aficionados a los rumores que plagaban internet; removían los conflictos con el mando a distancia, instaban a la gente a tomar las calles cuando les habían recomendado encarecidamente que se quedaran en casa. El imán de la principal mezquita de Filadelfia recalcó a sus feligreses que ignoraran las teorías conspiratorias, pero mientras hablaba, arrojaron dos bombas dentro del edificio.

Hasta ese momento, nadie había considerado a Shirley Jackson una de las mejores líderes municipales de la nación. Se había metido en política después de que su marido, un sacerdote episcopal, muriese de cáncer. Jackson se había lanzado al servicio público porque daba sentido a su propio sufrimiento. Sabía por instinto cómo hablar con la gente que estaba asustada o afligida. «Los ciudadanos de Filadelfia están siendo sometidos a una prueba —observó en una de las reuniones por videoconferencia que tenían lugar a diario en el ayuntamiento a instancia suya. Era manifiestamente sincera—. Nuestros hospitales están paralizados, no solo por el precio que la gripe se está cobrando en médicos y enfermeras, sino también por la pérdida de personal técnico, auxiliares sanitarios, terapeutas, farmacéuticos y, algo fundamental, conserjes, tan escasos en algunas instalaciones que las infecciones bacterianas están acabando con más pacientes que la propia gripe.» Prosiguió describiendo cómo la enfermedad y el miedo habían asolado los servicios funerarios. Básicamente, no había ambulancias privadas. Requisó camiones de FedEx y UPS para usarlos como coches fúnebres que trasladaban a los fallecidos hasta las fosas comunes cavadas de forma precipitada en los parques de la ciudad. Había innumerables cadáveres sin identificar o que nadie reclamaba. «El miedo no dividirá a Filadelfia —dijo—. Aún es y siempre será la ciudad del amor fraternal. Nosotros somos así. Da igual lo que digan en internet o aquello de lo que quieran culparnos; nuestro trabajo consiste en amar a nuestros hermanos y hermanas, consolarlos en estos tiempos de tribulaciones, unir a nuestra comunidad. Conservad la calma, abrid vuestros corazones, ayudad a los necesitados, y juntos superaremos esto.» La alcaldesa instó a los ciudadanos a superar el reto ejerciendo de voluntarios en hospitales locales y ayudando con la dura tarea de enterrar a los muertos. Dio ejemplo ocupándose de los sin techo, a los que la nueva epidemia afectó de forma desproporcionada.

La muerte de la alcaldesa Jackson a causa de la gripe de Kongoli, diez días después de que irrumpiera el brote, fue un varapalo tremendo del cual la desmoralizada ciudad jamás se recuperó del todo. Y el contagio se extendió.

Un granjero de Arkansas también murió del virus de Kongoli. En ese momento no se habló mucho de su muerte. Era jefe de un grupo de *scouts* en una pequeña población de montaña, y había llevado a su tropa de fin de semana a Little Rock, de modo que se pensó que fue allí donde contrajo la enfermedad. Sin embargo, ninguno de los *scouts* enfermó. Había transcurrido una semana desde su muerte cuando los CDC supieron que lo que el granjero criaba eran aves de corral. Se alertó a los delegados de sanidad del país para que estuvieran pendientes de las infecciones halladas en esos animales.

Mary Lou Shaughnessy era una veterinaria de campo que trabajaba en la oficina regional del Departamento de Agricultura estadounidense en Saint Paul, Minnesota. Su trabajo consistía en garantizar la salud de los animales de granja que se exportaban. Todo el sector podía venirse abajo en un instante. Cuando en 2003 se descubrió en el estado de Washington la enfermedad de las vacas locas en un solo ejemplar de la raza Holstein, más de treinta países frenaron las importaciones de ternera americana. Minnesota era especialmente sensible al problema de la gripe aviar puesto que era el primer productor de pavos de todo el país (casi cincuenta millones de aves en seiscientas granjas repartidas por todo el estado). También resultó ser un importante lugar de escala de las aves migratorias en la Ruta del Mississippi, que recorría la distancia desde la punta de Canadá, en el océano Ártico, hasta la costa del golfo de Luisiana.

Mary Lou viajaba por la Ruta 23 junto con su compañera, Emily Lankau, la veterinaria del estado. Las mujeres habían formado equipo antes y se presentaron como voluntarias para hacer ese viaje y así poder pasar más tiempo juntas. Las dos habían cantado a capela en sus respectivos coros universitarios y les encantaba hacerlo durante los viajes por carretera. Se dirigían al condado de Kandiyohi, el centro de la industria del pavo, donde en 2015 irrumpió la gripe aviar H5N2, altamente patógena. Era probable que los pavos hubieran adquirido la enfermedad de las aves migratorias procedentes de Asia. Más de cuarenta y ocho millones de ellos murieron o fueron sacrificados.

Pasaron junto a graneros y cruces ferroviarios. No había gran cosa que ver en esa época del año. Esa parte de Minnesota está formada por tierra llana y fértil, pero en marzo los campos aún estaban en barbecho y tenía que pasar un mes más antes de que se plantaran el maíz y la soja.

—Podríamos ir primero a la granja de Stevenson —propuso Emily.

—Quieres decir que cuanto antes nos lo quitemos de encima, mejor —dijo Mary Lou.

El señor Stevenson —de cuyo nombre de pila ninguna se acordaba— era un caso difícil. Poseía una de las granjas más grandes de la zona, pero también formaba parte de una milicia conocida como los Three Percenters de Minnesota, un nombre inspirado en la creencia de que solo el tres por ciento de los colonos estadounidenses se había alzado en armas contra el Imperio británico durante la Revolución de las Trece Colonias. El grupo era conocido por haber arrojado una bomba en una mezquita en Bloomington, aunque a Stevenson no se le acusó formalmente en esa ocasión.

Resultaba fácil divisar la puerta de la granja gracias a la bandera estadounidense colgada del revés en el asta, una advertencia de peligro que irritaba a prácticamente todo el condado. Stevenson se encargó de dejar claro que a él le daba igual. Era un superviviente que educaba a sus hijos en casa, así que, de todos modos, prácticamente no tenía relación con el mundo exterior.

Mary Lou enfiló el camino de la casa en un Ford Explorer blanco con el logo del USDA, el Departamento de Agricultura, visiblemente estampado en la puerta. Emily y ella bajaron del vehículo con su expresión más jovial. Stevenson las esperaba tras la mosquitera de la entrada.

—¡Señor Stevenson! ¿Qué tal está hoy? —lo saludó Mary Lou. Se había criado en el Sur y era capaz de fingir un entusiasmo natural con el que combatía cualquier signo de hostilidad.

—Se supone que tienen que notificarme la visita —dijo el hombre desde detrás de la mosquitera—. No he recibido nada. Nada de nada.

—Sí, bueno, como no tiene teléfono... Ya hablamos de eso la última vez.

—Acepto notificaciones por correo.

En esos momentos, su prole se hallaba reunida a su alrededor.

—Tenemos derecho a hacer visitas sin aviso previo, señor Stevenson. Le aseguro que me habría encantado llamarle o enviarle una carta, pero nos estamos ocupando de una situación de emergencia.

El hombre abrió mucho los ojos.

—¿Qué emergencia?

—Por Dios, señor Stevenson, ¿no ve las noticias? Hay una gripe terrible. Mucha gente ha caído enferma, es horroroso. Hubo un brote importante en Filadelfia. ¡Ojalá no llegue a Minnesota! La cuestión es que tenemos que echar un vistazo a sus pavos para comprobar que están bien.

—A mis pavos no les pasa nada.

—Me alegro de oírlo. Echaremos un vistazo y nos iremos.

Condujeron su ranchera hasta una explanada cubierta de césped a medio camino entre la casa y los criaderos. Emily sacó una lona de plástico grueso y las dos mujeres descargaron el material: bolsas de basura, una nevera portátil, torundas de algodón, un vaporizador para el desinfectante y sus equipos de protección personal. Los niños de la familia Stevenson estaban sentados en el césped o en un columpio de cuerda, observando cómo se vestían.

—¿Por qué me siento como una *stripper*? —masculló Emily—. Aunque esto es más bien todo lo contrario.

—A lo mejor tendríamos que preparar una pequeña coreografía —repuso Mary Lou.

—Pues va a ser que no.

Lo primero fue el traje Tyvek con su capucha, luego los peúcos de plástico dobles que les cubrían las zapatillas deportivas. Unos guantes de plástico pegados con cinta americana a las mangas del traje. Otro par de guantes. Una redecilla para el pelo y unas gafas. Y, por fin, la mascarilla N95. Vaporizaron sus prendas con desinfectante para eliminar cualquier posibilidad de contaminación externa. Con esa indumentaria la capacidad sensorial se ve considerablemente limitada: se reduce la visión y apenas se oye. Caminar resulta muy complicado. Es fácil que uno sufra claustrofobia, que se obsesione y se sienta un poco ridículo. Los hijos del señor Stevenson las siguieron hasta el primer criadero. Allí estaban los machos. Las hembras se criaban por separado. En total sumaban veintisiete mil aves. Emily abrió la puerta corredera. Tenía que reconocer que las instalaciones estaban muy cuidadas: limpias, bien iluminadas, ventiladas y con un buen mantenimiento del lecho. Sin embargo, no dejaba de sorprenderle entrar en una granja avícola y comprobar lo mucho que se parecía a una prisión. Todos los pavos eran blancos y daban vueltas a las hileras de comederos como los reclusos en el patio. Tenían una carúncula rosada y las mejillas tirando a azul, y no se parecían en nada a sus majestuosos parientes de vivo plumaje que vivían en libertad. El cuello les vibraba mientras emitían su constante glugluteo casi al unísono. El hedor era terrible, como siempre.

Uno de los niños Stevenson se había ataviado con unos peúcos y un mono y entró en el criadero.

—¿Cómo te llamas? —le preguntó Mary Lou.

—Charlie.

—¿Qué edad tienen estos pavos?

—Diecisiete semanas.

—O sea que estaréis a punto de llevarlos al mercado, imagino.

—Sí, señora.

Mientras cruzaban por entre el montón de pavos, estos se dispersaron y formaron un cauteloso círculo a su alrededor. Emily se fijó en los que se habían colocado detrás. Las aves, cuando están sanas, muestran curiosidad y suelen seguirle a uno a todas partes, como los niños del señor Stevenson. Mientras Mary Lou hablaba con Charlie, Emily empezó a tomar muestras. Cogió a uno de los machos y le pellizcó la cara hasta que abrió el pico. A continuación, le pasó un algodón por la mucosa, puso esta en un tubo con cinco mililitros de polipropileno y le colocó una etiqueta. Le pidió a Mary Lou que la ayudara con aquel macho de gran tamaño para darle la vuelta y así poder introducirle una torunda en la cloaca y recoger células epiteliales.

—¿Qué están haciendo?

Emily levantó la cabeza y vio a una pequeña que iba descalza y llevaba un pichi lleno de manchas.

—Cariño, no deberías entrar aquí sin tu papá. ¿No te lo ha dicho?

La niña asintió.

—Pues vuelve con él, que te explicará lo que estamos haciendo.

Cuando la niña se mostró reticente, Charlie le gritó a su hermana que se largara de allí. Ella lo miró mal y se alejó, aunque se quedó en la puerta del criadero sin llegar a salir.

Emily terminó con el primer pavo tras extraerle sangre de una vena por debajo del ala. Siguió tomando muestras de una docena de aves que eligió más o menos al azar.

—¡Emily!

Se dio la vuelta y vio a Mary Lou junto a Charlie en el extremo opuesto del criadero.

—Mira esto —dijo Mary Lou cuando Emily se reunió con ellos.

Uno de los pavos estaba sentado y se negaba a ponerse de pie cuando lo azuzaban. Emily se arrodilló y le miró la cara. Tenía la cabeza caída y los párpados hinchados.

—Charlie, ¿se ha muerto algún pavo últimamente?

Charlie no respondió. Miraba hacia la puerta, donde se hallaba el señor Stevenson, con la silueta recortada por el sol y las manos en los bolsillos de su mono de trabajo. Su sombra se proyectaba por todo el suelo del criadero. El hombre se dio la vuelta con gesto brusco y se marchó.

Cuando Emily y Mary Lou terminaron de tomar muestras, se colocaron sobre la lona extendida junto a la ranchera y deshicieron la operación anterior. Metieron los pies en un barreño, guardaron la indumentaria de protección dentro de una bolsa de basura y la rociaron con desinfectante. También rociaron los neumáticos del vehículo. Se limpiaron las manos y la cara con Purell. A continuación, fueron corriendo al local que FedEx tenía en Saint Cloud para enviar las muestras al laboratorio del USDA en Ames, Iowa.

—Tengo un mal presentimiento —confesó Mary Lou.

19

No es una vacuna

—Todos los días nos presentan el mismo informe —se quejó Tildy a la capitana de corbeta Bartlett, cuya invariable presencia en las reuniones del Comité de Delegados se había convertido en una amenaza parecida al fantasma del futuro del *Cuento de Navidad*, con tristes augurios pronunciados en tono lacónico y con un deje del Sur—. «No hay vacuna» —recitó Tildy mientras subrayaba cada afirmación levantando un dedo—. «No hay tratamiento. No hay cura.» ¡En algún momento tendrán que decirnos algo positivo! La gente de este país se sube por las paredes de preocupación.

Bartlett respondió con una mirada lastimera que Tildy reconoció al instante.

—Tenemos planes, señora. Hace años que tenemos planes: en los CDC, en los NIH, en la Johns Hopkins y en Walter Reed. Tenemos muchos planes. Lo que pasa es que no nos han dotado de recursos ni de personal para llevarlos a cabo. Ni de respiradores. Calculamos que cerca del treinta por ciento de los pacientes de los hospitales que presentan síntomas graves de la gripe necesitará un respirador artificial. Por ahora podemos asistir al uno por ciento de los pacientes que lo requieren. Mientras tanto, la gente se muere de otras enfermedades curables porque no tenemos reservas de medicamentos esenciales. Todos los fabrican en la India o en China, y allí también están sufriendo la pandemia. Nos estamos quedando sin jeringuillas, sin pruebas diagnósticas, sin guantes, sin mascarillas, sin antisépticos; todo lo que necesitamos para tratar a los pacientes y protegernos nosotros.

—Querida, me parece que no lo comprende —la interrumpió de pronto una voz profunda. El vicepresidente era el antiguo gobernador y un locutor de radio conocido por sus modales bruscos. Había sido designado por el presidente como portavoz oficial de la pandemia, y hacía poco que había empezado a asistir a las reuniones del Comité de Delegados. En cuanto se hizo presente en estas, la sala se saturó de empleados de la Casa Blanca y colaboradores que se apiñaban contra las paredes—. ¡Necesitamos resultados! ¡Hoy mismo! ¡El presidente quiere movimiento, y lo quiere ya!

Bartlett se puso tensa.

—Sé lo que esperan que diga, pero mi trabajo no es ese, ¿verdad? Estoy aquí para darles información. Información veraz. Lo que hagan con ella es cosa suya. Claro que si hubieran cumplido con su trabajo y nos hubieran proporcionado los recursos que solicitamos, tal vez no estaríamos aquí chupándonos el dedo mientras la gente sufre, la economía se va al traste y los cementerios se saturan, y todo porque a las personas como ustedes no les preocupa lo suficiente la sanidad pública como para prestar atención a nuestras necesidades.

El vicepresidente puso cara de acabar de recibir un puñetazo en el estómago. Por un momento, nadie se atrevió a abrir la boca.

—Básicamente, tenemos que entregarle al presidente algo que transmita serenidad —dijo Tildy con tacto—. Esperanza. Progresos. Por ejemplo, que pronto se tendrá una vacuna y el pueblo estará protegido.

Bartlett negó con la cabeza muy levemente. Otra vez dando lástima.

—Aunque tuviéramos una vacuna, la pregunta es: ¿a quién se la pondríamos? Se tarda meses en aumentar la producción, y tampoco podrá iniciarse hasta que se exima a las empresas farmacéuticas de la responsabilidad. Quiero decir que no hay tiempo para efectuar las pruebas habituales de seguridad de la vacuna en humanos. Pongamos por caso que la primera semana obtenemos diez mil dosis, y cien mil a la semana siguiente, y quinientas mil a la próxima, etcétera. Aun así, se tardaría meses en llegar al punto de disponer de material suficiente para crear una especie de inmunidad colectiva. Incluso entonces es posible que se necesiten dos o tres dosis para estar a salvo.

Mientras recobraba la dignidad, el vicepresidente se había colocado las gafas de lectura y se había entretenido hojeando un informe.

—¿Qué es esto del antisuero? —preguntó.

—Los NIH están probando con el suero sanguíneo de quienes han sobrevivido a la enfermedad para ver si puede utilizarse como terapia inmunitaria pasiva —explicó Bartlett.

—¿Y bien? ¿Es posible?

—A veces. De forma temporal. En teoría.

—¿Podemos decirle al presidente que se está desarrollando una vacuna?

—No es exactamente una vacuna.

—¿Pues qué es exactamente?

—Es un anticuerpo monoclonal. Algo que el sistema inmunitario produce por sí mismo tras una infección o una vacunación. Pero podemos fabricarlo de forma sintética. Podría proporcionar inmunidad durante unas cuantas semanas.

La impresionante mandíbula del vicepresidente se cerró de golpe a causa de la frustración.

—¿Podríamos decir que es un tratamiento que garantiza buenos resultados y...

—Tampoco es un tratamiento. A lo sumo garantiza unas semanas de...

El vicepresidente alzó una mano en señal de advertencia para indicar su descontento por la interrupción de Bartlett.

—... y que se están haciendo verdaderos progresos? Creo que lo dejaremos así.

El vicepresidente juntó los papeles del informe y lo pasó hacia atrás sin volverse, seguro de que lo recogería un ayudante.

—Aún no lo hemos probado en humanos —protestó Bartlett—. Lo estamos aplicando a hurones.

—Dígame una cosa —empezó el vicepresidente—: ¿los hurones están vivos?

—Casi todos, pero todavía no se ha terminado la experimentación y...

—¿Más de los que lo estarían si no les hubieran puesto eso?

—Es imposible saberlo. Todavía no tenemos datos sobre mortalidad.

—¿Y cuándo los tendrán?

—Dentro de unas dos semanas.

El vicepresidente frunció los labios.

—¿Por qué no lo prueban en humanos? —preguntó—. ¿Por qué no lo hacen ya?

—Se tardaría meses en fabricar un producto apto para el uso en humanos, e incluso entonces un simple anticuerpo monoclonal podría no bastar para evitar que un virus de mutación rápida escapara. En definitiva, que es muy arriesgado. Mientras tanto, ustedes deberían plantearse elaborar una lista que designe a quiénes debe administrár002sele el anticuerpo y en qué orden. Se dispondrá de muy poca cantidad. ¿Los miembros del gobierno? ¿Los primeros intervinientes? ¿Los niños? ¿Los militares? ¿Las embarazadas? ¿La Guardia Nacional? ¿Lo echamos a suertes? Serán decisiones que tendrán que tomar.

—Estoy de acuerdo en que es necesario decidirlo. Pero no de forma aleatoria ni haciendo pública la lista. Sería un desastre político. Mantendremos la vacuna en secreto y...

—No es una vacuna, señor —insistió Bartlett—. Y recuerde que al cabo de unas semanas los pacientes necesitarán una segunda dosis, a menos que para entonces ya hayamos dado con una vacuna de verdad.

El vicepresidente fulminó a Bartlett con toda la fuerza que pudo concentrar en sus telegénicos ojos azules.

—Mantendremos en secreto lo que haga falta hasta que tengamos a salvo a los personajes clave de nuestra sociedad, de manera que el pueblo no se angustie por cuestiones como cuántos niños van a morir mientras se revacuna a los líderes.

—Hay un brote terrible en Filadelfia, a tan solo dos horas de aquí, así que, como podrá entender, tenemos un poco de prisa —terció Tildy en su tono más amable.

—En Washington también hay gripe, señora.

—¡Por Dios! —exclamó el vicepresidente—. ¿Desde cuándo?

—La noticia la han dado esta mañana tres hospitales de la ciudad. Hay un total de diecinueve casos por ahora. Pero si avanza igual de deprisa que lo hizo en Filadelfia, dentro de tres, cuatro o cinco días tendremos una epidemia en toda regla.

Tildy guardó silencio. Paseó la mirada por la mesa y vio la desesperación en los rostros de los delegados, segura de que también su propia expresión la reflejaba.

—La buena noticia... —empezó a decir Bartlett, y de pronto todo el mundo estiró el cuello—, la buena noticia es que, si tenemos suerte, podremos disponer de una vacuna efectiva a mayor escala dentro de unos seis meses. Es de esperar que estemos a tiempo para la segunda ola del virus.

—¿Para la segunda qué?

—Lo normal es que en una pandemia haya dos o tres grandes olas de contagio antes de que se estabilice y se convierta en una gripe normal de las que se cogen cada año. Eso suele durar hasta que se produce una nueva pandemia. Es decir, que si esta gripe se parece a la de 1918, la ola importante tendrá lugar en octubre. Claro que no sabemos qué ocurrirá en este caso.

El silencio quedó interrumpido por un sonoro estornudo. Todo el mundo contuvo la respiración.

—Tengo alergia —dijo el hombre de la Agencia en actitud defensiva.

—Ha dicho que es una enfermedad completamente nueva —intervino Tildy—. ¿Qué posibilidades hay de que sea una creación humana, algo que los grandes genios han ideado en un laboratorio?

—No hemos podido determinar si se trata de un virus diseñado en un laboratorio —respondió Bartlett—. No presenta la secuencia habitual de un virus de creación humana, pero tampoco se ha observado nunca en la naturaleza.

—¿Quién tiene la capacidad de crear una cosa así?

—Esa no es mi especialidad, señora.

Tildy miró al hombre de la Agencia.

—Rusia encabeza la lista —dijo.

—Pero a los rusos les han dicho que el virus de Kongoli es un complot de Estados Unidos —repuso el representante del Departamento de Estado—. Están histéricos con eso.

—Bueno, ¿y lo es? —preguntó Tildy.

La pregunta quedó en suspenso sobre la mesa antes de que el vicepresidente interviniera por fin:

—No sean ridículos.

20

Tú me curas a mí y yo te curo a ti

Frente a un ordenador del palacio de Yeda del príncipe Majid, Henry estudiaba la concentración de brotes del virus de Kongoli en un mapa del mundo. En el mes transcurrido desde el brote de La Meca, la enfermedad se había extendido mucho a pesar de la cuarentena. Las distintas tonalidades de rojo indicaban la presencia del virus. Arabia Saudí e Irak tenían un color carmesí. La infección se había propagado desde allí. En Irán el rojo era un poco más claro e iba disminuyendo en intensidad hasta el rosa pálido de Afganistán y Turquía. Curiosamente, Rusia no estaba afectada, a excepción de Moscú, donde había un punto rosa. China tenía clara la parte oriental y roja la occidental, donde se concentraba la población uigur, principalmente musulmana. La India estaba salpicada de puntos rosas en las ciudades; sin embargo, Pakistán apenas tenía nada. Una gran mancha rosa cubría el norte de Europa. Puntos rojos de intensidades variadas se repartían por Estados Unidos, pero no había manchas rosas de tamaño importante; la epidemia afectaba sobre todo a las ciudades. Canadá tenía un solo brote leve en Toronto. El hemisferio sur aparecía prácticamente incólume, aunque el panorama cambiaría a medida que entraran en el invierno.

—Sabemos que la enfermedad procede de la población aviar, y eso podría explicar en parte el contagio aleatorio —dijo Henry—. Pero nunca he visto un mapa de la gripe que tenga un aspecto como este.

Majid se hallaba de pie tras él.

—¿Es posible que el germen se haya esparcido por algunas zonas? —preguntó.

—Estaba pensando lo mismo. Si es un virus creado en un laboratorio, tendría sentido que quien hubiera ideado el plan eligiera ciertos objetivos.

El príncipe esperó un momento, y a continuación hizo una observación:

—Es curioso lo de Rusia.

Henry asintió.

—Hay mucho contagio alrededor, pero muy poco en el propio país. Poseen una vacuna para la gripe estacional distinta de la que se utiliza de forma habitual en el resto del mundo, no convencional. Consiste en un virus vivo atenuado, lo cual tiene sus ventajas. Se inhala en lugar de inyectarse, y es más barata. También lleva añadido un componente llamado polioxidonio, que al parecer es un inmunomodulador con fama de tener efectos sorprendentes. Es difícil saber si puede servir de algo, pero los NIH ya lo están probando.

—Si las cosas son como crees, ojalá se trate de Rusia y no de Al Qaeda —opinó Majid—. El mundo ya considera que todos los musulmanes somos unos terroristas.

Henry recordó en silencio los años que había trabajado para combatir el programa de armamento biológico de los rusos. Científicos soviéticos con una gran preparación habían diseñado enfermedades mortales e incurables en los centros de desarrollo de armas biológicas —en particular, el Instituto Véktor de Siberia occidental y las instalaciones para la investigación de armas bacteriológicas de Obolensk—. Los grandes azotes de la historia, como la peste y la viruela, se perfeccionaban en forma de aerosol, se fabricaban a toneladas y resistían cualquier tratamiento conocido.

El responsable científico de Véktor en la era soviética era Nikolái Ustínov. Se dedicó a estudiar el virus de Marburgo, perteneciente a una familia de causantes de enfermedades llamada filovirus de la que se sabía muy poco. La enfermedad de Marburgo apareció entre la población humana en la ciudad alemana que acabaría por recibir su nombre. En 1967, un empleado de laboratorio murió tras cultivar el virus en células renales de monos verdes africanos. Siete investigadores más murieron en otros laboratorios alemanes que trabajaban con simios infectados. Nueve años después, un virus relacionado apareció en Zaire, y recibiría el nombre del río Ébola.

Nadie conocía el marburgo mejor que Ustínov. Igual que muchos investigadores médicos, incluso los mejores, fue víctima de un error fatídico. Estaba sujetando a un conejillo de Indias para inyectarle el virus cuando su compañero clavó accidentalmente la aguja en el dedo del doctor Ustínov.

Henry tuvo una vez la oportunidad de asistir a una conferencia de Kanatzhán Alibékov, el primer subdirector de Biopreparat, una prolongación del secreto programa de guerra biológica de la Unión Soviética. Alibékov desertó a Estados Unidos en 1992 y se cambió el nombre por el de Ken Alibek. Era un hombre corpulento, llevaba unas gafas grandes y tenía una cara redonda y mofletuda que revelaba su origen kazajo. Alibek explicó con un ligero acento ruso la historia de lo que le había sucedido al doctor Ustínov. Inmediatamente después de sufrir el pinchazo accidental, le aplicaron el antisuero, pero la enfermedad continuó avanzando. Durante los días que siguieron, Ustínov describió de forma precisa el curso de la infección. Incluso bromeó con las enfermeras hasta que quedó incapacitado por los tremendos dolores de cabeza y las náuseas que le provocaba la enfermedad. «Se volvió una persona pasiva y poco comunicativa —recordó Alibek—. Se le paralizó el rostro debido al shock tóxico.» El cuerpo le quedó cubierto de pequeños cardenales y se le pusieron los ojos rojos; a veces estallaba en lágrimas. Entonces, al décimo día, presentó una aparente recuperación repentina. Le mejoró el humor y preguntó por su familia, pero dentro de su cuerpo el virus estaba ultimando su trabajo. Los cardenales aumentaron de tamaño y se volvieron de un azul oscuro a medida que la sangre le encharcaba la parte más cercana a la epidermis, hasta que empezó a brotarle del cuerpo: de la boca, de la nariz, de los genitales. Perdía el conocimiento de forma intermitente. Dos semanas después de sufrir el contagio, el genial Nikolái Ustínov estaba muerto. Durante la autopsia le extirparon el hígado y el bazo, además de vaciarle la sangre. Irónicamente, el patólogo que dirigió la autopsia tuvo el mismo destino funesto que Ustínov, pues se pinchó por accidente con una aguja al extraerle una muestra de médula ósea.

Antes del entierro, el cuerpo de Ustínov fue rociado con desinfectante y envuelto en plástico, y luego lo colocaron en una caja metálica y la soldaron. El virus lo había matado, pero todavía persistía. Lo extrajeron de los órganos del doctor, y sus colegas lo bautizaron como «variante U» en honor a Ustínov. La cepa fue cultivada, almacenada e introducida en misiles balísticos con múltiples ojivas.

Atrapado en Arabia Saudí a causa de la cuarentena, Henry pasó su tiempo al pie del cañón junto con Majid. El formidable Ministerio de Sanidad de Riad disponía de unas instalaciones destinadas a la investigación apenas utilizadas. Majid confiscó todo lo que Henry necesitaba para recuperar el buen estado de funcionamiento del edificio, pero no consiguió ayudantes de laboratorio expertos en el desarrollo de vacunas. Henry luchó contra la enfermedad con la única arma que logró obtener: el antisuero de los supervivientes.

Tanto Majid como él conocían los riesgos. El programa establecía la extracción regular de sangre de los pacientes que no presentaban ningún síntoma. Cada uno de ellos estaba obligado (puesto que vivían en un régimen de monarquía absoluta) a entregar quinientos mililitros de sangre completa todas las semanas. Esta servía para llenar tubos que colocaban en una centrifugadora con la cual separaban las plaquetas de los glóbulos. Sobre los glóbulos rojos flotaba una capa acuosa de color ámbar que contenía todos los anticuerpos de la persona. El suero de un superviviente proporcionaba una sola inyección de antisuero, de manera que la cantidad ni de lejos bastaba para tratar a los cientos de miles de personas infectadas, y la pureza era imposible de determinar. El peligro consistía en que el suero contuviera patógenos, incluido el propio virus de Kongoli, que no se hubieran eliminado mediante el filtrado.

Marco y el resto del equipo que trabajaba en los CDC trataban de hacer lo mismo con la esperanza de hallar la posología correcta.

—De momento ha sido un gran éxito in vitro, y ahora lo estamos probando en monos —explicó Marco—. ¿Qué has observado en los pacientes humanos?

Henry sacudió la cabeza con perplejidad.

—Por algún motivo, el Ministerio de Sanidad no me pasa los informes. Esta noche, cuando vea a Majid, le exigiré una respuesta. Tiene que haber algún motivo. Él sabe tan bien como yo lo importante que es esto.

Majid se había pasado todo el día recorriendo hospitales. Cuando Henry regresó al palacio y lo vio en su despacho, presentaba evidentes signos de agotamiento y desánimo.

—No tenemos capacidad para todos los pacientes —dijo—. Da la impresión de que medio país está enfermo. Hemos transformado los estadios deportivos en plantas de hospitalización adicionales, pero no contamos con personal para ofrecer atención. Esto es todo un reto, Henry. No sé cómo el país va a soportar otro mes así.

—Razón de más para concentrarnos en el remedio del antisuero —repuso Henry—. Hemos ampliado mucho la cantidad de donantes, pero sin datos no es posible medir el grado de éxito. Tienes que explicarme qué pasa. ¿Es pura incompetencia burocrática o hay algo más?

Majid volvió la cabeza, incapaz de mirar a su amigo.

—Me avergüenza mucho confesarte esto —dijo con apenas

un hilo de voz—. Mi familia ha requisado toda la provisión de antisuero que hemos conseguido hasta el momento.

—¿Comprenden lo peligroso que es?

—Lo que ven es que la gente se está muriendo, y están asustados. Y, como son príncipes, creen que tienen el derecho de ser los primeros en salvarse.

—Si creyera en la inmortalidad del alma, diría que es el primer órgano que queda infectado por la enfermedad —le espetó Henry.

—Los musulmanes creemos que una enfermedad es una prueba que nos envía Dios.

—Suena a castigo.

—En absoluto. El Corán nos enseña que si Dios tuviese que castigar a la humanidad tal como merece, ¡no quedaría nadie en pie! También nos enseña que cada mal tiene su cura, ¡y encontrarla es cosa nuestra, amigo mío!

Majid se dirigió a una estantería para buscar un pasaje del hadiz con que apoyar su argumentación.

—He olvidado las palabras exactas, pero...

De súbito, mientras hablaba, una lámpara voló de punta a punta de la sala, y el propio Majid se elevó en el aire a cámara lenta, con la túnica ondeando tras de sí. Y, de pronto, salió disparado contra una pared con una fuerza espantosa, seguido de esquirlas de cristal y de ladrillo, y un rugido tremendo que acabó cuando la lámpara chocó contra la cabeza de Henry.

Cuando volvió en sí, en la sala flotaban volutas de polvo y humo. Estaba vivo, aunque su respiración era débil. No le dolía nada, pero estaba aturdido y confuso, y por un momento fue incapaz de recordar dónde se hallaba. Era un lugar desconocido, oscuro y en ruinas, como parte de un sueño. Se sentía lento y extraño, como si fuera muy muy viejo.

—¡Majid!

En cuanto vio a su amigo tumbado en el suelo, Henry lo entendió todo. Entonces la puerta del despacho se abrió y, sin pensarlo, Henry se abalanzó sobre el cuerpo de Majid.

Notó que alguien lo levantaba. Era el guardaespaldas de Majid.

—¡Alteza! —gritó el hombre—. ¿Está herido?

El príncipe miró al guardaespaldas, perplejo, y se esforzó por incorporarse. Cuando el guardaespaldas quiso ayudarle a ponerse en pie, Henry lo interceptó.

—¡No lo haga! —gritó—. Puede que tenga huesos rotos.

Henry manipuló con cuidado las extremidades de Majid para comprobar que estaban intactas.

—Estás sangrando —observó.

—Y tú estás gritando —repuso Majid.

—¿En serio? Apenas te oigo.

Tenía la sensación de que su propia voz procedía de otra habitación.

Majid se volvió hacia su guardaespaldas y este le informó de lo ocurrido. Un terrorista suicida se había acercado hasta la puerta del palacio. Era joven, con acento de la provincia Oriental. Dijo que el príncipe Majid le había prometido caridad. Cuando los guardias se negaron a dejarlo entrar, detonó la bomba y se inmoló. Ninguno de ellos había sobrevivido. Al ver que Majid se encontraba sano y salvo, el guardaespaldas salió corriendo para proteger el palacio hasta que llegara la policía.

Majid y Henry permanecieron sentados en el suelo, mirándose con la estupefacción y el desconcierto que solo los supervivientes conocen, cuando cada detalle es algo completamente nuevo y cada instante añadido es como la capa de hielo de un estanque: una lámina fina y palpable que separa la vida de la muerte.

—¿Dónde está tu maletín médico? —le preguntó Henry—. Tengo que curarte las heridas.

—Debo comprobar cómo está el personal —protestó el príncipe.

—Primero nos ocuparemos de las heridas de la cara. No puedes andar por ahí sangrando, les darías un susto de muerte.

—¿Tan mal aspecto tengo?

—No estás desfigurado —lo tranquilizó Henry—. Pero veo algún corte profundo cerca del ojo. Deja que me asegure de que no peligra ningún nervio.

Henry ayudó a Majid a ponerse en pie. El príncipe, estupefacto, echó un vistazo a la habitación destrozada. La parte frontal del palacio se abría hacia la ciudad, y dio la impresión de estar maravillado por la misteriosa belleza de aquel paisaje. El aire de la noche invadía la sala, y el olor de los explosivos transportado por la extraña brisa les quemaba las fosas nasales. Los dos hombres dieron un respingo cuando, de repente, la lámpara de araña cedió. Majid estaba atontado y se tambaleaba un poco. Henry lo condujo hasta una zona del palacio más segura.

Por fortuna, las luces del dormitorio del príncipe funcionaban bien. Se miraron en el espejo del cuarto de baño. Ambos estaban cubiertos de una capa de polvo blanco que les daba la apariencia de cadáveres. Henry vio sangre en su hombro izquierdo y una fea contusión en un lado de la cabeza.

—Bueno —dijo Majid—, tú me curas a mí y yo te curo a ti.

Mientras Majid se lavaba, Henry esterilizó una sonda de exploración y unas pinzas. A continuación, examinó las pequeñas heridas que su amigo tenía en la sien y en la nariz, y le extrajo diminutas esquirlas de cristal a tan solo unos milímetros del ojo.

—Has tenido suerte, *habibi* —dijo sirviéndose de aquella palabra cariñosa del idioma árabe.

Henry sintió vergüenza al quitarse la camisa. Las señales de la enfermedad sufrida en la infancia eran evidentes: un hombro le quedaba más alto que el otro por culpa de la escoliosis, el pecho le sobresalía de forma prominente y tenía los antebrazos abultados. Henry jamás se había mostrado así delante de nadie excepto de Jill. Majid, todo elegancia, fingió no fijarse en nada más que en el corte del hombro.

—¡Uf! —exclamó—, tendré que darte puntos. Y no lo he hecho desde que estudiaba en la universidad.

Fue un extraño momento caracterizado por una intimidad inesperada. Habían vivido juntos muchas situaciones complejas, pero la experiencia, todavía no asimilada, de sobrevivir a lo que estaba destinado a ser su último instante les hizo tomar conciencia de que siempre se sentirían unidos por un vínculo especial que jamás compartirían con nadie más.

—Me has salvado la vida —reconoció Majid.

—Ni por asomo —protestó Henry.

—Es lo que intentabas. Posiblemente habría esperado algo así de mi guardaespaldas si hubiese estado presente, pero tú no tienes ninguna obligación conmigo y, sin embargo, has estado dispuesto a sacrificarte. Eres mejor persona que yo e infinitamente más valiente.

—Tienes demasiada fe en mí —dijo Henry estremeciéndose—. Pero me parece que no querré que me des puntos nunca más.

—Por eso trabajo en un despacho y no en un hospital.

Cuando hubo pasado el primer momento del susto, los dos hombres se echaron a temblar. Les resultaba imposible controlarlo. Después prorrumpieron en una risa incontenible, maravillados de seguir con vida. Sin embargo, no era seguro quedarse en el palacio.

El reino había tenido que hacer frente a la insurgencia desde antes incluso del *hach*.

—Son de los nuestros, chiitas de la provincia Oriental —confesó Majid—. Reciben apoyo de los iraníes para atacar a la familia real. Y este no es su primer intento. Hace un mes lanzaron una bomba en el cuartel de la Guardia Nacional. Son decididos y temerarios, y es evidente que tendremos que hacer algo al respecto. —De pronto, su cara vendada se contrajo en una mueca—. ¡Qué estúpido es todo esto! Estamos ante un peligro gravísimo, ¡el mundo entero lo está! ¡Y esos fanáticos solo piensan en sacar provecho del caos! Encima, nosotros no somos mucho mejores que ellos. Culpamos a Irán de la enfermedad, decimos que es un complot de los chiitas para que la gente centre su atención en la guerra y no en rebelarse.

Majid, finalmente, centró su ojo clínico en el deforme cuerpo de Henry.

—¿Sabes? En Oriente Próximo aún existe esta enfermedad —dijo—. Y no tiene sentido. Gozamos de más sol que cualquier otro lugar del mundo, pero la gente se esconde en sus casas y luego les falta vitamina D. El setenta por ciento de las jóvenes de este país tiene carencia de esa vitamina, y no es de extrañar por la forma como se envuelven con esas ropas negras. Las madres, cuando dan el pecho, se niegan a tomar suplementos, de manera que dicha carencia pasa a sus hijos.

Henry le prometió a Majid que un día le contaría su historia, pero no en ese momento. En cualquier caso, llegó la policía y trasladaron al príncipe y a su invitado a un lugar seguro.

21

La espuma

Los criaderos del señor Stevenson se encontraban ya rodeados de camiones de la Junta de Sanidad Animal de Minnesota, del cuerpo de bomberos local y de un autobús del correccional del estado en Shakopee. Había otras nueve granjas avícolas que debían ser despobladas ese día, y el gobierno estatal, que no disponía de personal suficiente para llevar a cabo la tarea, se sirvió de presos voluntarios para la erradicación del virus de todas las granjas del estado. Los reclusos estaban en el patio, colocándose los trajes, cuando llegaron Mary Lou Shaughnessy y Emily Lankau. Puesto que era la mayor responsable de sanidad pública del lugar, a Emily le tocó la desagradable tarea de vérselas con el señor Stevenson, quien se hallaba sentado en una mecedora con una escopeta en el regazo.

—Buenos días, señor Stevenson —lo saludó—. Siento los resultados de las pruebas.

—No estoy de acuerdo con esto —dijo él—. No estoy nada de acuerdo.

—Ya conoce las normas. Se le recompensará. —Le entregó una tablilla sujetapapeles con un documento que Stevenson apenas ojeó—. Esta mañana han hecho un recuento de veinticinco mil seiscientos setenta y tres pavos sanos —dijo Emily—. Hay otros setenta que parecen enfermos. Y creo que tiene unos cuantos huevos por los que también recibirá dinero.

—Antes de que llegaran había veintisiete mil aves ahí dentro —repuso Stevenson en tono desafiante.

—Si usted lo dice... En cualquier caso, eso significa que en pocos días se le han muerto más de mil. No le pagaremos los pavos muertos, y los enfermos son más baratos, o sea que estamos hablando de ofrecerle un precio justo según el valor de mercado por las aves sanas, y deberá abonar la cantidad estipulada por la despoblación y la limpieza.

—Eso no va a cubrir ni de lejos los gastos —protestó Stevenson.

—Tiene razón. Y usted no es el único afectado. Hay muchas granjas de todo el estado que se encuentran en la misma situación. Pero así son las cosas; vamos a sacrificar a sus aves le guste o no. Luego limpiaremos la granja y le mandaremos la factura. Si no me firma este papel, no recibirá ningún dinero. Creo que está bastante claro. También me gustaría que metiera el arma en casa, los chicos se están poniendo nerviosos.

—¿Me llena el patio de presidiarios y lo que le preocupa es cómo se sienten ellos?

—Para serle sincera, no sabía que iban a traer reclusos para hacer el trabajo, pero estoy segura de que se comportarán.

Stevenson cerró la boca de golpe. Emily tuvo la sensación de que estaba a punto de decir algo de lo que se arrepentiría, de modo que aprovechó para hacerle una pregunta:

—Señor Stevenson, ¿le importa que le pregunte cuál es su nombre de pila?

Él se quedó sorprendido.

—Jerome —dijo.

—¿Puedo llamarle Jerome? Ya sabe que esto tiene que hacerse sí o sí. No es que el gobierno lo haya elegido a usted en particular. Estamos ante una catástrofe terrible. La gente corre peligro en todas partes. En mi opinión, su propia familia corre un gran peligro. Necesitan que se ocupen de ellos. Tendrá que vigilar si presentan fiebre o cualquier síntoma de enfermedad e informar al momento. Vaya al médico o a un hospital en cuanto pueda.

—Esos son unos inútiles de mierda.

—Según he oído, es esencial tomar líquidos. Los enfermos pueden pasarlo muy mal, y los médicos ayudan. Los pacientes que reciben cuidados tienen más posibilidades de ponerse bien. Sé que es eso lo que desea para su familia, Jerome. Lo único que le pido es que esté pendiente de ellos. Seguro que normalmente lo hace y lo hace bien.

—Sí —respondió el hombre.

—¿Y el documento? —preguntó Emily.

Jerome estampó su firma y le entregó la tablilla.

Con todos los años que llevaba trabajando en el campo de la sanidad animal, Mary Lou no había presenciado nunca un sacrificio masivo, y tampoco le apetecía demasiado. Había llevado a cabo muchas inspecciones que acababan así, pero jamás le había tocado participar. Los presos habían levantado una valla de paneles de plástico que rodeaba por completo el interior del criadero. La valla llegaba a la altura de la barbilla de Mary Lou. Dentro había miles de pavos nerviosos mirando inquietos a las siluetas intimidatorias cubiertas con sus trajes de plástico blanco con capucha que arrastraban unas gruesas mangueras de goma hasta el interior del recinto. Las mangueras estaban conectadas a dos camiones cisterna que habían retrocedido hasta las puertas situadas en ambos extremos.

Mary Lou reconoció los ojos de Emily tras las gafas protectoras cuando se acercó.

—¿Estás preparada para esto? —le preguntó Emily.

—Creo que sí.

—Escucha, es mucho mejor que las otras opciones. A veces utilizan cosas como esas tijeras de podar con el mango largo y les parten el cuello uno por uno. Esto es mucho más rápido, créeme.

—¿Van a echar gas?

—Espuma —dijo Emily—. Lo mismo que utilizan los bomberos. Las burbujas tienen el tamaño justo para que las aspiren y les corten el paso del aire. Se ahogarán. —Al ver que Mary Lou se estremecía, Emily la tranquilizó—: Iban a morir de todos modos. Solo se trata de que sufran menos.

Un hombre ataviado con un traje Tyvek con la insignia de los bomberos de Minnesota en la pechera se acercó a Emily, y ella le dio permiso para que empezaran.

Hicieron falta dos hombres para mover cada una de las mangueras. Iniciaron el trabajo en las zonas opuestas del cercado y fueron avanzando poco a poco en paralelo. El bombeo hacía un ruido tremendo que ya había alterado a los pavos antes de que empezara a salir la espuma. Era de un color ligeramente azulado y de textura espesa, como la nata montada con que Mary Lou rociaba sus tartas de Acción de Gracias. Iba formando montones irregulares. Los pavos más sanos corrían para alejarse, pero a medida que quedaban rodeados por la espuma, algunos metían la cabeza dentro o se bañaban en ella. Les podía la curiosidad. Pronto solo se veían los largos cuellos rojos sobresaliendo de la creciente masa azulada, y lo único que podía oírse por encima del ruido de las bombas era el glugluteo, cada vez más fuerte y más nervioso; poco después, los pavos de la zona donde el nivel de la espuma era más alto desaparecieron, y por el movimiento que se apreciaba debajo podía deducirse que estaban aleteando. Por fin la cortina de espuma cubrió al último de los pavos. A Mary Lou le dio la impresión de una ola de mar movida por la brisa, hasta que la brisa cesó y acabó todo.

Cuando Emily y Mary Lou dieron media vuelta para marcharse, vieron a los hijos del señor Stevenson en la puerta del criadero; Charlie, la niña del pichi y dos más.

—Volved con vuestro padre, Charlie —le ordenó Emily.

Charlie regresó al porche donde el señor Stevenson se hallaba sentado en la mecedora. A Emily se le ocurrió pensar que no había visto nunca a su esposa por allí. Debía de estar solo, con todos esos hijos y nadie con quien hablar. Quiso decirle que después de un año venía otro, que el siguiente sería mejor, que podría volver a empezar. Que tal vez encontraría a alguien que le ayudara y lo consolara en momentos así. Pero no podía prometer que nada de todo eso fuera a suceder. De modo que levantó la mano en señal de despedida, y él asintió.

22

Reina Margaret

Desde el gran brote de Filadelfia, Jill se había llevado a los niños a la granja de su hermana. Lo hizo para tranquilizar a Henry. Estaba acostumbrada a sus idas y venidas de destinos peligrosos, y se enorgullecía de su capacidad para salir adelante sin él. Era mañosa, llevaba la contabilidad y conseguía que la casa funcionara sin que ello perturbara su trabajo de maestra. Nadie dudaba de que era competente e independiente. Pero ahora el peligro acechaba en todas partes, y Jill tenía miedo. Henry habría sabido qué hacer con la angustia que atenazaba sus pensamientos, pero él no estaba allí para calmarla y sosegar a los niños. Aunque su ausencia la hacía sufrir y lo echaba muchísimo de menos, intentó quitárselo de la cabeza y volcarse en la vida de otra persona, la de su hermana pequeña.

Helen y Teddy adoraban a su tía Maggie y a su tío Tim. Regentaban una granja de casi cien hectáreas en el condado de Williamson, a las afueras de Nashville, una de las zonas más bellas de Tennessee. Su pintoresca casa había sido una parada de la línea de la diligencia antes de la guerra de Secesión, lo cual le había valido un sitio en el Registro Nacional de Lugares Históricos. Estaba en ruinas cuando Maggie y Tim cruzaron por primera vez el puente cubierto y enfilaron el camino de grava que conducía a la casa. «Casi nos arruinamos con la reforma», recordaba Tim, pero ahora su hogar era un lugar de interés turístico que incluso apareció en un episodio del programa *This Old House*. Había azaleas y lirios de día en los parterres frontales, y el camino estaba bordeado de cornejos.

La única hija de Maggie y Tim, Kendall, le llevaba dos años a Helen, aunque esta última era más alta. Parecían casi gemelas: las dos eran zurdas y pelirrojas con los ojos azules; dos rarezas genéticas con muchos rasgos recesivos. En cuanto Helen llegó a la granja, ambas desaparecieron. Pasaban horas enteras juntas en el dormitorio de Kendall o en el establo. Kendall formaba parte del club 4-H del condado de Williamson y tenía la habitación llena de trofeos, galones y fotografías de sus animales premiados.

Un día, Tim llevó a Kendall y a Helen a una subasta de ganado en Franklin, donde Kendall quería comprar un lechón para criarlo en la granja.

—Ya he tenido dos cerdos de Berkshire —le explicó a Helen—. Este año quiero comprar uno de Hampshire. Son muy comunes, pero los jueces suelen preferirlos.

Helen no pudo evitar susurrar mimos a los lechoncillos blancos y negros de orejas caídas que arrimaban el hocico solo para que los acariciaran.

—¡Son moníííísimos! —exclamó, pero Kendall buscaba otras cualidades.

—El ángulo del hombro es importante —dijo—. La anchura del tronco. Los músculos del lomo. Sobre todo, se fijan en la carne.

Al final, Kendall eligió una hembra de tono dorado que pesaba veintidós kilos. Las chicas regresaron a casa en la parte trasera de la pickup de Tim, y Helen consiguió tener al lechón en el regazo. Su prima y ella se pasaron todo el camino de vuelta hablando de nombres, lo cual, según Kendall, era importante desde el punto de vista de los jueces. Por fin se quedó con Reina Margaret, porque era el nombre cariñoso que su padre empleaba con su madre. Las chicas se rieron de eso. Cuando llegaron a casa, Tim las obligó a cambiarse la ropa y el calzado para impedir que contaminaran la granja con cualquier germen que pudiera haber en la subasta.

Mientras las primas estaban fuera, Maggie llevó a Jill a dar una vuelta por la finca en tractor, y Teddy iba montado en un remolque lleno hasta los topes de mantillo, mientras que Peepers corría detrás y ladraba extasiado. Las dos hermanas tenían muchas cosas que contarse. Maggie había sufrido un cáncer de mama el año anterior y todavía se estaba recuperando de la dura experiencia. Con todo, insistía en volver a trabajar en la granja.

—Todos los días pienso en lo afortunada que soy por estar aún aquí —dijo—. Por estar con Tim y con Kendall, y por tener todo lo que tenemos juntos. Me siento muy feliz de seguir con vida.

Jill contempló las hileras de maíz que ya medían más de medio metro. La vida de Maggie era muy distinta a la suya. Pensó en las cosas que tenía su hermana y de las que ella no disfrutaría jamás; por ejemplo, la familiaridad con la naturaleza. Maggie no iba a votar, ni siquiera tenía tele, pero reconocía a los pájaros por su canto. En el huerto había plantas aromáticas que Jill no había degustado en su vida, y variedades de tomate que no se encontraban en ninguna tienda.

Por otra parte, Jill echaba de menos estar en casa: su hogar, el barrio, correr en Lullwater Park, escuchar las voces de sus alumnos ante los dilemas que les planteaba la vida. Allí se sentía muy aislada. Claro que para eso habían ido ella y los críos, para buscar refugio. Sin embargo, la gripe no había llegado aún a Atlanta, por lo que le parecía un sinsentido y una irresponsabilidad por su parte haber dejado el trabajo y haber sacado a los niños de la escuela solo por precaución.

—Es extraño, pero el hecho de haber enfermado ha tenido una parte positiva —estaba explicándole a Maggie—. Tuvimos muchos problemas económicos, y yo sufría mucho con los dolores. Lo que me ayudó a superarlo fue esto. —Aparcó el tractor enfrente de un secadero—. Al poco de haber comprado la granja, empezamos a utilizar este cobertizo para tabaco —dijo cuando entraron.

Había unos fardos de hojas que colgaban de unas rejillas.

—¿Qué es? —le preguntó Jill.

—¿De verdad no lo sabes? ¿No notas el olor?

Jill aspiró con fuerza.

—Por Dios. ¿Esto es legal?

—Más o menos.

Jill fulminó a su hermana con la mirada en el momento en que Teddy y Peepers entraban en el cobertizo.

—¡Uf! ¿De qué es este olor tan fuerte? —preguntó Teddy.

—Son estas plantas —dijo Maggie a la vez que dirigía a Jill una mirada cargada de ironía.

Peepers empezó a correr de un lado a otro desconcertado, estimulado por el olor.

—Espera fuera, cariño —le propuso Jill a Teddy.

Maggie arrancó la punta de una de las ramas secas.

—Cuando lo estaba pasando muy mal con el dolor, una amiga me trajo un poco de marihuana, y me ayudó mucho. Luego descubrimos que podía cultivarse para obtener aceite de CBD, que ahora en Tennessee es legal. Pero ahí no está todo lo bueno. La utilizamos para obtener aceite, y también..., ya sabes, para consumir. Es la cosecha más rentable que hemos tenido jamás. Hierba de calidad, créeme.

Jill se quedó pasmada al darse cuenta de que Maggie traficaba con drogas.

—Siempre has tenido buena mano para las plantas —dijo en tono animoso.

—Te lo demostraré cuando los niños se hayan acostado.

Maggie preparó chuleta de cerdo para la cena, pero Helen evitó probarla en cuanto supo lo que era. Se había prometido a sí misma volverse vegetariana igual que su padre en cuanto regresaran a Atlanta. Pensar que algún día podía estar comiéndose a Reina Margaret era demasiado horrible para planteárselo siquiera.

—Sería como comerse a Peepers —le confesó a Kendall cuando estuvieron en la cama.

—Reina Margaret no es una mascota.

—Pero ¿no le tienes cariño? Es una monada.

—No siempre será una monada. Cada día engordará un kilo más o menos, y pronto se convertirá en una cerda enorme, así que no tiene ningún sentido quedársela a menos que queramos que críe, cosa que supongo que es posible si gana el gran concurso. Además —hizo una pausa—, son muy marranos.

—¿Qué quieres decir?

—Se cagan por todas partes: en la comida, en el agua... Cada día tienes que cambiársela. Y, de todas formas, en China se comen a los perros.

—No es verdad.

—Sí que lo es.

—Eso es una asquerosidad.

—Seguro que nuestras madres se están poniendo finas ahí abajo —dijo Kendall.

—Estás de broma.

—Mi madre fuma maría.

Helen se escandalizó. Siempre había pensado que la tía Maggie era mucho más moderna que sus padres, pero no le gustaba nada la idea de que su madre consumiera drogas.

—Creo que me pongo a dormir ya —dijo.

Mientras Tim se ponía al día con el trabajo, Maggie le ofreció un brownie a Jill.

—Estoy a dieta —dijo.

—No es un brownie normal, tiene pocas calorías.

—Ah, bueno. —Dio un bocado pequeño—. Pues está delicioso. —Dio otro bocado.

—Ya he patentado el nombre comercial para cuando lo legalicen: «Los postres mágicos de Maggie».

—Ganarás una fortuna, si antes no vas a la cárcel —dijo Jill.

—Vamos afuera a mirar las estrellas.

Jill siguió a su hermana hasta el prado que se extendía detrás de la casa, donde Maggie había plantado peonías para el programa de televisión. Todavía no había salido la luna, pero la luz de las estrellas era tan intensa que Jill veía proyectada su sombra. Se tumbaron en el césped, en un claro rodeado de plátanos que ofrecían resguardo y cuyos troncos espectrales captaban el fulgor de las estrellas. Era un momento perfecto; una maravilla.

—Así sería el mundo si Martha Stewart fuera Dios —opinó Jill.

Maggie se echó a reír.

—El brownie te está haciendo efecto.

Contemplaron el cielo. Jill sintió que las estrellas se le venían encima y le pegaban el cuerpo a la tierra, que los aromas de la naturaleza la envolvían como el humo de una fogata, y que el suelo desaparecía y ella quedaba flotando en mitad del universo.

—La Vía Láctea —dijo en tono ensoñador—. Hacía mucho tiempo que no la veía; años, de hecho. ¡Camp DeSoto! ¿Recuerdas las estrellas cuando nos sentábamos en el muelle después de cenar?

Maggie señaló los planetas y las constelaciones que mejor conocía. Jill solo sabía identificar Orión y el Carro, pero Maggie había memorizado muchas más.

—La última vez que vi estrellas así fue cuando Henry nos llevó a ese loco viaje por el oeste —confesó Jill—. ¡Mira! ¿Es una estrella fugaz?

—Es un satélite —dijo Maggie—. No, espera, me parece que es la Estación Espacial Internacional.

—¡Guau! —exclamó Jill.

—¡Guau! —exclamó Maggie, imitando a su hermana—. Hablas como una colgada.

Jill también se echó a reír. Fingió estar más colocada de lo que en realidad estaba, lo cual las hizo estallar de risa a ambas.

La magia se interrumpió cuando sonó el teléfono de Jill. Era Henry.

—Estoy bien —dijo con una voz que sonaba extraña y ralentizada.

—¿Que estás qué?

—Bien —repitió él.

—Pero yo no te lo he preguntado —dijo Jill, que seguía presa del mismo estado eufórico que cuando sonó el teléfono. Le lanzó una mirada traviesa a Maggie—. No te he preguntado: «¿Cómo estás?».

—Hablas un poco raro —observó Henry.

—Es que me siento rara —dijo ella—. Ahora mismo me siento muy rara.

Maggie apenas podía contener las carcajadas.

—Imagino que no habrás oído las noticias —dijo Henry.

—Dios, las noticias, no. Estoy sentada en el prado con Maggie mirando las estrellas, y las dos llevamos encima un buen globo. Se las conoce todas, es impresionante. Y Marte, se ve... muy rojo.

En toda su vida de casada, Jill jamás había mostrado interés por las drogas de ninguna clase. Tampoco solía beber. Era la última persona que Henry habría imaginado bajo los efectos de esas sustancias.

—Creo que será mejor que te llame mañana —dijo él.

—¡No! ¡Quiero que hablemos! No sé nada de ti desde hace dos días. Ya sé que estás muy ocupado, pero aun así es mucho tiempo. Cuéntame cómo va todo.

—Han puesto una bomba —le explicó Henry en tono cauteloso—. Estoy bien.

En aquel estado tan poco habitual en ella, Jill tardó unos instantes en asimilar la noticia.

—¿Que han puesto una bomba? Por Dios, Henry, ¿estás bien?

—Sí, eso es lo que intentaba decirte. Estoy bien.

—Seguro que hay algo que no me estás contando.

—Me he dado un golpe en la cabeza y tengo un rasguño, nada importante. Mañana te lo explicaré mejor. Sé que cuesta entenderlo. Allí ya es tarde.

—Henry, quiero que vuelvas a casa —dijo Jill, la noticia la había despejado del todo—. Sé que tienes trabajo y que lo que estás haciendo es importante, pero todos queremos que vuelvas a casa. Te queremos a salvo.

—Bueno, ya sabes que está prohibido viajar. Y aquí me necesitan de verdad. Me siento en cierto modo responsable de todo este desastre.

—¡Ya estamos otra vez! Henry, estoy segura de que has hecho lo correcto en todo momento. No hay nadie que sea más cuidadoso y responsable que tú.

Cuando Henry se despidió, Jill se echó a llorar. Maggie trató de consolarla, pero al cabo de poco lloraban las dos. Henry llevaba fuera más de un mes, y en ese tiempo la locura se había apoderado del mundo. Jill, de pronto, reparó en lo vulnerable que se sentía sin él.

—¿Mamá?

Jill se quedó de piedra al ver a Teddy plantado en mitad del césped, en pijama.

—¿Qué te pasa, cariño?

Teddy miró a Jill y a Maggie, desconcertado.

—Todo va bien, es que estábamos hablando de cosas tristes —le explicó Maggie, enjugándose las lágrimas.

—Ven aquí —dijo Jill. El pequeño se acercó y se dejó caer entre los brazos de su madre—. Mira las estrellas. ¿A que son increíbles? ¿No tienes la sensación de que puedes estirar el brazo y tocarlas?

Teddy asintió. Para ser un niño tan audaz, se le veía extrañamente contenido. «Puede que sea porque me ha visto llorando», pensó Jill. Lo meció entre sus brazos y dejó que el calor los reconfortara a ambos.

—Hueles raro —le dijo él.

—Es el perfume de Maggie. ¿Te gusta?

—No, me da asco.

—Pues no me lo pondré más, cielo.

Jill se prometió a sí misma que nunca volvería a faltar a sus obligaciones hasta que sus hijos fueran mayores y no necesitaran una madre perfecta.

—Mamá, me parece que he visto un fantasma.

—¿En serio? Ya sabes que esas cosas no existen, ¿verdad?

Teddy bajó la cabeza y no respondió.

—¿Qué aspecto tenía? —preguntó Maggie—. ¿Era un soldado?

Teddy asintió.

—La gente dice que hay un soldado de la guerra civil vagando por este lugar, pero yo no lo he visto nunca —explicó Maggie—. Y Tim y Kendall tampoco. Debe de haber sentido una conexión muy especial contigo.

Teddy captó lo que su tía acababa de explicarle, y entonces dijo:

—Yo lo que quiero es volver a casa.

23

Lambaréné

Poco después de que Henry entrara a trabajar en Fort Detrick, su jefe, Jürgen Stark, le planteó una cuestión.

—Más del cuarenta por ciento de los infectados de ébola muere a causa de la enfermedad, pero muchos cuidadores de pacientes que han dado positivo no llegan a presentar síntomas —le dijo—. ¿Por qué?

Henry adoraba las preguntas de ese tipo. Eran el motor de la ciencia.

—¿Estás seguro de que no han estado enfermos antes? —preguntó a su vez—. Y si es así, ¿cómo han podido desarrollar resistencia?

—Ve y descúbrelo —respondió Jürgen.

De modo que Henry voló hasta Gabón, en el oeste de África, y visitó el hospital de Lambaréné que Albert Schweitzer había fundado en 1913. Pocas figuras históricas habían tenido mayor impacto en la imaginación infantil de Henry que el teólogo y virtuoso del órgano procedente de Alsacia, que decidió estudiar medicina con treinta años y dedicó el resto de su vida a aliviar el sufrimiento de la humanidad. En colaboración con su esposa, Hélène Bresslau, fundó un hospital junto al río Ogowé, en lo que era el África Ecuatorial Francesa. Trataron la lepra, la elefantiasis, la enfermedad del sueño, la malaria, la fiebre amarilla... Todos los males propios de la jungla.

El tosco hospital que construyó Schweitzer había sido reformado varias veces, y cuando Henry lo visitó consistía en un conjunto de barracones con una cubierta baja de color rojo y un porche en voladizo para resguardarse de las tormentas del trópico. La idea de Schweitzer era crear un pueblo al estilo local, no una institución, y ese proyecto inicial persistió. La doctora Fanny Méyé, una enérgica especialista en la enfermedad del Ébola que trabajaba para el Centro Internacional de Investigaciones Médicas de Franceville, mostró a Henry el lugar donde se llevaban a cabo las investigaciones. La doctora estaba supervisando una encuesta hecha a la población gabonesa para determinar la proporción que era inmune a la enfermedad.

—Hemos encontrado anticuerpos en más del quince por ciento de los habitantes de las comunidades rurales, y en algunas poblaciones alcanza el treinta y tres por ciento —explicó la doctora Méyé—. ¡Y son personas que nunca han manifestado síntomas del ébola! Ni siquiera han vivido en lugares donde haya habido brotes. Lo que nos preguntamos es cómo han entrado en contacto con la enfermedad.

—Por los murciélagos —aventuró Henry.

—Es muy probable, pero ¿por qué no se han puesto enfermos? ¿Cómo han conseguido la inmunidad? —La doctora le explicó que los anticuerpos de las personas que habían estado expuestas a la enfermedad reaccionaban a unas proteínas específicas del virus del Ébola de la misma forma que lo habían hecho las vacunas efectivas en los ensayos de prueba—. La única conclusión posible es que esas personas gozan de una protección natural. Todavía no sabemos por qué.

—Podría tratarse de falsos positivos —dijo Henry—. O a lo mejor alguna epidemia similar al ébola provocada por un virus no patogénico.

—Sí, claro que hemos pensado en eso, pero por aquí no se ha detectado ninguna enfermedad con esas características.

Desde el inicio de los tiempos, cada nueva epidemia planteaba alguna pregunta que causaba confusión entre los médicos: ¿por qué había personas inmunes a nuevas enfermedades que en general proliferaban entre la población? Entre el veinte y el treinta por ciento de los infectados de la gripe no llegaban a presentar síntomas jamás. Existían estudios con prostitutas de Nairobi que demostraban que algunas eran inmunes al VIH de forma natural. También había un pequeño grupo de población con ascendencia del norte de Europa que podía infectarse del VIH pero no llegaba a desarrollar su sintomatología. En ambos casos cabía la posibilidad de una mutación del gen *CCR5*, necesario para que el virus invada la célula. Eran descubrimientos interesantes, pero de momento no conducían al descubrimiento de una vacuna o un tratamiento para ninguna de las enfermedades.

Durante la última noche de Henry en el hospital, la doctora Méyé lo llevó a visitar la modesta tumba de Albert Schweitzer, y después cenaron bajo una sombrilla de paja de un pequeño café de pescadores a la orilla del río.

Henry vio que algo se movía dentro del agua.

—¿Es una serpiente? —preguntó.

—No, es un pájaro. Lo llamamos «pájaro serpiente» porque cuando nada, asoma la cabeza a la superficie y se parece mucho a una serpiente.

—Siempre me ha dado miedo la jungla —confesó Henry.

—¿Qué es exactamente lo que le da miedo? —le preguntó la doctora.

—Me la imagino como un lugar donde acecha la muerte.

—¡Pero si está llena de vida! —exclamó ella—. Creo que por eso el doctor Schweitzer vino aquí, por la abundancia de seres vivos, la diversidad. La gente dice que se sumergió en ella... ¿Está bien dicho en inglés? Se sumergió en toda esta vida, lo rodeaba por todas partes.

—Es una forma muy gráfica de describirlo, sin duda.

Henry siguió hablando sobre lo mucho que le habían influido el ejemplo y la filosofía de Schweitzer. Aunque él era ateo y Schweitzer, un misionero luterano muy poco ortodoxo, las ideas del alsaciano arraigaron en la visión de la vida de Henry. Schweitzer había encontrado la inspiración en aquel mismo río, en mitad de una manada de hipopótamos; reflexionaba en pos de la base universal del comportamiento ético, algo que trascendiera los planteamientos religiosos. La respuesta acudió a él en una simple frase. «Me sobrevino de pronto, sin preverla ni buscarla: reverencia por la vida», escribió. Schweitzer decidió que la ética era precisamente eso. «La reverencia por la vida me ofrece el principio fundamental de moralidad. A saber: que el bien consiste en mantener, asistir y mejorar la vida, y todo aquello que la destruye, daña o dificulta es el mal.» Esas palabras pervivían en el corazón de Henry. Los movimientos en defensa del medio ambiente y los derechos de los animales habían nacido, en parte, a partir de los textos de Albert Schweitzer. Henry dijo que la admiración por el personaje era algo que tenía en común con su jefe, Jürgen Stark.

Al oír mencionar aquel nombre, la doctora Méyé adoptó un semblante hierático.

—¿Lo conoce? —le preguntó Henry.

—Nos vimos una vez —dijo ella—. Vino aquí, igual que usted.

—¿De verdad? No me lo había contado.

—Vino de peregrinación. A ver la tumba de Schweitzer. Todos los años acuden peregrinos a visitarla. Son idealistas, claro, de lo contario no harían un viaje tan largo. Normalmente nos gusta recibirlos.

—Pero ¿a Jürgen no?

—Usted lo conoce mejor que yo. —La doctora centró su atención en el río, al parecer no tenía ganas de decir nada más. Entonces añadió—: Hay personas que llevan demasiado lejos esa filosofía. Ven el daño que la humanidad ha causado en la naturaleza y se olvidan de que los seres humanos también son animales y merecen la misma reverencia.

—Él tiene una personalidad más bien fría, diría yo.

—A mí me dio miedo.

—¿En qué sentido?

Sin embargo, la doctora Méyé no quiso seguir.

—Apenas lo conozco —se excusó—. Y ya he hablado demasiado.

Cuando Henry regresó a Fort Detrick, sufría un caso grave de norovirus, la afección gastrointestinal que azotaba los cruceros. Era terriblemente contagioso, aunque no tanto para aquellos de los grupos sanguíneos B y AB. Por desgracia, Henry pertenecía al grupo 0. Hasta la fecha, nadie se explicaba qué relación guardaba el grupo sanguíneo con la enfermedad.

En cuanto se sintió lo bastante bien para volver al laboratorio, Jürgen le preguntó por sus hallazgos.

—He descubierto que la inmunidad continúa siendo un misterio —explicó.

No mencionó a la doctora Méyé ni los comentarios sobre Jürgen, pero a partir de ese momento observó a su jefe con más detalle y buscó en él las características que habían incomodado a la doctora. Tal vez también estuvieran presentes en el propio Henry y lo hubieran llevado a seguir aquella peligrosa —o siniestra, como consideraban algunos— línea de trabajo.

24

Triple-play

—Hay una serie de muertos sobre los que no nos cuentan
nada —opinó Mildred, una maestra de cuarto curso, mientras
Jill y sus compañeros comían en la sala de profesores.

Hasta el momento siempre habían comentado lo afortunados que eran de que Atlanta no estuviera sufriendo demasiadas
consecuencias. Las escuelas del país habían empezado a abrir las
puertas en cuanto se moderó la virulencia de la pandemia. La
gente regresaba al trabajo, llenaba los restaurantes y se congre-
gaba en los teatros y los acontecimientos deportivos. Habían
dejado de llevar mascarillas y aspiraban con fruición el aire que
hasta el momento había resultado tan traicionero. Jill había decidido regresar a la ciudad.

—¿Quién, por ejemplo?

—Estoy segura de que Anderson Cooper está muerto. Ya no
sale nunca.

—A mí me han dicho que se ha muerto Brad Pitt —dijo otra
maestra.

—¡Oh, no!

—No lo sabes seguro.

—Pero lo de Taylor Swift sí.

Mildred parecía animada por el cambio en el curso de la conversación. La naturaleza no discriminatoria de la muerte exaltaba su ira populista. En la Francia de la Revolución, Mildred habría sido la encargada de dejar caer la guillotina.

—En el metro de Nueva York encontraron a un hombre que cuando salió de casa se sentía bien y al cabo de media hora estaba muerto —prosiguió—. El tío trabajaba en Wall Street.

—¿Se sabe cuánta gente ha muerto? —preguntó otra de las maestras.

—Dicen que solo en Estados Unidos hay más de dos millones de fallecidos —explicó Jill—, pero no creo que lo sepa nadie con certeza.

—El sistema de pensiones se irá al garete —opinó Mildred.

La nación había salido de la primera ola de la pandemia para descubrir que el mercado de valores había bajado 13.500 puntos y que la economía estaba sufriendo la mayor recesión de la historia. American Airlines se había declarado en quiebra y la prohibición de viajar amenazaba con hundir también a otras líneas aéreas, lo cual sacudió a todo el sector del transporte. Nunca había quedado tan patente hasta qué punto los humanos estaban aborregados. Prácticamente de la noche a la mañana, habían desaparecido del metro, los autobuses y los trenes. Y prácticamente de la noche a la mañana, habían reaparecido, aunque en menor cantidad. Lo peor había pasado, se decían. Era hora de retomar la vida en el punto en que la habían dejado.

La pandemia seguía estando en su fase aguda en Europa y Oriente Próximo, pero después de Filadelfia ninguna otra ciudad de Estados Unidos había recibido un golpe tan duro. Algunos expertos de la CNN insinuaban que el virus había mutado a una forma menos dañina. Los tertulianos de la Fox aplaudían las contundentes acciones de la administración para frenar la enfermedad, poniendo como ejemplo la tan criticada prohibición de viajar.

Mildred no se dio por satisfecha.

—¿Habéis oído lo de la maestra que se murió dando clase? —preguntó—. Delante de sus alumnos. Cayó fulminada.

—¡Mildred! ¡Nosotras estamos vivas! —afirmó una de sus compañeras.

—Y tenemos trabajo —terció otra.

Cuando Jill regresó al aula, se sentó frente a su escritorio y observó a los niños que volvían de comer. Se enfrentaban a unas condiciones de vida más duras de lo habitual, en vista de los obstáculos que les aguardaban. Los dos Darren, aparte de llevar el mismo nombre, tenían a su padre en prisión. K'Neisha era la más inteligente de la clase, y su madre, Vicky, hacía todo cuanto estaba en su mano para protegerla, pero las niñas de su comunidad siempre estaban en desventaja por muy listas y guapas que fueran. Jill creía que, a pesar de los problemas familiares y la falta de recursos, esos niños sobrevivirían. Y algunos llegarían a triunfar. K'Neisha seguro que lo haría.

«No dejes que les pase nada malo», se dijo Jill.

A última hora de esa misma tarde, Jill fue a correr a Lullwater Park. Estaba a poca distancia caminando desde las oficinas centrales de los CDC, y a veces, a la hora de comer, Henry y ella disfrutaban de un picnic junto al lago Candler. Les echaba Fritos a los patos y al glotón del huésped permanente, el cisne, que exigía que le sirvieran el primero. Los caminos arcillosos serpenteaban entre los densos bosques. Los estudiantes tomaban el sol rodeados por los gansos del Canadá que mordisqueaban la hierba. Parecían demasiado aturdidos por el clima espléndido para sumirse en las lecciones del libro. Jill vio a una pareja besándose junto al lago, y le pareció una imagen de otra época.

Añoraba a Henry más que nunca. Sabía que el mundo lo necesitaba. No ignoraba en absoluto su importancia, pero a veces pensaba en cómo sería envejecer y tener por fin a Henry para ella, que los largos períodos separados terminaran por fin y el mundo no volviera a disputarle su atención. Habían hablado de comprarse una cabaña en las montañas de Carolina del Norte o Santa Fe. Imaginaba muchas posibilidades de compartir momentos con él, pero también sabía que era un sueño. Henry nunca dejaría de trabajar por voluntad propia; ni siquiera bajaría el ritmo. Jamás lo tendría en exclusiva.

Se habían conocido en un partido de los Braves cuando ella se estaba sacando el máster en la Universidad Estatal de Georgia. Jill acudió con quien entonces era su marido, Mark, residente del Hospital Emory. Mark conocía a Henry por su reputación, y se puso a hablar con él mientras Jill permanecía sentada entre ambos. Henry era muy amable. Resultaba obvio que prefería ver el partido, pero Mark estaba decidido a causarle buena impresión. Ese día, dos cosas llamaron la atención de Jill. Una fue que Mark no cabía en sí de admiración. Jamás lo había visto cultivar una relación con alguien de igual intelecto de forma tan manifiesta como con Henry. La conversación versaba sobre cuestiones técnicas —tenía que ver con una neumonía resistente a los antibióticos que en esa época asolaba el Hospital Emory—, pero a juzgar por la reacción de Mark, las respuestas de Henry eran originales y sorprendentes. Entre los defectos de Mark se contaba una tendencia a ser muy hablador e intelectualmente soberbio, pero con Henry daba la impresión de sentirse sobrepasado por completo.

Lo otro que Jill notó fue el interés de Henry por ella. Al principio lo confundió con una actitud puramente solícita. En el Sur es frecuente que los hombres muestren buena disposición ante la opinión de una dama, aunque en realidad no les importe; es como dejarla pasar primero. Henry no procedía del Sur, y tampoco le era propio renunciar a su integridad por mera tradición o cortesía; sin embargo, durante el monólogo de Mark incluía a Jill en sus respuestas, a pesar de que el tema escapaba a la capacidad de comprensión de esta. Hubo un momento en que los Phillies tenían todas las bases ocupadas y ningún *out*. Mark continuaba con su perorata, pero Henry estaba siguiendo el partido con mucho interés y expectación, y daba la impresión de que de un momento a otro fuera a hacerle señas a Mark para que se callara. Se produjo un bateo fuerte a tercera base, y tanto Henry como Jill saltaron del asiento mientras el jugador de la tercera de los Braves entraba a batear y lanzaba la bola a la segunda, cuyo bateador, a su vez, lanzó a la primera. Jill abrazó a Henry, dejándose llevar por la emoción.

—¿Qué ha ocurrido? —preguntó Mark.

—¡Un *triple-play*! —gritó Henry.

Jill jamás había visto una jugada así. El partido era emocionante, pero a Jill le sorprendió su propia reacción. ¿Por qué había abrazado a aquel hombrecillo al que acababa de conocer?

Mark, un tanto descuidado con los compromisos sociales, tuvo en cuenta el abrazo. Después del partido, invitó a Henry a cenar a su casa la semana siguiente, y esa fue la primera vez de varias. Mark buscaba algo, y no se trataba de un empleo. Andaba bastante solicitado en ese sentido y pronto iniciaría la práctica profesional por su cuenta. Estaba destinado a ser uno de esos médicos que viven en una mansión de Buckhead al estilo Tara y trabajar en el consejo de dirección de una importante empresa farmacéutica. Jill no tenía objeción en formar parte de ese tipo de vida privilegiada, y, para ser sincera, tal vez los dos necesitaban en parte a Henry. Mark tenía ansias de ascender hasta lo más alto del escalafón de los logros científicos, donde se cuchicheaba acerca de quiénes competían por el Nobel. Mark no llegaría nunca a esa categoría —no era tan tonto como para no conocer sus limitaciones—, pero podía hacerse amigo de alguien que sí estuviera entre ellos, alguien nuevo y sin compromisos que acogiera bien sus atenciones. Jill sabía que su marido se estaba aprovechando de la atracción que ella sentía hacia Henry, y él hacia ella. En cierta forma, sentía lástima por Mark.

Pero ¿qué ganaba Jill con eso?

No paraba de darle vueltas. Estaba casada, y no tenía quejas de su matrimonio.

Henry era un personaje estimulante. Guardaba secretos en su interior, y eso la intrigaba. Tenía una mente compleja, pero a la vez lo bastante flexible para sentirse plenamente absorbido por un partido de béisbol. Se mostraba juguetón en las conversaciones, lo cual llevó a Jill a preguntarse cómo sería acostarse con él. En el aspecto sexual, Henry no era para nada el típico hombre deseable. Era un poco más bajo que Jill, tenía las piernas arqueadas y sufría escoliosis, por lo que caminaba con bastón, aunque cuando ella se fijó con detenimiento en su físico, lo primero que le llamó la atención fue la cabeza, que era grande y desproporcionada con respecto a su cuerpo, pero también de aspecto distinguido y, en su opinión, bello. Resultaba elegante, de hecho. De modo que cuando Mark la dejó por la heredera de una fortuna procedente de un fondo de alto riesgo, Jill se indignó pero no se le partió el corazón. Sabía que Henry estaría allí, convencido de que, en cierto modo, siempre la había estado esperando. Igual que ella a él.

Aunque la inteligencia de Henry era poco común, su mente brillante estaba encerrada en un cuerpo reducido y lleno de imperfecciones. Con todo, nunca se enfadaba con quienes lo subestimaban o lo obsequiaban con miradas compasivas. Jill despreciaba a esas personas. No comprendían la gran cualidad que tenía Henry Parsons, un rasgo que, en opinión de ella, lo definía como ningún otro: su enorme capacidad de amar.

Había otra característica que tenía constantemente intrigada a Jill. Él albergaba sentimientos de culpa. La primera vez que se vieron en el estadio de béisbol, él estaba cubriendo un puesto temporal en el CDC de Fort Detrick. Vivía en un mundo encubierto y jamás revelaría lo que hacía allí. Poco después de conocerse, obtuvo el puesto permanente en los CDC. De eso hacía dieciséis años.

Henry atribuía a Jill el mérito de haberle dado vitalidad, casi como si lo hubiera parido. Él siempre decía que su boda había sido el momento más feliz de toda su existencia. Para ella también lo fue. No obstante, la felicidad es un bien caprichoso, y a menudo Jill temía que la estuviera aguardando una oleada de desesperanza para cobrarse los años de dicha.

Teddy estaba en el patio cuando vomitó mientras trepaba por las barras de los juegos infantiles. Un monitor acompañó al niño a la enfermería, donde había tres pequeños más con hemorragias nasales y náuseas. La directora, que acababa de oír las noticias, comunicó a través de los altavoces que había una alerta por gas tóxico, lo que significaba que los maestros debían mantener a los niños en las clases y evitar que salieran a los pasillos hasta que llegaran los padres. Algunos de estos ya estaban al tanto de la noticia y corrieron a recoger a sus hijos. Tenían la mirada llena de espanto.

En las últimas veinticuatro horas, otros dieciocho mil estadounidenses habían fallecido a causa del kongoli en diecisiete ciudades, entre las que se incluía Atlanta, donde se habían registrado más de doscientas muertes relacionadas con la gripe. Los informativos estaban saturados de llamativos casos: unos padres habían muerto mientras cenaban con su familia y habían dejado cuatro huérfanos; doce reclusos de una cárcel de Detroit habían muerto y otros trece estaban enfermos, y, en consecuencia, el condado había decidido abrir las puertas de la prisión porque no podían proteger a los internos. Eran parábolas de una sociedad quebrantada por un desastre que todo el mundo creía que había seguido su curso natural.

La mayoría de los fallecidos habían sido aniquilados rápidamente por el feroz ataque de su propio organismo contra la infección. Otras víctimas tardaban hasta diez días en morir, casi siempre por causa del síndrome de dificultad respiratoria aguda, un tipo de neumonía muy virulenta y devastadora. A raíz de la pandemia del kongoli, habían empezado a proliferar nuevas cepas resistentes a los antibióticos. La tasa de muertes debidas a la combinación de gripe y neumonía se acercaba al cincuenta por ciento.

Jill tuvo que esperar a que recogieran a su último alumno antes de llevarse a Helen y a Teddy a casa. Tenía la despensa prácticamente vacía y estaba ansiosa por comprar alimentos antes de que cerraran todos los comercios. Corrió a la tienda de alimentación natural cercana a su casa, donde creía que habría cundido menos el pánico, pero se encontró con una multitud frenética: mujeres vestidas con ropa de yoga (había un centro en la puerta contigua) que recorrían los pasillos a toda prisa; ejecutivos trajeados que empujaban dos o más carros a la vez;

otras personas salían con los brazos llenos de productos que no habían pagado. Jill pensó en imitarlos. Los dos dependientes hacían lo posible por controlar las ventas, pero también estaban asustados y desesperados por alejarse de cualquier riesgo de contagio.

—Solo aceptamos pagos en efectivo —dijo una joven india de constitución menuda con un *bindi* de color rojo en la frente.

—Vamos, por favor, no llevo tanto dinero encima.

—El datáfono no funciona —se excusó la joven—. O efectivo o nada.

Jill vio que el ejecutivo que tenía detrás en la cola llevaba un fajo de billetes. Por algún motivo, todo el mundo estaba más preparado que ella. Encontró cuarenta y tres dólares en el monedero. La dependienta se limitó a aceptar el dinero sin pasar los alimentos por la caja. Jill los guardó en la bolsa y se marchó de la tienda. Se sentía un poco mareada y respiraba con agitación.

Cuando llegó a casa, Henry la llamó por FaceTime. Estaba en el Ministerio de Sanidad saudí y llevaba una bata blanca con una inscripción en árabe. Por algún motivo, ver a Henry tan cómodamente en su trabajo la enfureció.

—¿Qué haces todavía ahí? —le preguntó—. Ese no es tu sitio. Se supone que tendrías que estar aquí, cuidando de nosotros, llevando tu laboratorio. Pero, en vez de eso, ¡tú sigues en Arabia Saudí!

A Henry la impulsividad de Jill lo pilló por sorpresa.

—Hago todo lo que puedo para encontrar la manera de volver a casa —repuso—. El embajador de Estados Unidos está tocando todos los resortes, pero este país sigue en cuarentena y no permiten despegar a ningún avión. No sé qué más hacer.

Jill rompió a llorar. Durante un largo rato, Henry se limitó a escuchar sus sollozos. Estaba asustada. Iba a volverse loca tratando de proteger a los niños. A él también se le saltaban las lágrimas, y cuando volvió a hablar, le temblaba la voz.

—No es justo que tengas que hacerte cargo de todo tú sola —reconoció.

—¿Justo? —le espetó Jill—. No tienes ni idea de lo que es esto.

—Pues cuéntamelo.

—Nunca me imaginé que la gente pudiera comportarse así. Todo el mundo tiene miedo de ayudar a los demás, y nadie sabe muy bien qué hacer. Los que han acaparado comida no quieren compartirla; y con el dinero pasa lo mismo. Antes había algunos bancos de alimentos, pero están cerrados. Supongo que será porque nadie quiere hacer cola, o porque se han quedado sin comida. Cada cual mira únicamente por sí mismo.

—Escucha, Jill, pronto volveré a casa, te lo prometo. Tengo contactos. Catherine está haciendo todo lo que puede, y Maria también. Todo el mundo quiere que vuelva, y así será, te lo prometo.

—Hay gente que se salta la cuarentena, lo he oído. ¿No puedes cruzar el desierto en coche y cambiar de país?

—Las fronteras están cerradas. Hay patrullas aéreas en toda la frontera con Irak, y seguramente con los otros países. Tampoco sé si en Yemen la situación es mejor que aquí. Pero esto no puede durar eternamente. Lo que resulta irónico es que yo soy quien defendía estas medidas, y ahora que es demasiado tarde para evitar que el kongoli se extienda, estoy atrapado.

—Dios, cuántas ganas tengo de que estés aquí —dijo Jill—. Ya sé que soy una egoísta. Lo único que importa es que encuentres la manera de frenar el avance de la enfermedad. Es tremendamente espantosa. Y ya sé que me dirás que no es solo cosa tuya, pero sí que lo es, Henry.

25

Salvar a los líderes

El vicepresidente estaba que se subía por las paredes.

—¿En qué nos hemos equivocado? Teníamos el virus a raya —dijo en tono acusatorio, mirando directamente a la capitana de corbeta Bartlett.

—Pues al parecer no es así, señor —repuso ella—. El virus ha estado unas cuantas semanas sin dar señales, cosa que a veces ocurre. Como recordará, hablamos de esto la semana pasada cuando me propuso que todo el mundo volviera al trabajo.

El vicepresidente le lanzó una mirada iracunda, pero a esas alturas Tildy tenía claro que Bartlett nunca se andaba con insinuaciones ni amenazas veladas. Era una científica de raza, y su compromiso personal a la hora de contar la verdad la enfrentaba al resto de las personas de la sala. Aunque a regañadientes, Tildy había empezado a admirar su integridad inquebrantable.

—En un solo día, la economía ha perdido..., ¿cuánto?, ¿dos billones de dólares? ¡En un día! ¡Un solo día, joder! No sé cuándo podrán volver a abrir los mercados. Y, dígame, ¿cuánta gente ha muerto ya? —preguntó el vicepresidente, cargando de nuevo la responsabilidad a Bartlett. Sin embargo, no aguardó a que ella respondiera—. Hay hospitales que cierran las puertas, ¡que echan a la gente a la calle! Ni siquiera nos da tiempo de enterrar a las víctimas. ¿Cómo es posible que esto nos haya pillado tan poco preparados? —Era una pregunta retórica—. ¡Me cago en Dios! ¡Menudo desastre! —concluyó, faltando a su devoción religiosa—. ¿Cómo me había dicho que se llama usted?

—Bartlett, señor. Capitana de corbeta Bartlett.

—¿Tienen aquel anticuerpo del que me habló?

—Los anticuerpos monoclonales, sí, señor. Los estamos ensayando en los hurones.

—¡A la mierda los hurones! Por lo que dijo, es nuestra mayor esperanza de desarrollar algún tipo de inmunidad. Washington está infestado de ese jodido virus. Tenemos que salvar a los líderes.

«¿Qué líderes?», pensó Tildy. El presidente había brillado por su ausencia en la mayor parte del debate sobre cómo hacer frente al contagio, excepto a la hora de culpar al partido de la oposición por ignorar las necesidades de la salud pública antes de que él tomara posesión del cargo.

—De acuerdo, Bartlett, le diré lo que vamos a hacer —prosiguió el vicepresidente—: quiero que esta misma tarde informe a la Casa Blanca y traiga una dosis de ese anticuerpo para el presidente. —Se quedó pensativo unos instantes—. Y para su familia.

—¿Le traigo una inyección a usted también, señor?

Tildy estaba admirada de que Bartlett fuera capaz de formular aquella pregunta sin la mínima inflexión en la voz. Todo el mundo bajó la vista a la mesa mientras el vicepresidente sopesaba la respuesta. «Es el último bote del *Titanic* —pensó Tildy—. ¿Te salvas tú o salvas al prójimo?»

—¿Cuántas dosis tienen de esa cosa? —preguntó el vicepresidente.

—Unas doscientas —respondió Bartlett—. No podemos garantizar la seguridad ni la efectividad de ninguna de ellas por el momento. Además, cada persona es diferente, tiene distintos niveles de inmunidad. No se sabe cuál es la dosis correcta.

—Doscientas... —El vicepresidente tamborileó con los dedos sobre la mesa del Comité—. Doscientas. ¿A quién salvamos? Mmm...

Tildy decidió sacarlo de su dilema.

—Debería probarlo usted —opinó—. Por coherencia.

—No —respondió él—. Hay personas que tienen preferencia. Los altos cargos militares. Los miembros del Consejo de Ministros. Los primeros intervinientes. Dios, qué decisión tan difícil. Tendré que pedirle consejo a Nuestro Señor.

Por primera vez, Tildy sintió cierta lástima por él.

—Una cosa más —dijo cuando estaban a punto de dar por finalizada la sesión—. No creo que sea prudente que volvamos a reunirnos en persona hasta que cese el contagio. La Casa Blanca organizará videoconferencias. Tal vez la capitana de corbeta Bartlett pueda aconsejarnos sobre cómo proceder hasta que pase el peligro.

Ella tenía poco que decir excepto que debían confinarse, lavarse las manos, evitar los espacios públicos a menos que fuese imprescindible y, si se iba a algún sitio, hacerlo con mascarilla y guantes sanitarios.

—Si alguno de ustedes tiene síntomas, no olviden que los hospitales ya están llenos y, además, posiblemente no sea el mejor lugar a menos que necesiten un respirador artificial. Si en casa no hay nadie para cuidarlos, asegúrense de que por lo menos un par de personas los llamen por teléfono dos veces al día. Tomen líquidos y quédense en la cama.

—¿La aspirina va bien?

—¡Ni se le ocurra tomarla! —exclamó Bartlett, sobresaltando a todo el mundo—. Estamos hablando de una enfermedad hemorrágica. No pueden tomar medicamentos que diluyan la sangre. Nada de Aleve, ni Advil, ni Midol, ni Motrin, ni Percodan, ni Alka-Seltzer, ni Bufferin... Como norma general, no tomen nada para encontrarse mejor.

Un consejo muy propio de Bartlett.

—El Tylenol sí que va bien —concedió.

Mientras recogían sus maletines, el representante del Estado Mayor Conjunto le hizo una pregunta al hombre de la Agencia:

—¿Ha oído hablar de un grupo llamado Los Guardianes de la Tierra? Le tienen sorbido el seso a mi hija mediana. Para mí que son una especie de secta.

Al hombre de la Agencia no le sonaba el nombre, y a Tildy tampoco.

—Si saco el tema es porque son contrarios al crecimiento de la población. A gran escala, quiero decir. Celebran concentraciones en contra del género humano y esas cosas. Parecen el tipo de gente a la que no le importaría cargarse a unos cuantos millones de habitantes del planeta. Mi hija no piensa exactamente así, pero simpatiza con ellos.

—El FBI detuvo a unos cuantos en Los Ángeles —dijo el representante del Departamento de Justicia—. Irrumpieron en un banco de semen, nada más y nada menos. Lo destrozaron. Desconectaron los refrigeradores y destruyeron todas las muestras almacenadas.

Tildy comentó que se trataba de un grupo disidente encabezado por algún pirado.

—A simple vista, sí —dijo el representante de Justicia—. Pero su líder antes trabajaba para el gobierno. Se ocupaba de asuntos supersecretos en Fort Detrick. Luego lo echaron y empezó a hacer trabajillos sucios para una empresa privada.

—¿Es científico? —preguntó Tildy.

—Sí, microbiólogo. Se llama Jürgen Stark.

26

El ensayo en humanos

Era una oportunidad, le dijo Jürgen; una ocasión única de realizar un ensayo de su teoría. Fue después de que Jürgen se convirtiera en un problema y abandonara Fort Detrick. El Congreso estaba investigando algunos experimentos difíciles de justificar como medidas defensivas. Todo tenía lugar en sesiones privadas, pero empezó a haber filtraciones, por lo que se decidió poner distancia entre la CIA y las oscuras operaciones que se habían delegado en Fort Detrick. Eso implicaba romper los lazos con el talentoso productor de enfermedades a la carta.

En el oscuro mundo que rodea a los servicios de inteligencia, Jürgen Stark era una figura muy conocida, y en cuanto salió al mercado empezaron a lloverle ofertas de organizaciones que competían por tenerlo en su plantilla. Desde el 11-S y la guerra de Irak, las empresas de seguridad privada proliferaban como hongos. Sus agentes, formados en los mejores puestos —los SEAL, la CIA, el Mosad o las organizaciones paramilitares de Sudáfrica—, procedían del mundo de los servicios secretos y del ejército. También entraron en escena los asesores políticos y académicos, junto con los hackers informáticos de la Agencia de Seguridad Nacional. Además de proporcionar asesinos a sueldo, dichas firmas también ejercían la función de departamentos de interior o de defensa con soluciones integrales, y ponían en acción a un verdadero ejército si la compensación económica lo merecía.

Jürgen situó a la empresa que finalmente lo pescó, AGT Securiy Associates, en una posición aventajada con respecto a sus competidores. El nombre de AGT era opaco, intencionalmente anodino, aunque entre quienes se movían en la sombra tenía fama de ser la opción de los que habían trabajado para el gobierno. La siguiente incursión de las empresas privadas como aquella era la microbiología. El hecho de contratar a Jürgen suponía una jugada maestra. De inmediato se convirtió en el niño mimado del cual dependía el futuro de la compañía. Jürgen era muy perspicaz y conocía todos los secretos, incluido el interesante descubrimiento de Henry Parsons.

En Fort Detrick, Henry había estado trabajando en derivados del poliovirus, el agente responsable de la poliomielitis y uno de los patógenos más temidos de principios del siglo xx. Igual que la gripe, era un virus ARN, pero se propagaba a través de los alimentos o el agua contaminados por residuos fecales humanos (lo cual constituía uno de los motivos por los cuales las piscinas se trataban con cloro). En las décadas de 1940 y 1950, todos los años miles de niños sufrían parálisis. Los hospitales disponían de filas enteras de pulmones de acero, el respirador mecánico dentro del cual los pacientes quedaban aprisionados y algunos se veían condenados a vivir para siempre. La poliomielitis no tenía cura, pero su práctica erradicación gracias a la introducción de las vacunas de Salk y Sabin constituyó uno de los grandes logros de la medicina. Sin embargo, como Jürgen sabía bien, una población sin apenas incidencia de la polio suponía también una oportunidad: la naturaleza altamente contagiosa del virus y sus impredecibles efectos sobre el sistema nervioso central la convertían en objeto de interés como arma biológica.

Henry centró su atención en una infección infantil llamada exantema vírico de manos, pies y boca —también conocida como enterovirus 71 o EV-71—, muy relacionada con la polio.

Los síntomas solían ser leves, aunque a veces se presentaban casos más graves, sobre todo en Asia, y provocaba daños neurológicos permanentes. Aunque el cometido de Henry era explorar los enterovirus como arma potencial, como médico pensó que, si podía comprender el mecanismo que causaba que una enfermedad inocua se volviera catastrófica, también podría desvelar uno de los secretos que la naturaleza guardaba celosamente.

Encontró la manera de combinar el EV-71 con el poliovirus. El híbrido causaba un efecto de lo más peculiar en los primeros ratones sometidos al contagio: al cabo de tres días, sufrían un colapso y permanecían inconscientes durante varias horas; luego se recuperaban sin consecuencias aparentes. Tenía un efecto pasajero y benigno. Los ratones de las mismas jaulas a los que no habían inoculado el híbrido presentaban una reacción similar, lo cual demostraba que el virus se transmitía de ratón a ratón. Además, era extremadamente contagioso.

Jürgen vio una aplicación de inmediato, y cautivó a Henry alabando su genialidad y atribuyéndole usos que él todavía no había deducido. «Cambiaremos la forma de hacer la guerra», decía Jürgen. «No se usarán armas convencionales ni bombas nucleares, sino gérmenes, virus y toxinas. Una versión en aerosol de ese agente tuyo... ¿Cómo podemos llamarlo? ¿Incapacitante? ¿Narcótico, en cierto modo? Bien dirigido a un objetivo concreto y preparado con esmero, dejará al enemigo fuera de combate el tiempo suficiente para poder apresarlo o volverlo inofensivo. No se derramará sangre y a todas luces parecerá un fenómeno natural. Y todo eso gracias a tu descubrimiento, Henry, tu brillante descubrimiento.»

Incapacitante. Narcótico. Una especie de brebaje del sueño. Tal como Jürgen lo describía, sonaba muy inocuo. De hecho, nadie sabía exactamente lo que era; no se había probado en humanos. Pero Jürgen tenía prisa, y en el mundo privado, que operaba de forma encubierta en desiertos, junglas y zonas remotas sin vigilancia policial, podían tomarse atajos. «Tenemos la oportunidad perfecta —le dijo a Henry—, el ensayo en humanos que tanto pedías. Imagínate esto: en una selva tropical de la frontera entre Bolivia y Brasil hay un grupo de narcoterroristas. Gente muy mala, una facción de disidentes de las FARC de Colombia. Llevan años evadiéndose de la justicia, asaltando pueblos, quemando cosechas, robando, imponiendo la política del miedo. Los brasileños nos han pedido una solución, ¡y tú la has creado!»

Henry se reunió con el equipo de AGT en São Paulo, donde iba a llevarse a cabo la operación desde una base militar aérea. El equipo era dinámico, musculoso y eficiente, y no cabía duda de que tendría éxito. Cargarían el «agente», tal como llamaban al invento de Henry, en una avioneta de fumigación y aterrizarían en una pista de la selva amazónica cercana a la población de Corumbá. Allí esperarían a que cayera la noche. El objetivo estaba aislado, de modo que el riesgo de que la infección se propagase era mínimo. Se guiarían por las luces de las cabañas donde se escondían los terroristas y la oscuridad desbarataría cualquier reacción por parte de estos. La avioneta sobrevolaría varias veces la zona. A diferencia del ántrax, que debía inhalarse directamente, el agente de Henry se transmitía por contagio, de manera que la infección se extendería rápidamente. Al cabo de tres días, llegaría el ejército. Jürgen y Henry los seguirían en calidad del equipo médico que registraría los efectos. Todo iría bien.

No obstante, Henry tenía sus dudas. Aquello no era un experimento científico; en absoluto. Por otro lado, el agente habría tenido que probarse con voluntarios humanos de todos modos —era la siguiente fase de la investigación—, y paralizar temporalmente a un grupo de terroristas parecía un uso mucho más apropiado del invento de Henry, si este llegaba a funcionar, claro. Además, los brasileños tenían una necesidad acuciante, y Jürgen confiaba en el éxito de la operación. Con todo, tales pensamientos alentadores no terminaron de dejar a Henry tranquilo.

Él y Jürgen pasaron la tercera noche en la selva. Gozaban de una brisa que calmaba la humedad y permitía respirar aquella atmósfera. Bebieron vino de maíz y escucharon los gritos guturales de los monos aulladores. Los animales se estaban viendo diezmados por una epidemia de fiebre amarilla de la que Jürgen atribuía la culpa a los hábitos poco higiénicos de la población humana. Los dos hombres hablaron de los obstáculos a la hora de tratar animales en su hábitat natural. Henry apenas podía distinguir las facciones de Jürgen, salvo por el brillante pelo de tono platino que captaba la luz de las estrellas. Entonces Jürgen hizo un comentario que Henry no olvidaría jamás: «En la batalla del hombre contra la naturaleza no estoy de nuestra parte —dijo—. Soy un traidor para mi propia especie».

Fue una confesión facilitada por el vino y la oscuridad, bajo la cual se compartían intimidades que jamás se habrían revelado con la sensatez que aporta la plena luz del día. Henry recordó la frase de la doctora Méyé en el café de pescadores junto al río Ogowé. Había dicho que Jürgen era peligroso. Sin embargo, su trabajo no revelaba evidencias de que fuese, en ningún modo, un elemento subversivo. Tuvo que pasar cierto tiempo para que Henry comprendiera lo cierto de la afirmación de Jürgen.

27

El antisuero de Filadelfia

A las seis de la tarde, la capitana de corbeta Bartlett se presentó en la puerta noroeste de la Casa Blanca con un maletín médico que contenía siete dosis de antisuero: cinco de Filadelfia y otras dos de Minneapolis. En los NIH había tenido lugar una discusión furtiva sobre cuál debía administrársele al presidente. La cepa de Filadelfia era más virulenta, y los anticuerpos posiblemente protegerían contra la variante más peligrosa de la gripe. Por otra parte, el suero de Minneapolis era, con toda probabilidad, más seguro, aunque resultaba imposible saberlo a ciencia cierta. Tanto podía ser que Bartlett salvara al presidente como que lo matara. Si sufría una infección leve, sería un alivio.

Le indicaron el camino hasta las dependencias familiares de la planta superior, y, una vez allí, la acompañaron al Salón de Belleza, un lugar del que nunca había oído hablar, blanco y bien iluminado, con una estantería llena de cosméticos, brochas y cepillos, y un secador de pelo profesional. Encajada contra una pared había una camilla de rayos UVA. Allí la esperaba el médico del presidente, un general de las Fuerzas Aéreas con la barbilla partida y unas gafas trifocales pasadas de moda. Bartlett lo saludó y él le devolvió el gesto con languidez.

—¿Las inyecciones las pone usted o las pongo yo? —le preguntó el hombre—. No estoy seguro de lo que marca el protocolo en este caso.

—La técnica no tiene nada de especial —respondió Bartlett—. Recomendamos el músculo glúteo medio, ya que hay demasiada cantidad para que la absorba el deltoides.

—En ese caso, usted se encargará de la primera dama y yo del presidente. Le acompleja un poco su barriga. A los demás, nos los repartiremos.

Los hijos mayores de edad fueron los primeros. A pesar de la seriedad, se permitieron alguna broma sobre pillar una calentura. No tuvieron ningún problema en bajarse los pantalones ante Bartlett para que ella pudiera ponerles la inyección justo debajo de la zona pélvica, en el costado de la cadera. Se preguntó si se habían planteado lo peligroso que era. También se preguntó si sabían o les preocupaba el hecho de que podían estar privando de una oportunidad de sobrevivir a alguien más útil: una enfermera, un médico o una mujer embarazada. Tal vez la cosa iría del siguiente modo: se salvarían los poderosos, los ricos y los famosos. Se dio cuenta de lo ingenua que era. Pues claro que la cosa iba a ir de ese modo. «En esto es en lo que se ha convertido el país.»

Bartlett cumplió con su trabajo. Los hijos del presidente se subieron los pantalones y salieron de la sala mientras se frotaban la zona de la cadera, que les había quedado dolorida.

A continuación, entró el presidente. «Sí que está gordo», pensó Bartlett. Se preguntó cómo tendría el nivel de triglicéridos. El hombre la miró y ella volvió la cabeza y se entretuvo desechando las jeringuillas usadas y guardando el material en el maletín. En un momento dado, le oyó decir:

—No hace falta que ella se quede aquí.

—Está esperando a la primera dama —respondió el general.

—Ah, no vendrá. Creo que no se fía de ustedes. ¡Ay! —exclamó en el momento en que el antisuero de Filadelfia penetraba en su cuerpo.

28

Helado

A pesar de las advertencias sobre la importancia de no mezclarse con los demás, Jill decidió que necesitaba ver a su madre. Hacía más de una semana que no la visitaba, pero era el día de la Madre, y quería asegurarse de que Nora estaba bien atendida. Le llevó un ramo de boca de dragón de su jardín. En la entrada de la instalación había un cartel que jamás había visto: no se admiten visitas.

Jill llevaba la mascarilla y los guantes. No había conseguido ponerse en contacto con su madre a través del teléfono de la centralita, y Nora no utilizaba móvil. Jill dedujo que el cartel debía de excluir a los familiares, de modo que entró. El mostrador de recepción estaba vacío; no había ni un alma. Subió en ascensor hasta la tercera planta, donde habían trasladado a Nora después de que se rompiera la cadera. Los pasillos estaban desiertos, hasta el punto de que la cosa resultaba sospechosa, aunque Jill vio que las habitaciones sí estaban ocupadas.

—¡Oiga! ¡Oiga! ¡Usted! —gritó un hombre tras ella—. ¡Ayúdeme!

Jill se volvió a mirar la habitación desde donde la observaba un anciano con cara de que alguna emoción intensa le estaba acuciando; sin embargo, en lo que reparó de inmediato fue en el reguero de sangre que le caía de la nariz.

—¿Trabaja aquí? —le preguntó el hombre—. Necesito ayuda.

Jill dio un paso atrás.

—Iré a buscar a alguien —dijo.

—No vendrán. No vendrá nadie. Tiene que ayudarme. No me encuentro bien y no me han cambiado.

—Lo siento, yo he venido a ver a mi madre.

—Necesito que me cambien, de verdad. Los pañales están ahí —dijo, moviendo un dedo huesudo en dirección al armario.

—Me gustaría mucho poder ayudarle, en serio —repuso Jill mientras se alejaba deprisa.

El hombre siguió llamándola en tono lastimero:

—¡Ayúdeme! ¿Es que no va a ayudarme nadie?

Nora estaba viendo la tele cuando Jill entró en la habitación.

—¿Cómo es que has tardado tanto en venir? —preguntó con severidad—. Tengo hambre.

—¿Mamá? Soy yo, Jill, tu hija.

Nora centró su atención en ella, y los fragmentos de memoria se reorganizaron a partir de esa nueva información. Solía estar más centrada. Tal vez la despistaba la mascarilla. Jill oyó que otras voces se unían al coro de lamentaciones que llegaba desde el pasillo, como si fueran perros aullando.

—¿Cómo te encuentras, mamá?

—Ya te lo he dicho, tengo hambre.

—Eso está bien, es buena señal —dijo Jill—. ¿No te han dado nada de comer?

Nora emitió un sonido desdeñoso.

—¿Sabes qué? —empezó a decir Jill mientras colocaba las flores en el jarrón que Helen había decorado en unas colonias—. Iré a la cocina y te traeré algo. ¿Qué te apetece? ¿Quieres cereales? ¿Un poco de helado, mejor?

—Helado —convino Nora.

—De acuerdo. Vuelvo enseguida.

A esas alturas, Jill se había dado cuenta de que básicamente los internos estaban abandonados. Las dependencias de los responsables de la residencia también estaban vacías, pero vio abierta la puerta del despacho del director y a Jack Sperling sentado dentro. Tenía unas ojeras muy marcadas y su semblante era de total desesperación.

—Jack, ¿está solo? —le preguntó Jill.

—Casi toda la plantilla se marchó cuando tuvimos los primeros casos de gripe —dijo el hombre—. Me parece que algunos trabajadores se encuentran mal, pero la mayoría solo está asustada. No se ven preparados para una emergencia médica como esta.

—Pero ¿quién cuida de los ancianos?

—Quedan unos cuantos empleados, pero se tarda mucho en atender a todo el mundo. Lo siento, seguramente a su madre aún no le han dado nada de comer.

—¿Les queda comida?

—Hemos recibido ayuda del Departamento de Agricultura por la emergencia sanitaria, pero nos faltan alimentos básicos, comidas blandas, como mantequilla de cacahuete, queso de hebra, batido de chocolate... Las cosas que les gustan. No nos queda ni un solo batido alimenticio. Pero el verdadero problema son los medicamentos. —Señaló una pila de documentos sobre el escritorio—. La mayoría de los internos toma medicación básica para su estado de salud, pero todas las farmacias a las que he llamado están racionando el suministro. Me paso el día entero intentando encontrar medicamentos para la diabetes y el corazón. Tenemos pacientes que necesitan desesperadamente los antidepresivos, pero tendrán que esperar a que hayamos podido ocuparnos de los casos críticos. Y hay otros problemas con los que no quiero agobiarla.

—Como el kongoli —dijo Jill.

Sperling suspiró.

—Se ha extendido por toda la tercera planta y la unidad de memoria.

—¿Y por qué no me ha llamado?

—Dígame, Jill, ¿de verdad le habría gustado que lo hiciera?

¿Quiere llevarse a su madre a casa? Si es así, por favor, usted misma. Nos alegrará mucho tener una boca menos que alimentar, un cuerpo menos que lavar, una persona menos a quien acompañar al servicio y a quien tener que despertar a media noche para darle sus medicinas. Nos hará un gran favor; pero puede que no sea lo mejor para su familia teniendo en cuenta que su madre ha estado en contacto con el virus. Piénselo.

Jill encontró la cocina en la planta baja. Había una cocinera removiendo copos de avena en varios recipientes a la vez. Hizo un pequeño gesto que Jill reconoció como una advertencia de «no se me acerque».

—¿El helado? —preguntó Jill.

La mujer negó con la cabeza.

—Hace tiempo que no queda helado —dijo—. Si quiere, los copos de avena están recién hechos.

Jill llevó un cuenco a la habitación de Nora, acompañado de una cuchara de plástico. Por suerte, su madre se había olvidado del helado. Jill se sentó en el borde de la cama y le dio de comer.

—¿Te he contado lo de mi visita a casa de Maggie? —dijo Jill, y observó en los ojos de su madre que se esforzaba por recordar el nombre—. Hablamos mucho de ti. Estarías muy orgullosa de ella, de cómo Tim y ella han reformado la granja. ¡Sale en las guías turísticas!

Y siguió así, como si Nora lo comprendiera todo, sabedora de lo importante que era crear el sentimiento de familiaridad a pesar de que los nombres y los detalles se hubieran desvanecido tiempo atrás. Sin embargo, mientras hablaba, otra voz desde un rincón de su mente decía: «Ay, mamá, ¿qué voy a hacer contigo?».

Una vez que los niños dejaron de ir a la escuela y se cobijaron en casa, Henry empezó a llamarlos todas las mañanas a las diez desde Riad para que así Jill pudiera salir. Conseguir dinero en metálico o comida se había convertido en una batalla diaria. La mayoría de las tiendas estaban cerradas, pero en cada barrio proliferó una especie de mercado negro donde se vendía de todo. Como la gente hacía acopio del dinero en metálico, los cajeros se quedaron sin fondos. El gobierno federal tenía una gran reserva que intentaba poner en circulación, pero esta se componía, en gran parte, de los poco apreciados billetes de dos dólares, y los cajeros automáticos no los aceptaban.

El miedo al contagio había aniquilado la conciencia social. Jill recordaba otros desastres naturales, como los huracanes de Carolina del Norte que se habían producido durante su infancia. La ciudad de Wilmington se transformó de la noche a la mañana en un motor humanitario perfectamente engrasado. Su padre tenía una lancha de pesca y, cuando las calles se inundaban, se dedicaba a rescatar a los vecinos que habían quedado atrapados en sus casas. Nora preparaba cestas de comida junto con sus hijas. Jill y Maggie guardaban un recuerdo estupendo de aquellos días dramáticos y a la vez llenos de sentido, días en que la gente formaba una piña y todo el mundo parecía preocuparse por los demás.

Con la enfermedad no ocurría lo mismo. Los vecinos se tenían miedo. Almacenaban comida. Daba la impresión de que todo el mundo iba armado; tanto es así, que las tiendas donde vendían armas de fuego fueron las últimas en bajar la persiana. Los más atrevidos eran los avaros comerciantes del mercado negro. Jill no tenía duda de que la mayoría de los productos que ofrecían eran robados. Los vendedores habían hecho sus cálculos, y era una buena oportunidad para forrarse. Cuando pasara la epidemia, serían los reyes. Solo tenían que procurar sobrevivir. Jill cambió un collar de perlas por un saco de tomates y medio kilo de *rigatoni*.

El gobierno trataba constantemente de tranquilizar a los ciudadanos asegurando que estaban haciendo todo cuanto estaba en su mano, pero las mentiras piadosas solo servían para dar crédito a las más flagrantes teorías conspiratorias. Como las personas se temían las unas a las otras, evitaban las rutinas sociales que protegen a todas las comunidades cuando se hallan en estado de sitio. La ausencia de una verdad única y la pérdida de la confianza abrieron la puerta al terror, y eso estaba acabando con la sociedad.

Una mañana, Jill aprovechó para ir a correr a Lullwater Park, tal como tenía por costumbre. El terreno estaba húmedo a causa de la lluvia reciente. Le dio la sensación de que formaba parte de una película de zombis donde la gente había huido de la población y quienes quedaban se encontraban en un punto indefinido entre la vida y la muerte. «Por ahora estoy viva», se dijo. Como no había nadie cerca, se quitó la mascarilla.

Mientras rodeaba la primera colina, encontró un pájaro muerto y se detuvo un momento para examinarlo. Era aceitunado y amarillo, con una franja negra que le cubría la cabeza y el cuello. Muy bello. «Parece una curruca», pensó. Seguro que Maggie sabía de qué especie era. Tal vez fuese un pájaro común en aquellos bosques, pero Jill no se había fijado nunca en él. «Si sobrevivo a esto, pienso prestar más atención», se propuso.

Recordó que el invierno anterior una parte del lago se había helado, aunque ya nunca se formaba aquella capa sólida que lo cubría por completo. Ese día había salido a pasear con los niños, y Teddy fue el primero en divisar un perro bajo el hielo.

—Pobrecillo. Debía de querer caminar por encima —comentó Jill, consciente de que era la primera vez que Teddy se topaba cara a cara con la muerte.

La visión impactó al niño. Encontró un palo y trató de romper la capa helada.

—No hagas eso, Teddy —le regañó Jill—. Tenemos que esperar a que se derrita. Los cuidadores del parque se ocuparán del perro.

Pero el crío siguió golpeando el hielo.

—Piensa en sus dueños —dijo llorándo—. Piensa en Peepers.

—Ya lo sé, cariño. Es muy triste. Pero está muerto, y no podemos devolverle la vida.

Teddy sabía lo que era la muerte —tenía una idea abstracta, como la que los niños tienen del sexo—, pero en ese momento supo lo que era de verdad, y su cuerpo temblaba al asimilarlo.

Al recordar aquella conversación, Jill se preguntó qué más podía explicarles a Teddy y a Helen sobre la muerte. Estaban asustados; ella también lo estaba. En ese momento lamentó haber perdido la fe, echaba de menos las certezas que sentía acerca de Dios y del cielo cuando tenía la edad de sus hijos. «Ellos no pueden refugiarse en eso —pensó—, no les hemos ofrecido la oportunidad.» Tal vez la religión consistía en las mentiras o en los mitos construidos a partir del miedo a la muerte que ella misma estaba sintiendo en esos momentos. Había algo de soberbia en el hecho de vivir alejado de las creencias, en el mundo de las verdades demostrables.

Henry sentía tal rechazo por la religión que a Jill jamás se le ocurrió mencionar el anhelo por la conexión espiritual, pero durante esos días lo experimentaba y no sabía qué hacer con él.

Cuando estuvo cerca de la entrada principal del parque, observó que varias personas vestidas con ropa de camuflaje daban de comer a los patos en el mismo lugar donde ella los había visto pocos días atrás, antes de que el mundo cambiara por completo. Sin embargo, algo raro le llamó la atención. Miró hacia la ladera que ascendía por detrás del lago y vio una manada de gansos del Canadá, pero tumbados en el suelo.

—¿Qué están haciendo? —le gritó a una de las personas que estaban dando de comer a los animales, y en ese instante observó que tenía una placa prendida en la chaqueta.

—Ay, señora, lo siento, no debería ver esto.

—¿Están matando a los gansos?

—Cumplimos órdenes. A nadie le gusta tener que hacerlo.

Mientras Jill hablaba con los exterminadores de aves, vio que el cisne a duras penas lograba salir del lago y avanzar a tierra firme. Jill conocía a aquel cisne; se había acercado a mordisquearle las zapatillas y aleteaba haciendo alarde de su majestuosidad si ella sucumbía y le ofrecía Fritos o migas de pan. Ahora caminaba tambaleándose con la cabeza caída como un peso muerto, hasta que se derrumbó en el césped del otro lado de la carretera.

Mientras Jill estaba fuera, Helen y Teddy hablaron con su padre por FaceTime sobre los proyectos de la escuela y los libros que estaban leyendo, y, cuando terminaron, Henry dio un paseo por las calles desiertas de última hora de la tarde en Arabia Saudí, cuando el sol no quemaba tanto, y les mostró a los niños qué aspecto tenía aquel país tan austero con toda la gente encerrada en sus casas, tal como ocurría en Atlanta.

Teddy estuvo enfadado la mayor parte del tiempo, cosa muy extraña en él.

—Te da igual —contestó cuando Henry le preguntó por la radio a galena que estaba construyendo.

—No, me interesa mucho —dijo Henry—. Intenté hacer una cuando estaba empezando secundaria, pero no conseguí que funcionara.

Teddy no se hacía a la idea de que Henry pudiera fracasar en algo, y eso le hizo formularle una pregunta:

—¿Por qué no puedes curar esta enfermedad? Se supone que tú entiendes de esas cosas, ¿no?

—Se supone que sí —admitió Henry—, y hago lo que puedo. Pero es muy muy difícil.

Helen expresó otra preocupación cuando le llegó el turno.

—Mamá no está bien. Se pasa el día enfadada —dijo—. Quiere aparentar que lo tiene todo controlado, pero no sé..., no para de llorar, aunque delante de nosotros no lo hace.

—Es una época horrorosa —explicó Henry—. La gente tiene que hacer frente a cosas que ni siquiera se imaginaba. Ya sé que a vosotros os pasa lo mismo, pero también sé que sois fuertes. Helen, puede que tú seas la más fuerte de la familia. Mamá y Teddy cuentan con tu apoyo. Lo sabes, ¿verdad?

—Creo que sí —respondió Helen con un hilo de voz.

—Ojalá pudiera mimarte y tratarte como a mi niña pequeña, y tal vez muy pronto vuelva a ser posible, pero de momento tendrás que comportarte como una adulta.

Helen asimiló las palabras de su padre antes de hacerle otra pregunta:

—Papá, ¿tú crees en el cielo?

Henry vio que Helen apartaba la vista de la pantalla, tal vez la avergonzaba haber formulado la pregunta de forma tan directa, o tal vez tenía miedo de la respuesta.

—Ni creo ni dejo de creer —respondió.

—Dime lo que piensas de verdad. No me hables como a una niña.

Henry se dio cuenta de que estaba eludiendo la pregunta, una de las más importantes que su hija le había planteado jamás.

—Ya sabes que no me gusta la religión —dijo—. Soy científico y miro el mundo como un misterio que me gustaría resolver. Pero cuanto más sé de la vida, más me maravilla. ¿Por qué existimos los seres humanos? No lo sé, y puede que no lo sepamos nunca. ¿Hay un Dios? Muchas veces, mientras estoy mirando con un microscopio una unidad de vida infinitamente diminuta, me sorprende tanto su belleza y su funcionamiento que tengo que retirarme para recuperar el aliento. ¿Cómo hemos llegado a ser lo que somos? ¿Cómo es posible que estemos teniendo una conversación como esta en lugar de ser un robot como el de Teddy, que solo cumple órdenes de su dueño? Estoy intentando expresar unas ideas que ni siquiera he llegado a elaborar para mí mismo. Digámoslo así: en apariencia, la vida me parece algo sencillo y maravilloso. Podemos identificar multitud de colores, por ejemplo. Cuando pruebas algo de comer, reconoces su sabor. Cuando oyes un sonido, enseguida sabes si es música o no. Cuando te miras al espejo, ves a una persona y de inmediato sabes que eres tú.

»Pero si miras dentro de esa persona, si miras dentro de Helen, lo que descubres es realmente complejo. Helen empezó siendo una única célula diminuta, pero ahora la forman billones de células que salieron de la primera célula original de Helen, y todas tienen diferentes funciones. Y aunque Helen viva hasta convertirse en una ancianita muy mayor, a cada minuto millones de sus células morirán y nacerán otras nuevas. Pero sigue siendo Helen.»

—¿Adónde van todas esas células? —preguntó la niña.

—Las absorbe el cuerpo, y utiliza esa energía para crear nuevas células. Y todas son células de Helen. Pero si miras dentro de esas células, la cosa se complica aún más. ¿Te acuerdas del microscopio electrónico que te enseñé en el laboratorio?

—Sí.

—Con él puedo agrandar una célula diez millones de veces. ¿Te lo imaginas? Cuanto más profundizo, más me fascina. Sin embargo, hay una puerta que no puedo llegar a cruzar. Dentro hay un secreto que nunca seré capaz de descubrir. Si pudiera abrir esa puerta, a lo mejor encontraría un alma.

—¿Y el cielo? ¿Existe?

—No lo sé. No lo sabe nadie, sinceramente. He oído hablar de pacientes que mueren durante una operación, pero luego consiguen resucitarlos y algunos cuentan que han visto a sus amigos y parientes muertos. Yo lo considero lo que llamamos un punto de referencia, interesante pero indemostrable. Ojalá pudiera asegurarte que hay vida después de la muerte y que las personas a las que quieres estarán allí, que estaremos todos juntos por toda la eternidad. Pero no puedo demostrar que es cierto, ni tampoco que es falso.

Helen asintió. Henry temía haberla decepcionado. Entonces ella volvió a hablar:

—Yo creo que el cielo sí que existe. Creo que está en nuestros sueños.

—¿Qué quieres decir?

—Es como que todas esas personas y esas experiencias forman parte de nuestra vida, y entonces, cuando soñamos, lo ordenamos todo, y luego tenemos nuevas experiencias y a veces conocemos a gente nueva y vivimos grandes aventuras, y es como estar en el cielo. A veces también pasan cosas malas, o tenemos pesadillas, y es como estar en el infierno. Lo que quiero decir es que no sé por qué pensamos que solo podemos ir al cielo cuando nos morimos. ¿Y si nos pasamos media vida despiertos en la Tierra y luego media en el cielo, y al final resulta que todo pasa en el cielo y es cuando estamos muertos?

—Es una teoría muy elegante —opinó Henry con admiración.

29

Las galletas de la abuela

Jill volvió a visitar a su madre en la residencia de ancianos. Esta vez Nora la reconoció en cuanto entró por la puerta.

—Ponte guantes —fue lo primero que le dijo.

Jill cogió un par de guantes desechables de una caja dispuesta encima de la repisa de la ventana y le puso otro par a Nora. Cuando terminó, no soltó la mano de su madre.

—Voy a llevarte a casa —le dijo.

—No, no lo hagas.

—¿Cuándo has comido por última vez?

—No tengo hambre.

—Mira, te he traído una cosa.

Jill introdujo la mano en una bolsa de plástico y sacó un vasito de helado de vainilla. Le había costado veinticuatro dólares, todo el dinero en efectivo que había conseguido reunir.

—No tendrías que estar aquí —le dijo Nora.

—Tú hazme caso, mamá. Me apetece darte de comer.

Nora sonrió, y era la primera vez en meses que Jill la veía hacerlo. Le dio una cucharadita de helado.

—El de vainilla es el que más te gusta, ¿verdad?

Nora asintió. La primera cucharada, le abrió un apetito voraz.

—Los niños... —empezó a decir Nora con aire distraído.

—Helen y Teddy. Están bien. Aburridos. Están impacientes por que te vengas a casa conmigo.

—Los quiero mucho.

—Ya lo sé, y ellos también lo saben.

—Ahora no puedo ir contigo.

—Mamá, no puedo dejarte aquí así.

—No puedo ir. Me encuentro mal.

Jill intentó tranquilizarse, pero el corazón le iba a cien.

—Mamá, quiero cuidar de ti.

—Tú tampoco tendrías que estar aquí —siguió diciendo Nora, y le temblaba la barbilla al hablar—. En algún sitio está guardado el testamento y todos los papeles. Tu hermana y tú... —Nora miró con rabia el falso techo de la habitación.

—Maggie.

—Maggie y tú lo heredaréis todo. —Se quedó un momento pensativa—. ¿Aún tengo el coche?

—Mamá, es mejor que no hablemos de eso.

—No quiero un gran funeral.

—Vale.

—En Oakland, al lado de tu padre. Tenemos una parcela, ya lo sabes.

Nora recordaba cosas verdaderamente sorprendentes, o tal vez en esos momentos fueran las únicas que consideraba importantes. Quería que fuera su pastor quien hiciese el panegírico. Jill sabía a quién se refería, al sacerdote de la iglesia metodista Glenn Memorial United, pero no le explicó hasta qué punto era difícil poder satisfacerla en eso, aun suponiendo que la iglesia siguiera abierta y el sacerdote estuviera vivo.

—Te quiero, mamá —le dijo, y se le anegaron los ojos en lágrimas.

—Ya lo sé.

Jill cogió otra cucharadita de helado de vainilla y se la dio a su madre.

Al cabo de tres días, Jill enterraba a Nora en el cementerio de Oakland, un lugar antiguo y bello de la zona sur. No fue como estaba previsto. Había tantos cadáveres por enterrar que habían cavado una fosa común. A Nora la envolvieron con una sábana, como a todos los demás. Las funerarias estaban cerradas por miedo al contagio y la escasez de ataúdes. Transportaban los cadáveres en camiones alquilados, y pocos gozaban del privilegio de una mortaja. Algunos llegaban vestidos con el camisón o el pijama; otros estaban desnudos. Los enterradores, ataviados con trajes Tyvek, cargaban los cuerpos en palés y los bajaban a la fosa con una carretilla elevadora. Había pocos acompañantes. No era una ceremonia que estuviera previsto celebrar con público.

Por un momento, los pensamientos de Jill vagaron con el canto de un sinsonte. El pájaro se había posado sobre una magnolia y entonaba sus diversas melodías jubilosas. «La vida es imponente —pensó Jill—. Sigue su discurrir, con o sin nosotros.» Y entonces estalló en sollozos.

De repente notó una mano posándose en su codo, y tardó unos momentos en reconocer la cara que se ocultaba tras la mascarilla: se trataba de Vicky, la madre de K'Neisha, la alumna preferida de Jill. No intercambiaron ni una palabra, y Jill observó a unos hombres vestidos con trajes Tyvek que recogían un pequeño fardo del maletero del Nissan de Vicky y lo colocaban encima del palé junto con los otros cadáveres.

Jill tenía los dedos entumecidos. Se le caía todo de las manos y acabó derramando las lentejas por los fogones.

—Mamá, ¿verdad que anoche comimos lo mismo? —preguntó Helen, y Jill tuvo que hacer un esfuerzo para no soltarle una fresca.

—Esta noche es diferente —dijo, quitándole importancia—. Esta noche tenemos lentejas con salsa picante.

—Ah, estupendo.

Jill echó un vistazo en la despensa. Tenía que haber algo más para acompañar las lentejas. Le preocupaba no estar alimentando bien a los niños, pero al mismo tiempo sentía la necesidad de racionar los alimentos hasta que pasara la epidemia, las tiendas volvieran a abrir, los cajeros automáticos funcionaran y todo el mundo hiciera de nuevo vida normal. Guardaba algunas raciones de comida enlatada en la despensa y unos cuantos productos en el congelador —polos, un paquete de guisantes congelados y una trucha de caducidad indeterminada—, pero no les durarían más de unos pocos días.

Al fondo de la nevera, Jill vio un paquete de harina. Su madre siempre insistía en guardar la harina en la nevera para evitar los gorgojos del algodón, una costumbre muy propia del Sur. También había manteca vegetal, justo la cantidad suficiente para hacer galletas. Cuando eran pequeñas, Maggie y ella, subidas a un taburete, habían ayudado a Nora infinidad de veces a estirar la masa para hacer tartas y, sobre todo, galletas; aquellas galletas calientes y hojaldradas que llenaban la cocina de un aroma penetrante y que Jill aún podía sentir de forma vívida en su memoria. Las rodillas le flaquearon hasta el punto de que tuvo que agarrarse a la encimera para sostenerse en pie.

—No hay leche —dijo con voz hueca.

—Mamá, ¿estás bien? —le preguntó Helen, siempre pendiente del estado de ánimo de su madre.

—Iba a hacer galletas, pero no queda ni gota de leche.

—¿Hace falta tener leche? —preguntó Teddy en tono de culpabilidad.

Se había tomado la que quedaba.

—Si quieres hacer galletas de la abuela, sí.

—Podrías preguntarle a la vecina, la señora Hernández, si te cambiaría un poco de leche por unas cuantas galletas —fue la impensable sugerencia de Helen.

Tanto ella como su hermano, en secreto, consideraban que la señora Hernández era una bruja.

—¿Qué te hace pensar que tiene leche? —preguntó Jill.

—Tiene gatos, así que tiene que tener leche.

Jill le tendió una jarra graduada.

—Que te acompañe Teddy. A ver si os llena tres cuartas partes.

Helen no tenía previsto cumplir personalmente con la tarea,

pero los gestos angustiados de Jill la preocuparon. Estaba desesperada por animar a su madre. En el ambiente reinaba algo grave que nadie expresaba.

En cuanto los niños salieron de la cocina, Jill se sentó ante la mesa y se echó a llorar.

En la familia todo el mundo la llamaba «señora Hernández», aunque nadie tenía la certeza de que hubiera llegado a casarse. Jill imaginaba que vivía gracias a los servicios sociales y una modesta pensión, la cual, a juzgar por las botellas y latas que tiraba al contenedor, se gastaba sobre todo en alcohol y en comida para gatos. Siempre tenía el televisor a todo volumen. Solían llevarle a casa productos de la tienda de comestibles y pizza, o por lo menos eso hacían antes. Tenía un pequeño Ford Focus que rara vez salía del garaje. Jill sospechaba que padecía agorafobia.

Teddy tomó a Helen de la mano para subir por la oscura escalera. A la señora Hernández no se le daba bien cambiar bombillas. Los niños solo habían estado en su piso dos veces, ambas por Halloween, porque la señora Hernández les daba barritas de caramelo. En lo alto de la escalera había una puerta de cristal emplomado, y Helen llamó con los nudillos. Oyeron el crujido de las tablas del suelo cuando la señora Hernández cruzó la habitación para abrir la puerta. Era una mujer rechoncha de pelo blanco vestida con un albornoz azul.

—Vaya, hola, niños —dijo, y añadió—: ¡Oh, Blackie! —cuando un gato grande pasó entre los pequeños y salió a la escalera.

El minino se quedó allí plantado sin saber qué hacer.

—Volverá a entrar dentro de nada —aseguró la señora Hernández—. Solo está investigando.

—Estábamos haciendo galletas —explicó Helen—. ¿Quiere unas cuantas?

—¡Oh, qué amables!

—Pero no nos queda leche.

Un gato atigrado se frotó contra la pierna de Teddy. A los

niños les pareció raro que la señora Hernández tuviera todas las persianas bajadas con el día tan bonito que hacía.

—¿Leche? ¿Dices que necesitáis leche? Pero la leche les hace falta a mis gatitos. —La señora Hernández miró a Helen con severidad—. ¿Cuántas galletas me daréis?

—¿Cuántas quiere?

—Seis —respondió la señora Hernández.

—Cuatro.

—No podéis hacer galletas si no tenéis leche.

—Y usted no puede hacer galletas sin harina ni mantequilla —repuso Helen.

—Cinco —rectificó la señora Hernández.

—Cuatro —repitió Helen con terquedad.

Al ver que la mujer guardaba silencio, la niña se volvió para marcharse y tiró de Teddy para que la siguiera.

—¿Cuánta leche?

—Una jarra, dice mamá.

Teddy se dispuso a hablar, pero Helen le dio un codazo, de manera que mantuvo la boca cerrada.

La señora Hernández abrió la nevera y Helen vio que tenía tres botellas de leche y apenas nada más. La mujer midió una jarra exacta.

—Cuatro galletas —volvió a decir antes de darle la jarra a Helen—. ¿Y dónde está el gato negro?

Blackie estaba arañando la puerta exterior, buscando un modo de escapar, y la señora Hernández lo cogió en brazos.

Como ya habían terminado de cenar y Helen había fregado los platos, Jill le pidió que fuera a la sala de estar junto con Teddy porque tenía que hablar con ellos. De inmediato se dio cuenta de que su tono de voz no presagiaba nada bueno, pero no pudo evitarlo.

—Ya sabéis que esta gripe es muy peligrosa, ¿verdad? —empezó a decir, y Helen y Teddy asintieron—. ¿Conocéis a alguien que esté enfermo?

—Cuatro niños de mi clase —respondió Teddy—. A lo mejor son más.

—Son más —puntualizó Helen—. Muchos más.

—Me lo imagino —dijo Jill—. En la tele hablan de mucha gente, gente de todo el mundo que está muy grave.

—¿Papá está bien? —preguntó Helen, que había captado la información no explícita.

—Sí, tesoro, está bien. Hace lo que puede para ayudar a las personas a salvarse. Deberíamos estar muy orgullosos de él, ¿no os parece?

Helen asintió con gesto solemne.

—Yo estoy enfadado porque no está aquí —admitió Teddy.

—Ya lo sé —dijo Jill—. A mí también me gustaría que estuviera en casa. Él sabría qué aconsejarnos; es muy sabio.

—¿Qué pasa, mamá? —preguntó Helen con insistencia.

Jill había ensayado lo que iba a decir.

—Ya sabéis que hay muchas personas enfermas, y algunas no se curan. Algunas se mueren. Entendéis lo que quiere decir eso, ¿verdad? —Los niños asintieron y Jill percibió el temor en sus miradas—. Me ha llamado la tía Maggie. Vuestra prima Kendall se puso enferma, y no se ha curado.

Helen se quedó blanca.

—Fue el lunes. Se puso muy muy mal, y no pudieron hacer nada.

—¿Cómo se puso enferma? —preguntó Teddy.

—Eso no lo sabe nadie, Teddy, pero hay quien cree que fue por los cerdos.

—¿Y Reina Margaret? ¿Está enferma? —preguntó Helen.

—Ella también se ha muerto —dijo Jill, omitiendo que Maggie había reunido a todos los animales en una pradera lejana y los había matado a tiros.

Tampoco les explicó que su tío Tim también estaba enfermo, y que esa misma mañana había enterrado a la abuela. Cada cosa a su debido tiempo.

30

¿Y tú qué harías?

El virus había evolucionado, se había fortalecido y había contraatacado con una virulencia que dejó a los investigadores desarmados para contenerlo.

—Hemos perdido todas las partidas —le dijo Henry a su equipo en una videollamada por Skype—. ¿Habéis investigado la vacuna universal contra la gripe de los NIH?

—Solo sirve para las gripes A y B, y aún la están ensayando —respondió Marco.

—Bueno, ¿y los voluntarios están vivos? Si es así, quiere decir que ofrece cierta protección cruzada para neutralizar el kongoli.

—Lo comprobaremos.

—¿Y qué hay de la vacuna de Pfizer? —le preguntó Henry a Susan, una joven interna que acababa de pasar a ocupar el puesto de una de las mejores profesionales del equipo, quien había dejado de acudir al laboratorio sin que nadie supiera qué le había ocurrido.

—Los ensayos iniciales con animales parecen prometedores —respondió Susan.

—¿Es todo lo que sabéis? —preguntó Henry con brusquedad—. ¡De eso ya hace dos días!

—No tenemos...

—No tenéis ningún punto de partida, ningún...

—¡No tenemos información de todo eso! —protestó Susan, al borde de las lágrimas.

—Henry, aquí todos estamos trabajando sin descanso —terció Marco—. No hemos dormido. No vemos a nuestras familias, ya que la mitad estamos instalados en tiendas de campaña en el jardín del laboratorio. Estamos haciendo todo lo que podemos.

—Ya lo sé, ya lo sé. Lo siento —se disculpó Henry—. Ya veo que os sentís igual de frustrados que yo.

Era absurdo recalcar que necesitaban más tiempo; eso lo sabía todo el mundo. Y también sabían que, precisamente, no disponían de él.

Tildy se acomodó en el sofá junto con su anciano pequinés, Baskin, para observar aquel hito en la historia de Estados Unidos. Ya sabía lo que el presidente iba a anunciar: al día siguiente se desplegarían tropas federales en las ciudades de todo el país para proteger las propiedades y las oficinas del gobierno. Se nacionalizaría la sanidad. Iban a instalarse enfermerías de campaña en los aparcamientos de los centros comerciales. La Cruz Roja dirigiría un programa de voluntariado masivo, y las empresas farmacéuticas serían intervenidas con el objetivo de obligarlas a centrar todos los esfuerzos en el desarrollo de una vacuna, no solo para el kongoli, sino para cualquier cepa de la gripe, de manera que quedara garantizada la protección de por vida. El presidente evocaría la victoria aliada de la Segunda Guerra Mundial y la erradicación de la viruela como ejemplo de logros que también en su momento parecían imposibles. Iba a garantizar que el gobierno de Estados Unidos emplearía al máximo sus poderosas fuerzas para proteger a sus ciudadanos y demás habitantes del mundo contra la mayor pandemia que la humanidad había conocido jamás.

Todas las cadenas iban a retransmitir el discurso que tendría lugar en directo desde el Despacho Oval. En la CNN, el equipo de tertulianos al completo llevaba mascarillas blancas y guantes de látex, lo cual suscitaría, por fuerza, un gran revuelo, puesto que dichos artículos escaseaban incluso en los hospitales. Los periodistas hablaban en tono sombrío, pero era evidente que estaban entusiasmados ante semejante oportunidad. Al cabo de los años, las imágenes de los comentaristas con mascarilla formarían parte de la historia, y a ellos siempre los relacionarían con aquel momento de gran trascendencia. Lo publicarían incluso en sus necrológicas.

Por fin apareció el presidente sentado ante su característico escritorio Resolute del Despacho Oval. Estaba muy rojo, tal vez por haberse pasado con las sesiones de rayos UVA o con el número de tortitas. En cualquier caso, pensó Tildy, se le veía nervioso. Quizá aquel reto lo superaba, aunque también era consciente del escándalo provocado por la noticia de la vacunación de su familia que Tildy se había ocupado de hacer llegar al *Washington Post*.

«Ciudadanos de Estados Unidos —empezó a decir en un tono un poco más elevado de lo habitual—, de nuevo nos vemos obligados a hacer frente a un reto enorme. De nuevo el mundo tiene los ojos puestos en nuestro país porque somos los únicos capaces de superarlo. Y lo superaremos; venceremos esta enfermedad, tenéis mi palabra.»

El presidente ahuyentó a una mosca pesada.

«Esta noche anunciaré cambios importantes que van a producirse en nuestro país en vista de esta tremenda crisis —prosiguió—. En primer lugar, permitidme que os diga que nuestro sistema constitucional superará esta prueba.»

El presidente pasó a recitar la letanía de acciones que tenía previsto implementar, y eso pareció llenarlo de energía.

«Se impondrá la ley marcial —sentenció, dando un enérgico golpe en la mesa—. Ya lo sé; ya sé que suena excesivo, pero un gran hombre que en otros tiempos estuvo sentado frente a esta mesa dijo que no tenemos nada que temer salvo...»

Mientras el presidente hablaba, una lágrima resbalaba por su mejilla. Se la enjugó con disimulo, pero tras esa primera lágrima brotó otra, y justo en ese momento Tildy, el propio presidente y el resto de los estadounidenses repararon en que no se trataba de lágrimas, sino de sangre. Al presidente le sangraban los ojos. Antes de que pudiera terminar la frase, cortaron la conexión.

Veinte segundos más tarde, Tildy oyó que la llamaban por la línea de seguridad.

—Nos hemos acogido al Plan de Continuidad de las Operaciones —anunció una voz al otro lado de la línea.

El presidente seguía con vida, pero estaba incapacitado para gobernar, de modo que el vicepresidente había asumido sus funciones. En ese mismo momento, tanto él como los principales miembros del gabinete ministerial fueron trasladados a Mount Weather. En mitad de la cordillera Azul, en el estado de Virginia, había una ciudad en miniatura oculta bajo tierra con veinte edificios de oficinas, algunos de tres plantas. Además de contar con su propio sistema de tratamiento de aguas residuales y su propia central eléctrica, Mount Weather disponía de un estudio de radio y televisión (que formaba parte del Sistema de Alertas de Emergencia), un crematorio y dormitorios para el presidente, los miembros del gabinete ministerial y los magistrados del Tribunal Supremo. Cruzaron en avión los setenta y seis kilómetros que los separaban de Washington. Muchos se habían negado a abandonar a sus familias, y uno se encontraba demasiado enfermo para hacer el viaje (no permitían que nadie que presentara síntomas viajara hasta allí bajo ningún concepto). El portavoz de la Cámara de Representantes, la persona destinada a la sucesión presidencial, fue trasladado a Camp David, donde había otro búnker —debajo de Aspen, el lugar donde se alojaba el presidente— con acceso a unas amplias instalaciones del Departamento de Defensa excavadas en las mismas montañas Catoctin, en Maryland.

Tildy supo más tarde que, como el vicepresidente había estado en contacto con el presidente, cuando llegó a Mount Weather lo colocaron dentro de una gran burbuja de plástico de las que se utilizan en las embajadas como protección contra los ataques biológicos. El vicepresidente, a la sazón el hombre más poderoso del mundo, tenía que ser alimentado a través de un tubo y gobernaba Estados Unidos metido en aquella esfera aséptica.

Desde la ventana de su piso frente al mar, Tildy veía los muelles vacíos, el río que discurría ajeno a todo, la naturaleza que daba la espalda a la humanidad.

TERCERA PARTE

En las profundidades

31

Idaho

El verano anterior, en un arrebato muy poco propio de él, Henry había comprado un SUV casi nuevo del tamaño de un pequeño autobús escolar y lo había equipado con sacos de dormir, tiendas de campaña, neveras portátiles y cañas de pescar para viajar con su familia por todo el país. Se alojaban en hoteles de la cadena Holiday Inn y, una vez en las montañas, acampaban en parques nacionales. Jill aprendió a cocinar en un hornillo Coleman con el que preparaba tortitas a la plancha con arándanos para desayunar, y por la noche asaban patatas en la barbacoa del campamento y doraban a la parrilla las truchas que Henry y Teddy pescaban en arroyos tan cristalinos que a veces costaba distinguir dónde empezaba el agua. Helen tenía cambios de humor, pero la naturaleza la cautivaba. Solía apartarse para estar sola o escuchar su música preferida, lo cual tenía preocupada a Jill ya que no le gustaba perder de vista a sus hijos; hasta que, al cabo de un rato, Helen reaparecía tan tranquila con el pelo adornado de flores.

Estaban rodeados de belleza por todas partes, pero también de peligros; unos peligros que aquella familia tan urbanita no había llegado a experimentar plenamente. Y esa era, en parte, la intención de Henry al llevarlos allí e incluso a lugares más remotos. Tenía la teoría de que pasar apuros moderados inmunizaba frente a otros desafíos más difíciles en la vida. Aprender a sobrevivir con lo justo en las montañas occidentales —lejos del Netflix, el wifi, el frigorífico, el cuarto de baño y todas esas comodidades de la civilización— ayudaba a conectar con los propios recursos. ¿Cómo podía uno saber de qué pasta estaba hecho si no prescindía de los dispositivos electrónicos y dormía bajo las estrellas? «Es como dormir debajo del árbol de Navidad», dijo Teddy la primera noche que lo probaron en una pequeña zona de acampada al pie del pico Uncompahgre, en Colorado. Helen se había despertado chillando cuando un cervatillo le lamió la sal de la cara, y una manada de ciervos asustados se internaron corriendo en el bosque como si fueran espíritus de otro mundo.

La civilización puede alejarnos tanto de nuestra verdadera naturaleza que nunca llegamos a saber quiénes somos en realidad. O, por lo menos, eso creía Henry. Por eso pasaba tiempo enseñándoles a Teddy y a Helen a tallar madera, atar nudos y hacer una hoguera. Teddy formaba parte de los lobatos de un grupo de *scouts* y conocía las técnicas elementales, y Helen, cuatro años mayor, lo captaba todo con bastante rapidez. Henry también tenía miedo. Su temor no era tanto que le mordiera una serpiente o caerse por un precipicio, sino arrastrar a su familia hasta límites muy peligrosos y luego no ser capaz de protegerla.

Con todo, insistió en que se adentraran en lugares del mapa donde las carreteras quedaban cortadas. Tras recorrer Yellowstone y Grand Teton, se alejaron de los parques nacionales y sus agradables duchas, aseos y áreas de acampada con reserva previa. En su lugar, se dedicaron a recorrer las carreteras flanqueadas por árboles de las zonas forestales que cubrían la mayor parte del oeste del país. Los círculos verdes del mapa señalaban los territorios sin dueño, unos terrenos infinitos disponibles para explorar con total libertad. Debido a su discapacidad, Henry no podía cubrir largas distancias a pie, pero era especialista en descubrir pistas forestales con la anchura justa para pasar con el gigantesco SUV. Jill continuamente temía que Henry se cargara el eje de transmisión o alguna pieza fundamental del chasis y se quedaran tirados en mitad de la nada. A su marido, en cambio, solo le preocupaba que hubiera gasolina en el depósito. No le importaba perderse; de hecho, daba la impresión de que era lo que pretendía. Jill, desde el asiento del acompañante, no paraba de refunfuñar para que redujera la velocidad o diera media vuelta, hasta que de pronto aparecían en mitad de una cautivadora explanada llena de adelfillas y ásteres de tonos áureos. Era alucinante que Henry tuviera tanta suerte a la hora de descubrir un paisaje espectacular tras otro, todos distintos pero igualmente majestuosos gracias a las flores, las montañas o el lago glaciar que parecían recién caídos del cielo. Todos sentían entusiasmo, agotamiento, necesidad de dormir y verdadera desesperación por darse un baño.

Fue en Idaho donde a Henry se le ocurrió la idea de alquilar unos caballos y adentrarse en el bosque del Parque Histórico Nacional de los Nez Percé. Había estado examinando un mapa de carreteras, y el camino terminaba en un punto que recibía el atractivo nombre de Elk City, la ciudad del wapití. Se trataba de los restos de una antigua población minera equipada con un bar, una cafetería y poca cosa más; justo lo que Henry deseaba. Fue un guía indio nativo quien se ofreció a ayudarles a cruzar un puerto de montaña y dejarlos en un remoto lugar de Meadow Creek, «el paraje más bello que verán jamás —les prometió—. Hay quien dice que es un lugar sagrado». Le faltaba un diente incisivo y algunos dedos, pero por algún motivo se llamaba Lucky, el Afortunado.

Partieron antes del alba, e incluso en plena oscuridad los caballos conocían la ruta hasta el sendero. Había cinco caballos para los jinetes y dos mulas que cargaban con la tienda de campaña, los sacos de dormir y víveres para una semana. Ni Helen ni Teddy habían montado antes y al niño no le llegaban los pies al estribo, sin embargo, en opinión de Henry, ese precisamente era un motivo más para vivir aquella experiencia. El padre de familia no se inmutó ante las advertencias de Lucky en relación con los osos, los alces, las plantas venenosas y los lobos grises. Semejante abanico de peligros era justo lo que lo había llevado a elegir ese destino. Jill, en cambio, sí que le prestó atención, y la perspectiva de quedarse solos en las montañas, aislados por completo de la civilización y rodeados de riesgos desconocidos no le parecía nada halagüeña. No comprendía la obsesión de Henry, y a medida que los caballos avanzaban a trompicones por el empinado camino entre los bosques de piceas, abetos y pinos, su ansiedad iba en aumento, añadida al resentimiento hacia él por poner a sus hijos en peligro. También la inquietaba ver que Lucky llevaba una pistola; por una parte, porque no le gustaba tener ningún arma cerca y, por otra, porque ellos no llevaban ninguna y tal vez les hiciera falta. Después de varias horas, no aguantó más en la silla y tuvo que desmontar y caminar junto al animal. Su marido la conocía lo suficiente para saber que era mejor no tratar de aplacar su enfado.

Henry observó a Lucky y su cómoda postura sobre la silla de montar, su conexión con la naturaleza y el placer con que disfrutaba cada instante. Él, por el contrario, no había logrado desconectar de sus obligaciones. Anhelaba apartar totalmente los pensamientos que lo distraían y entregarse por completo al gozo de la aventura y al sentimiento de amor por su familia. Sin duda era otra de las motivaciones que lo impulsaban a adentrarse cada vez más en aquellos territorios inexplorados.

Pararon a comer junto a un manantial que brotaba de una roca. Lucky le enseñó a Teddy a encajar la cabeza en el musgo y a beber directamente de él. El niño quería imitar al indio en todo, de modo que dejó que el chorro de agua le empapase la cara y terminó riéndose. Luego fue el turno de Helen, y pronto la familia al completo se había refrescado gracias al agua helada de la fuente y la naturaleza dejó de parecerles tan amenazadora. El agua pura y fresca fue como un bautismo de ingreso a otra vida.

Cuando volvieron a montar, Lucky situó a Jill en cabeza, seguida de sus hijos, y él se colocó por detrás de Henry para poder charlar tranquilamente con él.

—Incluso a mí me asusta un poco estar solo en medio de todo esto —admitió—, y una semana es bastante tiempo.

Henry reconocía que Lucky estaba dándole buenos consejos, pero en el tablón de tareas pendientes de su imaginación marcaba que una semana en plena naturaleza era la dosis exacta de aventura necesaria para salvar a su familia de... lo que fuera.

—Puedo venir a recogerles dentro de tres días, y les haré un descuento —se ofreció Lucky.

Henry lo pensó antes de responder:

—Cinco días me parece bien.

—Sí, señor, está bien. No necesitan más.

Henry tenía la esperanza de que Jill se mostrara más conciliadora en vista de su concesión.

Cuando los niños se pusieron nerviosos, Lucky empezó a cantar. Tenía una voz grave y agradable, y a Henry le sonaba la canción:

> *Por montes y valles,*
> *entre el polvo del camino,*
> *a los armones seguimos.*
> *Izquierda, derecha, es nuestro himno,*
> *media vuelta y paso al frente,*
> *a los armones seguimos.*

—¿Qué es un armón? —preguntó Teddy.

—No lo sé exactamente —reconoció Lucky—. Solíamos cantar esta canción cuando estaba en el ejército.

—Me parece que es un armazón con ruedas para la artillería —explicó Henry.

—Sí, señor, creo que tiene razón —dijo Lucky.

Volvió a cantar la estrofa unas cuantas veces, y luego Teddy se unió a él, imitándolo, y poco después todos cantaban para pasar el tiempo y ahuyentar el temor que amenazaba con echar por tierra el gran experimento de Henry.

Henry no había llegado a conocer a sus abuelos paternos y, francamente, tampoco se había molestado en averiguar gran cosa sobre ellos, ya que nunca lo habían apoyado en ningún sentido. Se crio en casa de sus abuelos maternos, Ilona y Franz Bozsik, refugiados húngaros tras la revolución de 1956 y oprimidos por la brutalidad soviética. Franz atravesó un campo de minas camino de Austria llevando sobre los hombros a su hija de dos años, Agnes, la madre de Henry. Prefería perder la vida a perder la libertad para siempre.

Ilona y Franz dejaron atrás todo cuanto tenían excepto a Agnes. Aprendieron otros idiomas, se adaptaron a diversas culturas y, aprovechando las oportunidades que el azar les ofrecía, terminaron en Indianápolis. Franz, quien fuera profesor de economía en la Universidad Técnica de Budapest, donde empezó la revolución, se convirtió en ebanista. Ilona daba clases de piano. Eran personas poco habladoras, tal vez porque no dominaban el inglés. Cuando Henry llegó a sus vidas, ambos tenían ya más de sesenta años y su salud era frágil. El pequeño tenía cuatro años y los abuelos no estaban preparados para criar a otro niño.

Ilona era amable pero sin iniciativa; acarreaba el trauma de haber visto destrozada la vida que tenía planeada. No encajaba en ningún sitio, ignoraba cómo hacerlo. Su estrategia consistía en animar a los demás. Henry creció oyendo cómo alababa a sus alumnos y los recompensaba con galletas de nueces o *kolache* incluso cuando no habían practicado. Con él hacía lo mismo; Ilona era una fuente constante de reconocimiento con poca vida personal. Con todo, obtenía placer cuidando el jardín o cocinando, y sobre todo de la música. En aquella casa la música era una constante, bien porque los alumnos se peleaban con las sonatinas del álbum de Schirmer, bien porque la propia Ilona interpretaba a los húngaros —Liszt o Bartók— con una pasión ausente en cualquier otra parcela de su vida. Su compositor favorito era Schubert, el austríaco melancólico. Cada vez que escuchaba a Vladímir Horowitz tocar uno de los solemnes *impromptus* de Schubert, se echaba a llorar. Su amabilidad era, en cierta manera, la noble expresión de una pena profunda.

Franz, en cambio, solía asustar a Henry con su furia y su hostilidad. Tal vez lamentaba las penurias que había hecho pasar a su familia. Debía de sentirse mal por haber perdido el estatus del que disfrutaba en Budapest, donde era un reconocido profesor universitario con una posición afianzada. Fue ya al final de su vida cuando le habló a Henry de los viejos tiempos, y era como si recordara un gran amor perdido. La pérdida, de hecho, era el sentimiento que mejor definía a la familia Bozsik. Todos habían perdido a la madre de Henry.

Franz le transmitió a su nieto dos cosas que lo marcarían para el resto de sus días. Una era el odio por la religión, a la cual culpaba de haberse adueñado del pensamiento de su hija y de haberla arrastrado a la catástrofe. «¡Me la han arrebatado! ¡Se la han llevado, son unos ladrones!», protestaba Franz con su inglés de marcado acento húngaro. Hablaba de ello igual que se refería a la pérdida de Hungría a manos del comunismo, con ira y perplejidad por la capacidad de un peligroso sistema de creencias para manipular la mente de personas sensatas.

La otra cosa que Franz le enseñó a Henry fue a prepararse. Comprendía que su nieto era menudo y enfermizo, y estaba lleno de miedos, pero también veía su fortaleza. Veía su inteligencia y su curiosidad. Henry dedujo más tarde que su madre también debió de tener esas cualidades.

—Era lista, tu madre, y tenía talento —le explicó su abuelo.

Nunca la llamaba por su nombre. Se dedicó en cuerpo y alma a asegurarse de que Henry estuviera preparado para resistir los embates de la vida. Debería prepararse físicamente para estar fuerte. Ser escéptico e intelectualmente riguroso. Forjarse una carrera profesional que le sirviera de sustento.

Por encima de todo, Henry tuvo que aprender a enfrentarse a sus miedos. Era asustadizo y rehuía la confrontación directa. Incluso siendo muy pequeño, Franz lo provocaba gritándole «¡buuu!» o lanzándolo por los aires. Más tarde optó por atacar sus ideas y obligarlo a soportar que lo dejara en ridículo. Franz se estaba muriendo a causa de una enfermedad cardíaca y sus lecciones a veces resultaban crueles y precipitadas. Sabía que le quedaba poco tiempo. Falleció cuando su nieto cursaba segundo de secundaria.

Henry había perdido a varias de las personas más cercanas a lo largo de su vida. La lección que extrajo de ello fue que los demás no pueden protegernos, y eso era precisamente lo que Franz deseaba enseñarle. Igual que su abuelo, Henry sentía la necesidad de reparar el pasado, lo cual es imposible. La muerte de Franz lo impulsó a estudiar medicina. Como no tenía dinero, no le quedaba más remedio que ser el mejor, de modo que destacó en los estudios y recibió becas durante todos los años en la Universidad Purdue y en la facultad de Medicina de la Johns Hopkins. Henry no habría sido la misma persona de haber tenido a sus padres con él. Fueron Franz e Ilona quienes le enseñaron cómo conducirse en la vida.

Aunque el tiempo que pasó con los Bozsik fue breve, por lo menos le aportó la idea de lo que era una familia. Henry sabía que no era de naturaleza afectuosa. Donde se sentía más feliz era en el laboratorio o en su sillón de lectura. Igual que muchas personas de inteligencia excepcional, se replegaba tanto en sus pensamientos que se abstraía de la realidad. Podía sentarse en una ruidosa cafetería e ignorar por completo las conversaciones que tenían lugar justo detrás de él mientras hacía cálculos mentales. No le habría resultado difícil vivir solo. De hecho, pensaba que estaba destinado a ello. Pero entonces conoció a Jill y empezaron una vida juntos, y llegaron los niños, y el amor llevó a Henry a tomar contacto con el mundo.

El puerto de montaña continuaba nevado a principios de julio. Mientras Lucky señalaba huellas de animales, Henry se dio cuenta de su gran ignorancia sobre la naturaleza más allá de las cuatro paredes del laboratorio. Vivía en un mundo de miniatura en muchos aspectos; veía la vida a través de un microscopio. Ahora, sin embargo, el que se sentía microscópico era él en comparación con los imponentes árboles, las montañas y la arriesgada empresa que se había impuesto y en la que comenzaba a sentirse atrapado.

Empezaban a salir de la zona boscosa y la senda describía curvas cerradas a izquierda y derecha. Los caballos avanzaban con cautela por una explanada pedregosa mientras los conejos de roca jugaban al escondite entre las piedras.

—Si están de suerte, tal vez vean algún lobo —dijo Lucky—. En tal caso, acuérdense de mí.

—¿Por qué lo dice? —preguntó Jill.

—Porque mi nombre indio es Lobo Amarillo. Mucha gente de mi tribu tiene nombres compuestos que empiezan por «lobo». Lo consideramos un animal muy sabio y astuto.

Por fin, los árboles desaparecieron del todo y el terreno se ensanchó hasta convertirse en una vasta pradera de hierba alta y flores. En el horizonte se elevaba la cordillera Bitterroot, escarpada, con las cimas cubiertas de nieve, espléndida. Jill respiró hondo.

—Qué maravilla —comentó.

—Así eran las cosas hasta que encontraron oro y todo cambió —explicó Lucky.

Ató los caballos a un poste situado bajo un grupo de abetos y guio a Henry y su familia hasta un lugar donde el riachuelo se ensanchaba formando una amplia laguna bullente de truchas que se asomaban a la boca del arroyo para alimentarse. Ayudó a Henry a montar la tienda, rodeó el cajón de la comida con una cuerda colgada a una rama y lo elevó hasta dejarlo colgando a unos cuatro metros y medio del suelo.

—La altura justa para que ningún oso pardo lo alcance, por si acaso —dijo.

—¿Hay osos pardos? —preguntó Jill, que no había tenido eso en cuenta.

—Bueno, en realidad no. Pero osos negros sí. Una o dos veces he oído que alguien se había encontrado con un oso pardo, pero nosotros no los hemos visto nunca. Son bastante reservados. Aun así, es mejor que mantengan la comida a buen recaudo. Es mejor no provocarlos.

Lucky tenía que volver a cruzar el paso antes de que oscureciera, de manera que reunió a los caballos para llevárselos y dejó solos a Henry, a Jill, a Helen y a Teddy. Era justo lo que Henry tanto había anhelado, aunque sin los caballos estaban atrapados en aquel paraíso. Él, por lo menos, seguro que lo estaba.

La primera noche se sentaron en las sillas de camping y observaron a los animales que se acercaban al arroyo. Una manada de wapitíes se puso a arrancar la hierba en la orilla opuesta, y a continuación un enorme alce macho con una cornamenta de casi dos metros de anchura entró dando zancadas en la laguna. Henry jamás había reparado en lo peligrosos que podían llegar a ser unos cuernos semejantes, con la forma de dos manazas abiertas de dedos afilados, algunos de más de treinta centímetros de largo. El alce anunció su presencia con un estridente bramido que hizo que los niños corrieran a refugiarse en la tienda esa primera noche. El animal acudió allí todas las tardes justo antes del anochecer, y cada vez emitía su vehemente berrido. Teddy empezó a llamarlo Bullwinkle. Un águila calva se posó en una roca cercana para atusarse las plumas con el pico, sin inmutarse en absoluto ante su presencia. Los animales adoptaban una actitud de altiva indiferencia, como si les estuvieran perdonando la vida a los Parsons. Los observaban con la misma curiosidad que manifestaban los humanos. «Aquí todos somos animales», parecían decir.

La tercera noche llovió a cántaros y los relámpagos que restallaban justo sobre sus cabezas brillaban con una intensidad tal que iluminaban la tienda como si hubieran encendido una bombilla. Helen se escondió en el saco de dormir, pero Teddy estaba disfrutando del espectáculo, hasta que un rayo cayó tan cerca que todos dieron un respingo. Jill pegó su cuerpo al de Henry y los niños arrastraron los sacos de dormir para acercarlos un poco al de su padre. Él permaneció despierto hasta que pasó la tormenta y los truenos retumbaban en las montañas lejanas. Cuando finalmente se durmió, pensó que aquello era exactamente lo que anhelaba: una experiencia que los uniera más y les demostrara que hay cosas que dan miedo, pero no matan.

—Yo soy igual que Lucky, ¿verdad? —le preguntó Teddy.

Padre e hijo habían salido a recoger leña después de la lluvia. Henry le enseñó a Teddy a descortezar las ramas húmedas que por dentro estaban secas.

—¿Lo dices porque los dos sois indios? —puntualizó él.

Teddy asintió.

—Bueno, sí, pertenecéis al mismo grupo étnico, pero sois muy diferentes en otros aspectos. Los miembros de la tribu nez percé viven a miles de kilómetros de distancia de la tribu de Brasil a la que tú perteneces.

—Pero están vivos, ¿verdad? Los de la tribu de Lucky, quiero decir.

—Sí, y estoy seguro de que muchos siguen habitando esta región.

—¿Cómo dices que se llama mi tribu?

—Los cinta larga.

Teddy puso mala cara.

—Qué nombre tan raro.

—Bueno, supongo que les gusta llevar algún tipo de cinturón, pero dudo que hayan tenido opción de decidir cómo debían llamarlos los demás, y no sé cómo se llaman ellos a sí mismos. *Nez percé* quiere decir «nariz perforada» en francés. ¿No crees que es porque les gusta lucir joyas en la cara?

—¿Los de mi tribu están vivos?

—Quedan algunos repartidos por las selvas de Brasil, no sé cuántos. ¿Te gustaría volver algún día y reencontrarte con ellos?

—Me parece que no —respondió Teddy—. Me parece que ahora están todos muertos.

—¿Por qué lo dices?

—Eso es lo que le contaste a mamá, ¿verdad? Le contaste que habían muerto todos y que solo quedaba yo.

—¿Te lo ha explicado ella?

Teddy asintió.

—Creo que se refiere a que los habitantes de tu poblado murieron, pero no toda la tribu. Tenían una enfermedad.

—Y no pudiste salvarlos.

Henry quería responder, pero se le quebró la voz y se dedicó a retirar la corteza de otra rama.

Se despertó de un respingo, como si acabara de coger un tizón ardiendo.

—¿Qué ocurre? —le susurró Jill con apremio.

—Nada —respondió Henry—. He tenido una pesadilla.

—Estás empapado en sudor.

—Vuelve a dormirte —dijo—. Todo va bien.

Su mujer sabía que no era cierto. Los primeros años de casados, Henry tenía problemas para conciliar el sueño y solía despertarse sobresaltado a causa de terribles pesadillas. Sin embargo, terminaron por sucumbir a la fuerza de la rutina: él se daba media vuelta y se hacía el dormido, y a ella acababa venciéndola el sueño.

Mientras permanecía allí tumbado, escuchando la respiración de su familia, que se iba acompasando, Henry se dio cuenta de que había otra cosa que lo había atraído hasta aquel páramo, algo que no tenía nada que ver ni con su mujer ni con sus hijos. Aún luchaba por olvidar los recuerdos indeseados que amenazaban con arrastrarlo de nuevo al momento en que había sufrido sus mayores miedos. Se negaba a que los traumas del pasado lo incapacitaran; no obstante, ¿por qué había insistido para que su familia realizara un viaje que en realidad tenía que ver con sus miedos y sus fracasos personales? Jill se lo había advertido desde el principio. ¿Cuántas conversaciones habían mantenido acerca del motivo por el que hacía aquello? Henry le había asegurado que la aventura fortalecería a los niños y estrecharía los lazos familiares. Se dijo a sí mismo que la razón era preparar a Jill y a sus hijos para enfrentarse a los imprevistos de la vida que llegarían en el momento más inesperado —cuando algún día él ya no estuviera a su lado—, igual que había hecho su abuelo. Ellos no tenían las habilidades ni el instinto para protegerse de esas amenazas. En su bonita casa de Atlanta, estaban cómodos y a salvo. Pero Henry no había sido sincero con su esposa, ni siquiera consigo mismo. Si estaba allí era por sus propias razones. Adentrarse en la naturaleza acabaría despertándole recuerdos llenos de horror.

Jill estuvo durmiendo en la tienda hasta que la espabiló el olor del café. Si por una parte tenía miedo de apartarse de la civilización de forma tan radical, por otra tenía que agradecerle a Henry el haberlo hecho posible. En cierto modo, se sentía renovada. Los vínculos familiares nunca habían sido tan estrechos. Todos ellos habían ganado confianza. Mientras permanecía tumbada dentro del saco de dormir, pensaba que el plan de Henry había surtido efecto, tenía que admitirlo. Por las mañanas salían a caminar por la montaña o a pescar, y por las tardes cada uno cogía su libro y se aislaba durante un par de horas. Teddy, que era un lector precoz, iba por el segundo tomo de la serie de Harry Potter, Helen estaba enfrascada en *Los juegos del hambre* y Henry había llevado consigo una nueva biografía de Marie y Pierre Curie. En cuanto a Jill, ya se había tragado las dos novelas de Iris Murdoch que creía que iban a durarle todo el viaje, de modo que pasaba las horas divinamente dibujando flores silvestres. Pensaba en cómo los indios de la tribu nez percé solían recorrer solos aquellas montañas buscando una visión, un tótem espiritual en forma de animal terrestre o de ave que los protegiera durante el resto de sus días. Se preguntaba si seguirían haciéndolo, y si Lucky los había llevado hasta allí por algún motivo.

Por fin salió de la tienda, con una toalla al hombro y un aspecto desaliñado que a Henry le pareció muy atractivo. Insistía mucho en mantener la higiene, así que cada mañana, antes de que los niños se levantaran, desafiaba el frío, se sumergía en el riachuelo para lavarse el pelo con un champú ecológico y se lo secaba cepillándoselo junto al fuego.

—Anoche te quedaste levantada —le dijo Henry.

Era la cuarta mañana allí. Lucky acudiría a recogerlos al día siguiente.

—Me vino la regla —le explicó—. Y ¿sabes qué? A Helen también.

—¿A Helen? ¿Ya?

—Tiene once años. No es tan raro.

—Lo raro es que a las dos...

—Ya lo sé.

—¿Está bien?

—Le da vergüenza. Creo que en parte también se siente orgullosa, pero ya sabes que no soporta tener que salir afuera a hacer sus necesidades, y encima ahora tiene que vérselas con esto. Mañana por la noche dormiremos en un hotel.

Era una orden.

Henry encendió el hornillo mientras Jill preparaba la masa de las tortitas, y luego despertó a los niños. Era el último día completo que iban a pasar allí, y nada más terminar de desayunar emprendieron una ambiciosa caminata. Henry cambió el bastón por una vara que había tallado de una rama de abedul y que le confería el aspecto de un profeta del Antiguo Testamento. Era tan temprano que los pájaros trinaban sin cesar. Los pinos desprendían un fuerte olor a resina después de la tormenta. Henry no tenía mucha estabilidad, pero la ruta que habían elegido, a lo largo de Meadow Creek, formaba un suave descenso en dirección al norte, hacia el fin de su recorrido en el río Selway. Caminaron por el valle entre los picos de la cordillera Bitterroot y las montañas Clearwater. Cuando Henry necesitó parar para descansar, se sentó en la orilla del río junto con Jill mientras los niños recogían arándanos y se bañaban en el arroyo. En el mundo no existía nada más que aquel lugar y aquel momento.

El riachuelo se volvía más revuelto y más ancho a medida que la pendiente descendía. Henry fue bajando apoyándose en la vara para afianzar el paso en las partes más empinadas. Empezaban a oír las cascadas, un rumor mortecino pero constante parecido al del tráfico de una autopista que fue creciendo en intensidad hasta que por fin llegaron al punto donde las aguas confluían y brotaban con furia por el antiguo conducto recortado entre las montañas de granito negro. El río discurría entre los detritos de rocas disgregadas y árboles caídos, entre lagunas donde se formaban remolinos y largos tramos de aguas rápidas, con un ritmo frenético, como una multitud huyendo de algún desastre inenarrable.

La familia siguió su camino por un abrupto sendero hasta un punto desde donde podía contemplarse claramente la cascada, y entonces Teddy vio a los salmones saltando y agitando la cola en el aire para darse impulso. Eran peces enormes, algunos de más de un metro de largo, pero al parecer el torrente superaba su vigor.

—Ya empiezan a desovar —observó Henry.

—¿Qué quiere decir eso? —preguntó Teddy.

—Ponen los huevos en otoño, pero antes vuelven al lugar donde nacieron. Recorren un largo camino desde el océano Pacífico, nadan más de mil quinientos kilómetros a contracorriente. Tienen a sus crías y luego mueren. Es su último viaje.

—¡Hala! —exclamó Helen cuando uno de los grandiosos peces dio un salto y quedó suspendido en el aire, desafiando a la gravedad, antes de volver a caer dentro del agua.

—Tal vez seáis la última generación que ve esto —dijo Henry—. Las presas construidas a lo largo del río y el calentamiento de los océanos están haciendo mella en la población de salmones. Es desgarrador, viendo su comportamiento heroico, ¿no os parece?

Mientras Henry hablaba, un águila pescadora salió disparada de entre las paredes del cañón y agarró a un salmón que acababa de llegar a la parte más alta del río. El pez, que no paraba de retorcerse, tenía aparentemente mayor tamaño que el ave, pero las poderosas alas del águila lo arrastraron por los aires más allá de las paredes del cañón, bosque adentro.

Los niños guardaron silencio durante el camino de regreso al campamento. Helen tenía los ojos llorosos. Esa noche se comieron los últimos perritos calientes, y cuando los niños se acurrucaron en sus sacos de dormir, Henry y Jill permanecieron una hora más despiertos, degustando un bourbon y contemplando las estrellas que poblaban el firmamento. Tal vez si Henry hubiera estado más lúcido habría escondido el cajón de la comida en el árbol, pero quedaba tan poca cosa que le pareció una tontería.

Esos días, en la tienda, nunca dormía profundamente, de manera que el crujido de las hojas lo despertó al instante. No cabía duda de que era un oso. Estaba arrojando de un lado a otro el cajón de la comida, intentando abrir la tapa, mientras gruñía, frustrado y, según creía Henry, furioso.

—¡Papá! —susurró Teddy con urgencia.

—¡Chitón!

Todos estaban despiertos. El oso se encontraba lo bastante cerca para oír cada uno de sus pasos. Lo oyeron clavar las zarpas en el árbol, y luego volvió a vapulear el cajón un poco más. Dentro no quedaban más que cereales y leche en polvo. Henry albergaba la esperanza de que el oso consiguiera abrirlo a pesar de que tenía un cierre de seguridad, y justo en ese momento ocurrió lo que tenía que ocurrir: oyeron el sonido de las poderosas garras rompiendo el plástico rígido, un sonido de una violencia espeluznante. Los jadeos y los gruñidos recibieron la respuesta de otro gruñido procedente del extremo contrario de la tienda, seguido de un rugido que los dejó a todos paralizados de terror. Henry reparó en que había dos osos fuera de la tienda, enloquecidos por el hambre, peleándose por los restos de la leche en polvo.

Entonces los animales guardaron silencio. La familia oía sus movimientos mientras andaban en círculo alrededor de la tienda. En ese instante, Henry decidió pasar a la acción. Abriría la cremallera de la tienda, saldría corriendo en dirección al arroyo y se llevaría a los osos lo más lejos posible de su familia. Cogió la linterna que pensaba utilizar como garrote, hasta el final.

Una de las bestias se encontraba justo al lado de la tienda, empujaba la tela con el hocico y su cálido aliento traspasaba el fino tejido de nailon. Entonces rugió y fue el mayor estruendo que habían oído jamás. El rugido recibió respuesta desde el otro lado.

De pronto, Teddy empezó a cantar:

Por montes y valles,
entre el polvo del camino,
a los armones seguimos.

Uno de los osos volvió a rugir, pero el niño siguió cantando, y el resto de la familia se unió a él, con voz potente y desafiante:

Ya suena la consigna
y retumba la artillería.
¡Gritad el nombre de vuestro grupo!
Dondequiera que acabéis,
jamás lo olvidaréis.

Siguieron cantando hasta que no oyeron ningún otro sonido procedente del exterior.

Lucky llegó alrededor del mediodía. Recorrió el campamento observando las huellas y moviendo la cabeza, estupefacto. El cajón de la comida estaba hecho trizas. Las pisadas correspondían a un macho y a una hembra de oso pardo, según les explicó. Era el final de la época de apareamiento. Las huellas del macho medían más de medio metro del extremo anterior de la planta al talón, sin contar propiamente las garras. El indio no se lo podía creer.

—¿Qué han hecho para ahuyentarlos? —preguntó.

—Ha sido Teddy —dijo Helen, orgullosa—. Se ha puesto a cantar.

—¿A cantar? —se extrañó Lucky.

—Sí, la canción que usted nos enseñó —le explicó Teddy.

Todos estaban muy serios cuando se alejaron del campamento para regresar a la civilización. Seguían vivos, pero todo había cambiado. Aún no estaba claro quiénes eran. Cuando estuvieron de vuelta en Elk City, Lucky se negó a cobrarles ningún dinero.

—No ha sido culpa suya —dijo Henry—. Insisto.

Le tendió el dinero y trató de introducirlo en la mano de tres dedos de Lucky.

—No se trata de eso —respondió él—. Lo que han vivido en el bosque es algo que nosotros consideramos una experiencia sagrada. —Y añadió—: Lo relataremos muchas veces y a ustedes los llamaremos «la familia de los osos».

32

Para que te acuerdes de mí

—Mi pueblo siempre ha dirigido la vista al cielo en busca de augurios —dijo Majid cuando Henry lo encontró mirando por un telescopio desde el tejado del palacio de su primo, en Taif, donde se habían refugiado.

Las estrellas emitían un brillo deslumbrante.

—¿Has descubierto algo?

—En mi caso, los mensajes tienen que ver con mis fracasos personales. Las estrellas son como mis suegras.

La guerra únicamente estaba esperando una nueva ofensa, y los saudíes la habían expresado en forma de bombardeo con misiles a una reserva de petróleo iraní en la isla de Jark. Era una represalia por el atentado suicida en el palacio del príncipe Majid y el ataque al cuartel general de la Guardia Nacional saudí. Los destructores iraníes se desplazaron para bloquear el estrecho de Ormuz y cortar el suministro de crudo desde el golfo Pérsico. La guerra acababa de empezar.

—Has sido muy amable conmigo —dijo Henry—. Ahora tengo que pedirte otro favor. Debo encontrar la forma de volver a casa. Lo he intentado todo, y sé que tú también, pero no puedo esperar más. Necesito volver a mi hogar, enseguida.

Majid lo miró con la expresión llena de tristeza.

—Estoy de acuerdo en que debes irte, es demasiado peligroso estar aquí. Esta guerra será muy cruenta. Llevamos cientos de años esperando este día, y ahora los fanáticos quieren acabar con ello aunque suponga la destrucción del islam. En cuanto a lo de marcharte a casa, te ofrecería mi avión particular, pero la prohibición de viajar sigue en vigor. Además, mi piloto tiene miedo del kongoli. También podría pilotar yo mismo, pero esta guerra de locos...

—Tiene que haber alguna solución —repuso Henry con desánimo.

—No puedo asegurarte nada, pero si consiguieras llegar a Baréin, allí hay una base naval estadounidense. Tal vez ellos puedan ayudarte. No sé si hago bien en mencionarlo, porque está dentro de la zona de guerra. Los rusos han enviado abundantes refuerzos a Irán, y es más peligroso estar en el Golfo que aquí.

En esas circunstancias, el peligro le traía a Henry sin cuidado.

—¿Cómo puedo llegar hasta allí?

—Iba a despedirme de ti durante la cena. Debo guiar a un batallón hasta la provincia Oriental. Desde ese punto no hay mucha distancia. Si de verdad estás dispuesto a correr el riesgo, preparé tus cosas y nos marcharemos antes de que salga el sol. Siento no poder ser de más ayuda, pero por lo menos pasaremos unas cuantas horas más juntos antes de separarnos.

Henry intentó dormir las pocas horas que quedaban antes del amanecer, pero lo asaltaron imágenes de su familia. El sentimiento de culpa por haber estado ausente justo cuando tanto lo necesitaban era intenso y no le daba tregua. No debería haber viajado a Arabia Saudí. Después de todo, ¿de qué había servido? El contagio, en cualquier caso, se habría extendido de forma inevitable; era como tratar de detener un tsunami. No podía hacerse nada excepto aislarse junto a los seres queridos y rezar.

Le sorprendió que se le hubiera pasado por la cabeza la idea de rezar; le pareció una señal de impotencia. Todos aquellos a los que más quería corrían peligro y estaban sufriendo. Lo necesitaban. Pero él se encontraba muy lejos.

Majid llamó a su puerta un poco después de las cuatro de la madrugada. Las escasas pertenencias de Henry estaban guardadas en la maleta que le había enviado Jill... ¿hacía tan solo seis semanas? Majid llevaba puesto un uniforme militar. De nuevo aparentaba ser un hombre completamente distinto al doctor vestido de occidental a quien Henry había conocido varios años atrás, y también al engalanado príncipe con el que había trabajado día y noche en el reino. Ahora era un soldado.

—No voy a luchar en la guerra, voy a luchar contra ella —puntualizó Majid mientras conducía un jeep descapotable hasta la base de la Guardia Nacional, donde ya se había formado un pequeño batallón montado en Humvees y vehículos TBP—. Haré lo que pueda para frenar esta gran locura. Pero, en el fondo, esta es mi familia.

Cuando el sol apareció en el horizonte oriental, la brigada dirigida por Majid se hallaba bien adentro del voluptuoso desierto. Les aguardaba el peligro; de hecho, se estaban precipitando hacia él, cada cual por sus propios motivos. Las horas de nervios provocaron que los dos amigos se explicaran historias que hasta ese momento habían callado.

—Mi madre era una esclava —le confió Majid—. Es más adecuada la palabra «concubina», pero como mi padre era un hombre piadoso, se casó con ella cuando se quedó embarazada. Fue la cuarta esposa, y las otras tres la despreciaban. Él perdió pronto el interés por ella, pero para entonces yo ya había nacido, así que la mantuvo incluso después de divorciarse. Cuando hablo de mi padre, parece que le guarde rencor, pero en realidad lo quería. Era un hombre de nuestra cultura, ni más ni menos. Yo podría haber sido como él de no ser por la educación que recibí. Los años en Cambridge y Swansea me enseñaron otras cosas aparte de la medicina. Aprendí otras formas de ver la vida, y supe lo que el mundo opina de nosotros fuera de las fronteras del reino.

»Verás, Henry, te confieso que muchas veces me he planteado no volver a Arabia. ¿Para qué? ¿Para vivir en medio de la arena con tan solo un horizonte llano entre uno y la eternidad?

¿Para qué volver cuando por fin había huido? Podía vivir en Mayfair y practicar la medicina interna, tener amigos sofisticados y divertidos que saben más del mundo de lo que yo podría llegar a imaginar. Mientras que aquí —hizo un gesto para señalar la masa de arena—, las mentalidades son igual de estériles que el desierto, y, sin embargo, creemos que Dios nos prefiere a ningún otro pueblo. ¿Por qué? Nos educan en la religión, en los rumores, en el folclore, y, a pesar de nuestra ignorancia, ¡Dios nos obsequia con el mayor regalo que existe en el mundo! ¡Trescientos mil millones de barriles de petróleo! ¿Qué hemos hecho para recibir un presente tan maravilloso? Solo cabe una respuesta: nos han recompensado por nuestra devoción. De forma que nos volvemos más devotos. El Corán nos enseña que la verdadera piedad consiste en creer en Alá, ocuparse de los necesitados, liberar a quienes sufren cautiverio y tener paciencia ante la desgracia, pero para los fanáticos la piedad se convierte en una contienda. No basta con cuidar de los demás, con trabajar por la libertad. No. Debemos aniquilar a los que piensan de un modo distinto a nosotros, o a los que creen menos. Aquellos a los que llamamos herejes deben ser castigados. Y malgastamos este gran regalo usando nuestra riqueza para limpiar el mundo y dejarlo tan vacío como las mentes de los fanáticos.

Tras este arrebato, el príncipe Majid guardó silencio. La amargura se había apoderado de su estado de ánimo, y Henry jamás había observado esa faceta en su amigo.

—¿Y por qué volviste? —quiso saber.

—Muchas veces me hago esa misma pregunta —respondió Majid—. Sueño con regresar a Londres, pero es imposible, siendo quien soy.

—Supongo que ser miembro de la familia real conlleva muchas obligaciones.

—Nosotros decimos que no hay bendición sin maldición. De modo que sí. Soy príncipe. Tengo diez mil primos que son iguales que yo. Somos ricos, sí. Tenemos poder. Pero vivimos sabiendo que un día nuestra familia será derrocada. Ocurrirá, lo sabemos seguro. Aunque hay dos cosas que no sabemos: cuándo ocurrirá y qué vendrá después. Cerramos los ojos ante eso. Somos como ladrones que oyen las sirenas de la policía, pero no podemos huir a ninguna parte.

—¿Por qué no te has casado? —se atrevió a preguntar Henry.

—Tuve la fantasía (muy común, por cierto) de que me casaría con una occidental rubia de ojos azules, gusto exquisito y excelente educación. Y, de hecho, lo hice.

—¡No me habías dicho que estuvieras casado!

—Me divorcié. Se llamaba Marian. Formaba parte de todo el entramado: la casita en Mayfair, la gratificante práctica de la medicina, el té con pastas a media tarde y una vida civilizada entre la sombra de los árboles, la niebla de las calles y mis amigos de buena posición. ¡El sueño completo de cualquier expatriado! Pero, como te decía, no hay bendición sin maldición. Para mí, la maldición fue darme cuenta de que jamás formaría parte de una vida como esa, siempre sería alguien de fuera que lo escrutaría todo a través de una ventana, como un espía. Amaba a mi esposa, pero había una frontera que separaba el mundo de Marian del mío. Me miraba con sus ojos y veía a un árabe, un musulmán. Eso era lo más destacado. Ni un príncipe ni un médico. Después del 11-S no podía quitarme esa idea de la cabeza.

»Y entonces vinieron las bombas del 7-J. ¿Recuerdas el atentado suicida en el metro de Londres? Murieron más de cincuenta personas. Hubo setecientos heridos, incluida mi bella esposa culta, rubia y de ojos azules. Tuvieron que amputarle el brazo derecho por encima del codo. Yo la amaba, te lo juro; aún la amo ahora. Pero ella no podía seguir viviendo conmigo. Y no se trataba de que yo fuera árabe y musulmán. Marian no podía vivir con mi vergüenza.

—¿Qué fue de ella?

—Ah, volvió a casarse, con otro médico, uno de esos ingleses con apellido compuesto, un hombre muy noble. Doy gracias a diario por lo bien que cuida de ella. Tienen dos hijos maravillosos. Los he visto en sus fotos de Facebook.

—Tu historia me hace pensar en lo afortunado que soy —comentó Henry—. Se me ha concedido más de lo que merezco. Mi familia es mi mayor fuente de felicidad, pero siempre he temido acabar perdiéndola algún día y, si ocurre, será por mi culpa. De hecho, es exactamente lo que está pasando.

—Tienes la suerte de tu parte, Henry. La mayoría de la gente supera la enfermedad.

—Estoy desesperado. No poder salvarlos me está matando.

—¿Rezas alguna vez, amigo mío? —le preguntó Majid.

—Nunca.

—¿Piensas en ello? ¿Sientes la necesidad?

—Precisamente ayer, mientras intentaba dormirme, me vino a la cabeza la idea de rezar, pero solo era una manifestación de mi fracaso.

—Tal vez sea una señal, tal vez el Gran Incognoscible está llamando a tu puerta.

—Espero que no te ofendas, pero he renunciado a cualquier forma de pensamiento supersticioso, incluida la religión. No tengo nada en contra del islam que no tenga también contra otros sistemas de creencias.

—Eres un buen musulmán, Henry.

—Qué va. Soy un ateo convencido.

—Por una parte, reconoces que no mereces las bendiciones que te han sido concedidas, y, por la otra, crees que eres responsable de todo lo malo que te ocurre. Es una actitud muy propia de los islámicos.

—No te emociones —repuso Henry.

El sol iluminaba sus ojos como un reflector. Majid le tendió un pañuelo para cubrirse la cabeza y protegerse de los inclementes rayos.

—¿Lo ves? Pareces un auténtico saudí —dijo Majid con satisfacción.

—Yo me siento más bien como una langosta cocida.

El príncipe se echó a reír.

—He conocido a otros ateos, a muchos. ¡Londres está lleno de paganos! No piensan en las cosas que a mí me preocupan constantemente. Quienes creemos en Dios nos consideramos buenos por ello, pero los ateos a quienes he conocido son también buenas personas; la mayoría lo es, igual que los musulmanes, y los cristianos, y los judíos. Por eso me pregunto cuál es la diferencia entre creer y no creer.

—Un amigo me dijo una vez que no es sorprendente que las buenas personas hagan el bien y las malas personas obren mal, pero que cuando las buenas personas cometen malas acciones es porque interviene la religión.

—Creo que ese amigo vio en ti una herida que no puede curarse.

El sol caía a plomo sobre sus cabezas y el cielo se volvió blanco por el calor. Las sombras desaparecieron y el desierto se convirtió en una simple llanura, una plancha caliente de arena. Tras ellos, el convoy militar ocupaba una distancia de varios kilómetros a lo largo de la carretera. Por delante tenían una guerra que ya había estallado, y el final no estaba próximo. Henry se preguntó si su amigo sobreviviría a ella. No le cabía en la cabeza que alguien con una personalidad tan vital y tan valiosa como Majid fuera exterminado por una loca aventura militar, pero entre tanta muerte caprichosa resultaba alarmante lo cerca que se veía el horizonte de la propia existencia. Ambos tenían presente que aquella podía ser su última conversación.

—Hace unos días te prometí que te contaría mi historia —dijo Henry—. Lo que estoy a punto de explicarte lo saben muy pocas personas de mi vida y se alarmaron tanto cuando se lo conté que decidí no volver a hablar de ello nunca más. Detesto que la gente me juzgue o me tenga lástima, así que finjo haber olvidado los detalles de mi infancia o me invento una historia alternativa que se acepte sin cuestionarla. Ni siquiera las personas más cercanas la conocen por completo. ¿Quién mentiría acerca de sus padres y de la enfermedad que lo ha marcado para siempre? Pues yo he mentido, una y otra vez, como si las mentiras pudieran ahuyentar la verdad.

»Es obvio que mis padres me tuvieron desatendido. Pasaba hambre, pero no fue de forma intencionada. No querían ser crueles conmigo; al contrario. Eran unos idealistas captados por un movimiento en defensa de la justicia social, la igualdad racial y la no violencia, que eran los principios que defendía su comunidad, una mezcla de marxismo y cristianismo evangélico. Pensaban convertir la Tierra en un paraíso, por lo menos era lo que les inculcó su líder. Era un hombre megalómano y paranoico que siempre huía de enemigos imaginarios. Trasladó el centro de su movimiento a San Francisco, y luego a un pequeño país de América del Sur, a la selva donde yo nací.

»Mis padres eran verdaderos creyentes. Para ellos, su líder era un profeta como Jesús o Mahoma. Eran buenas personas, amables y consideradas, estoy seguro, pero no tenían tiempo de cuidar de un niño porque estaban demasiado ocupados salvando el mundo. Muchas veces me dejaban en la guardería de la colonia, pero otras, simplemente, se olvidaban de mí; por lo menos es la impresión que tengo. Yo solo recuerdo la sensación de soledad, el hambre y el miedo de que nadie volviera a por mí.

»Mirándolo en retrospectiva, desde mi condición de médico, soy capaz de diagnosticar el problema fisiológico. Imagínatelo: estaban en el trópico, pero yo pasé la mayor parte de mi primera infancia dentro de una choza con humedades por todas partes, y me alimentaban a base de plátanos y gachas de avena. No crecí bien. Las piernas se me deformaron y los huesos se me rompían a menudo y con facilidad. En el campamento nadie sabía reconocer ni tratar una enfermedad tan antigua como el raquitismo. Una vez me llevaron ante el líder para que me curara. Solo recuerdo aquellos ojos negros y aterradores clavados en mí mientras pronunciaba una invocación que se suponía que iba a enderezarme las extremidades y ayudarme a crecer. No fue así, claro, y yo me convertí en un motivo de vergüenza, de rechazo hacia los poderes curativos del líder. Por fin, cuando tenía cuatro años, decidieron enviarme de vuelta a Indianápolis, donde vivían mis abuelos. Y eso fue lo que me salvó; mi enfermedad se convirtió en mi salvación. Supongo que podría decirse que tampoco hay maldición sin bendición. Dos meses después, todas las personas del campamento murieron. Mis padres fueron de los primeros.»

—¿Cómo murieron?

—Tomaron cianuro. Todos. Más de novecientas personas.

—¡Eso fue en Jonestown!

—Sí —confirmó Henry—. Fue en Jonestown.

—Oh, Henry...

Majid tenía los ojos anegados en lágrimas. No sabía qué más decir.

—Te ruego que no sientas lástima por mí. Si he callado esta historia durante tanto tiempo es porque sé que cambia la forma en que la gente me ve. Es como decir que tus padres eran nazis o leprosos, o algo peor. Pero yo soy quien soy a pesar de mis orígenes y no quiero que me traten como a una víctima impotente. He aprendido que es mejor mantener oculta esa parte de mi vida.

Majid seguía estando demasiado atónito para responder. Deseaba ofrecerle consuelo a su amigo, pero se sentía abrumado por la profunda pena que le inspiraba.

—No puedo evitar estar furioso con tus padres —dijo por fin—. Lo siento, Henry, estoy muy enfadado por lo que te hicieron.

—Pero ese es mi problema, no el tuyo. Puede que algún día sea capaz de perdonarlos, aunque, cuanto mayor me hago, más veo en mí los fallos que ellos cometieron. Eso es lo más duro, ver lo mucho que me parezco a mis padres. Sé lo que es rendirse ante una idea poderosa o una personalidad dominante. Todos creemos que tenemos unos valores morales sólidos, pero el mismo instinto que nos lleva a hacer el bien en el mundo nos tuerce y nos impulsa a cometer acciones de lo más viles.

Henry y Majid continuaron intercambiando intimidades durante el trayecto por toda la península Arábiga. Por fin el convoy alcanzó una elevación formada por colinas de arena rojiza, y ante ellos, reluciente a causa de los oblicuos rayos de la puesta de sol, se hallaba el extenso campo petrolífero de Ghawar, el más grande del mundo. Las bombas de succión cubrían la superficie del desierto hasta el infinito, y los depósitos de almacenamiento recibían la luz de las antorchas que consumían el gas residual, iluminando la zona como una hilera de farolas. Henry percibió otra luz cegadora en el cielo, justo encima de la línea del horizonte, cuya procedencia era difícil de determinar; parecía un cometa cercano a la Tierra. Al principio lo tomó como un elemento más de aquel paisaje exótico.

De pronto, Majid frenó en seco y levantó la mano para indicar al convoy que se detuviera.

—¡Un misil! —gritó.

Mientras Henry lo observaba todo, una andanada de antimisiles salió disparada de las defensas saudíes para interceptar la trayectoria del proyectil iraní dejando sendas estelas de humo al curvarse para interceptar su objetivo. Una enorme bola de fuego anaranjada ardió como si fuera un sol, seguida, al cabo de pocos segundos, por el estruendo de la explosión. Otro misil apareció de un lugar distinto del horizonte, y luego otro más, lo cual provocó la respuesta de decenas de antimisiles. El humo de la primera explosión se dispersó en dirección al convoy y lo envolvió en una nube ácida.

Majid se comunicó por radio con el comandante que lo seguía en el Humvee.

—¡Dispérsense! —le ordenó—. En esta carretera somos objetivos que se desplazan lentamente.

Uno de los misiles iraníes logró burlar las defensas del campo petrolífero e impactó contra un depósito de almacenamiento, lo que originó un incendio pavoroso.

Henry se quedó paralizado ante la escena que tenía delante, espectacular y prohibida, y de inmediato comprendió el oscuro atractivo del combate. Entonces vio que otro misil volaba a ras de suelo, directo hacia ellos, abriéndose paso para localizarlos en medio del humo. El instrumento mortal era rápido, inteligente e imposible de evitar, y sin embargo Majid mantuvo el pie sobre el acelerador como si quisiera precipitarse hacia él. Henry emitió un sonido, pero ni siquiera él podía oírlo. De pronto Majid dio un giro brusco hacia la arena y el misil explotó en la cuneta, justo detrás de ellos. El impacto hizo que el vehículo se tambaleara, pero el príncipe regresó a la carretera de inmediato.

—Estaremos más seguros cuando pasemos el yacimiento petrolífero —dijo—. De nosotros pueden prescindir, pero el petróleo debe protegerse a toda costa.

Se había hecho de noche, y las luces de Dammam oscilaban en la distancia. Mientras Majid gritaba órdenes a través de la radio, Henry vio la refinería de Ras Tanura brillando a lo lejos, en el este; una ciudad hecha para las máquinas, desprovista de belleza y comodidades. Los misiles alcanzaban su objetivo o explotaban en el cielo. Los depósitos de almacenamiento y los manantiales ardían con una gran intensidad, y las llamas iban cambiando de color: del rojo al naranja, y luego al amarillo y al blanco a medida que se acercaban a la fuente de combustión, hasta que por fin, en la parte más baja, el fuego era azul como un lago glaciar. En dirección sur, el horizonte aparecía ennegrecido por los incendios de las instalaciones de procesamiento de Abqaiq.

—Henry, tengo malas noticias —anunció Majid—. Han destruido el paso elevado hasta Baréin. Te acompañaré al puerto marítimo de Dammam. Es todo lo que puedo hacer.

Henry asintió. La idea de volver a casa, incluso la de seguir con vida otro día, se le antojaba más y más incierta.

El convoy militar continuó su camino hacia el acuartelamiento de Ras Tanura, mientras Majid y Henry se separaron y condujeron sendos vehículos por las calles desiertas de la recién destruida ciudad industrial de Dammam. Pasaron frente a un edificio de pisos partido por la mitad, como si lo hubieran cortado en dos con un cuchillo, y en el que quedaban al descubierto cocinas, dormitorios y armarios con la ropa aún colgada en las perchas, lo cual le recordó a Henry la casa de muñecas que había fabricado para Helen años atrás. Su amigo señaló una pila de escombros.

—Esa era la mayor planta desalinizadora de este lado de la península —explicó, y guardó silencio mientras asimilaba las consecuencias.

Cuando llegaron al puerto vieron que los muelles estaban desiertos, los enormes superpetroleros se habían retirado a alta mar. En la garita del vigilante no había nadie para levantar la compuerta, y tampoco había ningún barco a la vista.

—No puedo dejarte aquí —dijo Majid. Tenía la boca apretada formando una línea recta—. Y tampoco puedo llevarte conmigo.

—Encontraré la manera de salir —repuso Henry—. Baréin no está lejos, ¿verdad?

—Desde aquí no hay más de veinticinco kilómetros. ¡Tiene que haber una forma de llegar!

Majid se agachó para pasar la barrera de seguridad. Henry lo siguió hasta uno de los muelles, más allá de los enormes atracaderos. Había dos muchachos pescando en las aguas negruzcas con manchas tornasoladas de petróleo. Majid les advirtió sin rodeos del peligro que corrían, pero ellos se echaron a reír. Henry observó la expresión de sorpresa del príncipe al ver que lo ignoraban de forma tan descarada. La guerra había eliminado cualquier sentido de autoridad, obligación o respeto. Arabia Saudí jamás volvería a ser lo que había sido.

Al final del embarcadero a oscuras había un pequeño velero con dos mástiles, apenas visible hasta que estuvieron muy cerca. Majid llamó tres veces, pero nadie respondió.

—Henry, ¿sabes navegar? —le preguntó.

Al instante apareció en la cubierta un hombre con un turbante, empuñando una pistola. Majid y Henry retrocedieron alarmados. Majid se dirigió al hombre en árabe, pero él respondió en inglés.

—¡Quieren robarme el barco! —gritó.

—Por favor, amigo, le pagaremos —dijo el príncipe.

—No, eso es lo que dicen, pero quieren robarme.

Por su acento, a Henry le pareció que era de la India o de Bangladesh. No paraba de pasar la mirada de un lado a otro, asustado, lo cual hacía que la pistola resultara más amenazadora todavía.

—Es cierto, estoy desesperado —reconoció Henry—. Tengo que regresar a mi casa, en Estados Unidos. Haría cualquier cosa por volver a ver a mi familia.

—¿Y cree que va a llegar a su país con este barco?

—Solo necesito ir hasta Baréin. Allí hay una base estadounidense.

Majid se quitó el reloj de la muñeca y se lo tendió al hombre.

—Señor, este reloj vale tanto como su barco. Se lo regalo si accede a acompañar a mi amigo.

El propietario del velero bajó la pistola y examinó el reloj. A continuación, hizo un gesto afirmativo con la cabeza en dirección a Henry.

—Pero solo lo llevaré hasta allí. No es un viaje de ida y vuelta.

Henry accedió. Acto seguido, se volvió hacia Majid.

—Gracias, amigo mío —dijo—. No sé si volveremos a vernos algún día.

—Nuestro destino está escrito —repuso el príncipe—. Todo musulmán lo sabe. —Se llevó la mano al bolsillo de su uniforme—. Tengo esto para que te acuerdes de mí. Es un Corán en inglés. No tienes por qué leerlo, pero si lo haces, es posible que halles saber y tal vez algo de consuelo. De todas formas, te servirá para recordar nuestra amistad, y con eso basta.

Los dos hombres se abrazaron y Henry subió a bordo.

33

El campo de batalla

El ministro de Exteriores ruso era alto y elegante, un diplomáti-
co de pies a cabeza, hecho de una pasta sólida y resistente, como
una de esas cabezas de piedra de la Isla de Pascua que desafían
los tifones del Pacífico, contento de saber que después de la
tempestad siempre viene la calma y que las mentiras no consti-
tuyen una falta muy reprochable.

—No estamos en Irán en ningún sentido —insistió en una
entrevista dirigida por Chris Wallace en Fox News—. Les hemos vendido material militar, además de ocuparnos de su mantenimiento, que es nuestra única obligación.

—Si Estados Unidos apoya a los saudíes en la guerra contra
Irán, ¿cuál será la respuesta de Rusia? —preguntó Wallace.

El ministro de Exteriores sacudió la cabeza en señal negativa.

—No, no. En esta conversación se da por supuesto que estamos a favor de una de las partes en el conflicto, pero no hemos
optado por eso.

—Los servicios de inteligencia estadounidenses no opinan
lo mismo —repuso Wallace—. *The Wall Street Journal* ha publicado un artículo esta mañana en el que se afirma que se han destinado cazas Su-57 a Tabriz y Mehrabad, en Irán. Son los avio-

nes de combate furtivos más avanzados de que disponen, ¿es cierto?

—Es cierto que es nuestro reactor más avanzado, pero todo lo demás es falso. No hemos desplegado esa aviación fuera de las fronteras rusas.

—¿Ve la imagen de la pantalla? —preguntó Wallace, señalando una imagen granulada, tomada desde un satélite, que mostraba un campo de aviación—. Según el artículo, esos son sus aviones, y están en Tabriz.

El ministro de Exteriores miró a Wallace como si fuera un perro que le estuviera mordiendo la pernera de los pantalones.

—De modo que nos acusan de desinformación, de engaño —dijo—. Pues nosotros les acusamos a ustedes, a Estados Unidos, de mentirle al mundo en relación con la epidemia más grave que se ha visto jamás: el virus de Kongoli.

—¿De qué nos acusa exactamente, señor?

El ministro de Exteriores entornó los ojos.

—Tenemos información. Nuestros científicos han analizado ese virus, y no es natural. Procede de un laboratorio. Y solo existe un lugar con capacidad para crear una enfermedad tan maligna: Fort Detrick.

—¿Está afirmando que Estados Unidos ha creado la enfermedad? Han muerto más de diez millones de estadounidenses, y cientos de millones de personas en todo el mundo. ¿Por qué íbamos a hacer una cosa así?

—Solo podemos basarnos en suposiciones. A lo mejor ha habido una fuga por error. A veces pasan esas cosas. Lo que sabemos seguro es que lo han creado en Estados Unidos.

—En la década de los noventa, el gobierno soviético estaba detrás de una campaña de desinformación llamada Operación Infektion —le recordó Wallace—. Unos documentos científicos falsos acusaban a Estados Unidos de la creación del VIH, el virus del sida, como parte del programa de creación de armas biológicas de Fort Detrick. El director de la KGB acabó por reconocer que se trataba de pura propaganda política. ¿Dónde están las pruebas que sostienen esta nueva acusación?

—Saltan a la vista —dijo el ministro, cruzándose de brazos con indignación—. El virus lo ha creado el hombre, y nosotros no lo hemos hecho. ¿Quién más tiene la capacidad de fabricar un patógeno así? Solo ustedes, los estadounidenses, en sus tétricos laboratorios de Fort Detrick.

—Los cerraron hace años —puntualizó Wallace.

—Eso es lo que dicen.

—Están muriendo muchos más estadounidenses que rusos —observó el presentador—. En este país hay quien sugiere que los rusos han creado el kongoli. Si no, ¿cómo han conseguido una vacuna que les proporciona a ustedes mismos cierta inmunidad?

—No es de sorprender —repuso el ministro—. La medicina rusa está mucho más avanzada que la de Occidente.

—Y, sin embargo, los científicos estadounidenses y europeos que han analizado la vacuna la encuentran ineficaz. Dicen que todas las pandemias varían en el grado de virulencia de un continente a otro.

—Pues tendrán que explicar por qué han fracasado a la hora de crear una vacuna efectiva —concluyó el ministro de Exteriores—. Es una burda mentira. Una noticia falsa.

En cuanto el príncipe Majid entró en el cuartel general del centro de comando naval de Jubail, al norte de Ras Tanura, reconoció la peligrosa dinámica que estaba teniendo lugar en la sala. Su tío, el príncipe Jalid, el anciano ministro de Defensa que supervisaba los planes, estaba situado entre los miembros más devotos de la familia real y, en buena parte, había sido designado para apaciguar a los líderes religiosos. Los generales reunidos en el búnker intentaban zafarse de su influencia, pero Jalid era un viejo loco empeñado en conquistar la fama. Igual que muchos príncipes entrados en años, abrigaba el sueño de convertirse en rey antes de morir.

Majid miró alrededor para ver si alguien podía refrenar al impulsivo de su tío, pero no había nadie capaz de hacerlo. Los oficiales actuaron con deferencia y miraron a Majid con un silencioso gesto de súplica. Él no fingió saber cómo dirigir una guerra —solo estaba allí para aconsejar sobre la salud de las tropas—, pero era el único miembro presente de la familia real aparte de su tío.

El general Al Homayed, de la Guardia Nacional, apartó a Majid del grupo y le susurró unas palabras con apremio:

—Quiere atacar Teherán e Isfahán de inmediato.

—¿Por qué las ciudades?

—Cuentan con menos defensas que las bases, y tiene la esperanza de aniquilar a la población.

—¿Lo sabe el rey?

—El príncipe Jalid dice que sí, pero nosotros no lo tenemos claro.

—¿Y el príncipe heredero?

—Por desgracia, él está de acuerdo con su decisión.

A Majid empezó a darle vueltas la cabeza. No podía apelar a nadie excepto a su tío, que estaba de pie frente a un mapa topográfico del golfo Pérsico, muy pagado de sí mismo, con las fuerzas iraníes y saudíes dispuestas en orden de batalla ante él. Las lanchas rápidas de la Guardia Republicana, armadas con misiles, rodeaban a la flota saudí y ya habían hundido una fragata y dos corbetas. El campo petrolífero de Ghawar estaba en llamas.

Los modernos antimisiles Hawk habían resultado inefectivos contra el enjambre de drones iraníes. Mientras tanto, la ofensiva saudí contra Irán había sido rápidamente repelida por las defensas antiaéreas rusas.

—Nuestros F-15 han logrado alcanzar Arak con éxito y han bombardeado el reactor y la planta de producción de agua pesada, pero han pagado un precio muy alto —dijo el general de la Fuerza Aérea, que llevaba la voz cantante en la reunión—. También vimos naves de desembarco tomando posiciones en Bandar Abbas.

—Pero ¿dónde están los estadounidenses? —preguntó Majid.

—¡Están en camino! —exclamó el príncipe Jalid—. Lo primero que tenemos que hacer es atraer a los rusos hasta el yacimiento petrolífero. Le hemos prometido al presidente de Estados Unidos que destruiríamos Irán. Rusia no puede salvarlos.

—Eso no debe hacerse hasta que el rey dé su consentimiento —dijo Majid, alarmado—. Atacar a la población civil no es solo un crimen de guerra, es un crimen contra el islam. Y significa que esta guerra no tendrá fin hasta que ambas naciones hayan quedado aniquiladas.

—Han dejado la decisión en mis manos —repuso el príncipe Jalid en tono imperioso—. El rey me ha concedido plena autoridad para defender nuestra tierra sagrada. Ya se ha hecho la elección y el resultado está escrito. Dios nos ha dado poder y debemos usarlo. —El anciano príncipe se volvió hacia el general de la Fuerza Aérea y le dijo—: Es una orden.

Majid se quedó unos instantes paralizado por el horror. A continuación, fue hasta el jeep, se despojó del uniforme y se vistió con una sencilla túnica blanca tradicional. Se puso las sandalias y se abrió paso entre la multitud de marineros frenéticos hasta el acceso principal, y desde allí cruzó la ciudad desierta. Las calles estaban cubiertas de arena arrastrada por una suave brisa.

En un extremo del emplazamiento había un club de oficiales con un sendero para camellos. Cuando Majid cruzó la cuadra, lo invadió el olor familiar y reconfortante de los copos de avena y los camellos. Eran animales preciosos; no merecían morir. Abrió la puerta de la cuadra y los ahuyentó para que salieran. Era de noche. Los camellos se mostraron inquietos. Él era un extraño y la libertad les resultaba ajena, pero, a pesar de los gruñidos de reticencia, aceptaron su sino.

Una hembra miró a Majid con aire inquisitivo. Era el más curioso de todos los animales. Agachó la cabeza para que Majid pudiera acariciarle la zona que quedaba entre sus ojos inmensos.

—*Marhaba, habibti* —dijo Majid—. ¿Me llevas lejos de aquí?

Encontró una manta y una silla, y montó al camello. Era alto y fuerte. Juntos hallaron una de las antiguas rutas que se adentraban en el desierto.

El ruido de la guerra impedía dormir a Henry. A medida que el velero se abría paso por el Golfo iridiscente, los aviones militares pasaban silbando por el aire, seguidos por el estruendo que producían al cruzar la barrera del sonido. Henry tenía la impresión de estar contemplando la guerra desde otro elemento, como si estuviera sumergido, mientras las explosiones distantes iluminaban el horizonte a ambos lados del golfo Pérsico. Algunas eran discretas y otras —un depósito de armas o una refinería—, inmensas, gigantescas, cubrían la totalidad del cielo como una aurora. Podía destruirse tanto en tan poco tiempo... Años de trabajo y un patrimonio inimaginable se esfumaban al instante, ¿y qué vendría a continuación sino décadas de miseria? El coste de la guerra nunca podía compararse honestamente con el del día a día de una paz cargada con los conflictos habituales. Incluso los que se alzaban con la victoria acababan sufriendo la ruina en diversas formas, una ruina incalculable. A Henry se le ocurrió pensar que tal vez estuviera siendo testigo del final de la era del petróleo.

Cuando el cielo se fue aclarando, Henry divisó a proa el emirato insular. Los rascacielos se elevaban en la diminuta lengua de tierra como pasajeros de pie sobre una canoa. Henry se preguntó cuánto tiempo permanecerían erguidos aquellos edificios orgullosos cuando la guerra se extendiera sin remedio a los países vecinos. La región ya había elegido de qué parte estaba. La neutralidad no existía, y, de cualquier forma, la guerra, por su naturaleza, se expande y consume todo cuanto llega a alcanzar.

El velero se dirigió hacia un gran puerto rodeado de refinerías y zonas de carga y descarga. El capitán, cuyo nombre era Ramesh, señaló lo que parecía un gran complejo industrial justo enfrente.

—Americanos —dijo.

En ese preciso momento, Henry reparó en dos patrulleras que se dirigían hacia ellos a toda velocidad. Les hizo señas con la mano, pero enseguida fue evidente que no apreciaban su presencia allí.

—¡Den media vuelta! ¡Media vuelta! —gritó una voz a través

de un sistema de megafonía—. Están entrando en aguas prohibidas. ¡Si se acercan más, abriremos fuego!

Emitieron la misma orden en árabe.

—¡Soy estadounidense! —gritó Henry, pero no lo oyeron, y aunque lo hubieran hecho, no habría servido de nada.

Ramesh reaccionó con lentitud, pero cuando una ráfaga de disparos barrió las aguas frente a ellos, se apresuró a dar media vuelta con el velero y las velas cambiaron bruscamente de orientación.

—¡No! ¡Espere! —le gritó Henry, pero Ramesh no estaba dispuesto a que volvieran a dispararle.

Henry lo pensó un instante, y a continuación saltó por la borda.

No era un buen nadador. Observó cómo el viento inflaba las velas y el barco lo dejaba atrás en mitad del canal. Ramesh le dirigió una breve mirada sin rastro de arrepentimiento. Henry estaba demasiado lejos de la tierra. Al cabo de un momento, una de las patrulleras regresó a la base y lo dejó flotando entre el oleaje provocado por su marcha. El otro barco permaneció inmóvil en las aguas. Dos jóvenes oficiales de marina con unas gafas de sol aerodinámicas lo miraron con cara inexpresiva. Cuando Henry empezó a nadar hacia ellos, el piloto del barco dio marcha atrás y empezó a retroceder despacio, manteniendo una distancia fija. «Se dedicarán a contemplar cómo me ahogo», pensó Henry, quien notaba cómo el peso de la ropa y el calzado lo arrastraba hacia abajo. Siguió nadando al estilo perro, ¿qué podía hacer, si no? Por fin, el piloto del barco puso el motor en punto muerto y permitió que Henry se acercara hasta una distancia desde donde podían hablar.

—Señor, ¿qué narices está haciendo? —le preguntó.

—Intento volver a casa.

—Con todos los respetos, señor, tiene suerte de que no le hayamos afeitado el culo de un disparo. Si sigue nadando hasta allí —señaló una franja de tierra que parecía estar a unos tres kilómetros de distancia—, llegará a territorio de los Emiratos, y ellos verán lo que hacen con usted.

—Ya sabe que es imposible, no lo conseguiré.

—El que ha elegido estar ahí es usted, no nosotros. Estamos en zona de guerra y tenemos nuestras normas, señor. Además, estamos bajo una cuarentena estricta, y no puede entrar ni salir nadie. Es por su propia seguridad.

Henry no se molestó en responder a ese absurdo consejo.

—Por favor. Soy estadounidense —dijo—. Soy médico. Solo intento volver a mi país para...

—¿Es médico?

—Sí.

El piloto lanzó una mirada a su compañero y de nuevo se volvió hacia Henry.

—Suba a bordo, señor. Hay unos tipos que necesitan un médico urgentemente.

Henry nadó hasta la escalerilla de popa. En cuanto salió del agua, se echó a temblar, no sabía si a causa del frío o del miedo que se había apoderado de él hasta ese momento. El otro oficial le tendió un chaleco salvavidas mientras el piloto aceleraba y se dirigía hacia la base, más deprisa que ningún otro barco en el que Henry había viajado. Los dientes le castañeteaban sin control.

—¿Ve ese submarino, señor? —preguntó el piloto. Era una nave grande, gris, brillante y con forma de ballena, con una aleta en la parte delantera que se elevaba hasta una altura imposible, como una cruz metálica—. Se dirige a Kings Bay. Han pedido asistencia médica, pero tienen prohibido entrar en la base.

—¿A Kings Bay? ¿En Georgia? —preguntó Henry. Le parecía un milagro.

—Tienen el kongoli.

—Prefiero correr ese riesgo.

—Usted decide, señor, pero es una enfermedad mortal.

Henry solo podía pensar en que por fin iba a volver a casa.

34

Dragonarias

Jill llevaba una semana muerta cuando Helen reunió por fin el valor para enterrarla. Esperó a que Teddy estuviera dormido y salió al patio para cavar la tumba. No podía creerse lo dura que estaba la tierra. Cuanto más cavaba, más se resistía. Entonces dio con la raíz de un árbol enorme, y eso lo interrumpió todo. Se sentó en el césped y lloró. La zanja era poco profunda. Cuando se puso de pie, el suelo ni siquiera le llegaba a la altura de la rodilla.

Fuera estaba muy oscuro. Las luces de los vecinos estaban apagadas. Hacía muchos días que Helen no veía a nadie aparte de Teddy. Necesitaba ayuda, pero no sabía a quién pedírsela. «Tal vez nadie vuelva a ayudarme nunca —pensó—, tal vez se han muerto todos. Y me va a tocar ser adulta cuando no estoy preparada.» Estaba enfadada con sus padres, con Henry por no estar en casa y con Jill por haberse muerto y haberla dejado a cargo de Teddy. Y, para colmo, tenía que enterrarla.

Seguro que su padre también había muerto. La había traicionado, la había hecho creer que nunca le fallaría, pero había desaparecido sin más. «Nunca volvimos a tener noticias suyas», contaría en el futuro. No paraba de escuchar la frase en bucle mentalmente, como una canción machacona.

Hubo una época en la que Helen se sentía avergonzada de su padre. Se dio cuenta de cómo lo miraban todos. Helen era guapa; esa era una característica que la definía. Henry no era atractivo.

La chica deseaba distanciarse para que la vieran como a una persona bella y con un bonito cuerpo, y que no la relacionaran con alguien a quien consideraba digno de lástima. Henry lo comprendía. Le dio espacio para que se separara de él cuando estuvieran en público, y fue su nobleza lo que hizo que a Helen, finalmente, se le partiera el alma. Lloró pensando en lo mucho que lo quería, apenada por haber sentido vergüenza de él. Ahora ya no estaba, y no tendría la oportunidad de agradecerle lo que había hecho. Se detestaba por haberlo despreciado por sus achaques. No imaginaba lo que podía significar vivir sin ser perfecto. Y, sin embargo, ella por dentro era fea. Por dentro era pequeña y deforme, y su padre era alto y bello. El hombre más inteligente del mundo.

Pero no había podido salvar a Jill.

Cavar la tumba de su madre se convirtió en lo más importante que Helen había hecho en su vida. Si lo lograba, tal vez consiguiera sobrevivir. Sería la clase de persona que podía hacer cosas de adulta, como cavar una tumba, una tumba que los animales no pudieran desenterrar. Al pensarlo se le puso la carne de gallina.

Encontró un hacha en el garaje y empezó a golpear la raíz del árbol con una furia y una determinación que no supo de dónde salían. Apenas era consciente de estar llorando. La raíz tenía el diámetro de su cabeza. Al principio golpeaba una y otra vez el mismo punto, pero entonces se acordó de cuando Henry cortaba leña. Él le había enseñado a inclinar un poco la cabeza del hacha hacia la derecha y luego hacia la izquierda, de manera que se formara una V en la madera. Empezaron a volar astillas hasta que Helen cayó al suelo, exhausta.

Miró la raíz con odio. Se estaba interponiendo entre ella y su objetivo, y le pareció injusto. El reto era excesivo. Tendría que atravesarla cortando desde los dos extremos, y cuando terminara, tendría que seguir cavando el terreno que tanto detestaba y que tanto la detestaba a ella.

Su visión se acostumbró a la oscuridad, pero en el agujero estaba aún más oscuro, por lo cual entró en la casa para encender la luz de la cocina, que se proyectaba sobre el patio. Allí dentro recibió el impacto del olor a muerte de su madre. Había una linterna en un cajón; se la llevó afuera y se sentó en el borde de la tumba.

La luz de la cocina y la de la linterna proyectaron su sombra en el garaje vecino, una silueta negra y gigantesca, como de dibujos animados. Se imaginó a Teddy riéndose de ella, pero entonces se preguntó cuándo volverían a reírse. Incluso la avergonzaba pensar que pudiera resultar cómica. Y, de pronto, se sintió rebelde, siniestra y malvada, e invirtió toda esa energía en dar hachazos hasta que uno de los extremos de la raíz cedió.

Estuvo un rato tumbada en el césped, sucia y empapada en sudor. Todo lo que había sido maravilloso en su vida se había tornado extraño y horrendo. «Por lo menos estoy viva —pensó—. Pero Kendall está muerta, y mamá también. Seguramente papá también ha muerto, y la vida sigue como si nuestra existencia no significara nada de nada. Lo único que importa es cavar este hoyo para meter a mi madre.» Se quedó mirando la pequeña casa de muñecas que Henry le había construido cuando tenía tres años. Había jugado horas y horas con ella, pero de eso hacía mucho tiempo, y en aquella época no tenía conciencia de las cosas.

Había sido tonta al considerarse perfecta. Era alta, la más alta de su clase, más incluso que la mayoría de los chicos. Estaba condenada a ser una giganta. Una vez le preguntó a Henry por qué era tan alta. Él era bajito y Jill tenía una estatura normal, pero su hija era más alta que cualquiera de los dos ya con once años.

—Has heredado la estatura de mi familia —le explicó Henry.

Helen nunca se había planteado que Henry tuviera familia. No había visto fotos de nadie excepto de sus abuelos Ilona y Franz, y él nunca hablaba de sus padres.

—Pero tú no eres alto —había respondido Helen.

—Mis genes son altos, es la enfermedad la que hace que sea bajito —dijo él—. No recuerdo exactamente hasta qué punto mis padres eran altos, pero la gente comentaba que mi madre medía alrededor de un metro ochenta. Mi padre era unos centímetros más alto que ella, así que no debería sorprenderte contar con la maravillosa ventaja de ser visible para todo el mundo.

—¿Tu madre era guapa? —le preguntó Helen.

—Creo que sí. Mi abuela tenía fotos de ella cuando era niña, y mona sí que era. En la única foto de adulta que me enseñó llevaba una especie de sombrero mexicano que le hacía sombra en la cara, de manera que no la vi bien. Mi padre era guapísimo. Tenía unos rasgos marcados y era pelirrojo como tú. De todas formas, la belleza no corresponde a ningún gen en concreto; no es como la estatura.

—Qué triste que murieran.

—Sí, muy triste.

—¿Fue un accidente de avión o algo así?

—Algo así.

Secretos. Henry se había marchado de la habitación, y ahora Helen pensaba que no lo sabría nunca.

Siguió cortando la raíz y cavando la tierra. El cielo empezaba a iluminarse. Siguió cortando y cavando. Y llorando.

Henry no creía en Dios, pero Helen sí, era su forma secreta de rebelarse. Dios era su verdadero padre, perfecto, solícito, presente. Pero eso era antes, ahora ya no. El hecho de que el amanecer siguiera pareciéndole tan bello era como si Dios estuviera diciéndole: «¿Y qué esperabas? En mi mundo las personas no son necesarias». «Esa es mi nueva religión —pensó Helen—. Hay un Dios, y nos odia.»

Estaba demasiado cansada. La raíz era más gruesa de ese lado. Claro que eso era precisamente lo que quería Dios, ponérselo tan difícil que le resultara imposible. Cada golpe del hacha servía para demostrarle a Dios que estaba equivocado. Había un pájaro cantando; aún no lo habían exterminado, pero si Helen hubiera tenido una pistola, le habría disparado. Ellos eran los portadores de la enfermedad, y habían infectado incluso a las mascotas. Peepers había muerto. Deseó poder abrazarlo y creer que el amor era algo que todavía importaba.

Quería terminar con aquello antes de que Teddy se despertara. Por un momento, se permitió pensar: «¿Por qué no se ha muerto Teddy en vez de mamá? ¿Por qué tengo que ser yo la que se ocupe de todo? Teddy no sabe hacer nada y es una carga». Pero Helen no quería quedarse sola.

Cuando la raíz por fin se partió en dos, Helen se dejó caer al suelo. No sabía cuánto tiempo había estado durmiendo, pero cuando se despertó, el sol le daba en los ojos y ella estaba estirada en la tumba de su madre.

Siguió cavando con más furia todavía. Notaba calambres en el vientre, pero no podía parar. Cuando la tierra estaba demasiado dura, la cortaba con el hacha y luego la sacaba con una pala. Sabía que las tumbas debían tener una profundidad de dos metros, pero era imposible, entre otras cosas porque jamás habría conseguido salir de un agujero tan hondo. Decidió superarse a sí misma: ¿hasta qué profundidad se supone que puede cavar una chica de doce años? El suelo ya le llegaba por la cintura. Quería que la forma del agujero fuera perfecta, y aún no lo era.

—¿Qué haces?

Teddy estaba en las escaleras del porche, en pijama.

—¿Te encuentras bien? —le preguntó Helen, y el niño asintió—. ¿Tienes hambre? —Volvió a asentir—. Quedan unos cuantos cereales. Yo acabaré enseguida.

Su hermano regresó adentro. Helen no le había contestado, pero ya sabía la respuesta.

Helen empezó a cavar otra vez. Hacía muchísimo calor, pero notaba la tierra fría debajo de sus pies descalzos. Le entraban gotas de sudor en los ojos. De pronto se sentó. Estaba completamente agotada, necesitaba comer algo, necesitaba agua. Jill le habría dicho todo eso. Casi podía oír la voz de su madre. Cuando entraba en casa después de jugar, tenía la comida en la mesa. Pero eso no volvería a pasar nunca. Por culpa de Dios.

Sentada en el suelo, los pies le colgaban dentro de la zanja. Ya era lo bastante profunda.

Helen entró en la cocina.

—¿Quedan cereales?

El pequeño sacudió la cabeza con expresión culpable. Helen pensó en los sándwiches de mayonesa y tomate de su madre, de pan sin corteza. En el yogur de chocolate. En las patatas fritas onduladas. En la sopa de pollo con fideos. No había nada de todo eso. En la despensa no quedaba nada excepto lentejas, y al cabo de pocos días se habrían terminado también. En la nevera había una loncha de jamón y uno de esos quesitos envueltos en papel de aluminio y con forma de diminuta porción de pastel. Cualquier cosa que Helen se comiera significaría privar de ella a su hermano, pero le daba igual. O quizá no. No tenía clara su relación con Teddy ahora que se habían quedado solos.

Él la miraba con una expresión como de desconcierto. Asombrado, tal vez. Seguramente era porque iba muy sucia. Entonces el niño bajó la mirada a su bol de cereales vacío.

—Gracias por enterrar a mamá —dijo.

—Aún no la he enterrado.

Cuando Helen se terminó el quesito, Teddy y ella salieron al exterior y se quedaron de pie frente a la tumba.

—No es muy profunda —dijo Helen.

—A mí sí me lo parece.

—¿En serio?

Teddy asintió.

Helen regresó a la casa, y de nuevo la acogió el olor. Cogió un trapo de cocina del asidero del horno y se lo enrolló en la cabeza como un bandolero.

—Vete un rato a tu habitación —le pidió a Teddy.

Helen cruzó el recibidor y abrió la puerta del dormitorio de sus padres. Su madre yacía con la boca abierta. Estaba tan azul como la lámpara de porcelana de la mesita de noche. Había manchas de sangre en las sábanas, y un reguero seco procedente de los ojos, los oídos y la nariz de Jill. «Esto es lo que Dios le ha hecho a mi madre», pensó Helen.

Tenía la mano helada, como si la hubiera metido un rato en el congelador. ¿Cómo era posible que un cuerpo se enfriara tanto por sí solo? Estaba dura, rígida y fría, y parecía que la hubieran clavado en la cama. Helen retiró las sábanas y vio que el camisón de su madre estaba completamente retorcido. Se dispuso a taparla, pero entonces le dio por pensar: «Esta ya no es mi madre. Es un bulto grande y aparatoso. Huele mal. Está muerta».

Helen sujetó a su madre por los talones y tiró de ella. El cuerpo se deslizó como una plancha de madera. Tenía los brazos en una postura extrañamente familiar, como si estuviera a punto de recibir un regalo o quisiera abrazar a alguien. Helen la arrastró hacia sí y apartó la mirada cuando se le subió el camisón. De pronto, el cuerpo se salió de la cama y cayó al suelo de golpe. La cabeza de Jill golpeó la estructura de la cama con tanta fuerza que Helen oyó cómo se le partía el cráneo. Tenía ganas de chillar, pero volvió a decirse: «Esta ya no es mi madre, esta ya no es mi madre».

Cuando llegó al pasillo, dio media vuelta al cadáver y cruzó la cocina con él a rastras hasta el porche trasero. Descansó un momento, luego fue hasta el armario del recibidor, cogió al casco de fútbol americano de Teddy y se lo puso a su madre en la cabeza. Luego tiró del cuerpo escaleras abajo mientras el casco iba golpeando cada peldaño.

Hizo una pausa cuando llegó al borde de la zanja. Tenía miedo de hacer rodar a su madre adentro porque podía quedar tumbada boca abajo, y no era correcto. Se puso de pie dentro de la tumba y tiró del cuerpo de Jill, el cual fue deslizándose por la montaña de tierra excavada y, de pronto, se precipitó sobre ella como si hubiera cobrado vida, y Helen quedó medio enterraba bajo el cadáver, inmovilizada dentro de la estrecha zanja por las piernas rígidas y azules de su madre. Helen se retorció y empujó hacia un lado aquel cuerpo pesado hasta que logró quitárselo de encima. Antes de salir del hoyo, le puso bien el camisón. Luego cogió la pala y cubrió de tierra aquel rostro que no quería volver a ver jamás.

Casi era oscuro cuando terminó de llenar la zanja de tierra y esta quedó formando un montículo sobre el cuerpo de Jill, como si fuera una barra de pan recién salida del horno. Mientras permanecía allí de pie, Teddy se acercó con un ramo de dragonarias recién cortadas del parterre delantero, y colocaron las flores sobre la tumba de Jill.

35

Todas las vidas son valiosas

Los gobiernos de todo el mundo fracasaron ante el ataque del kongoli. Nadie se sorprendió cuando cayeron los regímenes más vulnerables como fichas de dominó, empezando por Líbano, Irak y Afganistán; la anarquía imitaba la dinámica del contagio: mataba a los más fuertes e ignoraba a los débiles. Cuando Italia y Grecia se desmoronaron el mismo día, el 30 de junio, quedó en evidencia la fragilidad de la sociedad occidental. La civilización se asemejaba a los casquetes polares: debilitada por un calentamiento global que duraba ya décadas, empezaba a desaparecer. El siguiente país sería Francia.

Sin embargo, cuando el Comité de Delegados volvió a reunirse por la vía segura de la videoconferencia, el principal tema de debate fue la guerra en Oriente Próximo. Una escaramuza entre un Su-57 ruso y un Raptor F-22 estadounidense encima de los montes Zagros acabó cuando ambos fueron derribados por sendos misiles guiados por radar. La tecnología era tan avanzada que resultaba difícil errar el blanco. El combate aéreo fue determinante para la prolongación en el tiempo de la guerra que enfrentaba a Estados Unidos con Rusia y quienes luchaban en su nombre. Los yacimientos petrolíferos saudíes seguían ardiendo. En Irán, gran parte de la antigua ciudad de Isfahán había sido reducida a escombros. Las víctimas en Teherán ascendían a decenas de miles. Ambos bandos habían entrado en guerra cuando ya estaban debilitados por la enfermedad, y, tal como había ocurrido en 1918, los ejércitos propagaron el contagio. Los hospitales, ya saturados por los afectados de la gripe, no podían atender más que a una pequeña parte de los heridos. Y, sin embargo, la guerra no se detenía, causando en los dos países y en sus vecinos la regresión a un mundo preindustrial. Poco quedó del mundo moderno a excepción de las armas.

El primer impacto que provocó la guerra, como siempre, fue descubrir el poco control que se tenía sobre las consecuencias.

—Hemos destruido la base naval iraní de Bandar Abbas, pero hemos perdido cuatro aviones más contra las defensas rusas —informó el representante del Estado Mayor Conjunto.

El Departamento de Defensa revisó el balance de las fuerzas en la región.

—Los superamos de lejos, pero las cosas están empezando a cambiar —anunció—. La Quinta Flota de la Armada está emplazada en Baréin, y las Fuerzas Aéreas están actuando en Qatar, cerca de la base estadounidense más grande de Oriente Próximo, con bombarderos B-52 a punto para destruir Irán y con Rusia dentro de su perímetro de alcance. La Flota rusa del Pacífico se dirige a toda máquina hacia el Golfo, hay más aviones rusos de última generación en Irán, y están acudiendo refuerzos. Rusia tiene la ventaja de estar defendiendo al bando más poderoso y resiliente. El plan de Arabia Saudí, como sabemos, siempre ha sido que nosotros nos ocupemos de luchar.

—Las consecuencias ambientales también son tremendas —informó el Departamento de Estado—. Hay miles de muertos por inhalación de humo en la provincia Oriental. Los vientos predominantes arrastran el humo tóxico hacia el oeste, y el color negro del cielo ya llega hasta el sur de España.

A continuación, el representante de Comercio expresó una idea que iba a contracorriente:

—¿Sigue valiendo la pena defender a Arabia Saudí? —pregunto—. Pasarán años antes de que ninguno de los dos países vuelva a ser importante para la economía mundial.

El representante de Estado se mostró de acuerdo.

—Irán es Irán, pero ¿de verdad queremos un enfrentamiento directo con Rusia?

—Ellos deben de estar haciendo los mismos cálculos —dijo Defensa.

Tanto Estados Unidos como Rusia habían entrado en un frenesí de paranoia y odio y ansiaban una especie de apoteósico final orgásmico no muy distinto a una guerra nuclear. Aun así, Tildy vio aquel momento como una oportunidad única para hacer entrar a los rusos en vereda.

—¿Qué ganamos esperando? —preguntó—. Es mejor atacar ahora, antes de que su flota llegue al mar de Arabia. Los expulsaremos del Golfo. Con Putin no habrá muchos momentos en que dispongamos de una clara ventaja.

Al final de la reunión se trasladó una recomendación a los dirigentes: usar los aviones B-52, destruir las defensas rusas y cerrar el paso a su flota en el Pacífico. Si después de eso Rusia quería seguir adelante con la guerra, pagaría un precio altísimo.

Esa noche, Tildy se sentó junto a su perro, Baskin, con su bandeja de comida precocinada calentada en el microondas y se dispuso a ver las noticias. En pleno pico de la pandemia en Estados Unidos, los servicios gubernamentales habían quedado interrumpidos y el Congreso había anulado las reuniones. El nuevo presidente, todavía refugiado en el gran búnker de Mount Weather junto con otros altos cargos, hizo una tranquilizadora declaración a través del Sistema de Alertas de Emergencia para anunciar que estaba ultimándose una cura, que los comercios pronto volverían a abrir y que se reanudaría la temporada de béisbol. Una mentira tras otra, como todo el mundo sabía, pero contadas con mucha dignidad.

«Esta noche tenemos un reportaje especial sobre el sabotaje

a los laboratorios de investigación biomédica del Instituto Whitehead del MIT», anunció Wolf Blitzer.

Aparecieron unas imágenes del Instituto Whitehead, que Blitzer describió como uno de los centros pioneros en investigación con animales de todo el mundo. Igual que la totalidad de las instalaciones biomédicas importantes, el Instituto Whitehead se había sumado a los esfuerzos por desarrollar una vacuna para el kongoli. Habían obtenido muestras de los CDC y estaban inoculando el virus en monos, hurones y ratones humanizados. Muchos de los investigadores vivían permanentemente en el laboratorio, dormían en sacos de dormir en los pasillos mientras intentaban explicarse los secretos del nuevo patógeno. A causa de la pandemia, las instalaciones contaban, en teoría, con las mejores medidas de seguridad, aunque nunca habían gozado de tantas puertas de acceso, cámaras y escáneres como Fort Detrick. Una mañana llegó un autobús con un grupo de personas —las cámaras de seguridad registraron cincuenta y dos— ataviadas con mascarillas, batas y guantes.

«Creíamos que sería un equipo de relevo, o de seguridad —explicó uno de los científicos. Guardaron silencio mientras avanzaban por el pasillo y entraban en los ascensores—. Conocían los códigos —siguió diciendo el científico—. Nadie los puso en entredicho. Aquí no entra nadie sin autorización. Pero ellos lo hicieron.»

Bajaron directamente hasta las salas donde se alojaban los animales. Dentro había cuatro habitaciones, dos con hurones y una con monos verdes y ratones. La cuarta estaba vacía. Entraron sin trajes de protección, lo cual era tremendamente peligroso. Cada uno de los intrusos enmascarados se llevó dos jaulas, y pusieron un interés especial en los primates. A los animales restantes los liberaron para que corrieran libremente por los pasillos y lo contaminaran todo. Había hurones por todas partes, muchos de ellos tumbados con languidez sobre las baldosas del suelo del laboratorio, demasiado enfermos para moverse, y los ratones simplemente se escondieron, como suelen hacer, en despachos, detrás de estanterías y debajo de los escritorios. Grabaron un vídeo de los primates secuestrados que habían sido liberados en Harvard Square. Blitzer entrevistó al jefe de la policía de Cambridge, quien dijo que sus hombres y algunos miembros de la Guardia Nacional habían pasado toda la noche a la caza de los monos, a los que habían disparado en el acto. Los dos últimos fueron localizados en el túnel del metro de la línea roja.

«La policía sospecha que los responsables del robo son miembros de una organización animalista llamada Los Guardianes de la Tierra», explicó Blitzer.

El líder del grupo, Jürgen Stark, estaba en el estudio. Negó tener nada que ver, ni él ni nadie de su organización, con el asalto al Instituto Whitehead, aunque en el pasado algunos miembros se habían infiltrado en las instalaciones. Era evidente que Blitzer no se tragaba las palabras de Stark:

«—Conocían los códigos de seguridad —dijo—, y sabían exactamente adónde ir.

»—Sí, es muy raro —respondió Stark sin definirse.

»—¿No le parece un crimen contra la humanidad?

»—Vamos a aclarar una cosa —empezó a decir Stark—. Lo que la gente les hace a los animales, no solo en Whitehead y Fort Detrick, sino también en muchos otros centros del país, es un crimen contra la naturaleza. Esos animales de laboratorio no nos han hecho nada. Los torturan y los asesinan en nombre de la ciencia. Ya lo sé, yo también lo hacía, y me avergüenzo mucho de ello. ¿Está justificado que se sacrifiquen las vidas de tantos animales en beneficio de la humanidad? Yo opino que no.

»—La mayoría de los científicos opinan que sí —observó Blitzer—. Millones de personas de todo el mundo han muerto por culpa de la gripe de Kongoli. Es imposible saber cuántas, pero hemos contabilizado las respuestas que nos han llegado, y por el momento se dice que la tasa de muertes supera los trescientos millones de personas.

»—No es una cifra muy alta, si se tiene en cuenta que la población es de ocho mil millones —repuso Stark con frialdad. Examinó sus gafas y limpió una manchita—. Piense en las aves. ¿Cuántas han sido sacrificadas? ¿Lo sabe? ¿Ha "contabilizado las respuestas"? ¿Y para qué ha servido? Voy a decirle lo que ocurre cuando se altera el equilibrio de la naturaleza. Por su culpa estamos al borde de una catástrofe, sin duda mayor que la actual. Lo lógico es que, a estas alturas, ya hubiéramos aprendido la lección.

»—Así que, en su opinión, ¿todas las vidas valen lo mismo? —preguntó Blitzer.

»—Todas las vidas son valiosas —respondió Stark—. ¿Por qué me hace esa pregunta?

»—Me estaba planteando qué decidiría si tuviera que elegir entre salvar la vida de un bebé humano o la de una cría de chimpancé.

»—Es una pregunta interesante, pero ya no tengo que tomar esas decisiones. Eso forma parte de mi pasado.

»—¿Cree que la vida de un virus es igual de valiosa que la de un ser humano?

»—Los virus no tienen vida propia.

»—Pero forman parte de la naturaleza.

»—Sí, son imprescindibles.

»—¿Y los humanos no?»

Stark miró fijamente a Blitzer y vaciló unos instantes mientras sopesaba su respuesta.

«—Los humanos nos hemos convertido en un problema —dijo al fin—. Hablando desde mi punto de vista de humano, egoístamente, espero que nuestra especie sobreviva. Pero no cabe duda de que el planeta estaría mejor sin nosotros.»

36

El capitán Dixon

Nada más subir a bordo, Henry percibió el malestar. La tripulación del *USS Georgia* no estaba muy contenta con un nuevo médico a bordo. El último les había contagiado el kongoli, y por eso el submarino estaba en cuarentena. Cinco miembros de los ciento sesenta y cinco que formaban la tripulación se habían puesto enfermos, y el médico había muerto y yacía en «la caja fría», como llamaban a la enorme cámara frigorífica del submarino. La nave estaba llena de soldados jóvenes y valientes, pero los rodeaba un enemigo contra el que no podían luchar.

Por lo general, las necesidades médicas de la tripulación eran atendidas por un médico militar, un miembro del cuerpo que había recibido formación en primeros auxilios y emergencias de poca gravedad. Había una pequeña enfermería con una puerta ancha que permitía trasladar directamente al paciente de la camilla a la mesa de exploración, ya que en el pasillo no se disponía de espacio para maniobrar. En el armario del botiquín, Henry descubrió cajas de bendamustina e ibrutinib, lo cual explicaba por qué habían necesitado un médico a bordo.

Un submarino es un caldo de cultivo ideal para las enfermedades. Continuamente circula el mismo aire y todo el mundo lo respira.

—Si alguien se resfría, nos resfriamos todos —le dijo la suboficial de segunda clase Sarah Murphy, médico del ejército, mientras le mostraba el submarino—. No hay forma de evitar el contacto.

Todo el mundo la llamaba «Murphy». Los miembros de la marina solían dirigirse unos a otros por el apellido. La suboficial era estirada y demasiado formal, pero al parecer era lo que marcaba la norma. En la nave solo había diez mujeres, y todas llevaban el pelo recogido en un moño tirante, un peinado que les dejaba el rostro tan al desnudo como a sus compañeros rapados casi al cero. Murphy procedía de una granja de Duluth, en Minnesota, y hablaba con el acento típico de esa zona, arrastrando mucho las vocales. Los marineros la provocaban llamándola «la lechera». Era delgada y ágil, y bajaba la escalera con la gracilidad de una gimnasta, aunque se retuvo para no dejar atrás a Henry, hasta que cruzaron una trampilla circular que se parecía a la puerta de una gran caja fuerte. Dentro había una gran cámara con veinticuatro lanzamisiles pintados de rojo carmín, cada uno equipado de origen para alojar un misil intercontinental Trident de doce metros.

—Nuestro armamento es un poco distinto, señor —le explicó Murphy—. Tenemos misiles de crucero Tomahawk, no nucleares.

Entre cada par de tubos lanzamisiles había un dormitorio para nueve personas con literas de tres en un lateral. Henry no podía imaginar un entorno peor para contener una infección respiratoria.

Los miembros de la tripulación infectados debían permanecer en sus camarotes. Si estaban moribundos, los trasladarían a la cantina situada debajo de la sala de control para que sus compañeros no tuvieran que verlos morir. El olor metálico de la sangre impregnaba la atmósfera.

—¿Qué les dan?

—Suero salino —respondió Murphy.

—¿Y antivirales?

—No les hacen efecto.

En la cantina había tres enfermos terminales, dos hombres y una mujer. Murphy levantó la sábana que cubría a uno de ellos. Tenía los pies negruzcos.

—Igual que el médico. Los pies negros y la cara azul —explicó.

Uno de los pacientes estaba consciente y los oyó.

—¿Es médico? —le preguntó a Henry, y este asintió—. ¿Me voy a morir?

Era casi un adolescente y tenía los labios azulados. Henry no tenía duda de lo que le esperaba.

—Creo que te pondrás bien —respondió.

A veces la esperanza era lo único que podía ofrecer a los pacientes, aunque fuera falsa, pero se reprochó a sí mismo estar mintiendo.

El joven empezó a llorar y Murphy enjugó su frente febril con una toallita de bebé.

—Tenía mucho miedo —dijo el marinero.

Cuando estuvieron lo bastante lejos del muchacho, Henry le preguntó a Murphy:

—¿Qué hacen con los cadáveres?

—El protocolo manda que los llevemos a puerto en nuestro país. En la caja fría hay espacio, pero, sinceramente, es un problema.

A Henry le asignaron el dormitorio del médico muerto: una colchoneta en el suelo al final de la sala de misiles, junto al reactor nuclear que propulsaba el submarino. Una sábana hacía las veces de cortina. Por lo menos tenía un espacio privado, y Henry lo limpió con Lysol. Las pocas pertenencias del desdichado doctor estaban dentro de una bolsa de plástico pegada a la pared con cinta adhesiva y sus prendas, colocadas debajo de la colchoneta. Un par de zapatillas deportivas eran la prueba de que nada de aquello iba a serle de utilidad a Henry, quien todavía iba vestido con la ropa empapada que llevaba cuando subió a bordo. Murphy rebuscó en los armarios de los marineros moribundos y le preparó una bolsa llena de ropa interior y calcetines.

El submarino había entrado a puerto para reparar un pistón dañado. La pieza que faltaba no estaba disponible, de manera que la embarcación tendría que recorrer la larga ruta por el Atlántico con un pistón estropeado y muy ruidoso, lo peor que podía pasarle a un sumergible furtivo.

Dentro no se tenía la sensación de movimiento, pero cuando se sumergieron a Henry se le taponaron los oídos, y cada vez que la nave regulaba la orientación se descubría en una postura extraña. Los marineros no parecían notar cuando el submarino dejaba de estar perpendicular. Henry imaginó que poco a poco se iría acostumbrando a aquel mundo interior tan angosto, con sus sutiles rotaciones, pero tenía que esforzarse por controlar los sobresaltos. Dormía mal, agitado por los sueños perturbadores que no dejaban rastro en su memoria.

La primera mañana se despertó con el aroma del desayuno. Hasta ese momento no se había dado cuenta del hambre que tenía. La cantina parecía un bar, con *souvenirs* de diversos puertos, banderines de la Armada y una foto de Jimmy Carter, exgobernador de Georgia y el único presidente que había formado parte de la tripulación de un submarino. La tropa estaba llenando sus platos de huevos revueltos, salchichas y galletas con salsa de carne. «Son todos muy jóvenes», pensó Henry. Él se sirvió tres tostadas y un cuenco de muesli.

Murphy estaba acabando de desayunar cuando Henry tomó asiento.

—Hola, señor. Creía que se quedaría a desayunar en la sala de oficiales —dijo.

—¿La comida de allí es mejor?

—Ni de broma.

—Me parece que el comandante me considera un huésped no deseado, y supongo que lo soy —prosiguió Henry—. Nunca había estado en un barco de la Armada, y mucho menos en un submarino. Me siento totalmente desorientado.

—Barco no, señor, buque. El submarino es la única embarcación de la Armada a la que no llamamos «barco». Y el comandante tiene ese rango pero ocupa el puesto de capitán, de manera que lo llamamos así, aunque «patrón» también es apropiado. Tiene que entenderlo: trata a todo el mundo por igual, lo que significa que el cabrón a veces se pone duro, pero es el mejor oficial con el que he trabajado.

Murphy se sonrojó un poco tras decir aquello.

—Es un poco alto para estar aquí.

Murphy se echó a reír.

—Yo también. Siempre choco contra las putas tuberías y toda la mandanga, y eso que no soy exageradamente alta. Siempre nos damos golpes en la cabeza. Pero tiene razón, no me gustaría estar en su lugar.

—¿Y quiénes son todos estos? —preguntó Henry, señalando a la veintena de personas que estaban tomando el desayuno.

—Marineros como yo, señor. Somos los que en realidad gobernamos el barco, aunque no tengo nada en contra de los oficiales. Esos —dijo, señalando a un grupo de jóvenes de un reservado— son los operarios que controlan los misiles. Nos gusta pensar que son los más cuerdos, pero, para serle sincera, soy yo quien se encarga de la supervisión. Son humanos, como todos, y si alguno recibe malas noticias, como un divorcio o la muerte de un familiar, se deprimen como todo el mundo.

—¿Y usted qué hace?

—Mi madre es psicóloga infantil y tiene de esas bolitas peludas con ojos adhesivos para dárselas a los niños cuando están desanimados. A lo mejor ha visto en el botiquín un frasco con un montón de caramelos. Son para consolar a los marineros. Ya sé que es placebo, pero estos días estoy repartiendo muchos.

—Siempre es bueno tener algo que ofrecer. ¿Y esos caballeros tan fortachones de ahí? ¿Quiénes son?

—Son de operaciones especiales. Hay una unidad a bordo para operaciones de reconocimiento o a veces los desembarcamos después de un amerizaje. No hacen gran cosa aparte de comer y ejercitarse. Son de buena pasta, pero es mejor no cabrearlos, ya sabe. —Les lanzó una mirada de desdén—. Cuando subieron al submarino iban de supermanes, parecía que no le tuvieran miedo a nada. Pero con esta gripe están que no les llega la camisa al cuerpo. ¿Ve qué modositos? Parecen más vulnerables que nadie.

—¿Usted no tiene miedo?

—Joder, claro que sí. ¡Estoy cagada! Todo el mundo lo llama el submarino de la muerte. Y lo es. Estamos atrapados aquí. Me siento completamente impotente, no puedo hacer nada más que repartir caramelos. Espero que usted sepa cómo ayudarnos.

Después de desayunar, Henry fue a ver a tres miembros más de la tripulación que presentaban síntomas. Eso sin contar al que había muerto durante la noche.

Al entrar en el submarino, Henry se había sorprendido de lo espacioso que era, pero pronto empezó a pesarle la sensación de estar enclaustrado. No era claustrofóbico, pero la falta de ventilación de los camarotes junto con la sobrecogedora experiencia de estar a una gran profundidad bajo el agua lo llenaron de un temor que se vio exacerbado por el miedo que atormentaba a la angustiada tripulación. Pronto se puso las pilas y empezó a trabajar con Murphy en la enfermería, haciendo cuanto podía para disipar el pánico, dividiendo las dosis de Xanax y Valium para tratar a los pacientes con trastornos de pánico más acuciantes, pero no había forma de aligerar la angustia que atenazaba el buque. La tripulación parecía ebria de desesperación, todos sabían las escasas posibilidades que tenían de librarse de la enfermedad. De momento había pocos pacientes con síntomas, pero todo el mundo estaba expuesto al contagio. La mayoría de los que caían enfermos acababa muriendo.

El segundo día, Henry recibió el aviso de reunirse con el capitán en su camarote. El capitán Vernon Dixon era excesivamente corpulento para formar parte de la tripulación de un submarino; era alto y musculoso a pesar de su mediana edad. Tenía una voz potente y melodiosa.

—No solemos tener médicos a bordo —le dijo a Henry—.

La tripulación de los submarinos goza de buena salud. No admitimos a nadie con enfermedades. Y cuando atracamos también vamos con pies de plomo. Pero no siempre es viable.

Mientras hablaba, el capitán daba de comer a unos pajarillos de vivos colores que vivían en una jaula ubicada en un pequeño escritorio junto al ordenador. Les ofreció semillas y flores de brécol.

—Antes de esta maldita gripe, tuvimos que deshacernos de unos cabezas de chorlito que quisieron tatuarse en Yibuti y pillaron una hepatitis. O sea que ya andábamos faltos de personal cuando su predecesor subió a bordo con la gripe. Joder, sí que comes —le dijo a uno de los pájaros.

Mientras Dixon rellenaba la bandeja del agua de la jaula, Henry se fijó en algunas fotos expuestas en la taquilla del capitán: un chico y una chica de raza negra vestidos con la toga de graduación, que Henry imaginó que serían sus hijos adultos, pero su esposa no aparecía; los distintos grupos de tripulantes a los que había comandado, y una imagen suya de joven con el uniforme del equipo de fútbol americano de la Universidad del Sur de California.

—¡Ah, claro! ¡Usted es aquel Vernon Dixon! —exclamó Henry.

El capitán apartó la vista de los pájaros y se lo quedó mirando con aire de estar molesto por la interrupción de su tarea. De pronto estalló en una gran carcajada.

—¡Pero hombre! ¡Sí que tiene buena memoria! —le espetó.

—Me acuerdo perfectamente de aquella carrera en el Rose Bowl.

Dixon resplandecía de placer.

—Fue un partido alucinante —admitió—. Aunque estuvimos a punto de que los Ohio State Buckeyes nos pateasen el culo.

Los pájaros eran preciosos, de colores variados y deslumbrantes, con el lomo verde, la cabeza roja o negra, las plumas de la cola azules, el vientre amarillo y el pecho violáceo, como si los hubieran montado con partes de otros pájaros que no casaban entre sí.

—Son pinzones de Gould —le explicó Dixon—. Los compramos en el zoco de Doha. Alegran la vista, ¿no le parece? —Cogió a uno de los pájaros con su manaza y le cortó delicadamente las uñas con unas tijeras diminutas—. Este se llama Chuckie. Es el líder del grupo, creo.

—Tienen una belleza exótica.

—Y están en peligro de extinción, según me han dicho. Aunque imagino que hoy en día todos los pájaros corren peligro. Les estoy haciendo un favor, como Noé con el arca.

Observaron cómo las aves cantarinas saltaban de un palo a otro o se afilaban el pico en una mazorca.

—Verá, tengo a la tripulación enferma. Y asustada —empezó a decir Dixon—. El oficial de derrota ha muerto. Necesitamos a todo el personal para dirigir el buque y ya andamos escasos. Está en riesgo la seguridad de todos nosotros. Ya sé que no tiene mucho material, pero ¿hay algo, lo que sea, que esté en sus manos hacer? No puedo permitirme perder a nadie más.

—La tripulación tampoco puede permitirse perderle a usted —respondió Henry.

—Todos los miembros de la tripulación son imprescindibles —insistió Dixon muy seriamente.

—Pero usted es quien más peligro corre. He visto ibrutinib en el botiquín, y he visto sus gráficas. ¿Cuánto tiempo hace que está con quimioterapia?

Aquel hombre de figura imponente dio un leve respingo.

—Un mes, más o menos —respondió—. Dicen que tengo leucemia.

—Leucemia linfocítica crónica —puntualizó Henry—. Como ya sabrá, crece muy despacio, pero conlleva una serie de complicaciones añadidas. Como tiene afectados los linfocitos, es mucho más vulnerable al contagio y tiene menos posibilidades de combatir la enfermedad.

—Sí, todo eso ya me lo han dicho. Normalmente no dejan que los enfermos entren en los submarinos, pero esto no se contagia. No tenían a ningún oficial de rango para ocupar el puesto, así que les hice tragarse sus palabras y volví a bordo. Después de esto, creo que me darán el pasaporte.

—No soy oncólogo, pero podríamos hablar de opciones de tratamiento —dijo Henry—. Mientras tanto, quiero que lleve esto.

Le entregó una mascarilla y unos guantes de látex, y Dixon lo miró con recelo.

—¿Tiene más para el resto de la tripulación?

—Solo diez mascarillas y una caja de guantes, pero pueden ser muy útiles. No servirán para frenar la epidemia, pero ofrecen cierta protección.

El comandante le devolvió la mascarilla y los guantes.

—Todas las personas del buque pueden contagiarse, no solo yo. Y todas pueden morir. Correré el mismo riesgo que los demás.

—Admiro su valentía, pero no su lógica. Usted corre más riesgo que ninguna otra persona a bordo, y es más importante.

—Un buque es como una orquesta —empezó a decir el comandante—. Todos los instrumentos son necesarios. Yo solo soy el director, tal vez la figura menos importante mientras todos se ciñan a la partitura. Piense en cómo ayudar a la tripulación y luego podrá preocuparse todo lo que quiera por mí.

37

Dolly Parton y John Wayne

Henry se estaba acostumbrando a los extraños ritmos que se viven en un submarino. La sensación de sueño o vigilia se imponía de forma artificial. En las zonas comunes se mantenía una luz mortecina durante lo que se suponía que era la noche y una iluminación más viva durante el día. Algunos submarinos operaban según la hora media de Greenwich —también conocida como «hora Zulú» en la jerga militar—, pero el capitán Dixon prefería guiarse por la hora local durante la travesía del submarino a través del Atlántico, lo cual significaba que los relojes se habrían atrasado hasta nueve veces cuando alcanzaran la costa este de Estados Unidos. El ciclo diurno de Henry estaba siempre algo desbaratado. En el buque había muchas horas de inactividad alternadas con franjas de un movimiento frenético e inescrutable.

Un día, Murphy se presentó ante Henry con un mono azul marino de la Armada que había hecho arreglar a su medida.

—Ha bastado con meterle un poco el dobladillo y poca cosa más —dijo, quitándole importancia al detalle.

Henry se sintió muy conmovido. Cuando se puso los pantalones se le ocurrió pensar que, ahora que formaba parte de la tripulación a ojos vistas, necesitaba un corte de pelo. El peluquero era un ayudante de cocina que se dedicaba a cortar el pelo a la tripulación en horas de servicio adicionales. Se llamaba Thistlethwaite, pero todo el mundo lo llamaba Cookie.

—¿Qué quiere, doctor? ¿Un corte normal? —le preguntó.

—Al estilo de la marina —le indicó Henry.

—¿Le afeito la barba?

—No, quiero dejármela —aclaró Henry—, pero arréglamela un poco.

Más tarde, en su camarote, el doctor se miró en el espejo. Tenía un aspecto diferente. El cuero cabelludo estaba prácticamente desprovisto de pelo y rascaba al pasar la mano; se le veía la cara más grande, como si se mirara a través de una lupa. Llevaba la barba corta y bien perfilada. «Así es como quiero verme el resto de mi vida», pensó.

Cuando regresó a la enfermería, encontró a Murphy esperándolo con un marinero que se retorcía de dolor. Tenía unos diecinueve años y un sarpullido de granos rojos.

—¿Tiene fiebre? —le preguntó Henry a Murphy.

—Le está saliendo la muela del juicio.

Henry apartó un poco a Murphy hacia el pasillo.

—No soy dentista —le dijo.

—No, señor, ya lo sé.

—¿Y él? ¿Lo sabe?

—Nunca hemos tenido un dentista a bordo, así que sí, lo sabe.

Henry volvió a entrar en la enfermería. El joven lo miraba con pánico. En su placa se leía MCALLISTER.

—¿Cómo te llamas, hijo?

—Jesse.

—¿Cuánto te duele, Jesse?

—Mucho, señor, si no, le aseguro que no estaría aquí.

—Abre la boca, echaré un vistazo.

Henry tomó un depresor lingual y examinó la boca de McAllister. Vio la encía enrojecida e inflamada por detrás de los molares inferiores. Las muelas del juicio, torcidas y enterradas debajo de la encía, los empujaban hacia delante. Era evidente que tenían que salir. Y las superiores también, pero no presentaban ninguna infección, de manera que Henry podía olvidarse de ellas. Rozó la zona de la encía inflamada con una sonda de exploración y McAllister dio un respingo.

—Murphy, ¿tenemos lidocaína en el botiquín?

—Sí, señor. Y, señor, si va a operarlo, tendrían que trasladarse a la sala de oficiales. Hay más luz.

Henry observó el instrumental quirúrgico. Había unas cuantas piezas básicas para intervenciones menores: dos bisturís de distinta medida, una cánula, un raspador, unas pinzas para agarrar y sujetar los tejidos, unas abrazaderas quirúrgicas, unos fórceps, un portaagujas para los puntos de sutura y varios separadores, todo ello suficiente para lo que Henry necesitaba. No obstante, hacía mucho tiempo que no practicaba una operación de ninguna clase.

El capitán y un suboficial jefe estaban jugando a naipes en la sala de oficiales cuando llegaron Henry y Murphy con el paciente apesadumbrado. Sin mediar palabra, los oficiales dejaron de lado la partida y Murphy despejó la mesa y encendió la lámpara de techo para cirugía. A Henry no dejaba de sorprenderle la destreza con que economizaban el espacio.

Por suerte, Murphy era experta en poner inyecciones, y a McAllister se le durmieron las encías enseguida. No obstante, siguió con la mirada a Henry cuando cogió el bisturí.

—Jesse, si tenemos suerte, no notarás nada —lo tranquilizó Henry—. Tendré todo el cuidado posible, pero no me muerdas la mano, ¿vale?

McAllister emitió un pequeño sonido que parecía corresponder a una risa.

Henry practicó una incisión por detrás de la encía inflamada y luego por delante, con lo cual dejó al descubierto la pieza problemática. Separó el tejido mientras Murphy aspiraba la sangre y el pus. Henry notó el hedor de la infección cuando hizo un corte más profundo para dar con la raíz de la muela. McAllister temblaba de nervios. Hacía mucho tiempo que Henry había dejado de lado la cirugía porque detestaba causar dolor.

Extrajo la muela sin demasiados problemas, pero la infección había llegado al hueso. Sin una fresa ni nada parecido, Henry no tuvo más remedio que ir rompiendo poco a poco la parte del hueso donde se encontraba el absceso. McAllister gruñía con desesperación mientras Henry forzaba sin tregua el instrumento para que penetrara más y más, hasta que por fin el hueco ensangrentado volvió a estar limpio y libre de infecciones.

—No ha ido mal, ¿verdad? —preguntó Henry con orgullo mientras empezaba a coser los bordes del hueco y Murphy colocaba algodón alrededor de la herida.

McAllister asintió con recelo, consciente de lo que quedaba por delante.

—Ahora vamos con el otro lado —dijo Henry.

Por la noche, Henry vivió uno de los episodios más embarazosos de su vida: entró en la ducha de mujeres. Llevaba el albornoz del médico fallecido, que le quedaba grande, unas chancletas y una toalla al cuello, tal como había visto hacer a los tripulantes, y entró directamente en la sala donde las mujeres, incluida Murphy, estaban duchándose o secándose. Durante un segundo fue incapaz de reaccionar.

—¡Largo de aquí, joder! —le espetó una de las mujeres, y él se retiró a su camarote de inmediato, muy abochornado.

Media hora más tarde oyó que alguien llamaba discretamente a su puerta. Era Murphy.

—Oh, Dios —exclamó Henry—. No sé cómo disculparme.

—Descuide, señor. Ya sabemos que no es culpa suya, nadie le ha explicado el código. Tenemos unas horas en que se duchan los hombres y otras en que lo hacen las mujeres, y la única forma de saberlo es fijándose en la foto de la puerta.

—No me he dado cuenta.

—Dolly Parton para las chicas y John Wayne para los chicos. Nadie cree que lo hiciera a propósito. Es culpa nuestra, deberíamos habérselo explicado.

Cuando fue al comedor, donde la tripulación estaba viendo

Black Panther, Henry se dio cuenta de que todo el mundo sabía lo de su incidente en la ducha. Se daban codazos y bromeaban en voz baja acerca del «pasajero», o sea, él, el extraño. En menos que canta un gallo se había convertido en un payaso legendario, o un pervertido. No tenía ni idea de qué más decían de él, ni interés en saberlo.

—¡Eh, doctor! —lo llamó uno de los de operaciones especiales. Sus compañeros trataron de disuadirlo, pero él no les hizo caso—. Mi amigo se ha muerto esta mañana.

—¿Quién era? —preguntó Henry.

—El suboficial de segunda clase Jack Curtis. Usted le había dicho que se pondría bien.

Henry percibió la rabia y el dolor en el rostro de aquel joven.

—Lo siento, no podía hacerse nada —dijo.

—Y entonces ¿qué coño pinta usted aquí, mientras esta puta enfermedad se nos lleva de uno en uno?

—No existe ninguna cura... —empezó a decir Henry, pero el joven no había terminado.

—Yo estoy aquí porque sé cumplir con mi trabajo —le espetó el SEAL—, pero usted no hace más que ocupar espacio.

No había nada que Henry pudiera replicar a eso.

38

La señora Hernández

—¿Te apetece un poco más de sopa de kétchup? —le preguntó Helen a Teddy.

Estaba harta de ocuparse de él, pero no tenía a nadie más con quien hablar. Podía llamar a sus amigas con el móvil de su madre, y de vez en cuando alguien le dejaba algo de comida en el porche, pero no era suficiente. Ya no quedaban lentejas. «La despensa está vacía —pensó—, como en los cuentos.»

Teddy no respondió. Tenía la cabeza enterrada en el ordenador de Jill.

—¿Qué estás haciendo? —le preguntó Helen.

—Intento descubrir la contraseña de mamá.

—¿Para qué?

—Para el cajero automático.

—No la tendrá en el ordenador.

—Creo que ya la sé.

—¿Y cuál es?

—La fecha de tu cumpleaños: 2503.

—¿Por qué te lo parece?

—Utiliza las fechas de los cumpleaños para todas las contraseñas. A veces las deja a la vista, como aquí. —Le enseñó la página web de acceso a los almacenes Target—. La contraseña es 25Marzo y el PIN, 2503.

Helen miró a Teddy. «Es un niño muy raro —pensó—. Puede que sea un genio, o le falte poco para serlo.» ¿Cómo era posible que descubriera cosas como esa? Helen y él no se parecían casi en nada. Él era bajito y moreno y ella, alta y rubia. Él era inteligente y reservado y ella, guapa y popular. Helen solía enumerar las diferencias para destacar lo poco que tenían en común. Sin embargo, ahora que solo podían contar el uno con el otro, lo tenían todo en común.

Aunque en Atlanta ya habían superado el pico del contagio, a la gente todavía le costaba salir. Algunos negocios habían vuelto a abrir sus puertas, pero la mayoría de los restaurantes seguían cerrados y las estanterías de las tiendas de alimentación estaban casi vacías. Helen había elaborado una lista por si encontraban la forma de comprar comida. En la relación había mantequilla de cacahuete, helado cremoso de galleta, macarrones con queso, cereales con miel y nueces y otros con sabor a fruta, y papel higiénico.

Los niños revolvieron toda la casa en busca de dinero. El monedero de Jill estaba vacío. Dentro había tarjetas de crédito, pero seguramente no funcionaban, y, de todos modos, ellos no estaban autorizados para utilizarlas. Los últimos días de su vida, Jill había andado demasiado desorientada y no se había preparado para las consecuencias de su muerte.

Fueron en bici hasta Little Five Points, donde había un cajero del Bank of America. En la calle todo era muy raro; a Helen le recordaba a una ventisca, con todas las calles desiertas como una ciudad maldita y las escuelas cerradas. Era exactamente igual pero sin nieve.

En el cajero no había efectivo. Y en el de Ponce de León les pasó lo mismo.

—Podemos robar comida —dijo Teddy—. Todo el mundo lo hace.

—Me da miedo que nos pillen.

—Pero si nos pillan, nos cuidarán, ¿verdad?

Tenía su lógica. En Caroline Street había un supermercado de la cadena Kroger, pero Helen se asustó al ver a los guardias armados. Teddy quería entrar, pero Helen se montó en la bici y enfiló hacia casa.

—¿Y ahora qué hacemos? —preguntó el crío.

Helen volvió a revisar todos los armarios de la despensa. Lo único que quedaba era el bourbon de su padre en el mueble bar, y Helen se lo quedó mirando.

—Vamos a hacer un trueque —le dijo a su hermano, agitando la botella—. La señora Hernández es alcohólica, es una cosa terrible. Ella nos dará lo que sea por esto.

Teddy puso cara rara.

—A mí tampoco me gusta, ¡pero algo tenemos que hacer! —exclamó Helen.

Salieron a la escalera y la llamaron desde abajo.

—¿Señora Hernández? —gritó Helen, no lo bastante alto. No hubo respuesta.

—A lo mejor no está —susurró Teddy.

—El coche sí que está, y, además, nunca va a ninguna parte.

Aún no había cambiado la bombilla fundida y la escalera crujía de un modo tenebroso. Una vez arriba, Helen llamó con los nudillos, pero no obtuvo respuesta ni se oyó ningún ruido de pasos. Esperó un momento y volvió a llamar, esta vez aporreando la puerta. Teddy se unió a ella.

—¡Señora Hernández! ¡Señora Hernández! —gritaron ambos.

La puerta estaba cerrada con llave. Helen miró a Teddy con aire temeroso, pero entonces cogió la botella de bourbon y rompió con ella un cristal del emplomado. Metió la mano y abrió por dentro.

Un gato muerto llenaba de hedor la sala de estar.

Los niños se quedaron inmóviles, inseguros de qué hacer, con el corazón a cien.

—¿Señora Hernández? —aventuró Helen con apenas un hilo de voz.

Estaba empezando a perder el valor, pero entonces Teddy se

le adelantó. Al final del pasillo se encontraba el dormitorio de la señora Hernández, y la puerta estaba entreabierta. Un olor penetrante y ya familiar se colaba por la rendija.

—¿Señora Hernández?

Teddy empujó la puerta. Al principio les costó deducir lo que estaba pasando, pero Helen se dio cuenta y gritó. El gato negro que se estaba comiendo la cara de la señora Hernández dio media vuelta y les bufó. Teddy cerró la puerta de golpe y los dos niños corrieron hacia la escalera.

De pronto, Helen frenó en seco. Algo en su interior más fuerte que el miedo tomó el control. Estaba empeñada en sobrevivir, y en que Teddy sobreviviera. Le daba igual lo que tuviera que hacer, no pensaba rendirse.

Se obligó a ir a la cocina de la señora Hernández y mirar en los armarios. Había cereales para adultos, gelatina, pan seco y unas veinte latas de comida para gatos. En la nevera encontró varias botellas de vino, leche, tres latas de soda, zanahorias y media caja de huevos seguramente en mal estado. Helen cogió una bolsa de supermercado y empezó a meterlo todo dentro.

—Busca el bolso —le ordenó a Teddy—. A lo mejor tiene dinero.

Recorrieron el piso y robaron todo lo que creían que podía servirles para comer o intercambiar, pero no vieron el monedero en ninguna parte. Por fin volvieron a entrar en el dormitorio. Esta vez el gato negro salió disparado de la habitación. Los niños evitaron mirar lo que quedaba de la señora Hernández, y Teddy encontró el bolso encima de la cómoda, con el monedero dentro junto con un cepillo para el pelo y una pistola pequeña. Sin decir nada, le dio el monedero a Helen y se guardó la pistola en el bolsillo.

39

Satanás anda suelto

El presidente tardó poco en proclamar su victoria en el enfrentamiento con Rusia en Oriente Próximo. Un ataque inesperado con misiles de crucero contra las bases aéreas donde estaban estacionados los aviones rusos se llevó por delante al menos a la mitad de los Su-57 y destruyó las pistas, lo cual eliminó la posible intervención del Ejército del Aire en el conflicto. La Flota rusa del Pacífico fue bloqueada por una escuadra estadounidense y buques de guerra británicos cuando rodeaba las Maldivas. Para Putin fue muy humillante tener que batirse en retirada. Dentro del Kremlin corrían rumores acerca del final de su mandato.

Tildy Nichinsky lo vivió como el momento más dulce de que había gozado jamás. El presidente había aceptado sus consejos, y esos eran los frutos. Le notificó que iba a ascenderla al cargo de su nueva consejera de Seguridad, lo cual, para quienes contaban con información privilegiada, equivalía a afirmar que los días de lucha para aplacar la cólera del líder ruso habían tocado a su fin.

Por fin se juzgó seguro que el presidente abandonara Mount Weather y regresara a la Casa Blanca, tras haber sobrevivido al contagio junto con la mayor parte del gabinete ministerial. El secretario de Comercio había muerto, y también dos jueces del Tribunal Supremo. Por lo menos cuarenta miembros del Congreso habían perdido la vida. Pasarían varias semanas antes de que los medios de transporte pudieran volver a prestar servicios mínimos y la gente se sintiera lo bastante segura para salir de sus refugios. Y, por supuesto, había muchísimos funerales pendientes.

En ese preciso momento, cuando la cantidad de nuevos casos de gripe empezaba a disminuir en la mayoría de los países y la recuperación parecía inminente, hubo un apagón. Tildy se despertó tarde porque le falló la alarma. Cuando fue a cepillarse los dientes, no salía agua del grifo. En los fogones no había gas. Quiso llamar a la centralita de la Casa Blanca, pero no había señal telefónica, ni en la línea fija ni en el móvil, y aún no le habían asignado una línea de seguridad desde la notificación del presidente.

Sin asearse y con el pelo recogido debajo de una gorra de los Houston Astros, Tildy se dirigió a la Casa Blanca. Tuvo suerte: estaba lloviendo. Ascendió por la Séptima hacia el National Mall, con el viento agitándole el paraguas. Los perros corrían sueltos. Le llamaron la atención la escasez de productos en las tiendas y la ausencia de policía. Las únicas personas que iban por la calle eran adolescentes de aspecto peligroso, tal vez miembros de alguna de las bandas formadas por huérfanos sobre las que había leído en los periódicos. Últimamente no paraba de oír disparos, y esa misma noche se habían producido diversas explosiones. Tildy se decía a sí misma que ahora era una de las personas más poderosas del país, pero en su piso, sola, se sentía como una anciana asustada.

La lluvia caía con fuerza y formaba charcos en los hoyos. No había luz en ninguna parte, ni funcionaban los semáforos. Tres camiones de bomberos bloqueaban la intersección de la calle D. Varias casas unifamiliares de la esquina se habían convertido en una pila de escombros.

—Ha habido una explosión de gas muy importante —le explicó uno de los bomberos mientras la lluvia le rebotaba en el casco—. Ha pasado en varios sitios de la ciudad.

Estaban sacando los cuerpos de los escombros.

Por lo menos seguía habiendo bomberos, lo cual quería decir que había un gobierno y una civilización. Le pareció de locos estar pensando esas cosas.

La Casa Blanca funcionaba gracias al generador de refuerzo, lo cual otorgaba al lugar un ambiente de normalidad aunque dentro todo estaba en proceso de cambio. La mayor parte de los miembros del gabinete del mandato anterior seguían ocupando sus cargos —los que estaban vivos y en activo—, pero el nuevo presidente quería tener cerca a las personas de su confianza, de modo que Tildy recibió el saludo de una nueva jefa de Gabinete.

—Sé que querrá verla —dijo la mujer—. No podemos localizar a nadie. Ha hecho bien en venir directamente.

Le tendió a Tildy un chal para que se cubriera los hombros mojados. La nueva jefa de Gabinete había marcado un hito en la historia al ser la primera mujer que ocupaba el cargo. «Si es que aún tiene sentido pensar en hacer historia», pensó Tildy con aire sombrío. Prácticamente nadie ajeno a un pequeño círculo de Washington sabía lo que estaba ocurriendo. Había caído internet. No había televisión ni radio, y tan solo unos cuantos periódicos podían usar las prensas. Poco a poco, los pilares sobre los que se sostenía la modernidad se iban desmoronando.

Tildy esperó, envuelta con el chal y contemplando los retratos familiares del antiguo jefe de Gabinete, que todavía lucían en la estantería de detrás del escritorio. Sabía que uno de los niños que aparecía en las fotos había muerto. Imaginó que en el futuro, al mirar las fotos de grupo, eso era lo que llamaría la atención en primer lugar: quiénes habían sobrevivido y quiénes no.

La jefa de Gabinete regresó e hizo señas a Tildy para que entrara en el Despacho Oval.

El presidente estaba mirando por la ventana con un cuaderno de notas en la mano. El despacho estaba vacío. Habían borrado la presencia del ocupante anterior; incluso habían cambiado el escritorio; el nuevo era el modelo Theodore Roosevelt.

—Tildy —la saludó el presidente con voz suave, señalándole los sofás dorados. Se sentaron el uno frente al otro—. ¿Qué me dice?

—Los rusos.

El presidente asintió.

—Tienen los medios —dijo.

—¿Cuántos sistemas han caído?

—No en todas partes están igual, pero puede que la mitad del país se haya quedado sin electricidad. En Texas no tienen problema, cuentan con su propia red de suministro. Lo más preocupante son los sistemas de abastecimiento de agua y gas en distintos puntos. Los virus se han cargado casi toda la red informática. Los datos de la nube han desaparecido. La industria privada está hundida, y la Bolsa ha cerrado sus puertas. Todo eso cuando ya estábamos afrontando la mayor crisis económica desde los años treinta. No sé cuándo ni cómo vamos a conseguir que todo el mundo vuelva al trabajo. Es un desastre absoluto.

—¿Qué es lo que más le inquieta? —preguntó Tildy.

—Estoy muy preocupado por las centrales nucleares. Me han informado de que han burlado los mecanismos de seguridad de la planta de Bellefonte, en Alabama. De las demás aún no tengo noticias. La presa de Grand Coulee está totalmente desbordada y se llevará por delante todo lo que quede río abajo. Podría ser el caso de otras presas, de manera que la gente morirá ahogada. Las casas saltan por los aires debido a la sobrecarga en los conductos del gas. Los hospitales no tienen electricidad. Menudo momento para quedarse sin suministro.

—¿Y qué vamos a hacer, señor presidente?

—Tendremos que responder, pero nos va a llevar días enteros desentrañar todo esto y establecer algún tipo de conexión segura para que pueda hablar con los comandantes.

—¿Y si atacan antes?

—Nuestros sistemas de emergencia funcionan lo bastante bien para contraatacar sin problemas. Podemos borrar a Rusia del mapa. Pero ¿es eso lo que queremos? Y, para serle sincero, estamos con las manos atadas hasta que tengamos el GPS en marcha otra vez. Corremos un serio peligro.

Tildy vio que el presidente había empezado a elaborar una lista en el cuaderno. El ataque nuclear ocupaba la primera posición.

Había aprendido lo suficiente sobre cómo tratar con hombres poderosos para saber que debía esperar a que le preguntaran. El presidente estaba desesperado y buscaba respuestas. A Tildy jamás le había merecido verdadero respeto, pero ahora lo veía como un hombre muy íntegro y con una tremenda responsabilidad que jamás había imaginado tener que asumir: vengarse y, posiblemente, sin otra alternativa que matar a más personas que ningún otro individuo en la historia de la humanidad. Su primera actuación como presidente.

—¿Qué cree que debo hacer? —le planteó al fin.

—¿Tiene la capacidad de paralizar los servicios públicos rusos? —le preguntó ella.

—No con el mismo alcance que ellos han usado contra nosotros. Me temo que nos consideran débiles. Putin cuenta con la ventaja de un sistema que no depende de la alta tecnología tanto como el nuestro.

—Y encima tenemos lo de la gripe.

—¿Cree que también está detrás de eso?

—Al parecer, en Rusia son más inmunes al kongoli que en ningún otro país, lo cual me da a entender que disponían de una vacuna preparada antes de soltar el virus en el mundo.

El presidente se quedó mirando a Tildy con la boca medio abierta, y a continuación negó con la cabeza.

—Creo en la maldad, pero ¿es posible que lleguen hasta ese punto? ¿Es que Satanás anda suelto?

—Yo no lo sé, señor.

—También tenemos que pensar en el futuro. No sé cuánto tiempo pasará hasta que la sociedad vuelva a estar como antes. Según he oído, se estima que la población mundial ha descendido alrededor de un siete por ciento. Es imposible calcular el impacto económico, pero digamos que en nuestro país estamos más o menos al cuarenta por ciento del producto interior bruto. Ya hemos entrado en una nueva era. ¿Nos atreveremos a dar el siguiente paso?

Tildy conocía a Putin. Siempre estaba poniendo a prueba los límites, pasándose de la raya, preparando trampas. Hacía años que planeaba el desmantelamiento de la red de suministro eléctrico. Era su oportunidad para ponerse a la altura de Estados Unidos, y no iba a desaprovecharla. Era su venganza por haberlo dejado en ridículo en Irán. El juego al que jugaba el líder ruso con su expresión inmutable se sustentaba en el engaño y la impugnación a muchos niveles, pero era imprescindible que Estados Unidos respondiera.

—Para empezar, podría hacer que lo maten —dijo Tildy—. Es el plan más económico a corto plazo.

El presidente permaneció pensativo unos instantes, luego hizo otra anotación en su cuaderno.

40

Suez

Henry se encontraba en la enfermería cuando oyó un grito. Corrió al dormitorio, de donde procedía la voz. Los otros tripulantes estaban intentando contener a un marinero con un ataque de pánico que quería quitárselos de encima.

—¡Dejadme! ¡Estoy enfermo! ¡Estoy enfermo! —chillaba.

Los otros hombres retrocedieron de inmediato.

Se llamaba Jackson. Henry lo convenció para que lo acompañara con tal de examinarlo. No tenía fiebre, ni los ganglios inflamados, ni ningún síntoma excepto la elevada presión arterial a causa de la angustia.

—¿No estoy enfermo? —preguntó Jackson sin dar crédito—. Me sentía raro, no podía respirar bien. Pensaba que iba a asfixiarme.

—Por el momento, las constantes vitales están perfectamente.

—¿Quiere decir que solo estoy asustado?

—Todo el mundo lo está.

Jackson sacudió la cabeza y bajó la vista al suelo.

—Soy un cobarde, joder —se lamentó—. Creo que siempre lo he sabido, pero ahora lo sabe todo el mundo. No creo que pueda volver a mirar a los demás a la cara.

—Lo que más asusta es no tener ningún tipo de control sobre la enfermedad —dijo Henry—. Yo también tengo miedo, puede que más que tú, porque a mí me han formado para que le plante cara a esta clase de enemigo, y resulta que no sé cómo.

El doctor volvió a pasar una noche agitada. El ruido sordo del pistón dañado no lo dejaba dormir, y pensó en la súplica del capitán Dixon de que hiciera algo para salvar a su aterrada tripulación; al miembro de los SEAL que, atenazado por el dolor, lo había increpado en el comedor; al pobre Jackson, presa del pánico. Cada día crecía el número de marineros infectados y tenían que almacenar más cadáveres en la cámara frigorífica. Se trataba de jóvenes vigorosos que deberían haber presentado la máxima resistencia a la enfermedad, pero cuya respuesta inmunitaria los estaba matando, igual que en 1918, al llenarles los pulmones de líquido con el objetivo de combatir la infección, pero ahogándolos en el proceso.

Henry rebuscó en su memoria, revisando todo lo que sabía o creía saber sobre la forma de curar la gripe. Pensó en coger muestras de secreciones nasales de enfermos infectados, calentarlas en el microondas para matar el virus e inocular el germen inactivo en la nariz de los tripulantes sanos. Sin embargo, como mucho obtendría entre uno y diez millones de viriones por microlitro, y ni de lejos bastaban para generar una respuesta inmunitaria aunque fueran inyectados a un paciente.

Recordó el caso de la viruela, una de las enfermedades más contagiosas que habían aquejado a la humanidad y también una de las más crueles. Una vez que se inhalaba el virus, este se trasladaba desde los pulmones y los ganglios hasta la sangre y la médula ósea. Al principio los síntomas correspondían a los de una gripe: tos, fiebre, dolor muscular, seguido de náuseas y vómitos. Dos semanas después del contagio, aparecían puntos rojos en la lengua, la garganta y las membranas mucosas. Las lesiones crecían hasta formarse una erupción y luego aparecían nuevos granos en la frente, los cuales se extendían por la mayor parte de la piel y derivaban en unas pústulas inflamadas que formaban hoyuelos y daban la impresión de tener el cuerpo cubierto de picaduras de abeja. Cuando las pústulas se secaban, salían costras. En los supervivientes, las lesiones acababan presentando la forma de las características cicatrices que tanto afeaban.

En 1796, un médico inglés llamado Edward Jenner se dio cuenta de que un grupo de personas gozaba de una curiosa inmunidad a la viruela: las ordeñadoras. En esa época, ni Jenner ni nadie sabía nada de los virus. Sin embargo, el médico creía fervientemente que la clave de la inmunidad se hallaba en las jóvenes que antes habían sido infectadas por otra viruela, llamada vacuna, una enfermedad similar pero más benigna que principalmente se presentaba en animales. La enfermedad también se detectó en aquellas personas que habían tocado las ubres de las vacas infectadas. Tan convencido estaba Jenner de su teoría que extrajo una muestra de tejido de la mano de una ordeñadora infectada por la vacuna llamada Sarah Nelmes y se la inyectó a James Phipps, el hijo de ocho años de su jardinero. Jenner llamó a ese procedimiento «vacunación». La palabra procedía del nombre en latín del animal: *vacca*. Seis semanas después, para demostrar cuál era su objetivo, Jenner le inyectó al joven Phipps pus de la viruela, y el niño no se puso enfermo. Fue un momento de temeridad y falta de ética, pero que constituyó un hito en la historia de la medicina. La decisión de Jenner de arriesgar la vida del muchacho debía sopesarse teniendo en cuenta que el número de víctimas que la viruela se había cobrado solo en Europa ascendía a cuatrocientas mil en un año. Hubo un momento en que prácticamente el diez por ciento de la población mundial moría a causa de la enfermedad. De los que se salvaban, una tercera parte perdía la visión.

La vacuna era una enfermedad europea que apenas tenía incidencia en América. En respuesta a un brote generalizado de viruela en las colonias españolas, el rey Carlos IV designó una corbeta para enviar la vacuna al Nuevo Mundo. En aquella época no había ninguna forma viable de transportar los virus vivos durante el viaje a través del océano. Por eso, el médico de la corte propuso que una persona infectada viajara junto con la tripulación sana de manera que esta quedara expuesta a la enfermedad y el virus fuera pasando de unos a otros para que la vacuna se mantuviera viva hasta que llegaran a América. El médico también recomendó que un doctor español, Francisco Javier de Balmis, guiara la expedición, y el rey le proporcionó los reclutas necesarios para la misión: veintidós huérfanos de entre ocho y diez años. Después de llevar la vacuna a América, la expedición de Balmis se dirigió a Filipinas, Macao y Cantón, con tan solo el doctor al cargo de los críos infectados.

Henry se sentía muy identificado con aquel médico que antaño viajaba a bordo de un barco con una enfermedad infecciosa. La diferencia estribaba en que el doctor Balmis también llevaba consigo la cura.

Se quedó dormido, y cuando se despertó al cabo de varias horas, tenía una intensa erección. Había estado soñando con las mujeres que había visto en la ducha, de las que guardaba en la mente una imagen fotográfica imborrable: tres jóvenes mujeres, desnudas y bellas, en especial Murphy, en cuyo cuerpo no había reparado hasta ese momento; cuando vio sus magníficas formas, sus piernas firmes y torneadas, sus prominentes pechos y su trasero... Se resistía a recordarlo e intentaba apartar la imagen de su mente, pero entonces se dio cuenta de que no estaba imaginándose el cuerpo de Murphy, sino el de Jill.

¿La habría perdido? Seguro que sí. Debía de haberse marchado, y con ella toda la intimidad que alguien como él, feo y deforme, podía aspirar a compartir con una mujer. ¿Y sus hijos? ¿Seguirían con vida? La idea de haberlos perdido era como una fría puñalada en el corazón. Todo aquello que más le importaba en la vida había desaparecido. Se había convertido en una persona desolada e inútil, y por primera vez pensó en la muerte como una escapatoria.

—Buenos días, señor. —Henry se sonrojó cuando Murphy se sentó a la mesa del desayuno—. Hoy es un gran día, vamos a cruzar el canal de Suez.

—Parece emocionante —dijo Henry con poco ánimo.

—Significa que vamos a salir a la superficie. Nos enteraremos de las noticias, de los resultados deportivos... Esas cosas. Y respiraremos aire fresco.

Henry se animó de inmediato.

—¿Podré hacer una llamada? ¿Y enviar un e-mail?

—La tripulación puede recibir e-mails cortos, pero no responder. Es por seguridad. Claro que te comes el coco, pero al cabo de unos meses aprendes a apartar esos pensamientos. No sirven de nada, según nos dicen.

Después del desayuno, Henry pasó las horas siguientes haciendo todo lo imaginable para frenar la transmisión de la enfermedad. Recordó un experimento que se había llevado a cabo en la escuela de medicina del hospital Mount Sinai con conejillos de Indias. Las jaulas con los animales enfermos se colocaron junto a jaulas con animales sanos, y una corriente de aire soplaba de los primeros hacia estos últimos. Variando tanto la temperatura como la humedad ambiental, los investigadores descubrieron que la tasa de transmisión de la enfermedad descendía en proporción inversa al calor y la humedad. Cuando la temperatura alcanzó los 30 °C, la transmisión dejó de producirse. ¿Podría funcionar algo así en un submarino? Henry hizo que se disparara la temperatura y puso los humidificadores al máximo de potencia. Todo el mundo sudaba a mares.

—¡Esto es una puta sauna! —le espetó uno de los oficiales, pero Henry tenía el permiso del capitán, como todos sabían, y se dedicaron a rezar por que aquellos sudores sirvieran para frenar el implacable avance de la enfermedad.

Henry estuvo pensando en la enfermedad de su infancia. Sin los rayos ultravioleta del sol, el cuerpo no produce vitamina D, lo cual a su vez limita al número de glóbulos blancos disponibles para luchar contra una infección. Pero precisamente era la ausencia de luz solar lo que definía la vida de los tripulantes de un submarino. Estaban más blancos que el papel. Aunque Henry detestaba animarlos a consumir más alimentos de origen animal, convenció al chef para que preparara platos que incluyeran fuentes dietéticas de vitamina D, como la yema de huevo, el atún, la leche de soja enriquecida y el hígado de ternera. El aceite de hígado de bacalao se mezclaba astutamente con la salsa picante y el aderezo de las ensaladas.

Mientras Henry instituía esos nuevos protocolos, notó que el buque efectuaba un movimiento extraño. El capitán ordenó que abrieran las escotillas y se dio cuenta de que habían emergido a la superficie. Aire, aire fresco de verdad, penetró en la embarcación.

Henry salió a la cubierta de lanzamiento, donde los miembros de la tripulación se hallaban reunidos, bañados por el sanador sol de Egipto. Sentía unas ligeras náuseas, seguramente debidas al mareo por aquel balanceo del submarino al cual no estaba acostumbrado.

—¡Doctor! —Henry miró hacia arriba y vio al capitán Dixon en el puente—. ¡Suba! —Henry subió la estrecha escalera y se abrió paso en la escotilla mientras se preguntaba cómo se las arreglaba Dixon, con su estatura, para colarse por allí—. Gracias a usted, el buque huele muy muy bien —ironizó el capitán—. Igual que un vestuario.

—Usted me preguntó qué podía hacer para frenar el contagio.

—Bueno, le aseguro que la respuesta no está en la ducha de mujeres. —Dixon soltó una carcajada, pero al ver la evidente incomodidad de Henry, cambió de tema—: No debería decirle esto dado que es un civil, pero como forma parte de la tripulación, es mejor que lo sepa. Corre un rumor bastante malo: ha caído la red informática en todo el país. No sabemos cuánto tardará en recuperarse, se ve que es parte de un ciberataque masivo a las infraestructuras de Estados Unidos y Europa occidental. Podría ser que este buque tenga que intervenir si las cosas se ponen muy feas y ciertos personajes empiezan a pensar en apretar el botón.

—¿Y cree que lo harán?

—Es posible. Puedo dejarle en Port Said si se le ocurre otra manera de volver a casa —le ofreció Dixon.

—¿Hay otra manera?

—Solo Dios lo sabe.

—Me parece que me quedo aquí, si me lo permite.

Henry contempló el llano paisaje egipcio. El Canal dividía el desierto como una ancha carretera azul, tan lineal que parecía postizo. Más adelante vio lo que el capitán Dixon identificó como un destructor ruso, parte de un convoy.

—¿Cómo se sentirá si tiene que acabar lanzando ojivas nucleares? —le preguntó Henry a Dixon.

—Prefiero no pensarlo.

—Pero lo piensa.

—Soy un hombre religioso, o llámelo creyente sui géneris... —Se interrumpió, y Henry aguardó a que prosiguiera, cosa que por fin hizo—. Me pregunto si iré al infierno.

—Estará cumpliendo órdenes.

—Dudo que san Pedro tenga eso en cuenta, pero me alegro de que la decisión no dependa de mí. Los Tomahawk son unas armas formidables, pero no sirven para acabar con el mundo. Fui el segundo comandante de un submarino nuclear de misiles Trident. Cada uno de esos buques es capaz de arrasar la mitad de la civilización. Recibes un entrenamiento exhaustivo, pero nadie sabe seguro lo que pensará si llega a recibir esa orden.

—Yo no soy religioso —confesó Henry—, pero a menudo pienso que si Dios nos ha hecho tal como somos, ha hecho a un animal que amenaza con destruir todo lo que Él ha creado. Por otra parte, si somos un producto de la naturaleza, que es lo que yo creo, hemos evolucionado a una especie que se parece a un dios en todos los aspectos. Tenemos poder, creatividad, ¡sentido común! Pero hay una parte de nuestro código genético que está empeñada en hacer que todo estalle por los aires.

Cuando el submarino se adentró en aguas del Mediterráneo y volvió a sumergirse, Henry estudió las muestras de tejido de los pacientes que habían sobrevivido al virus. Cinco tripulantes habían muerto en las últimas veinticuatro horas. La cámara frigorífica estaba llena de cadáveres envueltos con sábanas. A ese ritmo, la mayoría de la tripulación habría muerto antes de que alcanzaran la costa de Georgia.

Tenía que hacer algo.

Volvió a revisar los medicamentos de la farmacia. Murphy ya había probado con el Tamiflu, y resultó totalmente inefectivo. Vio que quedaba algo de FluMist, una vacuna en forma de espray nasal que contenía virus vivos atenuados para dos de las cepas de la gripe A —la H1N1, surgida a partir de la gripe española, y la H3N2—, además de dos virus de la gripe B. Si el kongoli estuviera entre una de esas formas de gripe, Henry habría podido confiar en que los virus del FluMist intercambiaran genes con el kongoli para crear un nuevo virus que entrara en competición con los anteriores y, con suerte, fuera menos letal. Pero el kongoli distaba mucho de cualquier categoría común.

Como no disponía de la variedad de sofisticado instrumental de laboratorio con que contaba la medicina del siglo XXI, tuvo que remontarse cientos de años en el tiempo, a una época anterior a cuando las grandes vacunas del siglo XX acabaron con los azotes del pasado: el tifus, la varicela, el tétanos, la rubeola, la difteria, el sarampión, la poliomielitis... Un pasado en que los médicos tenían que trabajar por instinto, con pocos recursos y ninguno de los conocimientos científicos que más tarde descubrirían los secretos de tantos y tantos agentes patógenos. Aprendieron a hacer que la enfermedad se rebelara contra sí misma.

Henry pensó en el siglo XIX, cuando Louis Pasteur, el padre de la microbiología, quien había perdido a tres de sus hijos a causa del tifus, proporcionó evidencias de la teoría microbiana de la enfermedad. Mientras estudiaba el cólera aviar, el ayudante de laboratorio de Pasteur se olvidó de inyectar a los pollos un cultivo fresco de la bacteria antes de marcharse de vacaciones durante un mes. Cuando volvieron, la bacteria se había vuelto menos agresiva a causa del calor, pero el ayudante se la inoculó a las aves de todos modos. Al cabo de varios días, Pasteur notó que los animales habían desarrollado una variante más benigna de la enfermedad que solía causar la muerte. Cuando las aves se recuperaron por completo, volvió a inocularles bacterias vivas, pero no se pusieron enfermas. Pasteur llegó a la conclusión de que la forma más debilitada del germen vivo había despertado al sistema inmunitario y le había dado tiempo para aprender a luchar contra la infección. Más tarde, Pasteur desarrolló las primeras vacunas para el ántrax, y luego para la rabia, lo cual lo convirtió en un héroe internacional. Y, sin embargo, Pasteur contaba con más recursos en la École Normale Supérieure de París en el siglo XIX que Henry en un submarino a mil pies de profundidad en mitad del océano Atlántico. Incluso Edward Jenner disponía de gérmenes de la viruela de las vacas para crear la vacuna antivariólica. En cambio, todo cuanto Henry tenía era la enfermedad en sí y su intuición.

Los médicos de distintas tradiciones habían observado que quienes sobrevivían a la viruela disfrutaban de una inmunidad vitalicia contra una segunda infección. Una técnica conocida practicada en China en el siglo XV consistía en preparar un polvo con costras de la viruela e introducirlo en la nariz de los individuos no infectados, los cuales solían padecer casos más benignos de la enfermedad. Durante la guerra de Independencia de Estados Unidos, George Washington, quien había sobrevivido a la viruela (y, más tarde, al ántrax), ordenó que todas sus tropas e incluso su mujer recibieran dosis de la vacuna. El procedimiento de la época requería practicar un corte en el brazo, introducir en él la costra de una pústula de una persona infectada y cerrar la herida con una venda. El procedimiento recibió el nombre de «variolización». En general, quienes eran inoculados contraían una forma menos virulenta de la enfermedad, pero aun así podían tardar más de un mes en recuperarse. John Adams recibió la vacuna por ese procedimiento antes de casarse, pero durante su recuperación sufrió «dolores de cabeza, de espalda, de rodillas, fiebre con náuseas y erupciones con pústulas». Alrededor de un tres por ciento de los pacientes que se prestaban a la variolización acababa muriendo. Sin embargo, mientras John Adams se ausentó para redactar la Declaración de Independencia, su esposa, Abigail, llevó a sus cuatro hijos a Boston para que les inocularan la vacuna. A uno de los hijos tuvieron que ponérsela tres veces, al parecer, para superar su inmunidad innata a la enfermedad.

Henry concluyó que la gripe solía introducirse en el cuerpo por la boca o la nariz, que eran las vías rápidas de acceso hacia los pulmones, donde causaba el daño. ¿Y si la infección seguía otro camino? En lugar de introducir los gérmenes por inhalación, podían inyectarse por vía intravenosa, donde pasarían al corazón y activarían el sistema inmunitario. Cuando el virus llegara a los pulmones, tal vez las defensas del cuerpo tendrían la fortaleza suficiente para rechazar al patógeno invasor. Solo era una hipótesis, claro, y probarla conllevaba riesgo.

Henry era consciente de ello, pero no veía ninguna alternativa. Una vez que hubo decidido pasar a la acción, sabía que no tenía tiempo que perder. Encontró al capitán Dixon en su camarote, profundamente dormido. La tripulación trabajaba en turnos rotativos, de modo que cada dos semanas Dixon cambiaba sus hábitos de sueño para estar disponible en el siguiente turno. Igual que todos los tripulantes de un submarino, estaba entrenado para despertarse ante el más mínimo toque de nudillos en la puerta.

—¿Henry? —preguntó, adormilado.

—Necesito que me haga un favor. Le prometo que detesto tener que pedírselo.

—¿Qué es?

—Voy a poner en práctica un experimento, pero es arriesgado, y supondrá un tremendo sacrificio por su parte.

—¿Qué sacrificio?

—Tendré que matar a sus pájaros.

41

Los pinzones de Gould

Henry y Murphy visitaron a los últimos tripulantes que habían contraído la enfermedad. Todos se sentían muy mal, con picos de fiebre de 39 °C como mínimo. Era evidente que no habían derrotado al virus. Uno de los enfermos era Jesse McAllister.

—¿Cómo tienes las muelas? —le preguntó Henry.

—Bien —respondió McAllister en tono cauteloso.

—No te preocupes, no voy a operarte otra vez. Solo quiero hacerte un frotis nasal.

Murphy le entregó a Henry unos bastoncillos que él utilizó para extraer una gran cantidad de mucosa de la nariz de McAllister. Después regresó a la enfermería, donde los pájaros del capitán revoloteaban de una percha a otra con gran vitalidad, formando un calidoscopio de colores. Habían recibido el nombre del importante ornitólogo John Gould, quien había clasificado las quinientas especies de aves que Charles Darwin llevó consigo tras su viaje en el *HMS Beagle*. Los pájaros del capitán Dixon estaban a punto de ser los últimos animales que sufrirían y morirían en nombre de la ciencia. Debido a la limitada cantidad de bestias, Henry decidió usar la vía subcutánea en un proceso similar a la variolización.

De haber estado en un laboratorio, habría filtrado la suspensión mucosa para eliminar las bacterias, pero en el submarino no tenía instrumental para ello. Una de las razones por las que había elegido a McAllister fue que seguía tomando antibióticos debido a la extracción de las muelas del juicio, lo cual le proporcionaba cierta protección. Henry diluyó una décima parte de la suspensión en solución salina y se la inyectó al primer pájaro. El siguiente recibió otra dosis doblemente diluida, y así hasta que los seis pájaros hubieron recibido una inyección con la carga viral atenuada. Los colores de las aves eran tan variopintos que Henry tan solo le decía a Murphy «cabeza roja, pecho violeta», o bien «lomo azul, cabeza negra», y ella anotaba las dosis que los pájaros iban recibiendo. En un experimento ideal, los pájaros a los que inyectaba las dosis con mayor carga viral tendrían que morir, los que recibieran las dosis de carga más baja no tendrían que contagiarse y aquellos con cargas intermedias serían los que se pondrían enfermos pero se recuperarían.

No obstante, al cabo de veinticuatro horas, cinco de los seis pájaros habían muerto. Yacían en la base de la jaula, con su plumaje de vivos colores hecho una maraña. Uno de los pájaros, Chuckie, aún se sostenía en pie, pero tenía un aire lánguido y los ojos legañosos. Sin duda estaba enfermo, aunque no había muerto. Chuckie bebió del agua que Murphy le ofrecía con un gotero. A Henry volvió a impactarle la cruda virulencia del kongoli, incluso en una forma tan atenuada. Eso hizo que su siguiente decisión le resultara aún más difícil.

El capitán Dixon se quedó abatido cuando Henry le devolvió al único pájaro superviviente.

—¿Qué significa esto? —le preguntó.

—Creo que significa que el sistema inmunitario de Chuckie ha tenido el tiempo suficiente para evitar que la enfermedad sea mortal.

—¿Solo lo cree?

—No hay forma de confirmar los resultados. Si tuviéramos más pájaros y más tiempo, les inocularía el virus de Chuckie para ver si ha mutado. Pero no tenemos ni lo uno ni lo otro.

—¿Y entonces qué, doctor?

—He seleccionado a un voluntario humano como conejillo de Indias para inocularle el virus. Si sobrevive, seguiremos trabajando en la teoría de que hemos encontrado una forma de reducir la mortalidad. Es lo máximo a lo que podemos aspirar, me temo.

—Quiero ser ese voluntario —decidió Dixon.

—No puede. Su sistema inmunitario está demasiado débil para que nos sirva de referencia.

—¿Cuál es el nombre del soldado que se ha ofrecido como voluntario?

—En realidad, no es un soldado.

—¿Está usted loco, Henry?

—Estoy desesperado. Me he inyectado la solución hace media hora.

—¿Es seguro?

—No hay forma de saber cuál es la dosis apropiada sin probarlo. Si sobrevivo, se la inyectaremos a los demás. En otras circunstancias no lo haría, porque puede que acabe matando a personas que tal vez habrían sobrevivido, pero no se me ocurre ninguna otra opción.

La fiebre no tardó en subirle y le entraron escalofríos. La contracción y distensión rápida de los músculos era la forma que tenía el cuerpo de generar calor para luchar contra la infección, pero aquel temblor no se parecía a nada que hubiera experimentado antes. Tanto si lo salvaba como si lo mataba, no podía combatir la tormenta de citocinas que estaban librando una guerra en su nombre.

Para Henry, el tiempo siempre había sido más laxo y confuso dentro del submarino, pero ahora había perdido totalmente la noción del mismo y no sabía si pasaban horas o días. Recordó haber visto la cara de Murphy en los momentos en que estaba consciente, cuando ella venía para tomarle muestras nasales.

De nuevo Henry sintió el impulso de rezar. Últimamente le

ocurría con mayor frecuencia y temía acabar cediendo a la tentación. Había veces en que se sentía tan lleno de dicha que tenía ganas de expresar su gratitud, de dar gracias al universo, o a algún poder divino, o al espíritu de algún familiar, por la inmerecida felicidad de la que había gozado en la vida. Deseaba que una fuerza sobrenatural le diera instrucciones sobre cómo seguir adelante, y también anhelaba el perdón.

No creía en la misericordia. Los conceptos religiosos como el pecado, el mal y la condenación eran constructos teológicos que no significaban nada para él. Tampoco le convencía la idea de que el simple hecho de creer en Dios sirviera para limpiar la conciencia moral. Henry llevaba un registro mental de sus acciones, buenas y malas, pero no siempre le resultaba fácil definir la línea que separaba las unas de las otras. Se preguntaba cómo conseguía Majid encontrar el equilibrio entre ciencia y religión, lo que hacía con la misma naturalidad con que lucía aquella túnica ceremonial, a pesar de que el príncipe era tan exigente con las evidencias demostrables como Henry y desconfiaba tanto o más de las explicaciones sobrenaturales siempre que la ciencia ofrecía una respuesta convincente.

Al pensar en el príncipe Majid, Henry se acordó de su regalo: el Corán que, a pesar de haberse empapado, había sobrevivido a su zambullida en el golfo Pérsico, y que era el único objeto personal que todavía poseía. Era una bella edición, ornamentada con pan de oro. Cuando tenía fiebre, intentaba leerlo, buscando orientación en un libro en el que no creía. Tenía las páginas combadas y quebradizas, pero solo unas pocas se habían pegado entre sí. El primer capítulo comprendía siete versículos. «En nombre de Alá, el Misericordioso, el Clemente», empezaba. Las mismas palabras se repetían en el tercer versículo. Y continuaba así: «Somos tus siervos y suplicamos tu ayuda».

—Te lo suplico —dijo Henry—. Te lo suplico.

No sabía rezar, pero no se le ocurría ninguna otra cosa que hacer ni tenía nada más en lo que refugiarse. Lo atenazaban la culpa, los reproches y la desesperación. ¿Por qué había tenido lugar esa epidemia? Siempre había sabido que llegarían otras enfermedades catastróficas, y se había preparado para luchar como un guerrero contra ellas, pero había fracasado. La gripe había arrasado el globo terráqueo antes de que la humanidad hubiera tenido la oportunidad de hacerle frente. Acurrucado en su litera, ajeno a los acontecimientos, Henry tan solo podía imaginar lo que debía de estar sucediendo en el mundo más allá del oleaje, sin saber que sus peores miedos ya se habían hecho realidad, con creces, por la devastación que castigaba a la humanidad. «Esto es obra de alguien», pensó. La naturaleza puede ser cruel a su manera, pero su experiencia personal le había demostrado que la mano del hombre también era capaz de provocar una destrucción ingeniosa y letal. «Sí que somos como Dios —reflexionó—, y esa es nuestra lacra.»

Su intento de rezar lo hizo sentirse vacío e hipócrita. El Corán estaba plagado de advertencias acerca del fin de los tiempos, y, a pesar de su escepticismo, siguió leyendo, buscando... algo, lo que fuera. No sabía el qué. Acarreaba el peso que le imponía su país en nombre de la ciencia. Quería expiar su culpa, quedarse con la conciencia tranquila, pero le parecía algo tan inalcanzable como viajar a Marte.

Aunque Henry se había apartado del lenguaje y los conceptos religiosos porque procedían de la superstición y el pensamiento mágico, había una máxima que había extraído de la filosofía de Albert Schweitzer. Toda vida es sagrada. «Sagrada» era una palabra que Henry jamás había llegado a pronunciar, pero expresaba su postura en relación con el mundo. La vida en sí era un milagro, otra palabra que Henry no usaba nunca pero que en su fuero interno reconocía como existente.

«Sin duda las buenas acciones borran las malas acciones», decía el libro sagrado. Henry había tratado de llevar una vida ejemplar, y esas palabras calaron en él. Aún se sentía culpable por haber entrado en La Meca y haberse hecho pasar por un hombre de fe. En episodios delirantes, discutía con el príncipe Majid: «Esto es lo que yo creo», «¿Es eso lo que significa ser musulmán?», «No puedo ser más musulmán de lo que soy». Se preguntaba qué le habría respondido su amigo.

Acorralado por los pensamientos que había aprendido a evitar, Henry recordó a todos los animales a los que había sometido a la tortura científica: los monos, los ratones, los conejillos de Indias, los hurones... Los pinzones de Gould. Siempre se había dicho a sí mismo que lo hacía por una causa mayor. Una causa noble. Pero entonces su memoria lo enfrentó cara a cara con un mono al que había infectado de ébola. En ese momento Henry llevaba un traje espacial. Tenía un aspecto gigante y abullonado, como el muñeco Michelin. Apretó un botón y la pared del fondo de la jaula empezó a desplazarse hacia delante y aplastó al animal contra los barrotes frontales para que no tuviera manera de resistirse. Henry recordó la mirada de la criatura, una mirada de súplica, igual que la suya en ese momento, mientras dirigía sus ruegos a alguna divinidad impía. Sin embargo, la divinidad a la que rezaba el macaco creía que estaba obrando por un objetivo noble, y lo mató del modo más horrible. Después de aquella experiencia, Henry dejó de comer carne y empezó a llevar calzado de lona, igual que Jürgen. Su conclusión fue que, después de dar muerte a tantos animales en nombre de la ciencia, no era necesario que también se los comiera.

Rezaba. Pedía a una fuerza, fuera la que fuese, que le permitiera reunirse con su familia. «No te pediré nada más», aseguraba. No había sido el padre ni el esposo que debería haber sido. Al enfrentarse a la muerte, tomó conciencia de su egoísmo y su ineptitud. Tan solo quería compensarlos, reparar su error a ojos de aquellas personas que lo amaban. Había agotado sus fuerzas, e incluso su capacidad de razonar. Únicamente tenía una meta: volver a abrazar a su familia una vez más.

Henry se hizo un ovillo para protegerse, debilitado por los escalofríos, la fiebre y los recuerdos obsesivos. Descendió hasta un lugar muy oscuro. Notó algo húmedo en la mejilla y se la enjugó. Entonces volvió a notarlo, y pensó que ya había empezado a sangrar. Pero no estaba sangrando. Estaba llorando.

42

En la jungla

Por la mañana los trasladaron en una pequeña lancha pesquera por el Juruena. El río era ancho y de una belleza exótica; crecían lirios cerca de las orillas y la atmósfera estaba plagada de mosquitos, jejenes y otros insectos desconocidos de una variedad asombrosa. Incluso en aquellas tierras salvajes había rastros de civilización: pequeñas chabolas de hojalata construidas sobre embarcaderos en el agua, con antenas parabólicas en el tejado. Un niño nativo los saludó con la mano. Llevaba una serpiente de un verde vivo enrollada sobre los hombros. Ahí había detenido su avance la modernidad.

Henry siempre había temido adentrarse en la jungla. Su miedo tenía distintos niveles, como un bloque de pisos. En las plantas más altas se encontraba bien, incluso relajado. Apenas pensaba en la penumbra, la humedad y la asfixiante sensación laberíntica que le producía la jungla. Podría decirse sin incurrir en un error que Henry pasaba la mayor parte de su vida en las plantas superiores de su fobia. Era como las personas que tienen miedo a volar aunque nunca hayan volado. Las pocas veces que se había internado en esa naturaleza salvaje habían resultado esclarecedoras. Cuando visitó Lambaréné, por ejemplo, no se alejaba del poblado por miedo a perderse. En esas ocasiones, Henry ya no estaba instalado en la planta superior de su fobia, pero tampoco perdía los papeles. Se mantenía centrado y se sentía mejor tras haberse enfrentado a un temor irracional. La jungla no era más que bosque, y el bosque no era más que árboles.

Cuando descendía al sótano era mientras soñaba, cuando era presa del pánico más absoluto y se echaba a temblar, aterrado. Entonces se sentía igual que un niño atrapado en una película de terror, incapaz de escapar al efecto del maleficio. Anhelaba que lo despertaran de aquella pesadilla, que el sol acabara con la oscuridad y la realidad disipara las fantasías para poder volver a respirar.

Oyeron unos disparos. El guía detuvo la lancha y habló por radio con el responsable del equipo de AGT que estaba en tierra y que se encargaba de vigilar al comando brasileño en el campamento de los terroristas. Sí, dijo, el patógeno creado por Henry se había utilizado como estaba previsto, pero sus efectos eran parciales: algunos de los terroristas habían sobrevivido.

—¿Cómo ha ido? —preguntó Henry—. ¿Qué dice?

—Dice que muchos han muerto, pero el viento ha arrastrado los gérmenes.

Henry miró a Jürgen, alarmado.

—No tenía que morir nadie —dijo.

—Pero es un éxito —repuso el guía, sonriente—. Su resistencia es mínima.

Felicitó a Henry con la mirada, verdaderamente maravillado ante ese gran genio del que le había hablado Jürgen.

Al cabo de unos instantes el tiroteo cesó y el guía reanudó el viaje hacia el campamento. Los miembros del comando llevaban mascarillas y guantes y parecían médicos entrando y saliendo de las chozas y las tiendas de campaña para asegurarse de que habían muerto todos. No tenían ninguna intención de capturar y desarmar a nadie. Algunos cadáveres estaban cubiertos de sangre a causa de los disparos, pero la mayoría yacía en posturas crispadas, con los ojos abiertos y la lengua fuera por haber muerto gritando. Uno o dos seguían con vida, pero sufrían convulsiones; hasta que el comando acabó con ellos.

«Esto lo he hecho yo», pensó Henry.

Jürgen desprendía indiferencia, o, mejor, simple curiosidad. Se dedicó a examinar los cadáveres y extraer muestras. No tenía miedo de la jungla.

—¿Ha dicho que el viento había arrastrado los gérmenes? —le preguntó Henry al guía—. ¿En qué dirección?

El guía preguntó al jefe del equipo, quien, impaciente, señaló hacia el este, hacia el sol que en esos momentos asomaba por encima de las copas de los árboles.

—¿Hay gente en esa dirección? —quiso saber Henry.

Uno de los miembros del comando brasileño reconoció que allí cerca había un poblado de indios cinta larga. Por la forma en que lo dijo, implicaba que no había de qué preocuparse.

—Lléveme hasta allí —le pidió Henry.

El guía se volvió hacia Jürgen, pero el doctor insistió:

—¡Lléveme allí ahora mismo!

Jürgen asintió.

El guía acompañó a Henry durante un tramo por el Juruena hasta la zona donde se juntaba con el río Arinos. El motor fueraborda iba dejando una estela de humo azulado. Henry hizo un esfuerzo por concentrarse. Uno debe aprender varias veces la lección de que las pruebas con animales no siempre sirven para predecir las consecuencias en los humanos. La talidomida era segura en animales, pero en humanos causaba malformaciones congénitas espantosas. La fialuridina era un prometedor antiviral diseñado para luchar contra la hepatitis B. Lo ensayaron con ratones, ratas, perros, monos y marmotas de Norteamérica en dosis cientos de veces mayores de las que jamás se aplicarían en humanos. Ni un solo animal experimentó reacción tóxica alguna. Sin embargo, pequeñas cantidades de esa misma sustancia tuvieron consecuencias nefastas para los voluntarios humanos, de los cuales cinco murieron y dos sobrevivieron tras someterse a un trasplante de hígado. En los experimentos de Henry nada hacía sospechar que aquel patógeno fuera letal para los humanos; pero precisamente para eso se hacían los ensayos en humanos.

Donde confluían los ríos, Henry vio una docena de canoas alargadas amarradas a lo largo de la orilla. El guía hizo virar la lancha hasta el embarcadero improvisado y allí dejó a su pasajero con el maletín de médico antes de dar media vuelta sin pronunciar palabra. Henry se encontró solo en mitad de la jungla.

Un estrecho sendero serpenteaba entre la maleza, densa, callada y quieta salvo por el grito intimidatorio de un guacamayo. Henry recordaba el sonido como un sueño. Oía sus propios pasos amortiguados en el sotobosque, cuya densidad iba disminuyendo bajo los imponentes árboles, y se sintió diminuto como un niño. Todo le resultaba exageradamente familiar. Cuando tosía, el ruido reverberaba en la quietud del santuario forestal. También estaba familiarizado con el silencio. Su respiración se volvió más agitada y más ruidosa, apenas podía oírse nada más excepto los mosquitos que agradecían el festín que su sangre les ofrecía. Casi captaba el sonido del sudor que le brotaba de los poros de la piel.

Encontró una fogata abandonada. Un hacha. Peces secándose en una cuerda tendida entre dos árboles. Entonces vio que se hallaba en un poblado de viviendas hechas con ladrillos de adobe y tejados de paja, tan mimetizadas con el paisaje que el lugar apenas resultaba visible hasta que uno se encontraba en él. Algunas de las cabañas estaban abiertas por los laterales. En ese momento oyó las moscas.

Era igual que en sus sueños: decenas de personas yacían en posturas retorcidas. Todas estaban muertas. Como en Jonestown.

Vio a mujeres con el cabello decorado con plumas de vivos colores. Hombres con tatuajes azules. Un adolescente con una camiseta de Hard Rock Café y el brazo extendido en el aire.

—¿Hola? —dijo en medio de la soledad, y lo repitió más fuerte—: ¿¿Hola??

Moscas. Había una jaula con pollos, todos muertos.

Con el corazón a cien, fue de cabaña en cabaña buscando señales de vida humana, convencido de que no serviría de nada salvo para mortificarse. La imagen en la que llevaba toda la vida evitando pensar se abrió paso en su mente de forma ineludible: sus padres yacían en el suelo de la jungla. Como ahora. Muertos por culpa de las ideas de un loco. Cadáveres amontonados o esparcidos; solos, de dos en dos o de tres en tres. Exactamente igual que ahora. Familias apiñadas las unas encima de las otras, arañándose la cara en su agonía. Un niño muerto yacía bajo el brazo de su padre con los ojos fijos en el vacío. «Ese podría haber sido yo —pensó Henry—. Tendría que haber sido yo.»

Un ratón muerto yacía bajo una silla.

En una choza había un hombre de aspecto imponente con la cara tatuada, tumbado de lado con los brazos extendidos hacia su esposa. Su último gesto. De amor, de protección. Hacia el vientre desnudo de ella, un vientre abultado de embarazada. Junto a ellos yacían dos niños muertos. El doctor suplicó su perdón en silencio; ni siquiera se sentía digno de pedírselo. Entonces vio que la mujer pestañeaba.

A Henry casi le dio algo. Estaba viva, y lo miraba. ¿Sabría que él era el responsable? ¿Una mirada acusatoria, frente a frente con su asesino? Una mirada tan intensa que provocaba una sensación física, abrasadora, lacerante; una mirada que lo perseguiría hasta los estertores de su propia muerte. Nada podía hacer por salvarla.

En ese momento observó un movimiento en su vientre, una ondulación como la de la superficie de un estanque cuando la agita un pez, y supo lo que le estaba pidiendo con aquella mirada.

Sin pensarlo —no había tiempo—, sacó un bisturí del maletín y le seccionó el abdomen. Burdamente, apartó el hígado e introdujo las manos en la cavidad abdominal. La madre emitió un grito profundo y gutural. Henry notaba el movimiento en su interior, como si el bebé lo estuviera llamando, como si estuviera llamando a la vida. Sus dedos percibieron el tacto del cordón umbilical, y tiró de él, pero el cuerpo de la madre seguía aferrándose al bebé, de modo que el médico hizo un corte más profundo en el útero y seccionó el cartílago que unía las dos partes del pubis. El cuerpo de la mujer se abrió como un libro. Su organismo era incapaz de seguir albergando a su hijo, y la criatura salió al exterior como una ofrenda.

El niño seguía estando dentro del saco amniótico, la bolsa manchada de sangre que cubría su cuerpo. Se veía menudo, pero su pelo era grueso y oscuro. Tenía los brazos cruzados delante del pecho, y mientras Henry lo miraba, bostezó. Practicó una leve incisión en la membrana y el bebé, agitando brazos y piernas, se liberó de la bolsa y emergió a la vida entre bramidos. Se lo presentó a la madre muerta mientras se preguntaba qué le contaría a Jill.

43

Treinta y cuatro dólares con veintisiete centavos

Desde la muerte de Jill, Helen dormía con un mono de peluche al que llamaba Joe Banana. De pequeña solía dormir con él. La noche era el único momento en que se permitía abandonarse a la vida infantil sin responsabilidades e imaginar que sus padres seguían allí, cuidándola; que solo estaba esperando a que llegaran, la arroparan y le dieran un beso de buenas noches. Sin embargo, sabía que tal cosa no volvería a ocurrir jamás, y por eso abrazaba a Joe Banana y le susurraba secretos como cuando era niña. Teddy dormía a su lado, en un colchón en el suelo.

Se despertó sobresaltada cuando oyó el ruido de los cristales al romperse, y le hizo señales a Teddy para que se callara cuando él quiso decir algo. Percibieron los pasos y las voces de los hombres que no se molestaban en guardar silencio. Helen arrastró a Teddy hasta el interior del armario y cerró la puerta con cuidado. Se escondieron entre los vestidos.

Los hombres rompían cosas. Decían palabrotas. Les daba igual que los oyeran. Entonces entraron en el dormitorio.

El haz de una linterna iluminó el suelo y la rendija inferior de la puerta del armario. A Helen se le cortó la respiración y Teddy se apretujó contra ella abrazándose las rodillas pegadas al pecho. Entonces la luz desapareció. Helen oyó que abrían los cajones de su escritorio. Alguien emitió una risa sonora y extraña.

—¡Venga *p'arriba*! —dijo alguien que hablaba con vulgaridad.

—Te esperas.

—Puta peste.

—¡No jodas!

Helen oyó que agitaban su hucha de la señorita Peggy. Los hombres se echaron a reír. Dentro había trece dólares con veinte centavos. Entonces la hucha se hizo añicos y los tipos empezaron a soltar improperios. La chica oyó cómo recogían las monedas de entre los cristales. Aquel era todo el dinero que tenía. Helen empezó a contar las monedas en su cabeza para apartar el miedo. Las apiló mentalmente: las de un cuarto de dólar, las de cinco centavos y las de un centavo. Había un dólar de Sacagawea que Henry le había regalado para su duodécimo cumpleaños el mes de octubre anterior. También había monedas de un cuarto de dólar con representaciones conmemorativas en el reverso: «Illinois, La Tierra de Lincoln», «Cumberland Gap, Primer Pasaje Hacia el Oeste», «Ellis Island». Las había observado muchas veces.

—¡Ya me he hecho un tajo en el dedo, coño! —exclamó uno de los hombres.

Helen imaginó la sangre en sus monedas y deseó que se muriera desangrado.

—Venga, hay que pirarse.

Pisadas. Se alejaban. Entonces se detuvieron. La luz volvió a dirigirse a la parte baja del armario.

—¡Que nos piramos!

Pisadas. Se acercaban a ellos. La puerta del armario se abrió. La luz apuntó a las estanterías altas, luego pasó sobre los vestidos y se detuvo en los pies de Teddy.

—Joder, mira esto.

Apartaron los vestidos y los niños se quedaron mirando la luz cegadora.

—Coño, si es una niña.

Helen estaba cegada por la linterna, pero oía la respiración de los hombres; estaban jadeando. Uno de ellos la agarró por el brazo y la sacó del armario. Ella quiso gritar, pero no tenía voz. Entonces oyó que Teddy sí que gritaba, y a continuación el horrible ruido que sabía que correspondía al puño de un hombre adulto golpeándolo, una y otra vez. Y mientras oía eso notó que le arrancaban el camisón y la arrojaban sobre el colchón del suelo. Un rayo de la linterna iluminó la punta de la barba rojiza del tipo que se dejó caer sobre ella y la dejó sin poder respirar. El hombre recorrió su cuerpo con las manos. Ella trató de quitárselo de encima, pero era muy corpulento. Le separó las piernas a la fuerza y por fin Helen pudo gritar.

Gritó tan fuerte que posiblemente habría ahogado incluso el ruido de un disparo, pero entonces el hombre hizo un ruido junto a su oreja y su cuerpo tenso se relajó. Helen se sentía como si tuviera un frigorífico encima. Oyó que alguien se alejaba corriendo y la puerta se cerraba de golpe. Creyó que iba a morir aplastada por aquel monstruo del que no lograba zafarse. Entonces el hombre empezó a moverse de nuevo, pero el movimiento no procedía de él.

—¡Aparta! ¡Aparta! —Era la voz de Teddy.

Helen empujó al tipo y encontró la manera de escabullirse.

—¡Teddy!

—¿Estás bien?

La niña no podía hablar. Los sollozos de miedo y de rabia le provocaban convulsiones. Y entonces se dio cuenta de que estaba desnuda y sintió mucha vergüenza. Alcanzó una almohada y se abrazó a ella a la vez que se alejaba del colchón.

—¿Estás bien? —volvió a preguntarle Teddy con insistencia.

Helen tuvo que contestar que sí. Era necesario que su hermano se sintiera seguro aunque no lo estuvieran en ninguna parte.

—Estoy bien —dijo con una voz que le pareció de otra persona.

La linterna estaba tirada en el suelo. Helen la recogió e iluminó con ella al hombre tumbado sobre el colchón. Tenía sangre por toda la cabeza, y la niña pensó que era la gripe. Pero entonces vio la pistola en la mano de su hermano y recordó haber oído un disparo.

—¡Teddy! ¡¿Qué has hecho?!

—¡Lo siento! —exclamó él.

Por el tono de voz, su hermana supo que estaba confuso.

—¡No, no pasa nada! ¡Está bien!

—Lo he matado.

—Sí, lo has matado, y está bien. ¿Había otro...?

—Ha salido corriendo —explicó Teddy.

Todo era muy extraño. El pequeño tenía una pistola. Había un hombre muerto en el colchón. A ella le había ocurrido algo en lo que prefería no pensar. Y entonces recordó algo.

—Te han hecho daño. He oído cómo te pegaban.

—Estoy bien —insistió su hermano.

Alumbró la cara de Teddy con la linterna y, de pronto, se dejó caer al suelo y lloró, lloró mucho. No podía ser fuerte. No podía ser la persona que Teddy necesitaba que fuera.

Mientras el niño dormía en el sofá, Helen se sentó en el sillón de Henry y se quedó mirando el televisor que tal vez nunca volvería a funcionar. La pistola reposaba sobre la mesita auxiliar, por si acaso. Al amanecer, Helen había trazado un plan.

Tenían que marcharse de allí; ese era el plan.

El cadáver de la señora Hernández seguía estando en su piso. Tal vez los gatos se la hubieran comido entera. No lo sabía. Le daba igual. No volvería a subir nunca más a su casa, pero la presencia de la señora Hernández era evidente. Algún día desaparecería aquel hedor, pero Helen sabía que no podían quedarse allí más tiempo. Fuera como fuese, el hombre que yacía muerto en su dormitorio pronto empezaría a apestar también.

La casa estaba llena de grillos con su cricrí horrible y cuyos cantos a veces se unían en una sola melodía monótona que retumbaba en la cabeza de Helen. Cuando por fin hubo bastante luz en el cielo para poder ver en la cocina, la niña abrió un cajón y sacó un gran cuchillo. A continuación, fue a su dormitorio.

Sabía que estaba muerto, pero no pensaba correr riesgos. No era tan corpulento como creía. Tenía una parte del culo destapada. Qué tonto parecía. Helen le clavó el cuchillo, y oyó una exhalación tan grande que retrocedió de un salto, horrorizada. Pero entonces se dio cuenta de que lo que había oído era su propia respiración, no la del muerto.

Le arrebató la cartera. Dentro había un poco de dinero. Hurgó en los bolsillos delanteros y sacó sus monedas y algunos billetes. El dólar de Sacagawea estaba allí. Contó todo el dinero: en total, treinta y cuatro dólares con veintisiete centavos. Seguía faltándole una de las monedas de cuarto de dólar de la hucha.

Al cabo de unas horas, la luz del amanecer alumbró los ojos de Teddy y este se despertó y vio a Helen sentada a la mesa del comedor con el dinero apilado en distintos montones según su valor. La miró con aire inquisitivo.

—Tienes que hacer el equipaje —le dijo su hermana.

—¿Adónde vamos?

—A casa de la tía Maggie y el tío Tim. Ellos nos acogerán.

—Pero tenemos que esperar a papá —protestó Teddy.

—Papá está muerto —dijo Helen sin inmutarse.

—No lo sabes.

—Si estuviera vivo, habría vuelto.

El crío se echó a llorar, pero Helen insistió:

—¡Teddy! ¡Tenemos que irnos!

—¡No quiero irme!

—¡Teddy! ¡Necesitamos unos padres! —le explicó Helen con impaciencia, adoptando un tono que había oído usar a su madre cuando Henry se mostraba poco práctico. Ahora le tocaba a ella hacer el papel de Jill.

—¿Cómo vamos a llegar hasta allí?

Helen se había pasado casi toda la noche pensando en eso.

—Conduciré yo —respondió.

44

Deja que hable

El 2 de agosto, Tildy tuvo una serie de reuniones en el despacho ubicado en una esquina del Ala Oeste. A diferencia del cuartucho del sótano que ocupaba cuando era subsecretaria de Seguridad Nacional, ahora gozaba de unas enormes cristaleras que inundaban de sol el espacio. Se encontraba a cuatro pasos del Despacho Oval. La estrecha relación que la unía al presidente le otorgaba un poder que el nuevo cargo de consejera de Seguridad tan solo acertaba a insinuar.

No disponía de mucho tiempo para decorar sus nuevas dependencias, aunque hizo que le subieran un busto de Henry Kissinger que estaba guardado en el trastero. En cuanto las cosas estuvieran más tranquilas, pensaba cambiar la alfombra; quizá recuperaría el alegre tono amarillo de Condoleezza Rice. Tildy era partidaria de personalizar su espacio lo antes posible, y si a los demás les ofendía su ímpetu, mayor sería el aura de poder que, después de tantos años, se había ganado a pulso.

Por la mañana tuvo una breve conversación con la nueva representante de la Agencia. La reunión no formaba parte de la agenda y no fue grabada. Al anterior ocupante del puesto lo habían enterrado en Arlington y su sustituta era aquella mujer más mayor con cara de palo cuyo cabello se había vuelto de un blanco llamativo en un lado mientras que en el otro seguía siendo de color oscuro. Tildy se preguntó si lo habría hecho expresamente para adoptar un *look* de moda al estilo Cruella de Vil. Aunque la moda nunca había estado muy en boga en la Agencia.

—Vamos a tener problemas para llegar hasta Putin —dijo la mujer de la Agencia. Los agentes de la CIA encargados de la operación habían ido a Moscú y habían encontrado el lugar hecho unos zorros—. Las teorías conspiratorias compiten con conspiraciones reales, sumadas a la desinformación para proporcionar una coartada al ciberataque que Putin dirigió contra nosotros. El nivel de paranoia está fuera de control. —La agenda de Putin no solía hacerse pública, de modo que era difícil pillarlo. El comando iba provisto de Novichok, la toxina desarrollada por químicos rusos que se había convertido en el método de asesinato predilecto de los servicios secretos. Los estadounidenses obtuvieron una muestra de la toxina a través de la inteligencia alemana y la manipularon para asegurarse de que era inmune a posibles antídotos. Tildy creyó que era perfectamente posible que Putin recibiera una dosis de su propia medicina.

Defensa y Estado se sumaron más tarde a la reunión. No los habían puesto al corriente del plan de asesinato, aunque no era probable que se opusieran. El nuevo presidente había hecho un buen trabajo dedicándose a eliminar a los simpatizantes de Rusia que quedaban en el gobierno. A esas alturas todo el mundo conocía sus auténticos planes. Las tropas rusas se habían concentrado en la frontera con Ucrania. Nadie comprendía mejor que Tildy la jugada de Putin: su objetivo desde la disolución de la Unión Soviética había consistido en restaurar el imperio.

—Lo de Irán era una treta para distraer la atención —dijo.

El representante de Estado estuvo de acuerdo.

—Ahora que estamos implicados hasta el fondo con el tema del golfo Pérsico, tiene el camino allanado para reconquistar Europa del Este —explicó.

La cuestión era cómo responder.

—Ha tenido lugar un desafortunado accidente en una central de Kursk —terció Defensa, sin afirmar nada pero permitiendo que la ironía de su tono de voz transmitiera el mensaje. La planta contaba con once reactores rusos antiguos del tipo RBMK-1000, iguales que el que sufrió la catastrófica fusión en Chernóbil en 1986. Aunque el reactor se había apagado en cuestión de treinta y seis horas, explicó Defensa—, una nube de gas radiactivo se dirige poco a poco hacia el norte, hacia Moscú. En la capital están histéricos.

Centrales similares cercanas a núcleos de población se estaban viendo amenazadas en todo el país. El terror causado por la fuga radiactiva era más ventajoso incluso que arrojar bombas. Era como si Rusia se estuviera bombardeando a sí misma. Y mejor todavía: la mayor parte del mundo culpaba del fallo a Moscú; otra vez eran los responsables de no saber salvaguardar su material nuclear. Tildy pensó que toda la operación se había llevado a cabo de un modo muy elegante.

Pero las desgracias nunca vienen solas.

Esa tarde, la capitana de corbeta Bartlett acudió a su cita diaria informativa.

—Buenas noticias, espero —dijo Tildy, lacónica.

—El pico de la gripe fue a principios de julio, y, según se informa, los casos han descendido hasta las cifras más bajas desde el inicio de la primavera —explicó Bartlett.

—Pues sí que son buenas noticias.

—Sí, señora. Además, estamos ensayando tres vacunas diferentes. Esperamos tener una lista y en producción antes de que el virus vuelva a atacar en otoño.

—No para de repetir lo mismo. ¿Por qué tiene que volver a atacar?

—Es lo que hace la gripe. No sabemos bien por qué. De momento, esta pandemia sigue el patrón de la gripe española de 1918, y si continúa así, prevemos una segunda ola mucho peor que la primera. El virus ya se ha esparcido por todos los rincones de la Tierra. Se espera la segunda ola en octubre.

Faltaban dos meses.

—¿Será el mismo virus?

—O alguna variante. Es lo que más nos preocupa con respecto al desarrollo de la vacuna. Estamos intentando anticipar la forma en que el virus podría mutar, pero es un trabajo de deducción basándonos en la información de que disponemos. Hemos secuenciado el virus miles de veces, pero no hay garantías de que sea el mismo cuando tengamos lista la vacuna. Hay años en que la fórmula que desarrollamos para la gripe estacional resulta totalmente ineficaz.

—¿Y la vacuna de los rusos?

—Es para la gripe estacional, no para el kongoli.

—Pero no paro de oír que contiene un ingrediente mágico.

—Polioxidonio.

—Si usted lo dice...

—Por lo que sabemos, induce la producción de interferones, lo cual puede provocar efectos secundarios importantes. No hemos conseguido validar su eficacia. No sabemos por qué la incidencia del kongoli es menor en Rusia que en los países vecinos, pero podría deberse a la variación ordinaria del virus.

—¿En qué fecha tendrán una vacuna de verdad para el kongoli? —quiso saber Tildy.

—Si conseguimos desarrollar una vacuna efectiva, no podrá producirse a gran escala antes de mediados de octubre.

Tildy siempre había evitado odiar al mensajero por traer malas noticias, pero la capitana de corbeta Bartlett estaba poniendo a prueba su paciencia. La consejera de Seguridad tuvo que ceñirse a sus prioridades. La idea de que la gripe de Kongoli volviera al cabo de dos meses, en una forma más virulenta incluso, no era más que una teoría, el peor escenario que presentaban quienes no tenían nada más en que pensar. En cambio, la nueva guerra con Rusia estaba en el candelero y era necesario ocuparse de ella.

Dio la impresión de que Bartlett le estaba leyendo el pensamiento.

—Aún no lo comprende, ¿verdad? —le preguntó.

A Tildy le molestó su insolencia.

—¿Qué tengo que entender? ¿Que tal vez, en teoría, tendremos otra tanda del virus? Ya hemos sobrevivido a eso una vez, por lo menos la mayoría. Saldremos adelante. Siempre lo hacemos.

—No me estoy refiriendo a un simple contratiempo —repuso Bartlett—. Si prestara un poco de atención a las consecuencias de esta enfermedad para la especie humana, comprendería el peligro que corremos. Nos vanagloriamos de todas las batallas que hemos ganado contra la infección en el siglo xx, pero la naturaleza no es una fuerza estable; evoluciona, cambia, y nunca cesa en su empeño. Ahora no disponemos del tiempo ni de los recursos para nada que no sea luchar contra esta enfermedad. Es necesario que se impliquen todos los países del mundo, tanto si los considera sus amigos como sus enemigos. Si tenemos que salvar la civilización, es necesario que luchemos juntos y no los unos contra los otros.

Tildy la dejó hablar. Tan solo para sacudirse de encima la responsabilidad y poder decir que había hecho cuanto estaba en su mano. Las personas veían el mundo a través de sus lentes microscópicas, pero la obligación de Tildy era verlo a escala panorámica. Otra pandemia, quizá una peor que la actual, era una posibilidad terrible, pero había otros asuntos más importantes sobre la mesa. Como la guerra.

Cuando terminó la reunión, Tildy regresó al Despacho Oval para mantener una conversación privada con el presidente. En cuanto entró, notó que también él había cambiado parte de la decoración: tenía una biblia sobre el escritorio, fotos de su familia en el aparador, un retrato de Abraham Lincoln y un busto de Churchill.

—Líderes en tiempos de guerra —le explicó el presidente—. No me habría gustado ser uno de ellos, pero últimamente no consigo quitármelos de la cabeza.

45

Prácticas de conducción

El coche de Jill estaba en el garaje. Era un Toyota Camry del año 2009 con el depósito de gasolina por debajo de la mitad. Los ladrones aún no lo habían vaciado del todo. Helen no sabía cuántos kilómetros podría recorrer con eso, pero suponía que ya estarían cerca de casa de la tía Maggie. Disponía de los treinta y cuatro dólares con veintisiete centavos, y Teddy, de la pistola.

Conscientes de que jamás regresarían a su casa, los niños prepararon dos maletas cada uno, llenas de ropa, juguetes y libros escolares. Helen también se llevó el joyero de Jill y un reloj de Henry que pensaba regalarle a Teddy algún día. Escondió esas cosas en el doble fondo del maletero, donde estaba la rueda de recambio. Seguro que se dejaban muchas cosas, pero en la precipitación por marcharse era imposible pensar con claridad.

—A lo mejor deberíamos llevarnos las bicis —propuso Teddy.

—No creo que quede espacio.

Helen ocupó el asiento del conductor. Solo lo había hecho una vez, cuando Henry se la sentó en el regazo y jugaron a que conducía ella. Tenía cinco años y no llegaba a los pedales. Ahora, sin embargo, con sus largas piernas, los tenía demasiado cerca. Se dio cuenta de que no sabía siquiera cómo se ajustaba el asiento. Pulsó un botón de la puerta que le pareció el apropiado, pero se bajó la ventanilla. Teddy encontró el manual del usuario en la guantera y descubrió dónde estaban los mandos del asiento.

—Tienes que ajustar los retrovisores —le advirtió.

—Ya lo sé. Ponte el cinturón.

Sin embargo, encontrar los mandos de los retrovisores laterales le resultó demasiado frustrante, así que se limitó a mover el espejo interior hasta que logró ver en perspectiva el camino de entrada a la casa, que se extendía kilómetros y kilómetros a su espalda.

Solo tenía que hacer dos cosas: aprender a conducir y averiguar cómo llegar a casa de la tía Maggie.

—Tú te encargas de la ruta —le ordenó a Teddy.

—Es fácil —dijo el niño—. La I-75 hacia el norte.

—¿Por dónde se va?

—Tú ve hacia el centro y ya lo encontraremos.

Helen giró la llave en el contacto, pero no ocurrió nada. Miró con más atención y vio el punto que marcaba la posición de encendido. Giró la llave de nuevo, forzándola más, y la mantuvo en el punto de arranque del motor hasta que este emitió un chirrido horrible. En cuanto soltó la llave el ruido cesó, pero estaba perdiendo la confianza en sí misma. Exhaló un hondo suspiro e intentó dar marcha atrás, pero no lograba mover la palanca por mucho que se esforzara. Mientras tanto, el coche en marcha iba consumiendo gasolina.

Apagó el motor mientras Teddy leía el manual. Tal vez el Toyota estuviera averiado. La señora Hernández también tenía el pequeño Ford en el garaje, pero usarlo implicaba volver a entrar en su dormitorio y encontrar las llaves, y Helen no pensaba hacer eso jamás. Todo el plan que había trazado pasaba por huir de su casa y llegar a la de la tía Maggie, y ni siquiera era capaz de arrancar el coche para salir del garaje. Le ardía la cara de pura frustración.

—Se supone que al mismo tiempo tienes que pisar el freno —anunció Teddy.

—Menuda tontería.

Helen volvió a encender el motor y pisó el freno. También pisó un poco el acelerador, y, al poner la marcha, el coche salió de estampida como un animal salvaje. La niña pisó el freno con más fuerza, pero también estaba pisando el acelerador.

—¡Frena! ¡Frena! —le gritó Teddy.

—¡Ya estoy frenando!

Al final, Helen levantó el pie del pedal del gas, pero para entonces ya se habían estampado contra el muro de ladrillos del parterre elevado que se encontraba en mitad del camino de entrada a la casa.

Le temblaban las manos cuando se apeó del vehículo para evaluar los daños. El coche de Jill no había tenido jamás ni un rasguño. A Helen siempre le había puesto nerviosa la forma de conducir de su madre, tan prudente y excesivamente lenta. «Pues mira lo que he hecho yo», se dijo. El coche tenía una rascada tremenda, una gran abolladura y las luces de atrás rotas. Estaba colocado de una forma muy rara, formando un extraño ángulo con el camino. Helen miró hacia la calle y vio que todavía estaba muy lejos. Tendría que pasar por debajo del porche cubierto de la entrada bajo el que Jill dejaba el coche siempre que llovía, pero este le daba tanto respeto como si fuera la verja junto a la garita de un guardia y tuviera que colarse por ella justo cuando se cerraba.

—Déjame conducir a mí —dijo Teddy.

—¿Estás de broma? Ni siquiera llegas a ver por encima del volante. Además, necesito que me guíes, ¿recuerdas?

Helen volvió a subir al coche. Las ruedas rugieron cuando giró el volante, pero volvió a situar el coche en línea recta con el camino. Pisó el pedal del gas con mucha más delicadeza y, casi de inmediato, pisó también el freno. Repitió eso mismo varias veces: el coche daba una sacudida y frenaba, daba una sacudida y frenaba, y por primera vez le pareció que no era tan difícil. Finalmente consiguió avanzar hasta el garaje.

Ahora tenía que intentar dar marcha atrás de nuevo.

Había visto a Jill hacer eso mismo montones de veces, pero

no conseguía recordar cómo. ¿Volvía la cabeza para mirar? ¿Utilizaba algún retrovisor?

—Teddy, sal fuera y guíame —le ordenó.

—Vale, pero no me atropelles.

—No seas tonto.

El crío se situó entre el Toyota y el banco de trabajo de Henry, para no dar pie a que Helen cometiera un error. La miró a los ojos y levantó las manos como si estuviera sosteniendo un volante.

Jamás habían estado tan unidos como en ese momento.

Helen puso la marcha atrás y el vehículo empezó a moverse en cuanto soltó el freno. Bajó la vista para asegurarse de que tenía los pies en el pedal correcto, y por algún motivo el coche empezó a hacer el tonto otra vez. Cuando levantó la cabeza, Teddy negaba con la cabeza y giraba las manos, y Helen, al imitarlo, giró el volante. Luego el niño giró las manos en sentido contrario y su hermana hizo lo mismo mientras apretaba y soltaba el pedal del freno, avanzando muy despacio y sin apartar los ojos de su hermano. El interior del coche quedó en penumbra, y Helen se dio cuenta de que estaba pasando por debajo del porche cubierto, pero no tenía tiempo para pensar en eso. Teddy la estaba orientando. Y, de pronto, el niño levantó las manos y Helen paró porque había llegado al final del camino.

Su hermano entró en el Toyota. Se quedaron un rato mirando la casa en la que habían crecido, de la que ambos guardaban recuerdos maravillosos. Ahora estaba ocupada por la muerte, y nunca jamás volverían allí.

—Muy bien —dijo Helen.

Retrocedió hasta situarse en la calle y se dirigió hacia Nashville.

46

Schubert

Henry se despertó con el sonido de un saxofón. Murphy estaba de pie a su lado.

—Hola, señor —lo saludó.

El doctor respondió, pero tenía la voz ronca y cascada. Se sentía atontado y no sabía si estaba mareado o si el submarino se estaba moviendo. Murphy le acercó una cuchara con un líquido que olía de maravilla.

—Caldo de pollo —le dijo—. Sigue siendo el manjar por excelencia.

—Soy vegetariano —repuso Henry.

—Ya lo sé, pero por ahora también es paciente mío, así que coma.

No había discusión posible, de modo que el doctor le agradeció al pollo su sacrificio. Se sentía como un niño mientras dejaba que Murphy le diera de comer.

—No he llegado a sangrar, ¿verdad? —le preguntó.

—No, señor.

Henry asimiló la información.

—Deberíamos empezar a inocularle el virus a la tripulación —decidió.

—Ya lo hemos hecho, señor. Espero que sea lo correcto.

—Menos mal que está usted aquí, Murphy.

—Hemos perdido a otros dos hombres, y hemos estado a punto de perderle a usted, señor, si no le importa que se lo diga. Algunos soldados están muy enfermos. Más de una vez sale a relucir su nombre y no le dejan precisamente muy bien parado. Pero solo hay siete enfermos de gravedad a los que hemos tenido que bajar a la cantina, y creo que en pocos días podremos sacar de allí a la mayoría.

—¿Dónde estamos? —preguntó Henry.

—A treinta y cuatro grados y diecisiete minutos al norte, cuarenta y cinco grados y catorce minutos hacia al oeste —dijo la suboficial de segunda clase—. Justo en mitad del océano Atlántico, señor.

—¿Y a qué profundidad?

—Estamos en la superficie. ¿Se siente lo bastante fuerte para tomar el aire?

La idea de salir al exterior le resultaba tan tentadora que le parecía imposible que fuera verdad.

—¿Podría darme primero una ducha?

—Tendrá que sostenerse en pie por sí solo.

Murphy ayudó a Henry a incorporarse y luego tiró de él para que se levantara. El doctor se tambaleó un poco.

—¿Está seguro? —le preguntó ella.

—Es una cuestión de cierta urgencia.

Murphy le tendió una toalla y lo ayudó a avanzar por el pasillo. En la puerta de la ducha estaba el cartel con la imagen de Dolly Parton, y los dos se echaron a reír.

—Déjeme dar un vistazo, por si acaso —se ofreció la médica.

Regresó al cabo de un momento.

—Vía libre —dijo, y colocó el cartel en la posición de John Wayne.

Había muchas preguntas que a Henry no se le ocurrió formular en el momento. ¿Cuántos días había estado inconsciente? Tenía fragmentos de recuerdos bailando en la memoria. ¿Eran reales o imaginarios? Había perdido por completo la noción del tiempo. Mientras pensaba todas esas cosas dejó que el agua caliente lo limpiara. Se supone que los tripulantes de un submarino tienen que ser muy prudentes con el consumo de agua, pero Henry se permitió el lujo de sentir la espuma templada sobre la piel, el pelo y la barba. Notó cómo el jabón iba arrastrando consigo la enfermedad. Sin embargo, la debilidad persistía.

Cuando terminó de secarse, vio su pálida imagen en el espejo, vieja y demacrada. Tenía la barba del color de la plata ennegrecida. Decidió aceptar la evidencia que le devolvía aquel reflejo, que había dejado atrás lo que quedaba de su juventud. Pero estaba vivo, y dentro de sí se propagó un sentimiento que llevaba mucho tiempo sin experimentar. Era alegría.

—¿Va todo bien por ahí? —preguntó Murphy.

—¡Estoy bien, sí! —exclamó Henry.

Se enrolló la toalla en la cintura y salió al pasillo con paso vacilante. Murphy agarró su brazo desnudo y lo guio de vuelta a la litera. Le había cambiado las sábanas y le había preparado ropa limpia. Henry tuvo que enjugarse una lágrima. No estaba lo bastante fuerte para resistir los embates emocionales de la amabilidad humana.

Una vez que se hubo vestido y acicalado, se reunió con la médica en la cubierta de lanzamiento de misiles, donde recibió el cálido abrazo de la brisa y quedó prácticamente cegado por el sol. Contempló el panorama con los ojos entornados. Había decenas de tripulantes que saltaban al mar, profiriendo risas y gritos de júbilo en mitad de aquel ambiente delicioso. Henry llevaba semanas enteras sin oír unos sonidos tan desbordantes de vida y entusiasmo.

—Lo llamamos «la playa de acero» —comentó Murphy.

Henry se tumbó sobre el suelo revestido de goma de la cubierta, junto a los tripulantes del submarino que estaban secándose tras su zambullida en el Atlántico. Murphy señaló a un oficial de pie en la torre de mando con un arma automática en las manos.

—Es por los tiburones —dijo, restándole importancia.

—¿He oído un saxofón o ha sido un delirio febril? —le preguntó Henry.

—Sí, señor, lo ha oído. Es el capitán. Se está recuperando muy bien.

Su experimento había funcionado. De inmediato empezó a plantearse cómo llevarlo a cabo a mayor escala, aunque debía tener en cuenta las responsabilidades derivadas de administrarlo a todo un país —o al mundo entero, tal vez—; al fin y al cabo, se trataba de una inyección de la cepa de gripe más letal jamás conocida, por muy atenuado que estuviera el virus. Por salvar a millones de personas podían morir miles. Por salvar a miles de millones podían morir millones. ¿Quién iba a permitirle correr un riesgo así? Por otro lado, si se atenuaba más el virus y el método demostraba seguir ofreciendo protección, tal vez sirviera como recurso provisional hasta que los ensayos dieran como resultado una vacuna mejor. Henry se quedó mirando el océano, y su inmensidad le impuso una sensación de calma y eternidad.

—Se ven algunos barcos —comentó con despreocupación señalando hacia el este—. Allí a lo lejos.

—Sí, señor. Llevan siguiéndonos desde el canal de Suez.

—¿Siguiéndonos? ¿Por qué?

—¡Doctor! ¡Ha vuelto a la vida!

La voz atronadora pertenecía al capitán Dixon. Se plantó delante de Henry y de Murphy, rebosante de salud, proyectando sobre ambos su corpulenta sombra.

—Usted también, ya lo veo —dijo Henry, y sus palabras sonaron como un graznido—. Lo siento, aún tengo la voz tocada.

—Si se encuentra con ánimos, a lo mejor le apetece sentarse conmigo a la mesa a las cinco en punto.

Henry dormitó un rato bajo el sol. Tuvo un sueño maravilloso. Jill formaba parte de él. Los niños eran muy pequeños. Estaban de vacaciones en alguna parte. En las montañas. Le pareció ver a su abuela, no estaba seguro. En cualquier caso, había otra presencia benévola. Sus padres también estaban allí, y su madre habló con él. Llevaba puesto aquel sombrero mexicano cuya sombra le cubría la cara. «Qué bonito», le dijo, y él no supo a qué se refería. Su padre lo llamó por su nombre. En el sueño, Henry se sentía muy pequeño, pero otras veces era al revés. Era un mundo imaginario donde los muertos estaban vivos y se despertó porque le ardían los ojos.

La visión de la familia perdida lo dejó emocionalmente agotado. Sabía que esos cambios de humor eran una señal de que se estaba recuperando, pero seguía preguntándose cómo controlar las alteraciones afectivas extremas: el dolor por la pérdida de las personas a las que amaba y la euforia por salvarles la vida a los tripulantes. Albergaba tantos sentimientos encontrados que se sentía confuso y apesadumbrado.

Unos sonidos maravillosos lo envolvieron en cuanto entró en la sala de oficiales y vio a un auténtico cuarteto de cuerda. El joven McAllister formaba parte de él y tocaba la viola.

—¿Le importa que escuchemos un poco de música? —le preguntó Dixon—. Creo que es bueno para la digestión.

—¡Es Schubert! —exclamó Henry.

—Ya me imaginaba que era usted un hombre de gustos refinados —repuso Dixon—. A mí me va más el jazz. Ellington. Monk. Miles Davis, con Herbie al piano y Wayne Shorter tocando el saxo. Ese es mi hombre, Wayne.

—Sí, ya le he oído. Podría decirse que su música me ha devuelto a la vida.

—Es una frase muy bonita. —Dixon señaló el cuarteto—. Me ha llevado años crear este conjunto, y aún estoy buscando un clarinetista. Hay algunas melodías de Benny Goodman que me gustaría interpretar.

Henry se echó a reír.

—Yo tocaba el clarinete en secundaria. «Moonglow.» «Body and Soul.»

—Madre mía... —exclamó Dixon, con cara de sentirse verdaderamente afligido—. ¿Por qué no se une a la Armada? ¡A lo mejor aún no es tarde!

—Me parece que todavía lo tengo guardado en algún armario —repuso Henry.

Ambos adoptaron un aire pensativo a medida que iba sonando el repertorio de Schubert, profundo y melancólico.

—Imagino que no está al corriente de los últimos acontecimientos —dijo Dixon.

—Más bien no.

—La cosa pinta bastante mal. El gobierno está dividido. Hay bandas sueltas por las calles. Estamos hablando de Estados Unidos, ¿puede creérselo? La tierra de las oportunidades. —Hizo una pausa mientras masticaba un trozo de chuleta—. ¿Quién nos ha hecho esto, Henry? No creerá que es pura casualidad, ¿verdad?

—Podría serlo —aventuró el doctor con cautela.

—Desde mi punto de vista, forma parte de un plan. No puedo explicarle lo que hemos captado en nuestras comunicaciones; no completamente, al menos. Aunque todo apunta a que algún país está detrás de todo esto.

—¿Se refiere a Rusia?

—Llevan tiempo intentando socavar nuestra sociedad, atentando contra nuestras infraestructuras. O sea que sí, Rusia. Pero no actúan solos. Estamos recibiendo ataques desde hace años. Irán. China. Corea del Norte. Y, sí, en gran parte es culpa nuestra, porque nos enfrascamos en batallas en las que no tendríamos ni que entrar. Ahora se están confabulando. Perciben nuestra debilidad y son como una manada de lobos. Estamos llegando a un punto crítico. —Dixon guardó silencio de nuevo, permitiendo que Henry captara el mensaje implícito. A continuación, volvió a hablar—: Le invito a quedarse a bordo el tiempo que guste. Ahí fuera el mundo es muy peligroso.

—Debo encontrar a mi familia —repuso Henry—. Tengo que comprobar si siguen vivos.

—Ah, claro. No sé por qué le he dicho eso. —Dixon pareció avergonzarse del interés personal que denotaba su invitación—. En cualquier caso, tenemos que efectuar una parada en Kings Bay para arreglar el maldito pistón. —Dijo eso último con su brusquedad habitual—. Por cierto, ¿ha visto esos tres barcos? Son rusos. Captaron el ruido de nuestro pistón en el canal de

Suez y nos han estado controlando desde entonces. Decidí salir a la superficie para ver qué intenciones llevaban y ya lo tengo bastante claro: solo están aguardando el momento de acorralarnos y atacar. Han esperado y saben que estamos haciendo aguas. Apuesto a que tampoco les importaría apoderarse de nuestro combustible nuclear. Es la sustancia más valiosa del mundo ahora que el petróleo se está agotando. Vivir en una travesía permanente... Anímese, aún no ha tocado el plato. Si quiere dar una última bocanada de aire fresco, suba a cubierta en cuanto acabe de cenar. Pronto volveremos a sumergirnos.

47

Empieza la fiesta

«¡Pam! ¡Pam!»

Henry se despertó del susto. El ruido parecía una explosión dentro de su cabeza. Entonces oyó una voz.

—¡A sus puestos! ¡A sus puestos! ¡Toda la tripulación a sus puestos!

Se vistió a toda prisa, aunque cayó en la cuenta de que no sabía cuál era su puesto, si es que tenía alguno asignado.

Esperó a que se calmara el alboroto a su alrededor; lo último que necesitaba era que lo arrollara un gigantón de buen año y se convirtiera en un problema más. A continuación, recorrió el pasillo y entró en la sala de control del submarino sin saber si debía presentarse allí o no. Vio a Dixon junto con otros oficiales. Henry permaneció de pie al fondo de la sala, donde aguardó atentamente y, según esperaba, sin llamar la atención.

—Tengo dos blancos más: un Sierra Cuatro a doscientos setenta grados, rango de alcance sesenta mil yardas; un Sierra Cinco a ciento ochenta y cinco grados, rango de alcance setenta y cinco mil yardas —anunció el operador de sónar.

—O sea que eso es lo que estaban esperando —dijo Dixon—. La fiesta está a punto de empezar.

La tripulación estaba paralizada en sus puestos. Nadie se tomó el tiempo de explicarles lo que ocurría, ni Henry se atrevió a preguntar, pero el peligro extremo era como un olor asfixiante que envolvía el centro de mando. El único ruido fue el pitido del sónar cuando la pantalla localizó los buques rusos situándose en formación. Transcurrió una hora. A pesar de la tensión, a Henry le rugía el estómago.

—¡Señor! ¡Hay un torpedo en el agua!

—¡Cambie el rumbo! ¡Treinta grados hacia el norte! —ordenó Dixon.

—¡Treinta grados hacia el norte! ¡A la orden!

—¡Adelante a toda máquina!

Una señal luminosa se movió velozmente hacia el centro exacto de la esfera y emitió un pitido en cuanto localizó el submarino. El pitido se volvió más fuerte y más rápido, igual que el latido del corazón de Henry a medida que veía aproximarse la muerte. De pronto, el pitido se volvió más lento y la señal luminosa se detuvo.

—Señor, rectifico: es un UUV —informó el operador de sónar; se refería a un dron, un vehículo submarino no tripulado.

—Quieren averiguar cosas sobre nosotros —dijo Dixon, y se volvió hacia el oficial de derrota—. Abra los tubos lanzamisiles uno y dos. Es mejor que nos preparemos.

—A la orden, señor, tubos lanzamisiles uno y dos abiertos.

—Oficial de inmersión, sitúese a profundidad de periscopio.

En cuanto el submarino alcanzó una profundidad de sesenta y ocho pies, Dixon envió un mensaje urgente a través de la antena UHF al cuartel general de las Fuerzas Submarinas del Atlántico en Norfolk, Virginia: el *Georgia* se encontraba en condición de defensa tipo 2, a un paso de la guerra. Rápidamente oteó el horizonte a través del periscopio. El radar captó un helicóptero antisubmarinos ruso, probablemente lanzando los sensores de movimiento al agua. ¿A qué jugaban? Los rusos siempre desafiaban a los barcos y los aviones estadounidenses y se retiraban en el último momento. Pero todos los movimientos de aquella brigada indicaban que estaban preparándose para la guerra.

Bien tenían que responder de alguna manera al bombardeo estadounidense de los aviones de guerra rusos en Irán y al bloqueo de la Flota del Pacífico. Tal vez los estrategas rusos consideraran que bastaba con cargarse a un submarino estadounidense, que eso lo compensaba todo. O tal vez había empezado una guerra de mayor alcance.

La brigada rusa constaba de cinco buques. El *Georgia* llevaba catorce torpedos, pero solo podía dispararlos de cuatro en cuatro, lo cual era sin duda el motivo de que el comandante ruso estuviera esperando refuerzos. Lo mejor que podía hacer Dixon era poner la mayor distancia posible entre su submarino y los buques rusos. En la superficie el agua estaba turbulenta, lo cual complicaría los intentos rusos de captar la señal acústica del *Georgia*, pero el pistón dañado imposibilitaba casi por completo una evasión silenciosa.

—Abra las válvulas de ventilación de los depósitos de lastre principales —le ordenó Dixon al oficial de inmersión.

El fragor no se hizo esperar:

—¡Vaaamos! ¡Vaaamos!

Se oyó un clamor estridente y repentino.

—¡Inmersión! ¡Inmersión! ¡Inmersión! —Esa era la orden.

—Oficial, descienda a ochocientos pies.

—Ochocientos pies. A la orden.

Henry se agarró a un asidero cuando el submarino empezó el descenso en picado. El agua del mar llenó los depósitos de lastre. Se le taparon los oídos. Todo el mundo se inclinó hacia atrás de forma muy pronunciada, como si un viento huracanado fuera a aplastarlos contra el suelo.

Siguieron sumergiéndose cada vez más.

—Quiero un informe de los remolinos y las corrientes. Intentaremos encontrar una termoclina para ocultarnos detrás —le informó el capitán al oficial de navegación.

Dixon imaginó que a esas alturas los F-18 de la Flota estadounidense del Mediterráneo estarían en el aire. Si podía escapar de aquel vehículo no tripulado y detenerse en las profundidades, tal vez tuviera una oportunidad. De lo contrario, el *Georgia* estaba acabado.

—Señor, los rusos se están acercando a la distancia de alcance de las armas, cuarenta mil yardas —anunció el operador de sónar.

Los barcos se estaban desplazando despacio para no perderle la pista al submarino. Cuanto más rápido se movieran, menos posibilidades habría de que captaran los sonidos por encima del ruido de sus propios motores. Por eso habían colocado un vehículo no tripulado a la zaga del *Georgia*. Dixon le ordenó al segundo comandante que elaborara una estrategia de ataque contra los barcos rusos.

—Lance contramedidas —le ordenó Dixon.

Los dispositivos de evasión —generadores de ruido y de burbujas— tenían como objetivo despistar al dron, pero no lo consiguieron. La tecnología rusa había avanzado muchísimo en los últimos años. Abrieron los tubos lanzamisiles tres y cuatro.

—Señor, el dron está saliendo a la superficie —indicó el operador de sónar.

El vehículo no tripulado estaba ascendiendo hasta un nivel desde donde pudiera informar de las coordenadas GPS del *Georgia*. Fuera cual fuese la intención del comandante ruso, en unos momentos se haría evidente. Sin duda aquel oficial sabía lo que Dixon pretendía, bajar rápidamente a aguas profundas para esconderse en un gradiente térmico. Ambos se estaban quedando sin tiempo.

—Señor, hay posibilidad de disparo —informó el segundo comandante.

El capitán Dixon contaba con cierta ventaja momentánea. En cuanto el dron retransmitiera su posición, los rusos estarían listos para lanzar los torpedos. Sería un ataque directo. Por otro lado, cabía la posibilidad de que Dixon fuera el primero en disparar. Un buque de superficie no tenía nada que hacer contra los torpedos Mark 48 del *Georgia*. Estos eran guiados mediante un cable desde el submarino, y también tenían sus propios sensores. Resultaba prácticamente imposible detectarlos hasta que hacían estallar la quilla del barco que estaban programados para atacar. Pero no podrían destruir los cinco barcos a la vez.

De pronto el sónar captó un ruido tremendo y la pantalla se cubrió de partículas parecidas a burbujas de champán.

—¡Señor! ¡Hay una cosa rara! —exclamó el operador de sónar.

—¿Cuál es la fuente?

—¡Está por todas partes, señor!

—¿La frecuencia?

—¡Doscientos decibelios, señor!

Era un ruido un poco más fuerte que el disparo de una pistola; en el sónar se oyó como la grasa del beicon cuando estalla en la sartén. El ruido creó una niebla acústica que confundiría el objetivo del torpedo del *Georgia*. Claro que a los rusos les ocurriría lo mismo.

De pronto, Dixon se echó a reír. Toda la tripulación del submarino fue consciente al unísono de lo que estaba ocurriendo; a excepción de Henry, que no tenía ni idea.

—Doscientos setenta al oeste, velocidad de flanqueo —ordenó Dixon. Entonces reparó en la expresión de perplejidad de Henry—. ¡Son los camarones, Henry! —exclamó—. ¡Nos han salvado los camarones pistola!

Más tarde, Dixon pidió una ronda de cerveza para la tripulación. La tenía guardada para las ocasiones especiales. Henry los oyó cantar:

> *¡Submarinos a la una!*
> *¡Submarinos a las dos!*
> *Saltemos, ¡Santo Dios!*
> *¡Arriba vamos!*
> *¡Abajo vamos!*
> *¡Y nunca la cagamos!*
> *¡Vaaamos! ¡Vaaamos!*

En la sala de oficiales, Dixon sacó una botella de ginebra irlandesa Gunpowder y preparó unas copas para los oficiales. Henry jamás había visto a la tripulación tan contenta. El alivio que traslucían sus rostros evidenciaba más todavía hasta qué punto habían corrido peligro.

—Aún no comprendo lo que ha pasado —confesó Henry—. ¿Los camarones hacen tanto ruido?

—Los camarones pistola, sí. Son unas criaturas asombrosas —le explicó Dixon—. Creemos que la humanidad cuenta con las mejores armas, pero los camarones pistola tienen unas pinzas que se cierran muy rápido y producen una onda de choque que mata a sus presas. El ruido que ha oído es el de las burbujas de aire que estallan con el chasquido de las pinzas. Emiten un estruendo tal que se libera un calor equiparable a la temperatura del Sol. Y eso es lo que el sónar ha captado. Estábamos buscando un gradiente térmico para escondernos, ¡y nos ha rescatado esa banda de heavy metal!

Los oficiales empezaron a cantar de nuevo la canción, cuyas estrofas eran cada vez más originales y blasfemas. Pronto llegarían a casa.

CUARTA PARTE

Octubre

48

Delfines

Cuando el comandante de la base submarina de Kings Bay supo del esfuerzo de Henry por salvar a la tripulación del *Georgia*, juró por Dios que pensaba proponerlo para la Medalla de Honor, la más importante condecoración de la Armada, aunque Henry no veía muy claro que tuviera derecho a recibirla.

—Solo quiero pedirle una cosa —le dijo al almirante—: debo regresar a Atlanta lo antes posible.

—Joder, pues no está muy bien el tema del transporte para llegar hasta allí —fue la reacción del almirante.

Era el típico espabilado de campo que en otro tiempo no le habría caído muy en gracia a Henry, pero cuya resistencia había aprendido a admirar.

—Las carreteras no son seguras, ni siquiera para nosotros. Cuando salimos, viajamos en convoyes. Estamos casi siempre encerrados en la base. Menuda mierda —le espetó el almirante, y adoptó un gesto pensativo—. ¿Sabe qué? En Marietta hay una estación aeronaval, justo a la salida de Atlanta. Voy a pedirles que vengan a por usted. Ya me inventaré una buena excusa, porque eso supone extralimitarse en todos los sentidos.

Mientras tanto, le invito a cenar esta noche en Dolphin House, en cuanto se haya aseado un poco.

Lo de asearse era una orden. Los tripulantes de un submarino siempre apestaban cuando llegaban a la costa. Los residuos sólidos del buque eran compactados antes de arrojarlos al océano para evitar que las burbujas revelaran su ubicación, pero los gases permanecían dentro, y para neutralizarlos se utilizaba un desinfectante que a su vez desprendía un potente olor característico. Al final el buque acababa oliendo como un pedo de gigante perfumado, pero poco a poco la tripulación dejaba de notarlo. Sin embargo, sus parejas sí que percibían el hedor cuando los recibían, un hedor mortecino y pestilente como el del pescado podrido.

Acompañaron a Henry hasta la residencia naval, que se hallaba justo al cruzar las puertas de la base. Era un modesto edificio del gobierno, construido con ladrillos de toba volcánica, situado en un bosque de pinos y dirigido por una mujer encantadora llamada Theresa, quien de inmediato le indicó a Henry el camino de la lavandería. Prácticamente todos los aparatos eléctricos salvo los de uso militar estaban apagados, pero en la residencia había un generador en funcionamiento cuatro horas al día.

Henry notó la extrañeza de volver a estar en tierra firme sobre todo en la vista. Durante semanas enteras, su ángulo de visión no había captado nada más allá de unos metros de distancia. Por eso, cuando la furgoneta lo recogió para acompañarlo a las dependencias del almirante, a Henry le costaba enfocar las imágenes. Todo estaba muy lejos. Mirar la interminable carretera le producía confusión y dolor de cabeza. El cielo que tanto anhelaba volver a ver estaba tan distante y desprendía una luz tan brillante que resultaba imponente. Se descubrió con la mirada fija en el salpicadero.

Dolphin House —la residencia del almirante— era una casa de ladrillo rojo rodeada de azaleas al final de un camino sin salida con palmeras a ambos lados. Henry se sintió un poco avergonzado porque los otros oficiales lucían su uniforme blanco mientras que sus mejores galas consistían en el mono azul marino que Murphy había hecho arreglar a su medida. Sirvieron bebidas alcohólicas en abundancia, y pronto la sala se llenó de risas; sin embargo, aunque Henry disfrutaba en compañía de los oficiales, sabía que no formaba parte de aquel círculo. Era una comunidad de personas que había dedicado toda su vida profesional a la carrera militar, igual que él había hallado su vocación en otro campo. La fraternidad que compartían hizo que Henry sintiera más urgencia aún por retomar su propia vida, en su laboratorio, con sus compañeros, y sobre todo con su familia, si todavía la tenía.

Sabía que el tiempo jugaba en su contra. Octubre se estaba acercando, y con él vendría una nueva ola del kongoli. Henry ya comprendía mejor la enfermedad, pero lejos de su laboratorio trabajaba con una desventaja tremenda. No sabía lo que habrían descubierto Marco y otros investigadores alrededor del mundo mientras él había pasado seis semanas bajo el mar.

El almirante le guardaba una sorpresa final.

—Esto solo se lo damos a los tripulantes que se han ganado a pulso sus galones —anunció mientras prendía la insignia del cuerpo de submarinistas de la Armada en el mono de Henry—. Ahora sí que es uno de los nuestros, señor —dijo, y todo el mundo le dedicó el saludo oficial.

Más tarde, Henry dio un paseo por la base con el capitán Dixon. Era una noche muy bella, iluminada por la luna, con la atmósfera cálida y húmeda pero despejada. Las luciérnagas los precedían danzando por el camino y los guiaron hasta una oscura laguna. Tan solo se oían los generadores que proporcionaban energía a la base naval. A Henry le costaba un poco caminar. Dentro del submarino lo tenía más fácil, con los pasillos largos y asideros por todas partes. En algún momento tuvo que agarrarse del brazo del capitán.

—A veces cuesta recuperar la movilidad de las piernas —comentó Dixon.

—Para empezar, yo nunca he tenido demasiada agilidad en las piernas. ¡Nada que ver con usted!

—Sí, bueno, yo he tenido suerte, mucha suerte, la verdad. Cuidado con el caimán.

Henry creyó que Dixon estaba bromeando, pero entonces vio un caimán en la orilla de la laguna. Parecía dormido, de modo que los dos hombres siguieron caminando.

—Me parece que voy a tener que aplazar la fiesta de mi jubilación —le confió Dixon—. El número de oficiales ha quedado tan mermado que quieren que siga en activo para otro despliegue. O sea que me quedaré en Kings Bay mientras reparan el buque.

—Todo esto es muy bonito —apreció Henry.

—Bueno...

Henry notaba que el capitán quería explicarle algo, pero le costaba hablar, así que aguardó. Vernon Dixon no era un hombre que cediera a las presiones así como así. Por fin se decidió:

—Quiero enseñarle una cosa. —Rodearon la laguna hasta un lugar donde había expuestos misiles de diferentes tamaños—. Ante usted, la historia del programa de misiles balísticos submarinos. —El capitán señaló un misil corto con las aletas pequeñas y gruesas—. Este es el TLAM, el misil de ataque terrestre Tomahawk, o misil de crucero, como los que hay a bordo del *Georgia*. Sé que parece poca cosa, pero ha sido una pieza clave a la hora de dejar de manifiesto el poder de Estados Unidos en los conflictos en los que nos hemos visto implicados desde la guerra del Golfo. Nuestros misiles Tomahawk son convencionales, pero tenemos la opción de usar una versión con cabeza nuclear. Estos otros —señaló los misiles más grandes por detrás del Tomahawk— son misiles balísticos intercontinentales que llevan dispositivos termonucleares. —Tres misiles blancos formaban la primera generación de Polaris—. Este empezó a usarse en 1956. Piénselo. Hace más de medio siglo; yo ni siquiera había nacido. —Luego estaba el Poseidón, un poco más grande, chato, con bandas de color cobrizo, al que Dixon describió como el primer misil lanzado por submarinos con múltiples ojivas—. También se usaba antes de que yo me alistara. Me estrené con estos juguetitos, los Trident. —El mayor y más novedoso era el Trident D5, de color teja y más alto que un edificio de cuatro pisos, que dejaba a sus predecesores a la altura del betún. Era casi impensable que cupiera en un submarino—. Estuve de servicio en el *Tennessee* con sus veinticuatro misiles Trident a bordo —explicó Dixon—. Cada uno tenía ocho cabezas, un poder destructor equivalente a más de once mil kilotones. Compárelo con la explosión de Hiroshima, de quince kilotones. Multiplique eso por una flota de catorce submarinos, ¡y obtendrá más de ciento cincuenta mil Hiroshimas! ¿Se lo imagina? Nuestros submarinos estratégicos son la máquina de guerra más potente que se ha creado. Ni siquiera tienen que acercarse a un puerto para atacar a la mayoría de los objetivos de interés. Claro que lo mismo se puede decir de nuestros enemigos. Este será el primer lugar en recibir duro cuando esa mierda estalle. —Dixon hizo una pausa y se quedó mirando el cielo. Cuando volvió a hablar, su tono era grave y vacilante—. Mire, no puedo decirle sinceramente lo que pienso, pero es posible que dentro de muy poco tiempo el único sitio seguro del planeta sea el fondo del mar.

—¿Tan poco falta? —preguntó Henry.

—Si llega a ocurrir, la mayoría pensamos que no tiene mucho sentido volver a casa —dijo Dixon, y dejó que Henry captara por sí solo el mensaje implícito. Le estaba ofreciendo salvarle la vida—. Digamos que hay quien se ha planteado marcharse a explorar el mundo en busca de un puerto seguro —prosiguió, casi excusándose—. Parece que hay provisiones para un año, teniendo en cuenta las bajas en la tripulación. Tenemos comida, una cama calentita y el depósito lleno de misiles Tomahawk con el mensajito: «Dejad las manos donde podamos verlas». El problema es que necesitamos un médico a bordo; yo, al menos.

—Tiene razón.

—Algunas personas podrían malinterpretar lo que estoy diciendo —explicó Dixon con una voz tan débil que Henry apenas lo oía—. Un motín es algo muy serio entre los nuestros. Si le cuenta algo a alguien, no olvide que no son más que habladurías. Puras habladurías, acuérdese.

—No pienso contarle nada a nadie, se lo prometo.

—Todavía estaremos aquí unas cuantas semanas. Lo digo por si no encuentra lo que anda buscando. Siempre podemos contratarlo como clarinetista.

Murphy ocupaba una litera en el hospital de la base naval.

—Les falta personal y he pensado en echarles una mano —le explicó a Henry cuando acudió a despedirse—. ¿Va a volver a Atlanta? —le preguntó.

—Mañana.

—¿O sea que no le veré más?

—Nunca sabemos lo que nos deparará la vida. ¿No le enseñaron eso en Wisconsin?

—Minnesooota —dijo, como siempre, arrastrando las vocales.

Murphy le tendió la mano para despedirse, pero Henry la sostuvo con la suya y la suboficial de segunda clase le acarició los nudillos con el pulgar.

—Espero que le estén esperando en casa cuando llegue —dijo—. Deseo que lo reciban con los brazos abiertos y que todos estén sanos y felices.

Henry le besó la mano como si fuera lo más natural del mundo.

Cuando regresó a la residencia naval, se dejó caer en la cama todavía inundado por la mezcla de emociones. Por fin iba a volver a casa. ¿Qué encontraría? Tenía miedo de saber la verdad, pero no podía vivir dándole la espalda. Estaba a salvo, pero a la vez corría peligro. Rebosaba de alegría, pero sentía cierta aprensión. Le sorprendió oír que llamaban a la puerta, y ver que se estaba haciendo de día y que se había quedado profundamente dormido. Era Vernon Dixon.

—Han pedido un coche para llevarlo al aeródromo —anunció, un poco escandalizado al ver que a esas horas Henry aún no estaba vestido y a punto.

—¿Tengo tiempo de lavarme los dientes?

Henry se aseó a toda prisa, todavía no daba crédito. Había un coche esperándolo. Iba a volver a Atlanta; a casa.

Cuando estaba a punto de subir al coche, Dixon le tendió una tarjeta.

—Aquí tiene mis datos de contacto, por si vuelve a funcionar internet o los teléfonos móviles.

Henry buscó en su cartera y encontró una tarjeta de visita hecha un guiñapo después de que se mojara. En el reverso anotó un número.

—Es el móvil de Jill, por si las moscas.

Había perdido su teléfono cuando se lanzó al mar en el golfo Pérsico.

—¡Ah! Una cosa más —empezó a decir Dixon—. Anoche vi que le costaba un poco caminar.

Le tendió un bastón bellamente labrado, y Henry se quedó sin palabras.

—¿De dónde...? —farfulló, incapaz de seguir hablando.

—En este taller hacen de todo. Es de madera de nogal de Georgia. Puede utilizarlo como si fuera una porra si se ve en la necesidad, o para jugar al golf.

La empuñadura era un submarino de bronce.

49

Las tumbas

Un Beechcraft de dos plazas con un solo motor de pistón con hélice, casi tan potente como una cortadora de césped, rodó por la pista de aterrizaje. Henry se sentó detrás, en el sitio destinado al aprendiz, y vio su cara reflejada en el casco del piloto, quien casi no abrió la boca salvo para hacer un comentario:

—Debe de ser usted bastante importante.

—Qué va —repuso Henry.

La pequeña avioneta ganó velocidad rápidamente y luego ascendió en el aire. La cubierta de la cabina era de cristal transparente, de modo que ante ellos se desplegó el paisaje de Georgia, verde y extenso. En las carreteras no había tráfico y los campos estaban sin cultivar. Henry pensó que ese era el aspecto que debían de tener aquellas tierras cuando las habitaban los indios creek.

¿Sería aquel pasado lejano lo mismo que ahora les deparaba el futuro? Henry viajaba en un avión que en sí era casi una antigualla y que lo llevó a retroceder en el tiempo. Había leído bastante sobre la historia y sabía que la humanidad avanza efectuando progresos irregulares durante milenios para acabar topándose con ciclos de gran destrucción. Siempre se había sentido intrigado por la forma en que se extinguen las grandes civilizaciones. Un equipo de científicos de la Sociedad Max Planck había descubierto el patógeno que se consideraba el responsable de la muerte del ochenta por ciento de la población nativa de México a mediados del siglo XVI: una variedad de salmonela que, probablemente, llevaron hasta allí los conquistadores y que destruyó el Imperio azteca. Junto con Jill, Henry había visitado las ruinas de Luxor y Micenas, y había pasado días explorando la gloriosa Alhambra de Granada. Grandes civilizaciones ya desaparecidas. Habían estado dos veces en Pompeya, toda una ciudad sepultada en un solo instante. Si podía extraerse alguna lección de aquellas ruinas, pensó Henry, era que las civilizaciones se construían sobre los arrogantes cimientos del progreso. Creemos que la naturaleza no está a la altura del ingenio humano y que podemos someterla a nuestro antojo, pero Pompeya nos recuerda que jamás podremos domar del todo la ferocidad incomparable del universo natural.

Por todo ello, a Henry no debería haberle sorprendido lo que tenía ante él: una naturaleza que pretendía recuperar las marcas de la civilización sobre sus tierras. A pesar de que las cifras del contagio habían disminuido, este había dejado a su paso una sociedad quebrantada, que había perdido la confianza y estaba sumida en la desesperación. Las plantas trepadoras ocultaban granjas abandonadas y gasolineras a pie de carretera. Había dado comienzo el lento y tal vez inexorable proceso de borrar la historia humana.

Con todo, quedaban restos de vida esparcidos aquí y allá. Ascendía humo de los claros donde algún granjero estaba limpiando el terreno de malas hierbas. Unos cuantos coches se hicieron visibles cuando la avioneta sobrevolaba la autopista interestatal y se inclinaba sobre Atlanta. La misma ciudad, enorme, parecía intacta pero a la vez desierta, a pesar de la compleja red de carreteras que confluían en ella. «Está indefensa», pensó Henry. Otra ola del kongoli era muy capaz de hacerla desaparecer.

Por lo menos la base militar seguía en funcionamiento. El

almirante había sido lo bastante previsor para entregarle a Henry una mochila llena de provisiones para una semana; básicamente, galletas saladas, mantequilla de cacahuete, fruta, frutos de cáscara y cereales, ya que había tenido en cuenta que Henry era vegetariano, aunque había añadido varios paquetes de cecina de búfalo por si caía en la desesperación. También le proporcionó ropa interior limpia, calcetines y camisetas. Henry todavía conservaba la cartera con cien riales saudíes junto con la MasterCard y una tarjeta de débito de dudosa utilidad. Aparte de eso, tenía el Corán y su bastón nuevo.

La pequeña avioneta parecía un mosquito cuando aterrizó en la pista y pasó rodando junto a una flota de enormes aviones de transporte C-130 hasta detenerse en la pista de estacionamiento, junto a un gran hangar.

—¿Adónde va ahora? —le preguntó el piloto.

—A Atlanta.

—Buena suerte, señor.

—Espere —dijo Henry—. ¿Cómo puedo llegar hasta allí?

—Caminando está un poco lejos, me parece —contestó el piloto—. Ya sé —añadió, señalando hacia el este—; si camina unos cuantos kilómetros en esa dirección, llegará a la interestatal. Desde allí hay unos veinte kilómetros hasta la ciudad. La gente suele ir con pies de plomo, y además no pasan muchos coches, pero, si tiene suerte, a lo mejor le llevan. No da la impresión de ser un tipo peligroso.

Henry tardó una hora, soportando el pegajoso calor de septiembre, en llegar al cruce de la autopista interestatal. Por suerte, llevaba tres botellas de agua en la mochila, que pesaba lo suyo. El sudor le resbalaba por la espalda y le empapaba la camisa. Cada vez que veía un coche, sacaba el pulgar, pero pasaban pocos y todos corrían como si estuvieran huyendo de la justicia.

Aun así, estaba vivo. Nunca había sentido con tanta intensidad el privilegio de gozar de la existencia como allí, caminando por el arcén de la flamante autopista. «Qué carretera tan bella —pensó Henry—; una verdadera maravilla, todo un símbolo de la civilización que en otros tiempos fue extraordinaria. ¿Qué pensarán los ciudadanos del futuro, de haberlos, cuando descubran esta magnífica carretera, tal vez enterrada bajo las viñas o capas y capas de sedimentos?»

Dejó la mochila en el suelo y comió unas almendras bajo la sombra de un paso elevado. Cerca había una chancleta suelta y una bolsa vacía de patatas fritas encajada en una grieta. La bolsa ondeaba cada vez que pasaba un coche. Henry pensó en su conversación con el capitán Dixon la noche anterior. Se acercaba el día del juicio final. ¿Era posible? Guardaba en la memoria vívidos recuerdos de la Guerra Fría y de la amenaza de un ataque nuclear. La posibilidad de una extinción universal siempre estaba presente, pero no era del todo real; era una fantasía con la que a veces se entretenía por las noches cuando su abuela lo acostaba. Se había angustiado tantas y tantas veces pensando qué le ocurriría si también ella moría... Sus aciagos pensamientos fueron interrumpidos por una nube gigantesca de mosquitos jejenes que se arremolinaban en torno a él. Intentó ahuyentarlos sin mucho éxito, incapaz de respirar sin tragarse alguno que otro. Se subió el cuello de la camiseta hasta la nariz y la apretó contra su cara.

Pasó otro coche.

Para evitar comerse la cabeza pensando en su familia, a Henry se le ocurrió regresar al laboratorio de los CDC y averiguar qué progresos habían hecho con relación al kongoli. Se moría de ganas de escuchar qué pensaban, de encontrarse de nuevo en aquel espacio familiar y estimulante donde podría luchar limpiamente en la batalla. Disponían de muy poco tiempo.

Vio un gran tráiler articulado circulando en su dirección, el primero en todo el día. Henry sacó dos paquetes de cecina de la mochila y empezó a agitarlos en el aire. El camión aceleró, igual que habían hecho todos los vehículos, pero entonces se oyó un ruido de frenos y el conductor se detuvo unos cincuenta metros más adelante. Henry intercambió un viaje hasta el centro de Atlanta por tres paquetes de cecina, y fue una de las pocas ocasiones en que le salió a cuenta ser vegetariano.

El camionero era un hombre hispano ya mayor, con una perilla blanca y un acento muy marcado. Estaba escuchando un programa de radio en español, con muchas interferencias.

—Es un programa de México —le explicó a Henry con su característico acento.

—¿Qué dicen?

El conductor se echó a reír.

—¡Los mexicanos dicen que salgamos de aquí! Dicen: «¡Vente a México, hermano! ¡Los gringos están locos!».

—¿Hay alguna emisora estadounidense?

—A veces en Nueva Orleans pillo la WWL. Creo que allí tienen electricidad. Aquí no.

El camionero accionó el dial, pero no consiguió sintonizar nada a excepción de una emisora de Tallahassee, en la que hablaba Alex Jones.

«Todos lo estábamos esperando, ¿verdad? —decía el presentador—. El Gran Hermano ha estado buscando la manera de hacerse con el control total. Es un complot para eliminar a los cristianos. Miren quiénes han sobrevivido a la pandemia. Exacto, la mafia judía. Los judíos y los comunistas, un contubernio global de empresas. Según ellos, esto del kongoli es una enfermedad, ¡pero no les crean! ¡Es mentira! Han echado productos químicos en el agua, y su objetivo son los buenos cristianos estadounidenses...»

El conductor se puso a buscar otras emisoras, pero en inglés solo se oía la voz de Alex Jones.

El camionero transportaba aparatos de detección de radiaciones para planes de emergencia. No sabía para qué los necesitaban. Dejó a Henry en la salida de North Avenue.

La ciudad conservaba su aspecto resplandeciente y espléndido, pero apenas había peatones. Los rascacielos parecían vacíos. A través de sus ventanas Henry veía la parte de la ciudad que quedaba al otro lado. A pesar de lo extraño de la situación, le impactó el esplendor, la majestuosa arquitectura combinada con la belleza natural sobre la que se asentaba Atlanta. Dentro de las posibilidades que ofrecía el mundo, era una simple joya, un reluciente monumento de la civilización a escala reducida. Más allá del paisaje urbano, el sol se zambullía en el ocre deslumbrante del crepúsculo. La caída de la tarde lo llevó a pensar en la canción «Crepuscule with Nellie», de Thelonious Monk. Vernon Dixon debía de adorarla. Tal vez algún día la interpretarían juntos, si es que les quedaba tiempo por delante. Con la ausencia de tráfico, el aire estaba más que limpio y era muy puro. Henry tuvo la sensación de estar respirando por fin auténtico oxígeno.

Cuando cruzó el aparcamiento que conducía a la Biblioteca Presidencial Jimmy Carter, había salido la luna, con forma de una copa en la que estaba a punto de caer Venus. La media luna y la estrella, el símbolo del islam, que seguía destruyéndose a sí mismo en una guerra sin sentido. Era noche cerrada y la acera no ofrecía ninguna seguridad, con árboles caídos que le bloqueaban el paso de vez en cuando. Los ojos de Henry se acostumbraron a la tenue luz de las estrellas. Ya estaba cerca de casa. Atajó el camino por el parque, cruzó la zona de juegos donde solía llevar a Helen y a Teddy cuando eran pequeños y el huerto urbano comunitario donde Jill siempre había querido tener una parcela. Estaba muy cerca, y el corazón empezó a latirle con fuerza.

Entonces oyó a los perros.

Al principio no podía verlos, ocultos entre las sombras de los árboles, pero allí estaban de pronto, un grupo de ocho o nueve, que no ladraban sino que gruñían en un tono bajo, casi inaudible. Uno de los más pequeños empezó a animarse y a dar brincos de emoción, pero el más grande empezó a avanzar despacio, con la cabeza echada hacia delante, en posición de ataque. Henry levantó el bastón en señal de advertencia, lo cual hizo vacilar al jefe de la jauría, un pastor alemán. Sin embargo, había otra mente pensante, el cerebro de la banda. Los perros se separaron y le cerraron el paso por ambos lados. Henry debería encargarse del jefe en primer lugar.

Cuando el pastor alemán se situó a su alcance, él golpeó el suelo con el bastón y le gritó:

—*Sit!*

El perro le obedeció al instante. La mayoría de sus congéneres imitaron al líder. Eran mascotas abandonadas que no habían olvidado del todo la educación recibida de sus amos. Poco a poco, Henry se agachó, evitando el contacto visual y asegurándose de no dar una impresión amenazante. Cogió una rama y la agitó en las narices del pastor alemán antes de arrojarla entre los árboles. Todos los perros corrieron a recogerla.

Henry se dispuso a marcharse corriendo, pero los perros regresaron muy deprisa. El pastor alemán tenía la rama entre los dientes; quería jugar. Henry volvió a lanzar la rama lejos, y luego otra vez, con la esperanza de que acabaran cansándose, pero los perros estaban en una especie de éxtasis. A lo mejor también ellos recordaban su vida de antes. La cuestión es que no pensaban dejar que se marchara. Al final abrió el último paquete de cecina y lo arrojó lo más lejos posible. Eso marcó el inicio de una pelea que él aprovechó para cruzar a toda prisa Linwood Avenue y llegar hasta su casa en Ralph McGill Boulevard.

Todas las viviendas estaban a oscuras; las ventanas se veían negras y ocultaban multitud de secretos. Tuvo miedo. Pensó en gritar los nombres de sus vecinos, pero no pudo. No sabía por qué. El silencio resultaba demasiado imponente para romperlo.

Permaneció de pie en el porche donde sus hijos habían pasado tantas horas jugando. Había caléndulas en flor en las jardineras. Se asomó por la ventana que daba a su despacho. A pesar de la oscuridad, todo parecía en orden. Pudo distinguir su escritorio y la foto de sus abuelos colgada en la pared. En el brazo del sillón vio la novela que había estado leyendo antes de marcharse a Ginebra. «No hay para tanto —pensó—. Me he asustado solo.»

El cristal de la puerta principal estaba roto.

Henry entró en la casa. Notó más cristales bajo los pies. Permaneció quieto y en silencio, a la escucha, pero solo percibió el canto de los grillos y el olor de la muerte. «Aquí no hay nadie.» Estaba seguro, pero aun así llamó a su mujer.

—¿Jill? —La voz se le quebró—. ¿Jill?

No se atrevía a decir en voz alta los nombres de sus hijos.

Cruzó la sala de estar y el comedor hasta el rincón donde solían desayunar. Allí guardaba una linterna, dentro de un cajón. No estaba. En ese momento vio que había moldes de tarta y platos rotos en el suelo de la cocina. Las puertas de los armarios de la despensa estaban abiertos, y dentro todo estaba oscuro y no había ningún alimento. Henry recordó dónde se encontraban las cerillas y encendió una. Vio la vela en la repisa de la ventana, detrás del rincón del desayuno. A veces, cuando los niños ya dormían, Jill encendía aquella vela y disfrutaban juntos de una cena romántica en casa. Henry encendió la vela.

Protegiendo con la mano el pequeño haz de luz, avanzó por el pasillo hasta el dormitorio. Estaba desordenado. Había sábanas manchadas de sangre en la cama, vacía y medio deshecha, lo cual no presagiaba nada bueno. Todas sus prendas seguían dentro del armario, pero las de Jill también. ¿Habría una nota, por lo menos? Si no una carta, como mínimo alguna pista que le indicara dónde estaba su familia. Pero ¿por qué iban a creer que él seguía con vida después de todo ese tiempo? ¿Por qué iban a dar por sentado que algún día volvería para salvarlos?

El dormitorio de Teddy estaba desierto. Henry miró en los cajones. No quedaba ropa interior ni calcetines. La mochila había desaparecido. «Seguro que está bien —pensó Henry—. Tiene que encontrarse a salvo en alguna parte.» Vio el robot de Teddy encima del escritorio. «Ojalá pudiera explicarme dónde está su dueño», se dijo.

A la luz de la vela descubrió a un hombre en el suelo del dormitorio de Helen. Henry frenó en seco; luego siguió avanzando poco a poco y vio que estaba muerto, tumbado boca abajo sobre un colchón en medio de un charco de sangre seca, con los pantalones medio bajados y un cuchillo clavado en la espalda. Los gusanos entraban y salían de una herida en la cabeza que, según Henry dedujo, la había causado un disparo de pistola. Había más cristales por el suelo, de la hucha de la señorita Peggy de Helen. Se trataba de un robo, concluyó Henry, pero nada tenía sentido. Había una moneda debajo de la cómoda. Un cuarto de dólar.

«Tal vez estén arriba», se le ocurrió pensar.

Cuando abrió la puerta de la escalera, varios gatos salieron disparados. Henry se asustó tanto que tuvo que quedarse allí unos momentos para recuperar el aliento. Había excrementos de gato por todas partes, y un olor a orín tan fuerte que empezaron a llorarle los ojos. No le sorprendió lo que encontró.

Volvió a bajar y cruzó la cocina hasta el porche de puertas acristaladas. Bajo la pálida luz de la luna, Henry divisó las tumbas en el jardín trasero.

Fue al garaje en busca de la pala. El coche de Jill había desaparecido, pero vio el Ford Focus de la señora Hernández. Jill debía de haberse marchado. Había huido con los niños. Algo había ocurrido: un intruso yacía asesinado y Jill se había marchado con los niños a algún lugar seguro. Tal vez a casa de su hermana.

Pero eso no explicaba lo de las tumbas.

Henry empezó a excavar la más pequeña. Se habían esmerado en hacerla, con piedras y ladrillos encima para mantener alejados a los animales. Apartó todo y se dispuso a cavar con el corazón a cien; no quería descubrir lo inevitable.

Topó con algo distinto. Levantó la pala y se ayudó de las manos para cavar, con cuidado, con delicadeza. Rebuscó a tientas y por fin tocó el cuerpo. Apartó la tierra que lo cubría. Era Peppers.

Se arrodilló junto al perro y se echó a llorar, agotado por la tristeza y temblando de alivio. Sin embargo, lo esperaba otra tumba. Volvió a enterrar a Peppers, colocó las piedras de nuevo sobre el túmulo y se dispuso a seguir cavando.

Tardó varias horas. ¿Quién podía haber hecho aquello?, se preguntó. Un niño seguro que no. Tenía que haber sido Jill. Su coche no estaba, debía de seguir con vida. Pero había muchas cosas inexplicables: el hombre muerto en el dormitorio de Helen; las tumbas... Iba pensando en todo ello mientras cavaba. Dentro del hoyo había fragmentos de roca y una raíz enorme que alguien había partido en dos. ¿Era posible que fuera cosa de Jill?

Ya entrada la noche, oyó el croar de un coro de ranas. A Henry le dolía la espalda por el esfuerzo, pero no era capaz de bajar el ritmo, no podía permitirse aflojar la intensidad de sus movimientos; hendía la pala con el pie derecho y arrojaba la tierra por encima del hombro izquierdo, una y otra vez, sin pausa. Y entonces notó un contorno rígido en el fondo. Acercó la vela al borde de la tumba. De nuevo usó las manos para cavar, y notó un cuerpo pocos centímetros por debajo de la tierra. Mientras la retiraba, volvió a topar con algo duro, de metal o de plástico. Frenético, apartó los restos de tierra. Era el casco de fútbol americano de Teddy.

No pudo evitar proferir un grito. Teddy había muerto. Teddy, su «bebé milagro».

Henry se recostó contra la pared de la tumba. Había creído que Teddy estaba a salvo. Su ropa no estaba, y su mochila tampoco. Helen había desaparecido, y el coche de Jill también.

Se obligó a apartar la tierra de la cara oculta por el casco. Y allí encontró a Jill, con sus ojos vidriosos fijos en él.

«¿Qué ha pasado aquí?»

Jill había muerto, no Teddy. Henry estaba completamente entumecido.

Después de enterrar de nuevo a su esposa, se sentó sobre el porche de la casita de juguete que había construido para sus hijos tras colocar la vela sobre la tumba de Jill. A su familia le habían ocurrido cosas horribles mientras él no estaba allí para cuidarlos. Intentó mantener a raya el dolor, pero este se empeñaba en aporrear la puerta de su conciencia. Jill había muerto. Llevaba puesto un casco. Su coche no estaba. Los niños no estaban. Tenía que encontrarlos en alguna parte. Las piezas del rompecabezas no encajaban. Pero Jill había muerto.

Apesadumbrado por la vergüenza y la tristeza, sumido en la confusión, se arrastró hasta el interior de la casita y durmió durante horas.

50

El Club Cosmos

En las calles reinaba la oscuridad, los semáforos no funcionaban, los bancos habían dejado de conceder préstamos, las tiendas de alimentación estaban prácticamente vacías, internet seguía sin funcionar. El Distrito de Columbia se encontraba sumido en el caos, pero los hoteles y los restaurantes de lujo habían dado con la forma de volver a abrir sus puertas. El Mandarin Oriental, el Trump International, el Palm, el Cafe Milano... Uno a uno, los reductos más influyentes fueron recuperando su actividad. Los ricos y poderosos tenían una cornisa donde aferrarse, un salvavidas inalcanzable para los ciudadanos de a pie, entre quienes se contaban los periodistas del *Washington Post*.

A Tony García la gripe le pasó factura. Había perdido a su hermana y a su esposa, y él mismo estuvo al borde de la muerte. Vivía en el barrio de Adams Morgan, encima de un Wok N' Roll, con la única compañía de un chihuahua, sin suministros en mitad de una nueva ola de calor otoñal que amenazaba con batir récords. Los supervivientes aún no habían terminado de recuperarse tras el contagio. Algunos estaban físicamente destrozados, y casi todos sufrían los estragos del dolor emocional.

Los ciberataques habían supuesto un sabotaje para las empresas informativas. Unas cuantas emisoras de televisión volvían a emitir, pero los periódicos se publicaban solo de forma esporádica. *The Washington Post* tenía mejores perspectivas que otros gracias a la fortuna de su propietario, aunque también batallaba para obtener soluciones de un gobierno que de pronto no se comunicaba. Los rumores y las conspiraciones imaginarias hacían sombra a las verdaderas noticias. Como resultado, el país era un hervidero de emociones, y destacaban las más obsesivas.

No existían evidencias claras de que los ciberataques se hubieran originado en Moscú, aunque todo el mundo sabía que así era. La genialidad de la nueva guerra híbrida que Rusia les estaba declarando no consistía tan solo en su capacidad de negarlo todo. También contaba con la facilidad casi milagrosa de promover la insurrección, como en el caso del Ejército de Patriotas Estadounidenses, fomentado por los bots rusos y que había dado como resultado el reclutamiento de cientos de ciudadanos estadounidenses armados, con el objetivo de socavar a su propio gobierno, ajenos al hecho de estar actuando como una quinta columna de los rusos. Putin había alentado la creación de ese peligroso movimiento de patriotas estadounidenses y después le había echado la culpa de los ciberataques. Mientras tanto, también acusaba a Estados Unidos de sabotear las centrales nucleares rusas. Claro que por lo menos en ese caso decía la verdad. Los servicios secretos rusos habían descubierto al único miembro con vida del escuadrón de ataque de la CIA y lo habían persuadido para que revelara el plan del asesinato trazado por Tildy.

Se trataba de la guerra de los virus, biológicos y virtuales, y en ambos casos Estados Unidos tenía las de perder. Su programa de armas bacteriológicas había quedado desmantelado, mientras que en Rusia simplemente seguían trabajando de forma clandestina. Si el kongoli era producto de años y años de ingenio aplicado a la creación biológica, ¿quién sabía qué otra cosa podían tener guardada los rusos en sus laboratorios secretos? La viruela, el virus de Marburgo, el ébola... Uno tras otro, todos esperaban su turno para entrar en acción. Eran tiempos de cosecha para Fancy Bear, el momento en que por fin estaban dando fruto los virus implantados en los ordenadores occidentales.

A García lo habían citado en el Club Cosmos, el local donde los presidentes, los ganadores del Premio Nobel y los jueces del Tribunal Supremo se reunían para celebrar lo importantes que eran. Sin embargo, lo que de inmediato captó su atención no fue el esplendor del lugar, sino el aire acondicionado a toda marcha, lo cual denotaba un derroche de recursos al que en otra época no había dado la menor importancia. Lo atenazó la nostalgia de la vida que anteriormente gozaba sin llegar a apreciarla del todo, y avanzó por el local con una angustiosa sensación de pérdida.

El maître del espacioso comedor del club clavó su mirada desdeñosa en García, a quien había calado de inmediato. No le habría extrañado que anduviera por ahí con un saco de dormir y una mochila, como tantos ciudadanos en esos últimos tiempos. Sin embargo, cuando el periodista mencionó el nombre de Richard Clarke, el camarero arqueó todavía más aquellas cejas de gesto arrogante.

—Mesa cincuenta y dos —le indicó el maître a la camarera.

Incluso en aquella guarida de gente poderosa, García percibió las secuelas de la gripe. El salón, de decoración recargada, apenas contaba con comensales. Las lámparas de araña estaban encendidas, pero la luz era tenue. La moqueta estaba manchada y llena de pelusa, como si fuera una reliquia del Imperio francés cuya gloria había quedado muy atrás en el tiempo. Incluso la blusa de la camarera tenía arrugas y muy probablemente no se lavaba desde hacía varios días. La chica abrió una puerta corredera de cristal esmerilado que daba a un pequeño comedor con una mesa para dos.

—Le gusta la privacidad —observó García.

—Es el bien más preciado de esta ciudad —respondió Clarke—. ¿Qué le apetece tomar? Mejor que sea embotellado, los cubitos no son fiables.

García reparó en que Clarke lo miraba de arriba abajo, tratando de evaluar su estado. Sabía cuál era su aspecto, demacrado, con la palidez del kongoli todavía patente. Clarke, por otro lado, estaba en muy buena forma; se le veía rejuvenecido y a punto para la batalla. Eligió los pastelitos de cangrejo. García pidió unas vieiras.

—Mañana por la mañana, las tropas rusas penetrarán en Estonia —anunció Clarke—. Es el siguiente paso de Putin de acuerdo con su gran plan. Primero fue Crimea, luego Ucrania. Ahora les toca a los Balcanes.

—¿Cómo lo sabe?

Clarke se encogió de hombros.

—Esté pendiente de las noticias por la mañana. La AFP se encargará de difundirlo. Qué lástima que *The Washington Post* vaya rezagado, como siempre.

—¿Y qué hará el presidente?

—Lo que debería hacer es hundirles la flota, volar las refinerías, sembrar de minas los puertos, meter misiles por cada una de las ventanas del Kremlin. Todos sabemos lo que pretenden. Nos tenemos la guerra declarada desde hace años, solo que no queremos reconocerlo. No hemos clasificado los ciberataques como una auténtica guerra, igual que no hemos considerado el kongoli un arma de destrucción masiva.

—¿Está seguro de que han sido ellos?

—¿Cómo se explica si no que una nueva enfermedad arrase Occidente, y Rusia siga... no intacta, pero tampoco devastada? ¿Cree que es una pura coincidencia que aquí haya caído la red eléctrica, que se hayan interrumpido las comunicaciones, que la economía esté en las últimas, y que justo en este momento las tropas rusas decidan invadir los Balcanes?

—En Rusia ha habido millones de víctimas mortales. ¿De verdad cree que Putin le haría una cosa así a su gente, por no mencionar los cientos de millones de personas que han muerto en todo el mundo?

—¿Me haría esa misma pregunta si Stalin estuviera vivo?

—No.

—Pues lo está.

51

Un beso de despedida

Henry llamó a la puerta de su vecina. La casa pertenecía a Marjorie Cook, quien vivía allí desde mucho antes que Jill y él se trasladaran a esa manzana. No le contestó nadie. Aún no había visto a una sola persona desde su llegada; la calle parecía totalmente desierta. El edificio de enfrente había sido pasto de las llamas.

Nada más dar media vuelta, alguien abrió la puerta.

—¡Henry! —lo llamó una voz.

—Hola, Marjorie.

—No esperaba volver a verte. —La mujer le hablaba desde detrás de la mosquitera. Llevaba puesta una bata deslucida y se aferraba al pomo de la puerta como si fuera una barricada que tuviera que protegerla de algún desastre—. Os daba a todos por desaparecidos. En realidad, no sabía qué pensar, para serte sincera. Dime que no solo quedas tú.

—No lo sé —le confesó Henry—. Jill ha muerto. Alguien la enterró en el jardín trasero, no tengo ni idea de quién fue. Los niños no están, y no sé adónde han ido. Esperaba que tú pudieras aclararme algo. ¿Han acudido aquí en algún momento? ¿Los has visto? ¿Tienes idea de lo que les ha ocurrido?

—No puedo ayudarte —respondió Marjorie en tono lacónico.

Henry la conocía desde hacía quince años, pero en ese momento le pareció una completa extraña.

—Marjorie, el coche de Jill no está. ¿Lo han robado? ¿Algún amigo se ha llevado a los niños?

—No lo sé. —Todo su ser destilaba aflicción—. Ha sido horrible, Henry —soltó de pronto—. Me escondí. Lo siento. Debería haber sido mejor persona, pero tenía miedo. No podré perdonármelo nunca, te lo juro por Dios.

Henry la miró fijamente unos instantes y a continuación se dispuso a marcharse.

—Oí un disparo —dijo la vecina a su espalda—. No sé nada más.

En el barrio vivían otras familias, y algunas tenían niños, pero ninguna de las personas que le abrieron sus puertas había visto a Helen ni a Teddy. Henry escribió los nombres de sus hijos en carteles donde pedía información y dejaba sus señas, y luego los grapó en postes de telefonía plagados de carteles similares; los había por todas partes.

Se acercó al parque de bomberos de DeKalb Avenue y consultó la lista de personas del barrio que habían muerto o desaparecido. Su nombre constaba en la columna de personas muertas. Lo borró y en su lugar escribió el de Jill. Sus hijos no figuraban en la lista.

Alguien se los había llevado, no le cabía duda. Esperaba que se tratara de un amigo. ¿Adónde habrían ido?

—Es posible que estén en el estadio de béisbol —lo informó uno de los bomberos—. Lo han convertido en un refugio temporal para los huérfanos. Las familias están en el palacio de congresos.

El SUV de Henry se encontraba aparcado en el aeropuerto de Atlanta desde el momento en que inició lo que se suponía que iba a ser un breve viaje a Ginebra, de manera que fue en busca de las llaves del Ford de la señora Hernández y se dirigió al estadio de los Braves. En una de las columnas había un cartel escrito a mano que rezaba: registro, con una flecha que señalaba hacia la puerta 1B. Henry hizo una pausa antes de entrar en la tribuna. Acababa de recordar una cosa: «Aquí es donde conocí a Jill, cuando lo del *triple-play*. Me abrazó y mi vida cambió para siempre».

En el estadio habían construido un campo de refugiados para niños, con filas ordenadas de tiendas blancas en la zona del *outfield* y montones de niños encerrados tras unas vallas altas de tela metálica. Una mujer corpulenta de mediana edad los controlaba con unos prismáticos, y levantó la vista al oír que se acercaba Henry.

—Vengo para llevarme a mis hijos —le explicó él.

—Bueno, aquí hay trescientos doce niños —repuso la mujer—. ¿A cuántos quiere llevarse?

—A dos.

—Elíjalos y firme el documento de renuncia.

—No me entiende: estoy buscando a mis hijos, a mis hijos de verdad.

La mujer exhaló un suspiro.

—¿Cómo se llaman? —le preguntó.

—Helen y Theodore Parsons. A lo mejor consta como «Teddy» en vez de «Theodore».

La mujer examinó la lista.

—Bueno, los nombres no están en orden alfabético, hemos tenido que hacerlo todo a mano.

Se lamió la punta del dedo y volvió una página, y luego otra, dejándole bien claro a Henry cuánto trabajo le estaba dando.

—¿Puedo bajar yo mismo a echar un vistazo?

—Tienen que acompañarlo —respondió la mujer de mala gana—. Bueno, venga —dijo al fin, y, muy tiesa, empezó a bajar los escalones hasta la puerta que daba al banquillo del equipo anfitrión.

Entraron en el campo, cruzaron el montículo del lanzador y llegaron al césped del *outfield*. La valla de contención tras la cual se encontraban los niños medía unos tres metros y medio de altura.

—Los tenemos separados por sexo y edad, para evitar problemas; por tanto, si están aquí, no los encontrará juntos.

—Esto es una prisión —observó Henry.

—Bueno, por si no se ha enterado, hemos tenido un problema tremendo con las pandillas de huérfanos. No digo que todos estos niños sean problemáticos, pero la desesperación lleva a cometer fechorías. Por lo menos aquí tienen comida, un entorno saludable, un techo, y si hay alguna dificultad, podemos ocuparnos nosotros. Lo único que quiero decir es que no se precipite sacando conclusiones.

Henry cruzó la valla del campamento de los chicos y gritó el nombre de Teddy. A continuación, hizo lo mismo con el de Helen. Los pequeños lo miraban esperanzados, como si fuera a pronunciar también sus nombres. Una chica respondió al nombre de Helen, pero no era su hija, y al verlo se echó a llorar. «Yo también soy huérfano —tenía ganas de decirles—. Soy como vosotros.»

En el palacio de congresos se repitió la historia. Familias desoladas vivían gracias a la exigua caridad, y apenas mostraron curiosidad al ver a Henry recorrer los enormes dormitorios y pasar junto a las cajas que contenían donaciones de alimentos y ropa. Vio a un mago haciendo trucos de cartas para los niños y un desfile de actores vestidos de personajes de Disney. Alguien que trabajaba para el FEMA, la Agencia Federal para la Gestión de Emergencias, estaba sentado ante una mesa de juego, de cara a una larga fila de personas exhaustas que solicitaban refugio. Pero Helen y Teddy no se encontraban allí. No logró dar con ellos en ninguna parte.

La escuela de sus hijos había sido saqueada. La puerta estaba abierta, y Henry recorrió los pasillos y miró dentro de las aulas desiertas. Daba la impresión de que un tornado hubiera arrasado el edificio, esparciendo libros y papeles y volcando escritorios. Alguien se había cagado en medio de la clase de segundo curso de Teddy.

Henry oyó un sonido rítmico que enseguida identificó con una pelota de baloncesto y que lo guio hasta el gimnasio. Estaba lleno de niños, y no vio a Helen ni a Teddy, pero tal vez alguno de entre aquella veintena supiera dónde estaban. Había varios jóvenes, aunque la mayoría eran más pequeños, de las edades de sus hijos. Se habían construido un dormitorio con mantas y sacos de dormir. Los chicos más mayores jugaban a encestar un balón.

Por fin repararon en su presencia, y el gimnasio quedó en silencio. Henry miró alrededor en busca de un adulto, pero no vio a ninguno. Una de las caras le resultaba familiar; era una compañera de clase de Helen.

—¿Laura? —preguntó.

La chica se acercó. Formaba parte del equipo de fútbol en el que jugaba Helen. Se detuvo un momento frente a Henry y, de pronto, se le abrazó. Varios niños más se situaron rodeándolos.

—¿Qué les ha pasado a tus padres? —le preguntó Henry a Laura, y la niña se echó a llorar.

—Se han muerto todos —respondió otro niño más mayor en tono indignado.

—¿Por qué no estáis en el estadio de béisbol con los demás huérfanos? —quiso saber Henry.

—Es una cárcel —contestó otro niño.

—Y hemos oído que pasan cosas —dijo Laura.

—Nos las apañamos bien solos —explicó el niño mayor, y señaló el cuchillo que sobresalía de su cinturón.

Ninguno sabía dónde estaban Teddy y Helen. Cuando Henry se dispuso a marcharse, el niño de más edad le pidió dinero sin rodeos, y Henry le dio todo lo que llevaba encima.

—¿Qué es esto? ¿Dinero de juguete? —preguntó el chico.

—No, son monedas saudíes. Es todo lo que tengo.

El joven arrojó las monedas al suelo.

—¡Menuda mierda! —exclamó.

Henry pasó toda la tarde deshaciéndose de los cadáveres que había en su casa. Dio sepultura a la señora Hernández y a sus gatos. Al hombre del dormitorio de Helen lo enterró detrás de la casita de juguete para no volver a acordarse de él nunca más. El jardín trasero se había convertido en un cementerio. Luego pasó el resto del día ocupándose de la casa. No era capaz de pensar más allá. Fue de habitación en habitación dando vueltas como un derviche, limpiando y colocándolo todo en su sitio, intentando poner orden, algo que no se restablecería jamás en su vida.

Mientras recogía los restos de basura, iba buscando pistas. Encontró el iPhone de Jill dentro de su bolso. Le quedaba algo de batería, pero estaba en las últimas. La llamada más reciente correspondía al número de su hermana Maggie, pero no le habían respondido, y Henry no quiso calentarse más la cabeza.

Estaba en el dormitorio, cambiando las sábanas, cuando en la casa se produjo un ruido y Henry se dio cuenta de que había vuelto la luz. La radio empezó a sonar, pero no captó ninguna emisora, solo interferencias. Estaba sintonizada en la WABE, la radio local de Atlanta, la favorita de Jill. Debía de estar escuchándola cuando murió. Henry se preguntó si la vida volvería a la normalidad, o si tan solo se trataba de un indulto temporal. Sintió un agradecimiento que rayaba el absurdo solo por el hecho de volver a tener luz.

Por la noche se vistió con ropa recién lavada y se dirigió a Little Five Points. Había unas cuantas tiendas abiertas, y también el restaurante mexicano adonde Jill y él solían llevar a los niños. Era asombroso lo rápido que se había puesto todo en marcha desde que volvían a disponer de suministro eléctrico. Incluso pudo sacar dinero del cajero automático. Eligió una mesa de la terraza y se dedicó a contemplar el ir y venir de los transeúntes, que circulaban por la calzada porque todavía había muy pocos coches. Sus semblantes reflejaban dicha, y Henry podía leerles el pensamiento: «Lo peor ya ha pasado, la vida ha vuelto a la normalidad. Hemos sufrido, pero a partir de ahora todo irá bien. Hemos sobrevivido».

A Henry le habría encantado pensar igual, pero sabía a lo que se enfrentaban. La gripe siempre repetía sus visitas. El plácido momento del que gozaba, comiéndose una ensalada de tomate con mozzarella acompañada de una copa de cerveza mexicana, no era más que una tregua breve y cruel.

Al día siguiente regresaría al laboratorio de los CDC. Llevaba semanas enteras lejos de allí, y quién sabía en qué estado iba a encontrarlo. Tenía que buscar a los niños, pero ¿a quién más podía preguntar? ¿Adónde habrían ido? ¿Estarían en buenas manos? ¿Tendrían problemas?

Había muchas preguntas sin respuesta, pero era hora de decir adiós. Le pidió al camarero una copa de pinot gris, la variedad que Jill había escogido la última vez que estuvieron allí, y la colocó al otro lado de la mesa, en el lugar que le habría correspondido a ella. Antes de marcharse, dio un sorbo del vino, como si se tratara de un beso de despedida. Cuando regresó a casa, su hogar seguía estando vacío, aunque atestado de recuerdos.

52

Ahora lo tenemos nosotros

Los relatos sobre la pandemia de 1918 precisaban que los supervivientes rara vez hablaban de ella cuando hubo finalizado, hasta el punto de que era posible llegar a creer que jamás había tenido lugar, salvo por las lápidas con fechas similares. La actitud generalizada transmitía una idea: «Logramos sobrevivir». No fue como la Gran Depresión, las guerras mundiales o los ataques terroristas; los supervivientes de esos acontecimientos vivían siempre con la mirada puesta en el pasado, por muchos años que transcurrieran. Escribían libros, se reunían en distintas asociaciones, celebraban encuentros. Llevaban a sus nietos a visitar los campos de batalla. Iban a terapia. Sin embargo, los supervivientes de la gripe de 1918 hicieron lo posible por borrar ese episodio vital de su memoria y, en consecuencia, de la historia. La naturaleza de la época marcaba esa actitud. A principios del siglo xx, las epidemias de cólera, difteria, fiebre amarilla y tifus, o bien seguían activas, o bien pervivían en el recuerdo del pasado reciente. Morir a causa de una enfermedad era algo tan común que apenas tenía relevancia desde el punto de vista histórico. La gripe de 1918 mató al doble de personas que las caídas en combate durante los cuatro años que duró la Primera Guerra Mundial, y, sin embargo, el horror habitual provocado por una nueva pandemia pasó a un segundo plano en comparación con el drama del conflicto.

En esos momentos, Henry se preguntaba si la humanidad estaría encaminándose una vez más, como sonámbula, hacia un conflicto que anularía a la civilización, a horcajadas sobre una pandemia que iba arrasando a todas las poblaciones de forma aleatoria y con una tremenda eficacia. La duda que todavía obsesionaba al doctor era si el kongoli era un virus creado por el hombre —un acto de guerra— o una catástrofe natural. Pocas personas sabían tan bien como él que Estados Unidos y Rusia estaban a punto de abrir sus arsenales y liberar los instrumentos del apocalipsis.

Henry fue en bicicleta hasta los CDC, como había hecho durante años. Era una aparatosa bicicleta de montaña, pesada, bastante anticuada en comparación con las últimas actualizaciones del modelo, pero el doctor valoraba su resistencia. Fue por las callejuelas secundarias hasta entrar en el campus de la Universidad Emory. No había estudiantes, pero algunos miembros del equipo de mantenimiento estaban retirando el mobiliario y los objetos personales que los jóvenes habían abandonado en las habitaciones de la residencia estudiantil. La vida parecía casi normal.

Nunca había visto militares vigilando la entrada de los CDC, pero en ese momento estaban patrullando por detrás de la verja vestidos con el uniforme de combate. Cuando Henry se acercó, dos de ellos le impidieron el paso. El doctor les enseñó su identificación, pero un joven y esbelto soldado le dijo que su tarjeta ya no estaba operativa.

—¡Pero si trabajo aquí! —le espetó Henry, asombrado—. Estoy al cargo de la sección de enfermedades infecciosas.

—Eso puede ser cierto, señor, pero se han emitido tarjetas de identificación nuevas y su nombre no está en la lista.

Henry exigió entre balbuceos que llamaran al director. La reacción impasible de los soldados lo enfureció. Seguía discutiendo cuando alguien intervino en tono impositivo:

—Dejadlo pasar.

—¡Catherine! —exclamó Henry.

—Henry, creíamos que habías muerto —dijo Catherine Lord cuando se abrió la verja—. Hacía mucho tiempo que no sabíamos nada de ti. Dios mío, te necesitamos tanto...

Las instalaciones estaban a salvo y permanecían intactas, pero Catherine le explicó que habían cambiado muchas cosas.

—Soy la nueva directora. Hemos perdido a Tom. Digamos que tu equipo ha quedado reducido. Marco sigue entre nosotros. Hemos reorganizado la asignación de puestos para cubrir las bajas. Tendrás que usar la escalera porque los ascensores no funcionan. Haré que te preparen una nueva credencial para que la tengas lista al final de la jornada.

Cuando Henry entró en su antiguo laboratorio, los rostros de todos los presentes se volvieron en su dirección. Tenían mucho que explicarse unos a otros, pero eso debería esperar. Marco se acercó a él y, sin mediar palabra, ambos se abrazaron. A continuación, su colega lo guio por el laboratorio, informándolo de las diversas cepas que había presentado el kongoli, cada una más virulenta que la anterior, pero todas ellas rehuían la posibilidad de una cura o una vacuna inmediata.

—Estamos ante un enjambre de mutaciones —afirmó Marco—. Mientras tanto, los NIH han creado una vacuna de ARN replicante. —El factor replicante se hacía pasar por una célula infectada y de esa forma engañaba al cuerpo para que el organismo creyera que tenía el virus. De salir airoso, el replicante conseguiría que las células crearan anticuerpos—. Estamos probándola con los hurones. Los ensayos sugieren que podría funcionar, pero seguimos intentando dar en el clavo. De momento, no tenemos nada que ofrecer.

Henry les contó su experimento en el submarino con el procedimiento de variolización. Marco se lo quedó mirando con un asombro manifiesto.

—¿Te las arreglaste para hacer eso estando en un submarino? —preguntó.

—Bueno, no podía quedarme de brazos cruzados.

—Deberías hacer pública tu técnica de variolización ahora mismo —dijo Marco.

El doctor asintió de forma distraída.

—¡Henry! ¡Lo has conseguido! ¡Has creado una vacuna efectiva! ¿Es que no te das cuenta de lo que has hecho?

A pesar de todo, Henry seguía sin localizar a sus hijos. Durante la semana siguiente pasó las mañanas y las noches buscándolos por la ciudad, y las tardes en el laboratorio. La urbe se veía rara, destruida, empequeñecida. Había personas deambulando por los hospitales y cementerios; como él, iban en busca de alguna información oficial o de rostros familiares. En el Parque Olímpico del Centenario había cientos de carteles de personas desaparecidas pegados a la pared. Constituían un relato de familias destrozadas y amores perdidos. Algunos incluían fotografías, y había muchos rostros felices.

La característica más llamativa de la ciudad era la ausencia de un orden formal. No había policías ni militares, solo personas corrientes. «Este es el aspecto de la anarquía», pensó Henry. No era tan caótico como esperaba, aunque había bandas de gamberros y mendigos que abarrotaban las calles y los espacios públicos. Tenían un aspecto más insolente que amenazante. Henry reparó en que todo el mundo estaba bajo los efectos del shock.

Había una mujer en el Parque Olímpico del Centenario que se le acercó mientras él estaba colgando su cartel.

—¿Son sus hijos? —le preguntó.

—Sí.

Ella le sonrió y le dijo que eran dos niños muy guapos.

—Mis hijos han muerto —añadió.

Henry se la quedó mirando. La mujer aparentaba unos treinta años, aunque, como muchos supervivientes, su rostro lucía devastado por la enfermedad. Tenía las manos rojas y en carne viva. El doctor le expresó sus condolencias.

—Ojalá usted encuentre a los suyos —le deseó ella.

—Gracias. Los encontraré.

—Espero que así sea. —Luego se inclinó hacia él y le susurró al oído—: ¿Quiere besarme?

Henry se apartó enseguida y se dio cuenta de que su reacción instintiva había sido como una puñalada para la mujer.

—Lo siento —se disculpó—. Estoy de luto. No es un buen momento.

La mujer se había echado a llorar.

—Yo solo quería que alguien me hablara —le espetó.

—Yo puedo hablarle —aclaró Henry—. ¿Qué quiere que le diga?

—Dígame que soy guapa.

Henry se quedó mirando su cara enrojecida y llena de señales.

—A mí me parece guapa —dijo.

A Henry le inquietaba el hecho de que todavía no se hubiera localizado con certeza el primer caso humano de kongoli. Eso podría explicar si el virus había sido transmitido por un portador animal o si había sido creado por la mano del hombre. Durante su viaje a casa, el laboratorio había localizado infecciones previas en China, que eran limitadas y seguramente habían pasado de las aves a las personas. El recorrido de la infección sugería que el kongoli se había originado en Manchuria o Siberia. El doctor le pidió a Marco que investigara cualquier muerte masiva de animales en esa región anterior a las infecciones chinas, lo cual podía arrojar algo de luz sobre el origen del virus.

—¿Alguna novedad sobre el análisis filogenético? —preguntó.

—No encontramos una senda evolutiva directa —respondió Nandi, una técnica de laboratorio que había trabajado con el ébola en colaboración con Henry.

Tenía un dendograma del kongoli en la pantalla del ordenador. Se asemejaba a un árbol genealógico y retrocedía en el tiempo para reflejar cuál había sido la evolución de los virus de la gripe. En el diagrama, el brote de Indonesia parecía salido de la nada.

—O procede del espacio exterior o es un virus modificado genéticamente —dijo Marco.

—Vale —coincidió Henry—. O...

Todos dejaron lo que estaban haciendo. Henry era famoso por sus ocurrencias brillantes.

—Supongamos que no es nuevo. Supongamos que es antiguo..., realmente antiguo.

—¿Una especie de protovirus? —preguntó Marco.

—Aun así saldría en la gráfica —insistió Nandi—. Este dendograma incluye más de cien años de mutaciones de la gripe, llega hasta la pandemia de 1918.

—¿Puedes ampliar los marcadores temporales para hacer una comparativa con los virus arcaicos?

—Tendría que acceder a otra base de datos —dijo Nandi—. Había un árbol filogenético que vi en algún sitio de PubMed sobre los antiguos orígenes de la gripe. —Al cabo de cinco minutos preguntó—: ¿Cuánto habría que remontarse en el tiempo?

—Prueba con mil años.

Nandi introdujo los parámetros. Entonces localizó la rama común de los virus A y B, pero nada similar al kongoli.

—Cinco mil años —dijo Henry.

En ese caso apareció la gripe C y estaba vinculada a la ramificación de los virus A y B.

—Estamos cerca —anunció Henry—. Vamos a probar con diez mil años.

Nandi, de pronto, se retiró de la pantalla.

—¡Vaya! Tengo algo.

Todos los presentes en el laboratorio se apiñaron en torno a su ordenador y no dejaban ver a Henry.

—¿Qué es? —exigió saber él. El equipo se apartó de su ángulo de visión. Había una secuencia muy parecida al kongoli—. ¿Cuál es la historia de este agente? —preguntó Henry.

—Salió de Islandia —dijo Nandi—. Según la documentación, fue desenterrado por una expedición paleontológica en 1964, pertenece al tejido extraído de un mamut congelado que encontraron en el hielo glaciar. Nunca ha sido clasificado.

El equipo se quedó mirando asombrado la imagen TEM del antiguo virus mientras todos asimilaban cuáles eran las consecuencias de lo que acababa de suceder.

—Tenemos ante nosotros al antepasado de toda la familia de la gripe —afirmó Henry—. Debió de encontrar un hogar en los mamuts, quizá vivió un millón de años antes de extinguirse con ellos, y por algún motivo ha vuelto a la circulación.

—¿Cómo? —preguntó Nandi.

—Alguien lo desenterró y lo propagó desde un laboratorio —sugirió Marco.

—Los soviéticos lo hicieron con la gripe de 1918, usándola como parte de su arsenal bacteriológico —dijo Henry—. Habría que descifrar las diversas secuencias encontradas e intentar reconstruir el genoma de la gripe. Podría hacerse de forma experimental en el laboratorio. O podría haberlo hecho la naturaleza, recurriendo a su arsenal genético para renovar algo muy antiguo.

—¿Podría haber sido la causa de la extinción de los mamuts? —preguntó Nandi.

—Claro que sí.

—¿Y qué pasa con los neandertales? Fueron coetáneos de los mamuts.

Los investigadores se miraron entre sí, y entonces Nandi dijo lo que todo el mundo estaba pensando:

—Ahora lo tenemos nosotros.

53

La cepa Ustínov

La escafandra de protección de Henry, con su nombre garabateado, estaba colgada del gancho de la sala de descontaminación donde la había dejado hacía meses. En cuanto volvió a enfundarse el familiar traje de plástico, conectó un tubo amarillo al orificio del pecho y el aire hinchó la prenda como un globo, lo cual silenció los sonidos del exterior. Nunca había llegado a acostumbrarse a lo engorroso que era prepararse para entrar en el lugar más peligroso del mundo: la instalación de bioseguridad de nivel 4.

Atravesó la sala de preparación y desconectó el tubo de aire cuando entró en un compartimento estanco. La puerta se cerró herméticamente y su traje se arrugó por la falta de aire. Detrás de otra puerta de acero se encontraba el nivel 4. La abrió y se conectó a un nuevo tubo de aire.

Había investigadores trabajando en distintos puestos, manejando centrifugadoras o incubadoras, o transfiriendo muestras de virus a portaobjetos usando pipetas, concentrados en las peligrosas tareas que los ocupaban. Nadie le prestó atención cuando cruzó el laboratorio hasta una pequeña sala donde había dos enormes cámaras de refrigeración junto a un tanque de nitrógeno líquido. Henry introdujo un código en el teclado de una de las cámaras y se encendió una luz verde. Abrió la puerta.

En su interior se encontraban los patógenos más letales conocidos. El ébola, la enfermedad de Marburgo, la fiebre de Lassa. Cada una cuidadosamente almacenada, en bandejas congeladas dentro de probetas Eppendorf. Una biblioteca de los horrores. Henry sabía que era absurdo adjudicar conciencia o intencionalidad a una enfermedad. La enfermedad no era ni despiadada ni astuta; simplemente, existía. Su objetivo era vivir. Aunque también sabía que las enfermedades estaban reinventándose constantemente, y que jamás existiría una cámara de refrigeración lo bastante grande para contener las numerosas armas empleadas por la naturaleza para atacar a sus propias criaturas. Y allí, en su probeta, estaba un recién llegado, el kongoli, con muchas muertes a sus espaldas y con tantas otras por provocar.

Henry tenía la sensación de haber hecho todo cuanto podía para combatir la enfermedad. Su técnica de variolización sería reconocida como una poderosa medida provisional y pronto se practicaría en todo el mundo. Las prometedoras vacunas contra el kongoli estaban a punto de pasar a la fase de ensayo en seres humanos. Era una carrera para salvar al mayor número de personas posible. Sin embargo, había muchísimos otros virus en la cámara. Henry intuía que la continua lucha contra la enfermedad acabaría perdiéndose de forma inevitable. La humanidad había sumado el microbio a sus filas como un arma de guerra. El doctor se imaginaba el día en que se liberarían todas las enfermedades almacenadas en aquel lugar.

Incluida la suya.

La suspensión viral de la enfermedad de Henry parecía un cubo de hielo de color rosa. Llevaba años haciéndose preguntas sobre ella. ¿Por qué había matado a tantas personas en la selva cuando en el laboratorio era inofensiva? La había analizado en un intento de desvelar sus secretos, de encontrar algún motivo para justificarse a sí mismo. «Qué equivocados estamos al intentar controlar la naturaleza —pensó Henry—. Qué irresponsable por nuestra parte creer que podemos manipular las enfermedades para matar en lugar de hacerlo para curar. Somos como niños jugando con cerillas. Algún día quemaremos toda la casa.»

Nandi descubrió una cosa.

—¿Recuerdas las grullas siberianas? —preguntó cuando Henry volvió a entrar en el laboratorio—. Están prácticamente extinguidas. Migran desde su territorio de cría en Siberia hasta el lago Poyang, al este de China, cerca del lugar donde localizamos uno de los primeros casos de kongoli en humanos. A unas veinte de las grullas restantes se les injertó un transmisor vía satélite para geolocalizar sus patrones migratorios. Sabemos que han sido portadoras de la enfermedad. En cualquier caso, lo que quiero decir es que he conseguido probar que cinco de esas aves marcadas murieron durante la migración. No sé si es algo poco frecuente; habría que preguntárselo a un ornitólogo. Pero eso me ha hecho pensar en otras especies en peligro de extinción, porque a muchas de ellas ya se les hace ese seguimiento de geolocalización por parte del World Wildlife Fund y otras organizaciones.

»Pues resulta que en 2019 hubo una invasión de osos polares en un pequeño archipiélago del Ártico ruso. Hay una población llamada Nueva Zembla. Por lo visto, los osos llegaron flotando sobre bloques de hielo y descubrieron el vertedero de la ciudad. Deambulaban por las calles y entraban en los edificios de pisos; algo muy molesto, por cierto. Bueno, al grano: los osos fueron sedados, les pusieron collares localizadores y los enviaron a un atolón llamado isla Revolución de Octubre que está justo al norte de Siberia, en el Círculo Polar Ártico. La cuestión es que murieron todos. Sus collares GPS demostraban que habían dejado de moverse, uno a uno, más o menos una semana después de haber sido trasladados.»

—Tal vez fue por el trauma de la reubicación —sugirió Marco.

—Podría ser. O porque el tranquilizante que usaron para capturarlos estaba contaminado. Lo que quiero decir es que estamos ante una mortalidad en masa de osos polares y no tenemos una explicación clara.

—¿El transmisor envió alguna información, pulsaciones, saturación de oxígeno, algo que pueda darnos una pista para conocer los síntomas de los animales? —preguntó Henry.

—Lo siento, chicos, lo único que sabemos es lo que ya os he contado. Usaron localizadores GPS. Solo indicaban por dónde se movían o dejaban de moverse los animales.

Marco se quedó mirando a Henry.

—¿Qué pasa? —le preguntó—. Reconozco cuándo has tenido una idea.

—Es algo del pasado —aclaró Henry—. La isla Revolución de Octubre era un puesto de avanzada del programa de guerra biológica soviética. Creo que ellos mutaron genéticamente el virus, y ese habría sido un sitio lógico para hacerlo, un lugar remoto donde pueden llevarse a cabo experimentos bacteriológicos con relativa seguridad. Estaba completamente deshabitado hasta que llegaron los osos.

Por la mañana, Henry fue en coche hasta la casa de uno de los amiguitos de Teddy, Jerry Barnwell. Si su hijo hubiera querido ir a algún lugar seguro, tal vez hubiera dado con la manera de llegar hasta el hogar de los Barnwell. Vivían en Decatur, en el este de Atlanta. Para los niños habría supuesto un largo recorrido a pie, y ese era el motivo por el que Henry no había ido hasta allí antes.

Mientras conducía intentaba recordar el nombre de los padres de Jerry. Había acompañado al niño varias veces a su casa después de clase, y se había quedado charlando con sus padres más de una vez, pero no lograba acordarse de cómo se llamaban. Sí que recordaba que Jerry tenía dos hermanas mayores, una de ellas quizá un año mayor que Helen. Los Barnwell vivían en una casa de madera de estilo victoriano, pintada de azul con los bordes blancos. Nada más verla, Henry supo que estaba vacía. Los Barnwell siempre habían sido muy meticulosos con el mantenimiento, pero en ese momento la vegetación del patio se había descontrolado y las plantas trepadoras lo cubrían todo, incluso en esa zona de las afueras. En el buzón había cartas de hacía meses, y en las facturas acumuladas aparecían los nombres de Thomas y Jeannette. Henry llamó únicamente porque había llegado hasta allí.

Al cabo de unos instantes oyó unos pasos y la puerta se abrió. Era Jerry.

—Hola, doctor Parsons —dijo.

Era un niño rubio, muy educado y correcto, algo más pequeño de lo que Henry recordaba. No parecía sorprendido.

—Jerry, ¿estás solo?

El chico asintió.

—Ahora estoy solo, pero mi hermana Marcia también viene por aquí a veces —aclaró.

Henry no le preguntó por sus padres.

—¿Teddy está bien? —preguntó Jerry.

—No sé dónde está —respondió Henry—. Esperaba que tú lo hubieras visto.

Jerry negó con la cabeza.

—Ya nadie viene a verme —aclaró.

—¿Quién cuida de ti?

—Marcia gana algo de dinero. —Hizo una pausa—. Hay hombres que vienen a buscarla y vuelven a traerla al día siguiente. Creía que usted sería uno de ellos.

—No, solo estoy buscando a mis hijos.

—Echo mucho de menos a Teddy.

—Yo también.

Cuando Catherine Lord oyó hablar de la isla Revolución de Octubre, enseguida llamó a Seguridad Nacional, y, a pesar de que Henry protestó por ello, lo obligaron a subir a un coche gubernamental y lo llevaron de regreso a toda velocidad a la Base de la Reserva Aérea de Dobbins. El doctor comprendía que se trataba de una emergencia y que lo necesitaban más que nunca, pero estaba desesperado por encontrar a sus hijos y odiaba que lo forzaran a marcharse.

Voló hasta Washington en un Air Force Gulfstream, del cual era el único pasajero en un momento en que el tráfico aéreo estaba paralizado. A las cuatro de la tarde se encontraba en una sala de conferencias pequeña y sin ventanas en el cuartel general de la CIA de Langley para reunirse con Matilda Nichinsky y una mujer con aspecto de mala de una película de Disney. A ambas les interesaba mucho lo que Henry tenía que contarles.

—Es posible que exista alguna toxina duradera y que los osos se hayan tropezado con ella —explicó Henry—. Se me ocurren varias toxinas que encajan con la descripción, sobre todo en el Ártico, donde el frío actúa como conservante.

—Quizá los rusos hayan vuelto a poner en funcionamiento la antigua planta bioquímica y hayan fabricado algo nuevo —sugirió Tildy—. Muy pocas personas conocen la existencia de ese lugar.

—Nosotros no teníamos ni idea —confesó la mujer de la Agencia.

—Nosotros estamos allí —dijo Tildy—. La OTAN está peinando la zona por Estonia. ¿Cuál es la respuesta adecuada? Sacar de allí a la flota rusa, para empezar. Desplegar la 173.ª Brigada Aerotransportada en Letonia. Pero eso sería solo para evitar más ataques. Estaría bien asegurarse de que Putin está detrás del kongoli, porque entonces el mundo entero se volvería contra él y su régimen de matones. Lo llevarían ante el Tribunal de La Haya y lo colgarían. Ese es mi sueño. Pero las cosas están empeorando demasiado deprisa. Maldita sea. Ojalá pudiéramos enviarlo a usted a esa isla, doctor. Para que consiguiera muestras. Para demostrarle al mundo lo que todos sabemos.

Se abrió la puerta y entró un hombre con gafas de montura negra y pelo platino. Henry ahogó un grito. Nadie se molestó en presentarlos.

—El presidente necesita alternativas —prosiguió Tildy—. Algo cuya autoría podamos negar. Algo que no lleve nuestro sello.

—Algo químico o biológico, en otras palabras —añadió la mujer de la Agencia, mirando directamente al hombre de pelo color platino.

—Pero yo ya no trabajo en esto —aclaró Jürgen Stark.

—Supuestamente, Estados Unidos ya no trabaja en esto desde Nixon —dijo Tildy—. Pero sabemos que usted mantiene activo un programa clasificado en Fort Detrick desde el 11-S.

Jürgen lanzó una mirada apreciativa a Henry, quien no podía ni mirarlo a la cara.

—Dicen que era el mejor —añadió la mujer de la Agencia—. En este momento todas nuestras existencias bacteriológicas han sido destruidas. No queda nadie que conozca las recetas. Ni las técnicas. Ni la memoria institucional que representan ustedes dos. Su país los necesita. A ambos.

—¿De verdad está dispuesto el presidente a matar a cientos de millones de personas? —preguntó Jürgen.

—Eso ya está pasando con el kongoli —intervino Tildy.

Jürgen tomó un sorbo de la infusión fría que se había comprado en el Starbucks de la planta baja de la CIA.

—¿Cómo saben que ha sido Rusia?

—No podemos revelar nuestras fuentes —dijo la mujer de la Agencia.

—Permítame reformular la pregunta —repuso Jürgen—. ¿En qué nivel de confidencialidad sitúa usted esta información?

—Medio alto.

—Esa valoración es muy poco precisa.

La mujer de la Agencia reconoció que la información de inteligencia distaba mucho de ser perfecta, pero ¿qué otra cosa se podía hacer? Lo que no dijo, pero todos entendieron, fue que Putin había matado a todos los operativos de la CIA en Rusia y la Agencia estaba dando palos de ciego.

Henry siguió la conversación como si estuviera en un sueño. Revivió viejas emociones de lealtad e ineficacia. Mientras analizaba al hombre mayor que tenía delante, vio por primera vez lo mucho que habían llegado a parecerse, ya que ambos habían renegado del trabajo que los había unido en el pasado. Como de costumbre, Jürgen había llegado al extremo, haciendo uso de su idiosincrática genialidad para recuperar animales tanto en peligro de extinción como ya extinguidos. Había declarado públicamente que todas las formas de vida eran iguales, y por ello se sentía igual de contento de replicar la polio que de volver a dar vida al pájaro dodo. Seguía siendo el hombre más peligroso que Henry había conocido.

—Cuando volvamos a reunirnos con el presidente debemos presentarle una recomendación —estaba diciendo Tildy—. No puede mantenerse de brazos cruzados ante el ataque que está sufriendo Estados Unidos... No solo Estados Unidos, ¡el mundo entero! Putin creó este virus...

—Eso son conjeturas —intervino Jürgen.

—... y desató la plaga para acabar con la humanidad. Y luego cortó la red de suministros. No son especulaciones, son hechos. Nos ha asestado un golpe mortal en nuestro momento de mayor debilidad. Millones de personas han sido asesinadas de forma planificada. La economía está acabada. Debemos contraatacar. El presidente actuará, no tiene otra salida. No puede permitir que este ataque quede sin respuesta.

—La forma en que los gobiernos deciden luchar entre sí no me interesa lo más mínimo —afirmó Jürgen—. Y lo que han hecho con la población aviar es imperdonable. Ustedes ya están en guerra, pero no contra Rusia. Hay un enemigo mucho más importante. Es la naturaleza. No ganarán esta batalla.

—Nos merecemos ese comentario. Sí, nos lo merecemos —reconoció Tildy—. Hemos hecho cosas terribles, no solo con los pollos y el resto de las aves. Sí, hemos tomado unas cuantas malas decisiones. Pero así debe ser. Hay personas que se reúnen en una sala, como nosotros ahora, nosotros cuatro. Se ponen las opciones sobre la mesa... La política hace mucho ruido en el mundo exterior, pero en esta sala solo tenemos unas pocas opciones entre alternativas terribles. ¿Cuál de ellas escogeremos al final? Digamos que nos quedamos con la opción número uno. —Se volvió hacia la mujer de la Agencia—. ¿Cuál es la situación de las fuerzas nucleares rusas en este momento?

—Máxima alerta.

—Típico de Putin —dijo Tildy—. Aumenta la escalada de tensión para dejarnos sin respuesta y luego inicia una leve desescalada para hacernos creer que hemos conseguido algo. Se ha saltado todos los tratados de control armamentístico que hemos firmado con él. Y, según previsiones de la Agencia, ¿qué probabilidad hay de que sea el primero en lanzar un misil nuclear?

—Lo hará en cuanto vea la más mínima señal de que la seguridad rusa puede verse comprometida.

—Estamos hablando del fin de la civilización, no solo en Rusia y Estados Unidos, sino en Dios sabe cuántos países más. Y ya veo que eso no es asunto suyo —le dijo Tildy a Jürgen—. A lo mejor la madre Tierra se las arreglaría mejor sin nosotros. Pero dígame usted cómo quedaría el mundo tras una guerra nuclear a gran escala. Para sus animales, por ejemplo.

Jürgen no se dejó embaucar. Se limitó a quedarse mirando a Tildy.

—Opción número dos. Una ciberguerra interminable. Un ataque continuado contra el progreso. Inadecuado, pues no tiene un fin concreto. Moriría menos gente, lo admito. Pero luchamos con desventaja. Rusia nos ha vapuleado con sus ciberataques durante años. Nosotros hemos sobrevivido; ellos también. Pero Putin ha ido demasiado lejos, ha asestado el golpe de gracia a nuestra infraestructura. Es algo que nos tenía reservado desde hace muchos años. Y sí, podemos darle de su propia medicina. Pero, verá, eso no le haría mucho daño. No tiene gran cosa que perder. No como nosotros. Así que debemos dar con otra forma de responder. Y ahí entra usted, doctor Stark. La opción número tres.

—¿Quieren que cree un patógeno?

—No hay tiempo para eso. Necesitamos algo ya. Algo que ya exista. Algo que pueda parecer sacado de un laboratorio ruso. Pero con consecuencias mínimas para nosotros.

—Eso no existe. Mire lo que ha pasado con el kongoli: se ha propagado por el mundo en tres semanas, es una pandemia universal. Podría escoger un agente no contagioso, como el ántrax. Pero entonces tendría que distribuirlo. Lo mismo ocurre con las toxinas. Habría que rociarlas desde aviones fumigadores, meterlas en cabezas nucleares, pero eso jamás podría justificarse como algo accidental. Las toxinas no «escapan del laboratorio» como las enfermedades, como quizá haya ocurrido con el kongoli. Resulta demasiado evidente.

Tildy quedó impresionada ante la indiferencia de Jürgen tras escuchar las contingencias que estaba describiéndole. El hombre no se dejó apabullar por las confesiones que se estaban revelando; secretos del más alto nivel. No era un cliente fácilmente impresionable. Era delgado, estilizado, guapo o realmente atractivo, con esa cara de rasgos como cincelados y su largo pelo platino, e intimidante. La mujer pensó que habría sido un nazi perfecto. Se fijó en lo callado que se había quedado el doctor Parsons. Las notas del informe que le habían facilitado indicaban que ambos científicos habían colaborado en alguna ocasión.

—¿Y cómo lo habría hecho usted, doctor Stark? —le preguntó Tildy.

—Habría escogido otro agente.

—¿Cuál habría escogido?

—Solo conozco un candidato ideal. Por lo que sabemos hasta ahora, es mortal únicamente para los seres humanos, especie en la que demuestra un nivel extremo de letalidad. Fue desarrollado, por supuesto, por el doctor Parsons, aquí presente.

Por fin había ocurrido. Henry siempre había temido que su secreto fuera descubierto. Había imaginado que lo detendrían, que lo llevarían a juicio. Había imaginado qué pensaría de él su familia. Se había visto entre rejas. Pero jamás habría imaginado que Jürgen lo traicionaría públicamente, o que el gobierno de su país recurriría a él por la capacidad única para matar que poseía su invención.

—Me aseguraste que las existencias almacenadas del virus fueron destruidas —protestó Henry con la voz quebrada.

—Y así fue. Usamos lo que quedaba del virus en nuestro pequeño experimento de Brasil —dijo Jürgen—. Y no tenemos tus anotaciones de laboratorio para recrearlo.

—Ese agente del que hablan, ¿podría ser liberado en Moscú y en San Petersburgo de forma secreta sin que quede rastro de su procedencia? —preguntó Tildy.

—Si es tan infeccioso como creemos, diezmará la población rusa en un breve período de tiempo —aseguró Jürgen—. No pueden hacer nada para controlarlo. Aunque tampoco podremos hacerlo nosotros.

—¿Cuál fue el nivel de mortalidad en su experimento? —preguntó Tildy. Su tono aséptico sugería que ya habían dejado muy atrás cualquier consideración ética.

—Casi total —respondió Jürgen—. Algunos individuos se indispusieron por otros motivos, pero es muy probable que hubieran muerto de todas formas. —Se quedó mirando a Henry—. Solo tenemos noticia de un superviviente, pero era un bebé nonato.

—Es perfecto —comentó la mujer de la Agencia.

—No puedo insistir lo suficiente en que no tienen ni idea de lo que van a liberar —advirtió Henry.

—Debemos escoger entre alternativas terribles —le recordó Tildy.

—Quizá el doctor Parsons no esté informado sobre las últimas noticias del brote de Chicago —dijo la mujer de la Agencia.

Henry miró a los presentes. Todos los demás parecían informados.

—Putin nos ha culpado del kongoli —dijo Tildy—. Imagine lo cabreados que estamos. En cualquier caso, ha dado un paso más. Hemos recibido un informe donde se afirma que se han producido cinco muertes en los últimos dos días en Chicago a causa de la fiebre hemorrágica de Marburgo. Hay un posible caso en Seattle. Es un agente de bioterrorismo de categoría A.

—La cepa Ustínov —añadió Jürgen.

La resistencia de Henry empezaba a flaquear. Todos los caminos apuntaban en la misma dirección. Por primera vez se permitió sentir la rabia y la culpa que le hervían en la sangre aunque no tuviera forma de desahogarse. Ya era innegable: él había matado a Jill. La imagen de sus ojos inertes en la tumba se le apareció de pronto. «Este es precisamente el mundo que Jürgen y yo intentábamos evitar con nuestro trabajo —pensó—. Hemos sabido desde el principio que esto podía ocurrir. Nos preparamos para ello. Y también ellos se prepararon. Cargamos con el coste ético de nuestros actos. Sí, una parte de nosotros deseaba ver los resultados de nuestra obra en el mundo, solo para contemplar el espectáculo de la destrucción que habíamos guardado en los almacenes biológicos.» En ese momento ya era una realidad.

Pero ¿cuál era la respuesta correcta? ¿Más muertes?

—Por cierto, ¿cómo se llama ese agente? —le preguntó Tildy a Henry.

Jürgen respondió por él:

—Le pusimos *Enterovirus parsons*, por su creador.

54

Edén

Helen y Teddy llevaban ya una semana en la granja de la tía Maggie cuando la chica descubrió el cadáver. Estaban recolectando el maíz que el tío Tim había plantado en primavera. La despensa de Maggie había sido saqueada y la marihuana que tenía secando en el granero había volado, aunque los ladrones no vieron el almacén de tubérculos donde había patatas y nabos. En esa parte de Tennessee seguían sin suministro eléctrico, pero la cocina de gas sí funcionaba.

—No podemos quedarnos a vivir aquí para siempre —dijo Helen.

Ese mismo día había tropezado con una bota en el maizal y se había dado cuenta de que el calzado estaba encajado en una tibia. Quiso gritar, pero ya había emitido todos los gritos posibles. Se había apoderado de ella una especie de indiferencia animal ante todo lo que no estuviera relacionado con la supervivencia.

La pierna estaba suelta, a medio devorar. Helen reconoció la bota; sabía que era una extremidad de su tía Maggie. Dejó el cesto con las asas deshilachadas en el suelo y rebuscó entre los altos maizales. No quería que Teddy lo viera. Oía a su hermano moviéndose entre las hojas del maíz, por allí cerca.

Los restos de su tía estaban desperdigados por el lugar. Helen encontró una pistola, lo cual despejó sus dudas sobre dónde estaría la cabeza. Recogió el arma porque podía serle útil. Había retales del vestido de Maggie enganchados al maíz como andrajosas banderas pirata. La mujer tenía el torso rajado y destripado por los coyotes o los jabalíes.

Maggie y Jill, las hermanas, ambas desaparecidas... La tumba del tío Tim en la parte trasera de la casa, junto a la pérgola. Kendall también yacía allí. Las flores y arbustos que habían plantado para aquel programa de televisión estaban floreciendo. El patio trasero estaba muy bonito. La verdad es que Helen no quería dejar allí a la tía Maggie para que los buitres acabaran de darse el festín.

Se fijó en el bulto de uno de los bolsillos de los restos del vestido de su tía. Era su móvil.

Helen salió del maizal, se situó junto a la verja y empezó a llamar a gritos a Teddy. El pequeño fue guiándose por la voz de su hermana y apareció con un cesto lleno. Abrió los ojos como platos cuando vio la pistola.

—La he encontrado —aclaró Helen—. Y esto. —Levantó el teléfono de Maggie.

—¿La tía está ahí?

Helen asintió.

—¿Le queda algo de batería al móvil?

—Está totalmente muerto.

Regresaron al interior de la casa. Hacían vida en la habitación de Maggie y Tim porque Teddy no quería dormir solo; había vuelto a ver el fantasma del soldado confederado. No tuvo tanto miedo de él como la primera vez, pero le hizo recordar el momento en que se había refugiado en el regazo de su madre y cómo ella lo había acunado y había conseguido que se sintiera seguro.

En un cajón de la cómoda del dormitorio, Teddy encontró un cable para cargar el teléfono.

—¿Qué haces con eso? —le preguntó Helen.

—Tengo una idea.

Fueron al garaje donde estaba la ranchera del tío Tim aparcada. Las llaves estaban en el contacto, y Teddy se situó en el asiento del conductor.

—Ni hablar, tú no puedes —dijo Helen.

—No voy a conducir, voy a cargar el móvil.

Puso el motor en marcha y enchufó el cargador al puerto USB del salpicadero. Pasados unos minutos, el salvapantallas cobró vida con una foto de Maggie, Tim y Kendall en una feria de ganado con uno de los cerdos premiados de su prima. Todos se veían felices, guapos y rebosantes de vida.

—Estoy comprobando si hay internet —dijo Teddy.

El navegador parpadeó y se abrió. En la bandeja de entrada había varios e-mails sin consultar recibidos en agosto, y docenas más que empezaron a descargarse. Entonces Teddy tocó el icono de las llamadas. Se quedó mirando el móvil y lo alejó un poco, como si la pantalla contuviera algo temible e incomprensible.

—¿Qué pasa? —exigió saber Helen.

—Hay una llamada de mamá. De hace dos días.

El laboratorio de Jürgen Stark se encontraba en una zona remota del centro de Pennsylvania, en territorio amish. De vez en cuando pasaba algún que otro carromato por delante de la verja. Las únicas vallas publicitarias proclamaban sentenciosos pasajes de las Escrituras. El aire era puro, los campos estaban bien cuidados y las cercas de las casas estaban decoradas con acianos. Era un paisaje preindustrial en un mundo en que la humanidad había tenido un papel más secundario, limitándose a labrar la tierra. Salvo por el tema religioso, era una sociedad que Jürgen suscribía con pasión.

El coche del gobierno salió de la autovía y estacionó frente a una verja metálica. Los barrotes de acero que rodeaban la zona habían sido colocados de forma que el complejo no tuviera aspecto de prisión ni de fortificación federal. La verja se abrió y el vehículo entró en una cámara de desinfección, donde fue rociado por arriba y por abajo. Atravesaron una segunda puerta, y Henry y su chófer tuvieron que bajar mientras los guardias aspiraban el maletero y el interior del coche y rociaban el motor con una manguera a presión. Henry supo que todo eso servía para librarse de los patógenos que pudieran destruir las formas de vida únicas que Jürgen estaba recreando en el interior del recinto.

El doctor fue recibido por una avejentada mujer de mediana edad con el pelo rapado casi al cero, que llevaba una gorra de la organización Los Guardianes de la Tierra. Su nombre, Heidi, estaba bordado en su camiseta.

—Es un honor —le dijo a Henry—. El doctor Stark habla mucho de usted, nos ha contado que son muy buenos amigos.

La estética minimalista de Jürgen se plasmaba en los edificios bajos de piedra que rodeaban el recinto. Los jardines estaban repletos de flores y vegetación extrañas. Jacintos, lirios y tulipanes de colores nunca vistos decoraban los parterres de mantillo.

—Solo en esta zona están representadas casi cien variedades de calabaza que han sido recuperadas —explicó Heidi—. Mire todo esto, ¿verdad que es maravilloso? Esta noche las probará en la sopa. —Pasaron por un huerto de manzanos con frutos de colores y tamaños poco frecuentes—. Se había perdido tanto por culpa de la inconsciencia de las civilizaciones... —se lamentó la mujer.

Una parte del recinto era una especie de zoológico, aunque ella le advirtió que allí no usaban esa palabra.

—Solo retenemos a los animales hasta que han desarrollado una población suficiente para ser puestos en libertad. Los dejamos en el hábitat donde se desarrollaron en el pasado y esperamos que vuelvan a intentarlo. Y aquí está uno de nuestros mayores logros. —Heidi señaló una jaula cubierta de alambre de espino del tamaño de un furgón donde había unas cincuenta palomas grises de ojos rojos—. Son palomas pasajeras —aclaró—. En otra época, el ave más común en Estados Unidos; hace un siglo que se extinguieron. Jürgen las ha recuperado.

Piense en ello. Dios creó estas criaturas y nosotros las hemos vuelto a crear. Sin duda es una obra divina.

Henry analizó la expresión maravillada de la mujer y pensó que él también debió de ponerla en el pasado. Era el rostro de un auténtico creyente.

Jürgen estaba esperando en su despacho.

—Dile a Craig que prepare algo delicioso —le pidió a Heidi cuando Henry entró en la sala.

Una pared de cristal daba a un bosque de robles rojos en la orilla rocosa de un arroyo. No había fotos decorativas; la naturaleza hacía las veces de obra de arte; mustia e impersonal, como Jürgen.

—¿Heidi te ha enseñado tu laboratorio? —le preguntó Jürgen en cuanto estuvieron solos.

—Todavía no.

—No está al nivel de los de Fort Detrick, pero contamos con lo esencial. —Jürgen no solía sonreír, pero en ese momento lo hizo, acompañando el gesto de una mirada simpática poco habitual en él—. ¿Sabes, Henry?, he soñado muchas veces con esto, con que volviéramos a trabajar juntos. —Henry no reaccionó, así que Jürgen prosiguió—: Hemos conseguido obtener las mismas cepas del poliovirus y del EV-71 que usaste para tu híbrido. No debería costarte mucho devolverlo a la vida. A eso nos dedicamos en este lugar, como ya habrás adivinado.

—«Quizá esté en mi poder el quitar una vida. Debo ejercer esta increíble responsabilidad con la mayor humildad y conciencia de mi propia fragilidad —dijo Henry—. Por encima de todo, no debo jugar a ser Dios.»

—¿Es una cita? —preguntó Jürgen.

—Es el juramento que hice cuando me convertí en médico.

Jürgen lo miró con incredulidad.

—No pienso disculparme por el trabajo que realizamos aquí. Jugar a ser Dios es la única opción que nos queda si queremos salvar el planeta. Piensa en lo que la humanidad le ha hecho a la Tierra. Tu brillante descubrimiento contribuirá a restablecer el equilibrio.

Así empezaban los grandes crímenes de la historia, pensó Henry, con los culpables congratulándose de sus logros.

—Hay algo que sigo sin entender —dijo—. Ese virus híbrido que creé nunca fue letal en el laboratorio.

—No en el caso de los ratones —dijo Jürgen.

—No, no para los ratones, que es lo que todavía me confunde. He pensado a menudo en aquel día en el asentamiento indígena. Además de los humanos, había un ratón muerto en una de las chozas.

—De una especie diferente, sin duda.

—Por supuesto, pero, aun así... ¿Hubo algo distinto en lo que entonces consideraste una prueba de campo? Hay muchas variables, y durante años me ha obsesionado. Por eso decidí ver si podía replicar los resultados de ese experimento inicial. Recreé el mismo híbrido y se lo inoculé a ratones. Perdieron el conocimiento, pero se recuperaron del todo, exactamente igual que en el pasado, lo cual no me sorprendió. Lo probé con hurones y conejillos de Indias y obtuve el mismo resultado. Siempre había sospechado y deseado que el híbrido que creé no hubiera matado a nadie.

Jürgen permaneció en silencio.

—Me llevó un tiempo averiguar cómo lo hiciste —prosiguió Henry—. Solo alguien con tu talento podría haber imaginado una alteración con una forma aparentemente inocua de... ¿cómo llamaste a aquel agente? ¿Incapacitante? Y convertirlo en una enfermedad tremendamente letal. Solo tú tenías la habilidad de modificar los elementos de control genético del virus para alterar la virulencia. Me costó muchas pruebas conseguir el mismo resultado con animales de laboratorio. Así que ya sé cómo lo hiciste, pero sigo sin entender el porqué. Me repetiste hasta la saciedad que ningún individuo sería dañado, que era la forma humana de eliminar un mal para el mundo.

Jürgen se quedó mirando los robles, encendidos por el color y que empezaban a alfombrar el suelo con sus hojas caídas.

—Eso no era lo que quería el cliente —dijo en voz baja.

Henry se quedó pensativo un momento.

—Eso no era lo que tú querías —dijo al final.

—Tal vez sí, lo admito —reconoció Jürgen—. También fue una prueba para mí. Ver si existía una forma perfecta de inhabilitar a gran parte de la humanidad. Ya sé lo que estás pensando al escucharme decir esto. Pero estamos ante una diatriba, Henry. Salvar la Tierra o permitir que la humanidad siga destruyéndola. Yo ya he tomado mi decisión. Si fueras totalmente objetivo ante la situación, admitirías que es lo correcto. Soy consciente de que, para un hombre como tú, con familia y amigos, es difícil entenderlo con claridad. Crees que actuar así sería inhumano. Por supuesto que lo es, pero es así solo porque eres humano. Si tuvieras una plaga de termitas destruyendo tu casa, solo pensarías en exterminarlas. Porque no ves la situación desde la perspectiva de las termitas. Esa es la diferencia entre tú y yo. Para mí, la termita es el ser humano; son lo mismo. Ambos merecen vivir. Yo hablo en nombre de las demás criaturas. Las defiendo. Muchas personas afirman lo mismo, pero nadie más está dispuesto a imponer la única solución efectiva, que consiste en reducir la población humana hasta el punto de que conservemos las preciosas formas de vida de otras especies.

—Hay otras maneras de conservar vidas —repuso Henry—. Incluso en este lugar estás recuperando especies ya extintas, me lo acaban de mostrar.

—Es insuficiente —dijo Jürgen—. La Tierra queda esquilmada por la extinción de especies con cada hora que pasa. Sería ingenuo por nuestra parte creer que podemos cambiar las cosas con nuestro trabajo.

—No esperarás de verdad que te ayude con esto, ¿no? —preguntó Henry—. No sé por qué me has mandado llamar.

Jürgen le sonrió con incomodidad.

—A ti no puedo ocultarte la verdad. Eso siempre ha sido un problema. Estás en lo cierto. Es posible volver a crear el virus. Yo ya lo he hecho. Pero te necesito, porque no hay otra persona en todo el mundo que pueda interponerse en mi camino. Nadie que conozca tan bien el virus, nadie más que pueda crear una vacuna o encontrar una cura. Por eso debes quedarte hasta que hayamos terminado.

Henry se dirigió hacia la puerta. Estaba cerrada con llave.

—Henry, no puedes irte de aquí así como así. El recinto está totalmente protegido.

—No tiene sentido que me retengas —dijo Henry.

—Parezco cruel, ya lo sé. Si hubiera un dios, yo estaría condenado, no me cabe duda. Pero no tenemos dioses, ¿verdad, Henry? Nosotros, que tenemos el poder último para crear y destruir, debemos reemplazarlos.

—Lo que creamos fue un error —dijo Henry—. Jamás deberíamos haberlo devuelto a la vida.

Jürgen negó con la cabeza de forma despreciativa.

—Como ya he dicho, te quedarás aquí hasta que el contagio haya realizado su trabajo. Estoy haciéndote un favor, Henry. Como prisionero, no tienes que cargar con la culpabilidad moral. Todo es responsabilidad mía. Dudo que lo entiendas, pero esto es una agonía para mí. No estoy loco, ¿sabes? El mundo será mejor gracias a lo que hacemos.

—Cuando descubrí que habías manipulado el virus, me di cuenta de que seguramente volverías a usarlo —dijo Henry—. Y por eso he pasado muchas horas valiosas estudiando sus secretos. Y lo he conseguido, Jürgen. He encontrado una cura para el *Enterovirus parsons*. Ahora mi nombre no se relacionará con el genocidio que pretendes infligir.

—Eso no es posible —dijo Jürgen—. Este virus es muy complejo.

—Ya he publicado los detalles en internet. A estas alturas, deberías haber recibido un e-mail de Maria Savona de la OMS en el que se describe el virus y su tratamiento.

Jürgen lo miró con incertidumbre y luego revisó su bandeja de entrada. La carta de Maria era una advertencia sanitaria internacional. Jürgen permaneció en silencio mientras leía los detalles técnicos. Pasado un rato, levantó la vista.

—Es un trabajo maravilloso, Henry. Ojalá no lo hubieras llevado a cabo.

Luego se dirigió hacia la pared acristalada y permaneció callado durante un instante.

—Supongo que tendré que ordenar matarte —dijo, casi como si estuviera pidiéndole permiso.

—Puedes hacer conmigo lo que te plazca. Pero no volveré al laboratorio.

—De todas formas, seguirán adelante sin nosotros —dijo Jürgen. Tenía una expresión extrañamente serena—. Deberías aceptar esto, Henry. Nuestra participación no tiene ninguna importancia. Las enfermedades están siendo liberadas incluso mientras hablamos. Es el medio de suicidio escogido por la humanidad.

Jürgen levantó el teléfono y llamó a Heidi.

—El doctor Parsons se marcha —anunció—. Dejad que se vaya.

55

La isla Revolución de Octubre

El mensaje era breve:

35.101390, -77.047523, 31/10, 0630.

Justo antes del amanecer del día de Halloween, Henry estaba sentado, con Helen y Teddy, a una mesa del merendero de un parque público, situado en una lengua de tierra en la unión de los ríos Trent y Neuse, cerca de New Bern, en Carolina del Norte, donde las coordenadas del GPS indicaban que debían esperar. Prometía ser un día fresco y despejado, el último que verían durante mucho tiempo. Henry no quería disgustar a sus hijos con esa noticia, aunque ya no eran las personitas que él recordaba. Estaban más curtidos. «Los niños del mañana serán así», pensó.

La segunda ola de kongoli estaba haciendo estragos en todo el globo. Los médicos aprendían a toda velocidad la técnica de variolización de Henry para detener el contagio. Mientras tanto, los virus manipulados genéticamente en laboratorios estaban haciendo su debut, y atacaban a las poblaciones debilitadas y vulnerables. La primera gran guerra biológica de la historia estaba en marcha y, a diferencia de otros conflictos, nadie podía detenerla.

El cielo se iluminó. Justo al otro lado de las islas que hacían de barrera aguardaba el océano Atlántico, vasto e indiferente. La marea había subido y el agua se desbordaba por encima del dique construido antes de que el calentamiento global hiciera crecer el nivel de los mares. Las comunidades que habitaban la costa, justo como aquella, estaban retirándose hacia el interior. Henry se imaginó las grandes ciudades del mundo sumergiéndose en el océano, una tras otra, como la Atlántida.

Teddy se acercó hasta el agua y empezó a lanzar piedras para hacerlas rebotar en la superficie.

—¿Ves esas nubes? —le preguntó Henry a Helen justo cuando empezaba a salir el sol—. Se llaman estratocúmulos. Por lo general, indican que se acerca una fuerte tormenta.

Helen se quedó mirando las nubes, que estaban teñidas de bermellón.

—Son preciosas —dijo.

—No olvides este día —le aconsejó Henry.

Helen asintió. No preguntó por qué.

Justo cuando Teddy estaba a punto de lanzar otra piedra, algo se movió en el río. El niño retrocedió un paso. De pronto, una silueta inmensa emergió a la superficie. Daba la impresión de que ocupaba todo el cauce. Era el *USS Georgia*.

Cuando el capitán Dixon apareció en el puente de mando, un grupo de SEAL se acercó remando hasta la orilla en una zódiac. Henry les había dicho a sus hijos que podían llevar consigo unas cuantas mudas de ropa, las que les cupieran en la mochila. Él había llevado su ajado maletín de cuero donde guardaba el clarinete del instituto.

—¿Nuevos miembros de la tripulación? —preguntó Dixon.

—Son bastante competentes —respondió Henry.

—Bueno, la verdad es que pueden servirnos de ayuda. Nos faltan manos. En esta misión todo el mundo colabora.

Dixon dejó que los niños se quedaran en el puente de mando mientras el submarino navegaba por el río de mareas hasta adentrarse en el Atlántico. Cuando llegaron a la plataforma continental, el sol estaba alto y había llegado el momento de la inmersión.

Murphy los esperaba en la enfermería. Henry se la presentó a sus hijos por el apellido, pero ella les dijo: «Podéis llamarme Sarah».

El *Georgia* navegaba con rumbo norte, rodeando la península del Labrador, dejando una estela sobre las tranquilas aguas de la bahía de Safin para adentrarse en el Ártico, donde se sumergió por debajo del hielo, a doscientas millas de la costa de Siberia. El capitán Dixon quedó impresionado por lo mucho que se había fragmentado el hielo ártico en solo dos años desde que su nave se había sumergido por debajo del casquete polar. En ese momento había extensiones enormes de aguas abiertas, llamadas «polinias», por donde el submarino podía emerger hasta la profundidad de periscopio y recibir los mensajes mediante breves transmisiones codificadas. Los mensajes procedían de los centros de operaciones aerotransportadas, lo que significaba que el presidente y otros miembros estratégicos del gobierno estaban operando desde los puestos de mando aerotransportados de Doomsday mientras la guerra biológica avanzaba implacable.

El *Georgia* era uno de los dos submarinos clase Ohio equipados con los vehículos de reparto de los SEAL, los SDV: contenedores sumergibles tripulados por comandos para llevar a cabo operaciones de incógnito a cierta distancia del submarino. Los SDV, propulsados por una batería, eran pequeños y silenciosos y prácticamente indetectables.

Henry se reunió con el equipo de SEAL que lo acompañaría.

—No vamos a actuar como guerreros sino como historiadores —les aclaró—. Un día, la gente se preguntará: «¿Quién nos hizo esto?». Y nosotros tendremos la prueba. La historia emitirá su veredicto basándose en lo que encontremos.

El corpulento jefe del equipo de los SEAL, el teniente Cooksey, estaba muy preocupado por que Henry fuera capaz de acompañarlos.

—Nosotros entrenamos para estas misiones —expuso.

Huelga decir que todos ellos tenían pinta de jugadores de la liga nacional de fútbol americano.

—Soy el único que sabe qué estamos buscando —respondió Henry con brusquedad.

No pensaba dejar que nadie lo apartara de aquella misión.

Antes de que el equipo montara en el SDV, Henry fue a hablar con sus hijos. Teddy no paraba de mover la pierna, como hacía siempre que estaba realmente preocupado.

—El agua está fría —comentó el niño—. No quiero que te congeles.

—Tienen trajes especiales —dijo Henry—. A la hora de cenar ya habré vuelto. Y entonces nos quedaremos sumergidos hasta que termine la guerra. Estaremos a salvo.

Helen no dijo nada, pero tenía los ojos llorosos. Abrazó a su padre y luego cogió a Teddy de la mano.

—Yo cuidaré de ellos —susurró Murphy.

Henry entró en el vestuario para cambiarse junto con once miembros del equipo de los SEAL. Había pasado mucho tiempo desde la última vez que se preparó para una inmersión. En esa ocasión estaba en las Bahamas, donde ni siquiera le había hecho falta el neopreno. En esas aguas gélidas, los buceadores necesitaban ponerse un traje seco, algo que conllevaba una parafernalia mucho más complicada. Henry fue imitando los pasos que el teniente Cooksey iba indicándole. Los buzos ya llevaban monos con forro térmico y gruesos calcetines de lana. Cooksey le enseñó cómo abrir la parte superior con doble cremallera, que iba de un hombro hasta el ombligo y luego hasta el otro hombro, justo como la incisión que se practica en una autopsia. Henry introdujo a duras penas un brazo y luego otro en el traje, y luego los empujó con fuerza hasta que tuvo los dedos bien enfundados en los guantes de neopreno cosidos a la prenda. Le costó Dios y ayuda meter su enorme cabeza por el estrecho cuello alto. Cooksey lo ayudó con las botellas y los reguladores, luego Henry se puso la máscara de buceo y se colocó la capucha por encima de la montura para que no le entrara agua. Se sintió como si estuviera dentro de un globo. Levantó el pulgar para indicarle a Cooksey que estaba listo.

Los hombres cogieron sus aletas y subieron a las cubiertas secas donde se encontraban los sumergibles. El piloto y el copiloto ocuparon sus asientos en la parte delantera del vehículo, se abrieron las compuertas y el agua del Ártico entró en torrente e inundó los contenedores abiertos; se notaba gélida incluso desde el interior del traje seco de aislamiento. Más o menos después de tres cuartos de hora, cuando las cámaras estuvieron totalmente inundadas, las puertas del hangar se abrieron y los dos SDV fueron conducidos manualmente hasta el mar. Quedaron suspendidos en el agua como una pareja de ballenatos. El *Georgia* flotaba por debajo de ellos, como un galeón hundido. Y entonces empezaron a moverse.

El fondo era un estallido de vida: frondosos lechos de kelp, algas colgando como musgo de los bajos de las placas de hielo y peces diminutos con aletas residuales serpenteando por el agua. Una morsa echó un vistazo y luego se escabulló a toda prisa. Henry pensó en la riqueza de la naturaleza y se preguntó qué estaría haciéndole la humanidad en ese mismo instante.

Tardaron un rato en llegar a la zona de acceso designada. El piloto hizo una señal al otro sumergible y ambos se detuvieron. Uno a uno, los SEAL salieron nadando de los contenedores. Henry fue el último en emerger. Atravesó un banco de bacalaos. Cuando asomó la cabeza por encima del agua, dos SEAL lo agarraron por las axilas y lo levantaron hasta depositarlo en la rocosa orilla.

Cuando se quitó la máscara, vio los bajos montículos glaciares en el horizonte. Entre la costa y esas elevaciones montañosas, una lengua de hielo en retroceso dejaba a la vista la yerma tundra. Era el lugar más remoto del mundo, pensó Henry; no era de extrañar que los soviéticos lo hubieran elegido. Su mapa indicaba que la planta de producción para la guerra bacteriológica se encontraba a menos de un kilómetro tierra adentro, por detrás de una loma helada. Los SEAL se tomaron un rato para preparar las armas y luego iniciaron la maniobra de aproximación.

Aunque ya era media tarde, el sol polar estaba bajo, y sus pisadas producían ruido de chapoteo mientras avanzaban por la anegada tundra de la isla Revolución de Octubre, bajo la luz del crepúsculo otoñal. Henry estaba retrasando a todo el grupo. Cooksey hizo una señal a su equipo, y sus miembros se dispersaron en formación para aproximarse a la fábrica desde distintos ángulos. Cuando llegaron a la loma, Henry y Cooksey ascendieron por la ladera y se arrodillaron por detrás de la cresta. El teniente se quedó observando el panorama con los prismáticos antes de pasárselos a Henry.

La fábrica estaba medio enterrada en la nieve. Solo asomaban las tres enormes chimeneas. Cerca de allí había una vía férrea flanqueada por postes de telefonía, pero sin cableado.

Cooksey hizo una señal a su equipo para que avanzara.

Llegaron a la entrada, una puerta como de granero, abierta de par en par. En el interior todavía había restos del laboratorio intactos: hornos de convección y tanques que quizá contuvieron ántrax o viruela. Puede que todavía los contuvieran. Lo que sí estaba claro es que no habían creado el kongoli en ese lugar. El laboratorio llevaba décadas abandonado, seguramente desde la desaparición de la Unión Soviética.

Cooksey miró a Henry.

—¿Ya hemos terminado, doctor?

Henry salió de la decrépita edificación a la tenue luz ártica, y Cooksey gesticuló hacia su equipo para que retrocedieran.

—Sigan ustedes —dijo Henry—. Hay algo más que quiero comprobar. Pueden esperarme aquí.

—No va a ir solo a ninguna parte, doctor —le dijo Cooksey—. ¿De cuánta distancia estamos hablando?

—Me temo que está a un kilómetro y medio más.

—¿Qué estamos buscando?

—Osos polares muertos.

Por la tundra anegada, el recorrido consumió más de una hora de la valiosa luz crepuscular con la que contaban. Henry siguió las coordenadas del dispositivo GPS, que indicaban dónde habían dejado de moverse los osos. Estarían en un radio muy reducido, y, seguramente, muy bien conservados gracias al clima, a pesar del deshielo del permafrost. Había pocos depredadores en la zona, aparte de los osos.

Al principio, Henry no los veía. El blanco de su pelaje se confundía con las partes del suelo cubiertas de nieve, pero en cuanto vio al primero, todo el grupo se hizo visible; eran unos diez. Yacían sobre el suelo, desinflados por la muerte.

—¡Por el amor de Dios! ¿Qué es eso? —exclamó uno de los SEAL, señalando algo con aspecto de tronco.

Bajo un manto de nieve, Henry vio algo enorme emergiendo del hielo fundido. No era un tronco. Era un colmillo.

Henry usó el mapa para sacudir la nieve y dejar a la vista la gigantesca cabeza. Los osos le habían desgarrado el torso peludo.

—Es un mamut —dijo Henry—. No lo toquen. Está contaminado con kongoli.

Los SEAL retrocedieron a toda prisa. Eran las únicas personas del mundo que sabían qué había pasado.

—Bueno, doctor, ¿y qué contaremos que vaya a pasar a la historia? —preguntó Cooksey.

Henry levantó la vista. La última bandada de grullas siberianas acababa de levantar el vuelo en dirección a China.

—Contaremos que fuimos nosotros mismos los únicos responsables de lo ocurrido.

Agradecimientos

No podría haber escrito este libro sin el apoyo de algunas de las figuras más reconocidas del campo de la salud pública. En los inicios de mi trabajo de investigación, recibí la ayuda del distinguido cazador de microbios Ian Lipkin, director del Centro de Infección e Inmunidad de la Universidad de Columbia. El profesor Lipkin me hizo el favor de prestarme a su ayudante, Lan Quan, hoy en día científico principal de la Universidad de Stony Brook. Lan me explicó pacientemente muchos de los procedimientos de laboratorio mencionados en estas páginas. Entre las otras personas que con tanta generosidad han compartido conmigo su tiempo y su experiencia se incluyen Jamie Lee Barnabei, veterinaria de los Laboratorios Nacionales de Servicios Veterinarios de Ames, Iowa; Guy L. Clifton, médico; Sally Ann Iverson, veterinaria epidemióloga; Larry Minnix, ex consejero delegado, ya jubilado, de LeadingAge, y Curtis Suttle, profesor de la facultad de Ciencias de la Universidad de British Columbia.

Merece especial mención el grupo formado por las personas que, con extremada paciencia, no solo han soportado entrevistas larguísimas para proporcionarme información, sino que también han leído extensos fragmentos del manuscrito en aras de verificar su rigor. Les debo tanto que jamás podré recompensarlos más allá de expresarles aquí mi gratitud. En ese grupo se incluyen: Philip Bobbitt, profesor de derecho en la Universidad de Columbia; Richard A. Clarke, presidente de Good Harbor Consulting y Good Harbour International (quien, además, me ha cedido su *alter ego*); el doctor Philip R. Dormitzer, responsable de investigación de vacunas virales de Pfizer; el doctor Barney Graham, inmunólogo viral y experto en vacunas de Bethesda, Maryland; Kendall Hoyt, profesora adjunta en la Geisel School of Medicine del Dartmouth College; Sally Ann Iverson, veterinaria epidemióloga; Jens Kuhn, del Centro de Investigación Integrada del NIH/NIAID en Fort Detrick, Maryland; Emily Lankau, veterinaria epidemióloga del Ronin Institute (quien también aparece en un episodio verídico de la novela); el almirante (retirado) William H. McRaven, y la doctora Seema Yasmin, profesora de periodismo científico y narrativa sobre salud mundial en la Universidad de Stanford.

Debo un agradecimiento especial a la teniente de navío Katherine A. Diener, oficial de asuntos públicos del Grupo de Submarinos 10 de Kings Bay, Georgia. Gracias a su amabilidad, logré visitar el *USS Tennessee* (SSBN-734) bajo la supervisión del capitán de fragata Paul Seitz, y conocí a la cordial y muy competente Tripulación Azul. El teniente de navío Tyler Whitmore y el capitán de corbeta y segundo comandante James Kepper me mostraron ese formidable instrumento de guerra. También pude conversar con varios oficiales del cuerpo, quienes me hablaron con toda franqueza sobre su vida bajo el mar: el teniente de navío y oficial auxiliar de operaciones Steve Hucks, el especialista de cocina de segunda clase Santos Alarcón, el subjefe de sistemas de información de submarinos Ryan Doyle, el suboficial mayor del cuerpo de sanidad Ricardo Parr, el capitán de fragata y oficial de operaciones Justin Kaper y el capitán de fragata y jefe adjunto de Estado Mayor Chris Horgan. El capitán Mike Riegel, del Museo de las Fuerzas Submarinas de Groton, Connecticut, y el vicealmirante (retirado) Albert H. Konetzni Jr., también permitieron que me beneficiara de su extensa experiencia.

Como siempre, Stephen Harrigan leyó el primer manuscrito y me ofreció consejos útiles sobre el texto. La idea inicial de la historia fue una propuesta del cineasta Ridley Scott. Doy gracias a él y a Michael Ellenberg por su aportación creativa.

He tenido la suerte de contar con personas maravillosas a lo largo de mi carrera profesional. Por supuesto, entre ellas se cuentan mi agente, Andrew Wylie, y mi editora, Ann Close, junto con mis compañeros de Knopf, dotados de gran talento, y Edward Kastenmeier y Caitlin Landuyt, de Vintage.